RUTH RENDELL

RUTH RENDELL nasceu Ruth Barbara Grassmann no dia 17 de fevereiro de 1930, em Londres, filha de professores de origem humilde. Sua mãe era sueca e desenvolveu esclerose múltipla logo após o nascimento da filha. Ruth foi educada no condado de Essex, ao leste da Inglaterra, onde, a partir de 1948, trabalhou como repórter e subeditora em vários jornais. Em 1950, aos vinte anos, casou-se com Donald Rendell. A década de 1950 foi, para ela, um período de tarefas domésticas e tentativas ficcionais, até se encontrar um tanto por acaso com as histórias de detetives. Finalmente, em 1964, foi lançado o seu primeiro romance, *From Doon with Death*, trazendo ao público a figura do detetive de polícia Reginald Wexford, que cativou de imediato a simpatia dos leitores e que reapareceria em vários outros livros da autora. Sua obra ficcional chega a cinqüenta romances, divididos em três tipos principais: histórias policiais com Wexford, histórias de um suspense sombrio e os livros que começou a publicar na década de 1980 sob o pseudônimo de Barbara Vine.

Suas obras se passam em ambientes suburbanos, com descrições que exploram o insólito e o assustador, e nelas sobressaem personagens que não conseguem escapar ao seu destino e personagens psicologicamente perturbados. A maestria do estilo da autora é especialmente visível nos seus diálogos, e seus enredos surpreendem sempre pelo inusitado dos desenlaces.

Ruth Rendell ganhou vários prêmios: três Edgar Allan Poe concedidos pela Mystery Writers of America (dois por contos, em 1975 e 1984, e um pelo romance de Barbara Vine *A Dark-Adapted Eye*, em 1986), um Punhal de Prata da British Crime Writers Association por *The Tree of Hands*, em 1985, e três vezes o Punhal de Ouro (por *A Demon in my View*, em 1976, *Live Flesh*, 1986, e *A Fatal Inversion*, em 1987). Recentemente recebe~~ ~ Crime Writers' Association Cartier Diamond Dagger (Pu~~   ção ao gênero. Seus livr~~   ~~ Foi declarada par da Câ~~   ~~ês e recebeu o título de B~~

Livros do autor na Coleção **L&PM** POCKET:

Carne trêmula
Uma agulha para o diabo
Um assassino entre nós
Unidos para sempre

Ruth Rendell

CARNE TRÊMULA

Tradução de Ana Ban

www.lpm.com.br

Coleção L&PM Pocket, vol. 719

Título original: Live Flesh

Primeira edição na Coleção **L&PM** POCKET: setembro de 2008
Esta reimpressão: junho de 2011

Tradução: Ana Ban
Capa: Ivan Pinheiro Machado
Preparação: Patrícia Rocha
Revisão: Bianca Pasqualini e Marianne Scholze

CIP-Brasil. Catalogação-na-Fonte
Sindicato Nacional dos Editores de Livros, RJ

R328c   Rendell, Ruth, 1930-
           Carne trêmula / Ruth Rendell; tradução de Ana Ban. – Porto Alegre, RS:
   L&PM, 2011.
           280p. – (L&PM POCKET; 719)

           Tradução de: *Live Flesh*
           ISBN 978-85-254-1806-7

           1. Romance inglês. I. Ban, Ana. II. Título. III. Série.

08-3962.   CDD: 823
                                        CDU: 821.111-3

© Kingsmarkham Enterprises Ltd 1986.

Todos os direitos desta edição reservados a L&PM Editores
Rua Comendador Coruja, 314, loja 9 – Floresta – 90220-180
Porto Alegre – RS – Brasil / Fone: 51.3225-5777 – Fax: 51.3221-5380

PEDIDOS & DEPTO. COMERCIAL: vendas@lpm.com.br
FALE CONOSCO: info@lpm.com.br
www.lpm.com.br

Impresso no Brasil
Outono de 2011

Para Don

1.

A arma era uma imitação. Spenser disse a Fleetwood estar noventa e nove por cento certo disso. Fleetwood sabia o que isso significava, que na verdade ele só tinha quarenta e nove por cento de certeza, mas realmente não deu muita importância ao que Spenser disse. De sua parte, não acreditava que a arma fosse de verdade. Estupradores não usam armas de verdade. Uma réplica é perfeita para amedrontar.

A janela que a moça tinha quebrado era um buraco quadrado e vazio. Desde que Fleetwood chegara, o homem com a arma aparecera ali uma vez, em resposta aos chamados de Fleetwood, mas não disse nada, só ficou lá parado durante uns trinta segundos, segurando a arma com as duas mãos. Era jovem, mais ou menos da mesma idade de Fleetwood, com cabelo escuro comprido, comprido de verdade, caindo por cima dos ombros, como ditava a moda. Usava óculos escuros. Durante meio minuto, ficou ali parado e então deu uma meia-volta abrupta e desapareceu nas sombras do quarto. A moça Fleetwood não viu e, até onde sabia, podia muito bem estar morta.

Ele se sentou em uma mureta de jardim do outro lado da rua, bem de frente para a casa. Seu carro e a perua da polícia estavam estacionados no meio-fio. Dois policiais uniformizados tinham conseguido dispersar a aglomeração de gente que se formara e mantinham as pessoas afastadas com uma barreira improvisada. Apesar de ter começado a chover, dispersar completamente a multidão seria tarefa impossível. Havia portas abertas por toda a rua, com mulheres de prontidão, esperando algo acontecer. Uma delas, ao ouvir a janela quebrar e a moça gritar, telefonara para a emergência.

Aquele bairro não era nem Kensal Rise nem West Kilburn nem Brondesbury, era uma área incerta, nos limites de nenhum lugar específico. Na verdade, Fleetwood nunca estivera ali, só tinha passado pelo lugar de carro. A rua se chamava Solent Gardens, era comprida e reta e plana, com sobrados geminados uns de frente para os outros, alguns vitorianos, alguns muito posteriores, das décadas de 1920 e de 1930. A casa com a janela quebrada, o número 62 da Solent Gardens, era uma dessas construções mais recentes, na ponta de uma sequência de oito casas de tijolinhos vermelhos e revestimento de brita, telhas de cerâmica vermelhas, pintada de preto e branco, porta de entrada azul-claro. Todas as casas tinham jardim nos fundos e na frente, com cercas vivas de madressilvas ou alfeneiros e pequenos gramados, e a maior parte delas com muretas baixas de tijolo ou de pedra na frente das cercas vivas. Fleetwood, sentado em uma dessas muretas, na chuva, começou a pensar no que faria a seguir.

Nenhuma das vítimas do estuprador mencionara uma arma, então parecia que a réplica era uma aquisição recente. Duas vítimas (havia cinco, ou pelo menos cinco se apresentaram) foram capazes de descrevê-lo: alto, magro, 27 ou 28 anos, pele cor de oliva, cabelo escuro mais para o comprido, olhos escuros e sobrancelhas muito pretas. Seria estrangeiro? Oriental? Grego? Podia até ser, mas talvez fosse apenas um inglês com antepassados de pele morena. Uma das moças ficara muito ferida, por ter resistido, mas ele não usou arma nenhuma ao atacá-la, apenas as mãos.

Fleetwood se levantou e caminhou até a porta do número 63, do outro lado da rua, para conversar de novo com a sra. Stead, que chamara a polícia. A sra. Stead trouxera uma banqueta da cozinha para sentar-se e vestia um casaco de inverno. Ela já tinha dito a ele que o nome da moça era Rosemary Stanley e que ela morava com os pais, mas que eles estavam fora. Às 7h55 da manhã, uma hora e meia antes, Rosemary Stanley quebrara a janela e gritara.

Fleetwood perguntou se a sra. Stead tinha visto a moça.

– Ele a arrastou para longe antes que eu pudesse ver.

– Não podemos ter certeza disso – Fleetwood respondeu. – Imagino que ela saia para trabalhar, não? Quer dizer, quando está tudo normal?

– Sai sim, mas nunca antes das nove. O mais comum é sair de casa às 9h10. Posso dizer o que aconteceu, entendi o que houve. Ele tocou a campainha e ela desceu de camisola para atender, e ele disse que estava ali para fazer a leitura do relógio medidor de luz – a visita está marcada para esta quinzena, e ele devia saber disto. Então, ela o levou para o andar de cima e ele a atacou, mas, no último instante, ela quebrou a janela e soltou aquele grito desesperado de socorro. Deve ter acontecido isso.

Fleetwood não concordava. Para começo de conversa, o relógio medidor de luz não devia ficar no andar de cima. Todas as casas neste trecho da rua eram iguais, e o relógio da sra. Stead ficava logo ao lado da porta de entrada. Sozinha em casa em uma manhã fria de inverno, seria improvável que Rosemary Stanley fosse abrir a porta para uma pessoa qualquer que tocasse a campainha. Ela teria se debruçado à janela para dar uma olhada primeiro. As mulheres daquele bairro estavam tão apavoradas com as histórias do estuprador que nenhuma delas colocaria o pé na rua depois do anoitecer, não dormiria sozinha em casa se possível nem abriria a porta sem usar a correntinha de segurança. O dono de uma loja de ferragens local dissera a Fleetwood que as vendas de correntinhas de segurança para portas tinham explodido nas últimas semanas. Fleetwood achava mais provável que o homem armado tivesse entrado à força na casa e se dirigido para o quarto de Rosemary Stanley.

– O senhor aceita um café, inspetor? – a sra. Stead ofereceu.

– Sargento – Fleetwood a corrigiu. – Não, obrigado. Quem sabe mais tarde. De todo modo, precisamos torcer para que não haja um "mais tarde".

Ele atravessou a rua. Atrás da barreira, a multidão aguardava com paciência, em pé sob a garoa, com as golas dos casacos viradas para cima, as mãos nos bolsos. No fim da rua, onde uma curva levava até a via de circulação principal, um dos policiais discutia com um motorista que parecia querer entrar ali com um caminhão. A previsão de Spenser era de que o homem armado sairia da casa e se entregaria ao ver Fleetwood e os outros; estupradores eram covardes notórios, disso todo mundo sabia, e, além do mais, o que poderia ganhar com o impasse? Mas não tinha sido assim. Fleetwood achava que o estuprador talvez ainda acreditasse ter uma chance de fuga. Isso se ele fosse *o* estuprador. Não havia como ter certeza se era, e Fleetwood prestava muita atenção a minúncias para não cometer injustiças. Alguns minutos depois da ligação para o serviço de emergência, uma moça chamada Heather Cole aparecera na delegacia com um homem chamado John Parr, e Heather Cole disse que havia sido atacada em Queens Park meia hora antes. Estava passeando com o cachorro quando um homem a agarrou por trás, mas ela gritou e o sr. Parr se aproximou, então o homem fugiu. Escapara de lá, Fleetwood pensou, e entrou no número 62 da Solent Gardens fugindo de seus perseguidores, não com a intenção de estuprar Rosemary Stanley depois de ter sido obrigado a largar Heather Cole. Ou pelo menos essa era a teoria de Fleetwood.

Ele se aproximou da casa dos Stanley, abriu o portãozinho de ferro batido ornamentado, atravessou o quadrado da grama bem verde e molhada e traçou seu caminho pela lateral da casa. Não ouvia nenhum som vindo do interior. A parede lateral era lisa, sem calhas nem projeções; tinha apenas três janelinhas. Mas, nos fundos, a cozinha parecia ter sido ampliada, e o telhado da extensão, que ficava a apenas uns dois metros e meio do chão, podia ser alcançado por meio de uma parede onde uma trepadeira robusta sem espinhos crescia; provavelmente eram glicínias, pensou Fleetwood, que se dedicava à jardinagem nas horas vagas.

Por cima desse telhado baixo havia uma janela de guilhotina aberta. Fleetwood tinha mesmo razão. Observou o acesso ao jardim dos fundos através de uma alameda depois da cerca, por um caminho de lascas de concreto que passava ao lado de uma garagem também de concreto. Se tudo o mais falhasse, ele pensou, ele ou outra pessoa poderia entrar na casa do mesmo jeito que o homem armado entrara.

Ao retornar à frente da casa, ouviu um grito em sua direção. Era uma voz cheia de medo, mas nem por isso menos amedrontadora. Aquilo foi inesperado e fez Fleetwood se sobressaltar. Percebeu que estava nervoso. Estava com medo, apesar de não ter se dado conta disso. Obrigou-se a caminhar, e não correr, até a entrada. O homem armado estava parado na janela quebrada, a janela cujo vidro ele havia tirado todo e jogado nas floreiras lá embaixo; segurava a arma na mão direita e afastava a cortina com a esquerda.

– Você é o responsável aqui? – ele perguntou a Fleetwood.

Ele falou como se fosse o apresentador de alguma espécie de espetáculo. Bom, talvez fosse mesmo, e estava fazendo sucesso, a julgar pela avidez do público que resistia à chuva e ao frio. Quando a voz soou, fez-se um ruído em meio à multidão, um suspiro, um murmúrio coletivo, parecido com o vento na copa das árvores.

Fleetwood assentiu.

– Isso mesmo.

– Então, é com você que eu devo negociar?

– Não vai haver negociação alguma.

O homem armado pareceu então refletir sobre aquilo. Disse:

– Qual é a sua patente?

– Sou o sargento-detetive Fleetwood.

A decepção era visível no rosto magro, apesar de os olhos estarem escondidos. O homem parecia achar que merecia, no mínimo, um inspetor-chefe. Talvez seja melhor eu dizer a Spenser que a presença dele se faz necessária, Fleetwood pensou. A arma agora estava apontada para ele. Fleetwood não levantaria as mãos, claro que não. Aquilo ali era Kensal Rise, não Los Angeles, apesar de já não saber que diferença isso fazia. Olhou para o buraco negro do cano do revólver.

– Quero a garantia de que posso sair daqui com meia hora de vantagem. Levo a moça comigo e, em meia hora, eu a mando de volta de táxi. Certo?

– Você deve estar de brincadeira – disse Fleetwood.

– Não vai ser nenhuma brincadeira para ela se você não me der essa garantia. Está enxergando a arma, não está?

Fleetwood não respondeu.

– Tem uma hora para decidir. Daí, vou descarregar a arma nela.

– Isso será assassinato. A sentença inevitável para assassinato é prisão perpétua.

A voz, que era profunda e grave, mas ainda assim sem graça, assumiu tom de frieza; Fleetwood ficou com a impressão de que aquele tom não era muito usado, ou era usado com parcimônia. Falava de coisas terríveis com indiferença.

– Não vou matá-la. Vou atirar nas costas, na base da coluna.

Fleetwood não teceu comentários sobre isso. O que poderia dizer? Aquela ameaça só poderia provocar uma condenação moralista ou uma reprimenda chocada. Virou-se para trás, por ter notado com o canto do olho a aproximação de um carro conhecido, mas o engolir em seco da multidão, uma espécie de respiração preocupada, fez com que ele voltasse a erguer os olhos para a janela. A moça, Rosemary Stanley, tinha sido empurrada pelo quadrado vazio em que não havia mais vidro, e ele a segurava ali, em uma pose que sugeria um escravo em exposição numa feira livre. Seus braços estavam presos por outros braços nas costas, e a cabeça pendia para frente. Uma mão agarrou seu cabelo comprido e puxou a cabeça para trás, o movimento brusco fez com que ela gritasse.

Fleetwood ficou esperando que a multidão se dirigisse a ela ou que ela dissesse alguma coisa, mas nada aconteceu. Ela ficou em silêncio, olhando fixamente para frente, paralisada como uma estátua de tanto medo. A arma, ele imaginou, provavelmente estava pressionada contra suas costas, na base da coluna. Não havia dúvidas de que ela também escutara a afirmação das intenções do homem. A indignação da multidão era tão intensa que Fleetwood parecia sentir suas vibrações. Ele sabia que deveria dizer palavras de conforto para a moça, mas não conseguia pensar em nada que não fosse absolutamente falso e hipócrita. Era uma moça pequena e magricela com cabelo claro comprido, e usava roupa que podia ser tanto um vestido quanto uma camisola. Um braço envolveu-a ao redor da sua cintura, puxou-a para trás, e, simultaneamente, pela primeira vez, uma cortina cobriu a janela. Aliás, era um par de cortinas de aparência grossa que se fechava muito bem por cima da janela.

Spenser continuava sentado no banco do carona do Rover, lendo algo. Ele era o tipo de homem que, quando não estava ocupado com outra coisa, estava sempre examinando algum documento. Ocorreu a Fleetwood que ele se preparava sutilmente para um futuro cargo de comando: o cabelo cheio e abundante que começava a ficar grisalho, a barba mais bem feita do que nunca, a pele curiosamente bronzeada em pleno inverno, a camisa fina transformada em linho, a capa de chuva certamente da Burberry. Fleetwood entrou no banco de trás do carro, e Spenser virou para ele olhos azuis da cor de uma chama a gás.

Do ponto de vista de Fleetwood, as leituras dele, como sempre, serviam para informá-lo sobre tudo que era irrelevante, ao mesmo tempo em que não contribuíam em nada para arrefecer as crises.

– Ela tem dezoito anos, parou de estudar no ano passado, trabalha em uma empresa de datilografia. Os pais foram viajar para o West Country logo cedo, saíram em um táxi por volta das sete e meia, segundo um vizinho. O pai do sr. Stanley mora em Hereford e teve um ataque cardíaco. Serão informados assim que conseguirmos entrar em contato com eles. Não queremos que vejam pela TV.

Fleetwood imediatamente pensou na moça com quem se casaria na semana seguinte. Será que Diana descobriria que ele estava ali e ficaria preocupada? Mas não havia ainda nenhuma equipe de televisão no local, nenhum tipo de repórter, até onde ele sabia. Relatou a Spenser o que o homem armado tinha dito a respeito de uma garantia de fuga e de atirar em Rosemary Stanley.

– Podemos ter 99% de certeza de que é uma imitação – Spenser respondeu. – Como ele entrou? Já sabemos?

– Por uma árvore que cresce encostada na parede dos fundos. – Fleetwood sabia que Spenser não entenderia nada se ele dissesse que era uma glicínia.

Spenser balbuciou alguma coisa, e Fleetwood precisou pedir que repetisse.

– Eu disse que nós vamos ter de entrar, sargento.

Spenser tinha 37 anos, era quase dez mais velho do que ele. Também estava ficando arredondado, como talvez fosse apropriado para um futuro comandante. Mais velho do que Fleetwood, mais fora de forma, dois graus acima dele na hierarquia, com seu "nós" Spenser estava dizendo que Fleetwood deveria entrar, talvez acompanhado de um dos policiais mais jovens.

– Possivelmente utilizando a árvore que você mencionou – Spenser disse.

A janela estava aberta, à espera dele. Lá dentro havia um homem com uma arma verdadeira ou falsa (quem podia dizer?) e uma moça amedrontada. Fleetwood não tinha arma alguma além das mãos, dos pés e da astúcia e, quando conversou com Spenser a respeito de receber uma arma de fogo, o superintendente olhou para Fleetwood como se ele tivesse pedido uma ogiva nuclear.

Eram quinze para as dez e o homem armado tinha dado seu ultimato por volta das 9h20.

– O senhor pelo menos vai falar com ele?

Spenser lançou-lhe um sorriso apertado.

– Está com frio na barriga, sargento?

Fleetwood engoliu a observação em silêncio. Spenser saiu do carro e atravessou a rua. Fleetwood hesitou por um momento e então o seguiu. A chuva cessara, e o céu, que anteriormente era de um cinza liso e uniforme, agora se desmembrava em pedaços cinzentos, brancos e azuis. O frio parecia mais intenso. A multidão agora se estendia até a rua principal, a Chamberlayne Road, que segue até a Kensal Rise para encontrar a Ladbroke Grove Road no fim. Fleetwood reparou que o trânsito na Chamberlayne Road fora interrompido.

Na janela quebrada da casa dos Stanley, as cortinas fechadas se agitavam com a brisa. Spenser pisou na grama enlameada, abandonando a limpeza do caminho de concreto sem hesitar, sem dar nem uma olhada em seus sapatos italianos pretos bem engraxados. Ficou parado no meio do gramado, as pernas afastadas, os braços cruzados, e gritou para a janela com a voz autêntica de alguém que tinha subido na escala hierárquica da força policial, um tom claro e gélido sem sotaque regional, sem pretensões cultas, quase monocórdio, a nota de um robô programado para agir de acordo com a situação:

– Aqui é o detetive-superintendente Ronald Spenser. Venha até a janela. Quero falar com você.

As cortinas pareceram se agitar com mais violência, mas poderia ter sido só o vento soprando com mais força bem naquele momento.

– Está ouvindo? Venha até a janela, por favor.

As cortinas continuaram a se agitar, mas não se abriram. Fleetwood, que agora estava na calçada com o policial Bridges, viu a equipe de TV abrir caminho pelo meio da multidão: eram os inconfundíveis caçadores de notícias, apesar de ele não estar enxergando a van deles estacionada na esquina. Um deles começou a montar um tripé. Então aconteceu algo que fez todos se sobressaltarem. Rosemary Stanley berrou.

Foi um som apavorante, cortando o ar. A multidão o recebeu com um ruído que mais parecia um eco daquele berro vindo de muito longe, meio engolir em seco, meio murmúrio de aflição. Spenser, que se assustara como o resto das pessoas, firmou-se no chão, fincando os calcanhares, afundando-se na lama sem vacilar, os ombros arqueados, como que para mostrar a firmeza de suas intenções, sua determinação de não se mover. Mas não voltou a falar. Fleetwood pensou o que todo mundo pensou, o que o próprio Spenser talvez tivesse pensado: que seu discurso causara a ação que originara o berro.

Se o homem armado tivesse feito o que lhe fora pedido e tivesse se aproximado da janela, aquilo serviria de distração, e Fleetwood e Bridges poderiam ter aproveitado a oportunidade para subir na casa e entrar pela janela aberta. O homem também sabia disso, sem dúvida. Mas Fleetwood se sentia estranhamente reconfortado. Não houvera disparo. Rosemary Stanley não tinha berrado por ter levado um tiro. Spenser, depois de demonstrar seu destemor e sua fleuma, deu as costas para a casa e andou lentamente pela grama empapada até o caminho, abriu o portão, saiu para a calçada e lançou um olhar vazio e sem paixão alguma para a multidão. Disse a Fleetwood:

– Você vai ter que entrar.

Fleetwood tinha consciência de que estava sendo fotografado, um retrato da lateral de sua cabeça, de perfil. A fotografia que realmente queriam era do rosto de Spenser. De repente, as cortinas se abriram e o homem armado apareceu. Foi engraçada a maneira como aquilo fez com que Fleetwood se lembrasse da peça de teatro a que ele e Diana levaram a sobrinha dela no Natal: um par de cortinas que se abria de supetão e um homem que aparecia entre elas com muita dramaticidade. O vilão da peça. O Rei Demônio. A multidão suspirou. Uma mulher no meio da multidão soltou um berro histérico estridente, que foi interrompido de maneira abrupta, como se ela tivesse tapado a boca com a mão.

– Você tem vinte minutos – disse o homem armado.

– Onde foi que você arrumou a arma, John? – Spenser perguntou.

John? Fleetwood pensou. Por que John? Porque Lesley Allan ou Sheila Manners ou alguma das outras vítimas tinha dito, ou só para que Spenser tivesse a satisfação de ouvi-lo dizer "Meu nome não é John"?

– Essas réplicas são muito boas, não é mesmo? – Spenser disse, em tom informal. – É preciso experiência para saber diferenciar. Não diria que é necessário ter conhecimentos de especialista, mas experiência, sim.

Agora Fleetwood estava no meio da multidão, tinha sido engolido por ela, assim como Bridges. Os dois abriam caminho por entre as pessoas, na direção da rua principal. Quanto tempo Spenser conseguiria fazer com que ele ficasse falando? Não muito, se a única coisa que fizesse fosse desdenhar dele, caçoar de sua arma. De trás de si, escutou:

– Você só tem dezessete minutos.

– Tudo bem, Ted, vamos conversar.

Agora estava melhor, mas Fleetwood desejava que Spenser parasse de chamar o homem armado por nomes inventados. Já não conseguia escutar mais nada, tinha passado a multidão e estava na rua principal, onde o trânsito estava completamente paralisado. Ele e Bridges entraram no beco, fechado aos carros por uma haste de ferro e que se transformava na alameda atrás das casas. Foi fácil encontrar a casa dos Stanley, ressaltada por uma garagem de concreto horrorosa. A essa altura o homem armado poderia muito bem ter fechado a janela, mas não fechou. Claro que, se a janela estivesse fechada, seria praticamente impossível entrar na casa, pelo menos sem fazer barulho, de modo que Fleetwood devia ficar feliz, pensou, por John ou Ted ou seja lá qual fosse seu nome não ter pensado em fechá-la. Mas, em vez disso, a informação o atingiu com uma sensação de desalento frio e vago. O fato de a janela não ter sido fechada certamente não era fortuito. Tinha sido deixada aberta por alguma razão.

Estavam próximos o suficiente mais uma vez para escutar a voz de Spenser e a do homem armado. Spenser dizia algo a respeito de deixar Rosemary Stanley sair da casa antes de começarem as negociações. Que a deixasse descer a escada e sair pela porta da frente para poderem começar a discutir termos e condições. Fleetwood não conseguiu escutar a resposta do homem. Apoiou o pé direito na glicínia, cujos galhos formavam quase um ângulo reto, o pé esquerdo um metro acima na forquilha, e deu impulso para alcançar o telhado da extensão... Agora só precisava passar a perna por cima do parapeito. Gostaria de continuar escutando as vozes, mas só ouvia freios gemendo na rua principal ou buzinas esporádicas e inconscientes de motoristas apressados. Bridges começou a subir. As coisas que se notam quando se passa por momentos de tensão e provação são estranhas. A última coisa que importava naquele momento era a cor da tinta usada para pintar o parapeito da janela. No entanto, Fleetwood registrou a cor, azul cretense, o mesmo tom da porta de entrada da casa que ele e Diana estavam comprando em Chigwell.

Fleetwood se viu no banheiro. Tinha paredes cobertas de azulejos verdes e, no chão, lajotas cor de creme. Pegadas, deixadas com lama fresca e agora seca, atravessavam-no, cada vez mais fracas ao se aproximarem da porta. O homem armado entrara por ali. Bridges agora estava do lado de fora da janela, passando o peso do corpo por cima do parapeito. Fleetwood precisou abrir a porta, apesar de não conseguir pensar em nada que tivesse desejado menos fazer na vida. Não era corajoso, pensou, tinha imaginação demais e, às vezes (apesar de aquele não ser o melhor momento para pensar sobre o assunto), parecia-lhe que uma vida mais contemplativa e erudita lhe cairia melhor do que o trabalho na polícia.

Dali, o ruído do trânsito era muito fraco, distante. Em algum lugar da casa, uma tábua do assoalho rangeu. Fleetwood também escutava uma pulsação regular, mas esta, ele sabia, era de seu próprio coração. Engoliu em seco e abriu a porta. O patamar a sua frente não era o que ele esperava. Estava coberto por um tapete cor de creme claro, bem grosso, e o corrimão da escada era de madeira reluzente, e na parede da escada havia quadros em molduras douradas e prateadas, com desenhos e gravuras de pássaros e animais e uma das *Mãos em oração* de Dürer. Era uma casa onde as pessoas eram felizes e onde o amor e o carinho que tinham umas pelas outras se refletiam nos móveis e no capricho. Um arroubo de fúria tomou conta de Fleetwood, porque o que estava acontecendo ali agora era um ataque àquela felicidade tranquila, uma profanação.

Ficou parado no patamar, segurando no corrimão. As três portas dos quartos estavam fechadas. Ele olhou para o desenho de uma lebre e para o desenho de um morcego com rosto vagamente humano, vagamente suíno, e ficou imaginando qual seria o atrativo do estupro que levaria um homem a ter vontade de cometê-lo. De sua parte, ele só conseguia se satisfazer com o sexo se a mulher o desejasse tanto quanto ele a desejava. Coitadas daquelas moças, pensou. A moça e o homem armado estavam atrás da porta à esquerda de onde Fleetwood se encontrava; ou à direita, do ponto de vista dos observadores. O homem armado sabia o que estava fazendo. Não seria tão tolo a ponto de deixar a frente da casa abandonada enquanto investigava o que estava acontecendo na parte dos fundos.

Fleetwood raciocinou: se ele atirar em mim, ou eu morro ou sobrevivo e me recupero. Sua imaginação tinha lá seus limites. Mais tarde, ele se lembraria de que pensara aquilo com toda a inocência. Ficou parado na frente da porta fechada, apoiou a mão nela e disse com voz firme e clara:

– Aqui é o sargento-detetive Fleetwood. Estamos dentro da casa. Por favor, abra a porta.

Antes, o silêncio não tinha sido total. Fleetwood percebeu isso porque agora um silêncio absoluto se instalava. Esperou um pouco e voltou a falar.

– O melhor que tem a fazer é abrir esta porta. Seja sensato e se entregue. Abra a porta agora e saia ou deixe que eu entre.

Mal lhe ocorrera a idéia de que a porta talvez não estivesse trancada. Experimentou a maçaneta, que cedeu. Fleetwood sentiu-se um pouco tolo; e isso, de uma maneira curiosa, ajudou. Abriu a porta, sem escancará-la; ela se escancarou por conta própria, por ser o tipo de porta que sempre bate em algum móvel imediatamente à direita de seu arco.

O quarto apareceu a sua frente como o cenário de um palco: uma cama de solteiro com cobertas e colcha azuis reviradas, um criado-mudo sobre o qual havia um abajur, uma caneca, um livro, um vaso com uma única pena de pavão, paredes forradas com papel exibindo mais penas de pavão verdes e azuis, o vento soprando através da janela quebrada, erguendo as cortinas verde-esmeralda. O homem armado estava de costas para um guarda-roupa de canto, apontando a arma para Fleetwood, com a moça na frente dele e o braço livre ao redor da cintura dela.

Ele alcançara um pico de pânico perigoso. Fleetwood sabia disso por causa da mudança na expressão dele. Pouco lembrava o rosto que aparecera duas vezes à janela; sua expressão estava tomada por um pavor animal e por uma regressão aos instintos. A única coisa que importava agora para aquele homem era a autopreservação; aquela era uma questão passional para ele, mas nessa paixão não havia sabedoria nem prudência, apenas a necessidade de fugir matando todos aqueles que tentassem impedi-lo. E, no entanto, ele não tinha matado ninguém, pensou Fleetwood, e segurava na mão a réplica de uma arma.

– Se largar a arma agora – ele disse – e deixar a srta. Stanley descer... se fizer isto, sabe que as acusações contra você serão mínimas em comparação com as que poderão ser feitas se você ferir ou ameaçar qualquer outra pessoa. – E os estupros?, ficou imaginando. Ainda não havia prova de que este era o mesmo homem. – Precisa largar a arma. É só abaixar a mão com que segura a arma. Erga o outro braço e deixe que a srta. Stanley saia.

O homem não se mexeu. Segurava a moça com tanta força que as veias da mão dele saltavam, azuis. A expressão em seu rosto ia se intensificando enquanto sua testa se franzia cada vez mais; as rugas ao redor de seus olhos se aprofundavam, e os próprios olhos começaram a arder.

Fleetwood ouviu ruídos vindos da parte da frente da casa. Pés se arrastando e um baque. Os ruídos foram abafados pelo barulho da chuva quando um pé d'água repentino e forte atingiu a parte superior da janela, que não estava quebrada. As cortinas inflaram para dentro. O homem armado não se mexeu. Fleetwood realmente não esperava que ele fosse falar, e foi um choque quando falou. A voz estava estrangulada pelo pânico, não passava de um murmúrio.

– Esta arma aqui não é réplica alguma. É de verdade. É melhor acreditar em mim.

– Onde a conseguiu? – Fleetwood perguntou; nele, o nervosismo afetava mais o estômago do que a garganta. Sua voz estava firme, mas ele começava a sentir uma certa náusea.

– Alguém que eu conheço pegou de um alemão morto em 1945.

– Você viu isso na TV – Fleetwood disse. Às costas dele, Bridges estava postado na passagem estreita atrás da qual ficavam a balaustrada e a escada. Dava para sentir a respiração de Bridges, quente no ar frio. – Quem é este "alguém"?

– E por que eu diria? – Uma língua muito vermelha saiu e umedeceu os lábios que tinham o mesmo tom oliva da pele do homem. – Foi o meu tio.

Um calafrio percorreu o corpo de Fleetwood, porque um tio teria mais ou menos a idade correta, um tio que estivesse na casa dos cinquenta agora, 25 ou trinta anos mais velho do que aquele homem.

– Deixe a srta. Stanley sair – ele disse. – Por que não? O que tem a ganhar se não soltá-la? Não estou armado. Ela não o protege de nada.

A moça não se mexeu. Estava com medo de se mover. Seu corpo estava largado por cima do braço que a segurava com tanta força, uma menina pequena e magra com uma camisola azul de algodão, os braços nus todos arrepiados. Fleetwood sabia que não devia fazer promessas que não teria permissão para cumprir.

– Deixe-a ir e eu garanto que vai contar muito a seu favor. Não vou fazer nenhuma promessa, veja bem, mas vai contar a seu favor.

Ouviu-se o som de um baque que Fleetwood tinha bastante certeza de se tratar de alguém apoiando uma escada com a extremidade acolchoada na parede da casa. O homem parecia não ter escutado. Fleetwood engoliu em seco e deu dois passos para dentro do quarto. Bridges agora estava atrás dele, e o homem armado o viu. Ergueu a mão que segurava a arma uns cinco centímetros e apontou para o rosto de Fleetwood. Ao mesmo tempo, tirou o braço do redor da cintura de Rosemary Stanley, cravando as unhas com força na pele dela. De fato, a moça soltou um gemido trêmulo e encolheu o corpo todo. Ele recolheu o braço em um movimento brusco e deu uma joelhada nas costas dela, de modo que ela cambaleou e caiu no chão, de quatro.

– Eu não a quero – ele disse. – Não serve de nada para mim.

Fleetwood disse, com voz satisfeita:

– Muito sensato da sua parte.

– Mas preciso que me prometa uma coisa.

– Venha até aqui, srta. Stanley, por favor – Fleetwood disse. – Vai ficar em segurança. – Será que ficaria mesmo? Só Deus poderia saber. A moça engatinhou, ergueu-se, aproximou-se dele e agarrou a manga de seu casaco com as duas mãos. Mas ele achou melhor repetir. – Agora está segura.

O homem armado também se repetiu. Começou a bater os dentes e a grugulejar.

– Você tem que me prometer uma coisa.

– O que é?

Fleetwood olhou além dele e, quando o vento ergueu as cortinas quase até o teto, viu a cabeça e os ombros do delegado Irving aparecerem à janela. O corpo do policial bloqueava metade da luz, mas o homem armado pareceu não notar. Ele disse:

– Prometa que eu posso sair daqui pelo banheiro e me dê cinco minutos. Só isso... cinco minutos.

Irving estava pronto para atravessar o parapeito da janela. Está tudo terminado, Fleetwood pensou, nós o vencemos, agora ele vai ficar manso como um cordeirinho. Pegou a moça nos braços, abraçou-a por ela ser tão jovem e estar apavorada, e lançou-a para Bridges, virando-se de costas para o homem armado, ouvindo atrás de si uma voz trêmula que dizia:

– É de verdade, eu avisei, eu disse.

– Leve-a para baixo.

Por cima do corrimão, na parede ao longo da qual a escada se estendia, estava pendurada a reprodução daquelas mãos em oração, uma gravura em aço. Bridges passou bem diante dela para pegar a moça e carregá-la para baixo. Foi um daqueles momentos eternos, infinitos e no entanto rápidos como um flash. Fleetwood viu as mãos que oravam por ele, por todos eles, enquanto Bridges, cujo corpo as encobrira, descia a escada. Atrás dele, um pé pesado pisou no chão, uma janela bateu, uma voz trêmula soltou um grito e algo atingiu Fleetwood nas costas. Tudo aconteceu muito devagar e muito rápido. A explosão parecia ter vindo de longe, o escapamento de um carro estourando na rua principal, talvez. Não sentiu mais dor do que a de um soco na base da coluna.

Enquanto caía viu as mãos unidas com leveza em oração, as mãos gravadas, subindo acima de seu campo de visão. Desabando por cima do corrimão, tentou agarrá-lo e foi escorregando escada abaixo, como faria uma criança segurando-se nas grades de um berço. Estava totalmente consciente e, de modo estranho, não sentia mais a dor do soco nas costas, apenas um cansaço enorme.

Uma voz que anteriormente fora suave e baixa, agora ele escutava berrando, estridente:

– Ele pediu, eu disse a ele, eu avisei, ele não acreditou em mim. Por que não acreditou em mim? Ele me obrigou a fazer isto.

Ele me obrigou a fazer... o quê? Não foi mesmo nada de mais, Fleetwood pensou e, segurando-se nas barras, tentou se erguer. Mas seu corpo tinha ficado pesado e se recusava a se mover, pesado como chumbo, entorpecido, preso ou pregado ou colado ao chão. A umidade vermelha que se espalhava pelo carpete o surpreendeu e ele perguntou aos outros:

– De quem é este sangue?

2.

Durante toda a vida, desde que era capaz de se lembrar, Victor conviveu com uma fobia. Um professor da faculdade a quem ele muito imprudentemente mencionara a questão a batizara de quelonofobia, que alegou ter inventado a partir do grego. Ele fazia piadinhas idiotas com aquilo sempre que a oportunidade se apresentava, como, por exemplo, quando o gato do reitor entrou na sala de aula certo dia ou uma vez em que alguém estava conversando sobre *Alice no país das maravilhas*. A fobia de Victor era forte a ponto de ele não desejar ouvir o nome da criatura nem nomeá-la por conta própria em seus pensamentos; não podia nem ver uma figura dela em livros, assim como algum brinquedo ou enfeite feito à sua imagem – e existiam milhares.

Nos últimos dez anos, mais ou menos, ele não a tinha visto nem ouvira ninguém falar sobre ela, mas às vezes a criatura (ou algum de seus alótropos) aparecia em seus sonhos. Aquilo sempre acontecia e provavelmente sempre aconteceria, mas ele calculava que estava um pouco melhor em relação à fobia do que antes, já que não berrava mais tão alto enquanto dormia. Georgie lhe diria se tivesse berrado. Mesmo quando ele só resmungava um pouco, Georgie fazia o maior escarcéu sobre o evento. Tinha tido um desses sonhos na noite anterior, sua última noite ali, mas àquela altura ele já sabia se despertar, e foi o que fez, choramingando e tateando de volta à realidade.

A moça foi buscá-lo de carro. Ele se sentou ao lado dela no banco da frente mas não olhou muito para fora; na verdade, ainda não queria ver o mundo. Quando pararam em um sinal vermelho, ele virou a cabeça para o lado e viu a loja de animais, e isso o lembrou de que mais uma vez voltaria a ser presa fácil para sua fobia. Não que houvesse algo do tipo na vitrine, nenhum réptil de qualquer espécie, mas sim um cachorrinho branco e dois gatinhos brincando em um montinho de palha. Estremeceu mesmo assim.

– Está tudo bem, Victor? – a moça perguntou.

– Está – ele respondeu.

Era para Acton que eles se dirigiam; não era seu lugar preferido, mas não tinham lhe dado muita escolha. Sugeriram algum lugar não totalmente desconhecido como: Acton, ou Finchley, ou Golders Green. Golders Green podia ser um pouco mais caro. Ele respondeu que Acton estava bom, ali passara sua infância, seus pais tinham morrido ali, uma tia sua ainda morava por lá. Achou que seria quase insuportavelmente doloroso olhar para fora do carro e ver o lugar conhecido, mudado mas ainda o mesmo, sempre ali, seguindo em frente enquanto ele passara uma década afastado. Aquilo fora algo inesperado. Fechou os olhos e os manteve fechados até sentir o carro fazer uma curva e apontar para o norte. Hanger Lane? Não, Twyford Avenue. Aquela era mesmo a área da mãe e a do pai. Não iam enfiá-lo na mesma rua, não é mesmo? Não iam. A casa da sra. Griffiths na Tolleshunt Avenue ficava três ou quatro ruas mais para o oeste. Victor achou que gostaria de poder ficar sentado no carro para sempre, mas saiu e parou na calçada, sentindo-se tonto.

A moça indicou o caminho. Victor a seguiu pela entrada. Ela tinha uma daquelas bolsas de mão divididas em vários compartimentos, com seções com zíperes e bolsos externos, e de um deles tirou um chaveiro com duas chaves penduradas, uma de metal dourado, a outra prateada. Foi a dourada que ela inseriu na fechadura e abriu a porta. Voltou-se e lançou-lhe um sorriso reconfortante. A única coisa que ele conseguiu enxergar de início foi a escada. A maior parte do hall de entrada ficava atrás dela. A moça, cujo nome era Judy Bratner e que tinha pedido a Victor que a chamasse de Judy desde o início, conduziu o caminho escada acima. O quarto ficava no primeiro andar, a porta foi aberta com a chave prateada. Victor ficou surpreso de ver como o quarto era pequeno, porque Judy tinha lhe dito quanto custaria o aluguel, apesar de não ser ele a pagar, e ela ficou parada no batente da porta por um instante, permitindo que os olhos dele passeassem da pia minúscula com bancada em um canto até a janela sem cortina, com sua persiana de algodão, e de volta à figura magricela de Judy e seu rosto sincero, dedicado e cheio de boas intenções.

A persiana estava abaixada, e a primeira tarefa autodesignada de Judy foi erguê-la. Um raio de sol acanhado e constrangido entrou. Judy ficou parada ao lado da janela, agora com um sorriso mais confiante, como se tivesse pessoalmente feito com que o sol brilhasse e tivesse criado (com uma pintura em tela, talvez) a vista. Victor foi até a janela e ali parou, olhando para fora. O ombro direito dele estava a uns bons quinze centímetros do ombro esquerdo da moça, mas ela mesmo assim estremeceu um pouco e se afastou um tantinho para a direita. Sem dúvida, o gesto foi involuntário, um reflexo, porque ela devia conhecer o passado dele.

Olhando para baixo, ele viu a rua em que nascera e crescera. Dali, não tinha certeza exatamente qual era a casa, mas era uma das residências geminadas com telhado cinzento de ardósia e jardim comprido e estreito, separado do jardim vizinho por cercas claras de nogueira. Em uma daquelas casas, pela primeira vez, ele tinha visto...

Judy falou com uma voz cheia de pesar, como se tivesse precisado reunir toda a coragem para fazê-lo.

– Não conseguimos encontrar nenhum emprego para você, Victor. E acredito que não haja nenhuma perspectiva neste momento.

Como essa gente falava! Ele sabia do desemprego, que tinha crescido durante os últimos anos e que agora pairava como uma névoa sobre o país.

– Quando se acomodar aqui, pode ir pessoalmente à Central de Empregos. Claro que precisará ser sincero a respeito de seus... – ela procurava uma palavra, preferivelmente alguma gíria, um eufemismo.

– Antecedentes – ele disse sem se abalar.

Ela aparentou não ter escutado, apesar de seu rosto ter enrubescido.

– Neste meio-tempo – ela disse –, você vai demorar um pouco para se acostumar com este lugar. No começo, as coisas vão parecer um pouco estranhas... Me refiro ao mundo ao seu redor. Mas já conversamos sobre o assunto.

Não tanto assim, aliás, quanto Victor esperava. Outros prisioneiros, perto do fim de sua sentença, iam sendo gradualmente aclimatados ao mundo exterior, saíam um dia, depois um fim de semana. Nada do tipo tinha sido feito com ele, e ficou imaginando se existiriam novas regras em relação às técnicas de soltura para prisioneiros de longa data. Exemplares de jornais conseguiam penetrar na prisão e não havia nenhuma proibição relativa a lê-los todos os dias, mas não eram jornais sérios, do tipo conhecido como "de qualidade", e apresentavam manchetes e fotos em detrimento de informação. Por exemplo, depois daquela conversa com o diretor que ocorrera logo no começo, mal tinham dado notícias sobre o policial.

Daí, seis meses antes da data marcada para sua soltura, seu "programa de reabilitação" começou. Ele tinha sido avisado com antecedência, mas a única coisa que aconteceu foi que Judy Bratner ou seu colega, um homem chamado Tom Welch, passaram a conversar com ele durante meia hora a cada quinze dias. Eram voluntários do Serviço de Liberdade Condicional e Pós-Proteção ou alguma coisa do tipo, e colocavam muita ênfase em não serem chamados de visitantes da prisão. Exatamente o que eram e quem eram Victor nunca descobriu, porque Judy e Tom, apesar de gentis e empenhados em ajudá-lo, tratavam-no como se fosse um garoto de doze anos estúpido e analfabeto. Ele não se importava porque não queria saber. Contanto que fizessem o que tinham prometido, se encontrassem algum lugar para ele morar e lhe dissessem como chegar ao Departamento de Saúde e Segurança Social para poder se sustentar, não desejaria mais nada. Agora, desejava que Judy fosse embora.

– Ah, eu quase esqueci – ela disse. – Preciso mostrar onde fica o banheiro.

Ficava no fim do corredor, seis degraus abaixo, dobrando uma quina, um pequeno aposento pintado no tom verde de ervilhas enlatadas.

– Tudo o que pode desejar, como vê.

Ela começou a explicar a ele como fazer para colocar em funcionamento o aquecedor, com a inserção de moedas de vinte centavos, e o aquecedor de água, com moedas de cinquenta. Victor não conseguia se lembrar de algum dia ter visto uma moeda de vinte centavos. Era uma daquelas moedas novas. Agora também, aparentemente, havia uma moeda de uma libra. Percorreram o corredor de volta. Uma faixa de madeira entalhada, que Victor pensou ser uma proteção de cadeira, percorria a parede na altura da cintura e, no gesso acima dessa faixa, em letras de cerca de um centímetro de altura, alguém tinha escrito a lápis: "A merda vai bater no ventilador."

– Agora, vou deixar este número com você, Victor, para que possa nos ligar se houver algo que o incomode. Bom, há dois números, só para garantir. Não queremos que você se sinta sozinho. Queremos que você sinta que há pessoas para apoiá-lo, que se preocupam de verdade com você. Certo?

Victor assentiu com a cabeça.

– Claro, nem precisa dizer, eu ou Tom vamos dar uma passada daqui a um ou dois dias para ver como você está se virando. Eu disse que o telefone público fica no andar térreo, logo atrás da escada? Para isto, você vai precisar de moedas de cinco e dez centavos. Bom, está bem de dinheiro, não está, até o pagamento do seguro social chegar? Acredito que a sra. Griffiths, que é dona desta casa, *saiba*. Só achei melhor dizer a você, mas não há como ninguém ter dito nada a ela. – O rosto de Judy se contorcia com o esforço agonizante daquilo tudo. A vida profissional dela consistia em relatar verdades terríveis e impalatáveis (não há trabalho, não há segurança, conforto, facilidade, paz, futuro), e isso estava começando a transparecer em seu rosto transtornado e retesado. – Quer dizer, nós sempre precisamos contar, porque as pessoas acabam descobrindo, sabe como é. Na verdade, a sra. Griffiths já está na nossa lista há um bom tempo.

O que isso significava? Que metade dos outros inquilinos também era formada por ex-presidiários? Ex-criminosos?

– Mas ela não mora no local – Judy disse com o ar de alguém que conta primeiro a má notícia, depois a boa. Ela parecia estar procurando alguma observação que pudesse usar como deixa e nela se concentrou firmemente. – Esta região realmente é muito agradável, nem um pouco agitada. A rua é calma, não é uma via de circulação intensa. Você pode pensar em entrar para alguma associação, em fazer amigos. Que tal um curso noturno?

Por cima da balaustrada, ele a observou descer a escada. A porta de entrada se fechou atrás dela. Ele ficou imaginando se estava sozinho na casa. Não havia absolutamente nenhum som interno. Ficou prestando atenção e escutou Judy dar partida no carro, depois um veículo mais pesado, com motor a diesel, estacionar mais para baixo na rua, o berro estridente de uma mulher, seguido por uma risada ressonante. Victor voltou para seu quarto e fechou a porta. Judy ou alguém tinha colocado na bancada da pia e na prateleira a seu lado um pão embrulhado, um pacote de margarina, leite longa-vida, carne moída e feijão enlatados, saquinhos de chá, café instantâneo e açúcar granulado. Víveres básicos da dieta da classe operária inglesa vistos através dos olhos de uma assistente social.

Victor examinou a pia, as torneiras, o pequeno aquecedor de água cilíndrico, familiarizando-se com o lugar. Entre a pia e a janela havia um armário triangular, formado por meio da instalação de uma moldura com uma porta no canto do quarto. Dentro dele havia algumas roupas, sendo que algumas delas, percebeu, eram as que ele possuíra naquele tempo longínquo antes de sua prisão. Tudo o que ele possuía tinha passado para a posse dos pais, e ambos estavam mortos agora; o pai se fora primeiro, e a mãe, apenas seis meses depois. Informaram a Victor que poderia ser solto temporariamente para comparecer ao enterro dos pais, mas não desejou fazê-lo. Teria sido vergonhoso.

A cama era de solteiro, estava arrumada com lençóis de náilon cor-de-rosa, dois cobertores multicoloridos fabricados no Terceiro (ou quem sabe quarto ou quinto) Mundo e uma colcha que em seus dias de glória fora usada como cortina de uma porta envidraçada. A faixa pela qual os ganchos se introduziam ainda estava presa ao tecido. A única cadeira no quarto era de bambu coreano, e havia uma mesinha de centro de bambu e vidro sobre a qual alguém (o profeta grafiteiro do desastre?) tinha apagado uma centena de cigarros, conferindo quase, mas não exatamente, o efeito de uma gravação térmica. Sobre o linóleo escorregadio, de padrão vermelho com retângulos cor de creme, de modo que lembrava raviólis em molho de tomate, havia dois tapetinhos verdes de náilon felpudo.

Victor olhou pela janela. O sol tinha ido embora, e os telhados de West Acton se estendiam vermelhos e cinzentos e cor de terracota sob o céu cinza claro em que uma aeronave não-identificada reluzente traçava seu trajeto até Heathrow. Não havia vento, e o ar estava muito limpo. Dava para ver uma rua principal, ao longo da qual o tráfego andava em um fluxo metálico. Ela ficava logo atrás dos jardins da rua onde tinha sido a casa de seus pais (ou melhor, onde ficava a casa que seus pais alugaram durante toda a sua vida de casados). Ele se sentia feliz por estarem mortos: não de qualquer ponto de vista convencional ou sentimental, tais como vergonha de ter que confrontá-los ou medo de lhes causar sofrimento, mas simplesmente porque este era um obstáculo adicional de problemas e tropeções fora de seu caminho. No entanto, ele tinha amado a mãe profundamente, ou pelo menos repetia aquilo a si mesmo com tanta frequência que acabou por acreditar.

Quando foi mandado para a prisão, supostamente deveria ter dado início a sessões regulares com um psiquiatra, já que, ao proferir a sentença, o juiz repetira a recomendação do júri para que ele recebesse tratamento psiquiátrico. Mas ele nunca tinha se consultado com psiquiatra nenhum (supostamente devido à falta de recursos ou à falta de psiquiatras), e a única vez em que se sugeriu que ele poderia ser submetido a algum tipo de tratamento para uma possível instabilidade mental foi quando lhe perguntaram, apenas dois anos antes, se gostaria de ser voluntário na terapia de grupo como parte de um experimento conduzido por um sociólogo convidado. Victor recusara e nada mais foi dito. Mas enquanto esperava o chamado de algum psiquiatra naqueles primeiros dias, às vezes ficava repassando pela cabeça o que diria para o tal homem ou a tal mulher quando chegasse a hora. Mais do que tudo, pensava em sua fobia e na maneira grotesca como ela tinha começado e nos ataques de pânico e nas crises violentas de fúria. Ele também se perguntava por que o filho de um casal feliz de classe média, com uma infância em sua maior parte sem percalços e feliz, sentiria a necessidade de atacar mulheres sem motivo nem razão.

Um psiquiatra poderia ter fornecido algumas respostas. Por conta própria, Victor não tinha sido capaz de fornecer nenhuma. E ficava furioso quando pensava em sua fúria, entrava em um estado de pânico e confusão quando tentava examinar seus temores. Às vezes pensava naquilo como sintoma de alguma doença que o contaminara. Porque não podia ter sido herdado nem adquirido por negligência quando era criança. Na prisão, o que sentia a maior parte do tempo, mais do que qualquer outra emoção, era pena de si mesmo.

Um dia, o diretor mandara chamá-lo. Victor achou que talvez fosse para lhe dizer que seu pai, que não andava bem, estava pior ou até morrendo. Mas, na verdade, seu pai ainda demoraria dez anos para morrer. Um oficial da prisão o levou até a sala do diretor e se sentou em uma cadeira fornecida especialmente para esse tipo de carcereiro, mais ou menos entre Victor e o diretor, que de todo modo estava protegido por sua enorme mesa de carvalho. O agente carcerário ficou sentado da maneira como os carcereiros e os policiais que estão esperando alguma coisa acontecer ou que estão vigiando alguém sempre se sentam: torso ereto, pernas afastadas, mãos cruzadas no colo, expressão de idiotice vazia.

– Bom, Jenner – o diretor disse. – Achamos que você talvez estivesse interessado em receber notícias do progresso do sargento-detetive Fleetwood. Estou certo?

– Está sim, senhor – Victor respondeu.

O que mais poderia dizer? Gostaria de poder ter dito que não se importava e que aquilo não tinha nada a ver com ele. Gostaria de ter agarrado o tinteiro da mesa e jogado na cabeça do diretor, para ver a tinta pingar do queixo dele como sangue negro em seu colarinho imaculado. Mas ele queria obter o máximo de remissão. Naquele tempo, ele tinha muita vontade de sair dali.

– Já faz um ano que o sargento Fleetwood está no hospital Stoke Mandeville. É um hospital de ortopedia, compreenda, e isso significa que é especializado em ferimentos na coluna e nos membros.

Não era isso que significava. Significava que era especializado em correção de deformidades. Mas o diretor era um canalha ignorante que falava com todo mundo do mesmo jeito, como se todos fossem os mesmos cabeças-duras iletrados de sempre.

– Fico feliz de informá-lo que ele fez grandes avanços... – o diretor pareceu se dar conta do que tinha dito e, com uma pausa, limpou a garganta. – Claro que não é capaz de caminhar sem ajuda mecânica, mas há esperança de que ele poderá um dia ser capaz de fazê-lo. Está de bom humor e logo sairá do hospital para dar prosseguimento à vida em seu próprio ambiente.

– Obrigado, senhor – disse Victor.

Antes do julgamento, enquanto estava sob custódia provisória, tinha lido artigos nos jornais sobre o sargento Fleetwood. Nunca sentira pena dele, apenas desprezo e uma espécie de exasperação. Se Fleetwood tivesse agido com sensatez, se o tivesse escutado e acreditado nele, se tivesse acreditado em Victor quando disse que a arma era de verdade, Fleetwood seria hoje um homem em forma e vigoroso, um homem com uma vida normal, fazendo seu trabalho. Mas ele não tinha escutado, e Victor perdera a cabeça. Era algo que acontecia com ele em momentos de grande estresse ou pressão; sempre fora assim. Ele perdia a cabeça, entrava em pânico e fazia coisas nesse estado. E era por isso que tinha sido um erro acusá-lo e indiciá-lo por tentativa de assassinato. A intenção dele não era matar e nem mesmo aleijar ou ferir Fleetwood. O pânico tomara conta dele como uma espécie de roupa elétrica, encaixando-se nele como uma segunda pele, fazendo seu corpo todo formigar, arrastando-se por cima dele, pinicando e mandando até sua mão um impulso que puxou o gatilho e disparou a arma. Aquela era a única maneira que ele encontrava para descrever um de seus pânicos: uma roupa elétrica cheia de fios que o pinicavam.

Um dos tablóides populares publicara um artigo sentimental sobre Fleetwood. Dizia que seu primeiro nome era David e que tinha 28 anos (a mesma idade de Victor) e era noivo de uma moça chamada Diana Walker. Havia uma foto do casal, tirada na festa de noivado. O artigo explorara muito o fato de que Fleetwood estava com casamento marcado para a semana seguinte. Não se casara, mas a namorada declarou ao jornal que só estavam esperando até que os ferimentos superficiais de Fleetwood sarassem. Ela iria se casar com ele assim que pudesse. Não fazia mal ele não poder se movimentar, não ser capaz de caminhar e talvez nunca mais voltar a caminhar, ela se sentia muito feliz por ele estar vivo. Os dois enfrentariam a situação, os dois juntos. O importante era estarem juntos. Não havia nada no artigo a respeito de Victor Jenner. Claro que não podia haver (nada sobre o monstro que ele era e sobre como era lastimável que pessoas como ele não pudessem ser chicoteadas até o limite da morte), porque isso estaria *sub judice*. Mas falava muito sobre como Fleetwood era um policial maravilhoso. Da maneira como escreviam sobre ele, sobre seu cérebro brilhante, sua natureza doce, sua coragem invencível, seu altruísmo, seu poder de raciocínio e suas faculdades de dedução, fazia a gente pensar por que ele não era pelo menos superintendente ou até mesmo promotor-geral.

Victor o enxergava como o instrumento por meio do qual ele tinha sido mandado para a prisão por catorze anos.

Depois daquela entrevista com o diretor, Victor nunca mais recebera uma palavra sequer a respeito de Fleetwood. Não lia jornais todos os dias. Às vezes, passava semanas e semanas sem avistar um jornal. Mas, certo dia, cerca de dois anos mais tarde, acabou lendo um artigo sobre um show beneficente no Albert Hall, organizado para ajudar os dependentes de policiais feridos, e o show tinha sido apresentado por David Fleetwood. Não havia foto, mas o parágrafo mencionava que Fleetwood apresentara os artistas sentado em sua cadeira de rodas.

O diretor não sabia nada a respeito da maior parte das coisas que aconteciam na prisão. As notícias relativas aos detalhes da conduta de Victor antes de atirar no policial tinham circulado; os outros prisioneiros sabiam que ele era o estuprador de Kensal Rise e todos eles nutriam uma espécie de antipatia virtuosa por estupradores, da mesma maneira que acontecia com os molestadores de crianças. Tudo bem bater na cabeça de senhoras em uma tabacaria para arrombar a caixa registradora, não fazia mal roubar bancos; mas estupro era outra coisa, algo que passava dos limites.

Victor agora sabia como era ser estuprado. Quatro deles o estupraram certa noite, e Cal, que posteriormente se tornaria seu instrutor na oficina de móveis de escritório, disse-lhe que talvez assim ele aprendesse a não fazer de novo. Dolorido e sangrando, mas não em pânico naquela ocasião, Victor lançou um olhar fixo e frio e conseguiu, apesar das lágrimas em seu rosto, dar um sorrisinho apertado. Ele olhou e sorriu diante daquela ignorância tão inefável sobre a natureza humana, sobre a vida e sobre a maneira como os homens são.

Será que uma coisa daquelas poderia ensiná-lo a não repetir suas ações? Victor não sabia. Seus olhos, enquanto divagava sobre o passado, fixaram-se como que hipnotizados no que ele achava ser o telhado da casa em que morara quando criança, um retalho vermelho entre outros vermelhos e cinzas, o branco das ruas e o verde dos jardins. Sacudiu-se e piscou para romper o transe.

Era abril. Os relógios tinham sido adiantados três semanas antes, e os dias eram claros e iluminados. Imediatamente abaixo de sua janela havia uma espécie de jardim com um barracão, quatro latas de lixo e um arquivo enferrujado. Na prisão, ele trabalhara na oficina de móveis de escritório, produzindo arquivos como aquele e bases para fotocopiadoras e cadeiras giratórias. Claro que aquele não podia ser um dos dele já envelhecido, pois itens produzidos por presidiários não podiam ser vendidos ao público em geral. O jardim da sra. Griffiths não era do tipo em que a gente pode se sentar ou praticar jardinagem, mas sim do tipo em que se coloca um saco de lixo ou se pega um balde de carvão. Uma boa quantidade de pátios igualmente cheios de tranqueiras estava visível, assim como jardins bem cuidados, mas fora isso eram só fundos de casas. Victor ficou imaginando se Judy e Tom tinham providenciado aquilo de propósito, para evitar que ele enxergasse pessoas caminhando pela rua quando olhasse através da janela.

Não iam querer que ele visse mulheres.

Será que ele era louco por pensar daquela maneira, por atribuir tanta cautela aos outros? Assim que saísse, ele veria mulheres. Elas compõem metade da raça humana. Talvez Judy e Tom não soubessem, disse a si mesmo, e Judy talvez tivesse se encolhido e se afastado dele por alguma outra razão bem diferente.

Afinal, não tinha sido por estupro que ele fora para a prisão, mas sim por tentativa de homicídio.

3.

Naquela primeira noite, ele ficou deitado na cama, listando mentalmente todas as coisas que precisava fazer. Não tinha conseguido se forçar a sair, porque assim que abriu a porta e colocou o pé no patamar da escada ouviu vozes lá embaixo e a risada de uma moça; a roupa elétrica começou a envolver seu tronco e seus membros, apertando o pescoço e sufocando a garganta, pinicando os pulsos e os tornozelos e esmagando o peito. Recolheu-se para o quarto, sem fôlego. Tinha tapado a cabeça e a parte superior do corpo com as cobertas da cama e ficou lá deitado por cerca de meia hora. Então se levantou e preparou para si um chá e feijões cozidos com pão, respirando fundo o tempo todo para se estabilizar. Foram necessárias força de vontade deliberada e muita concentração para conseguir se obrigar a pensar em coisas práticas, mas, finalmente, depois que escureceu, ali deitado na cama com a persiana abaixada e a lâmpada do teto e a do abajur de cabeceira acesas, conseguiu. Primeiro o seguro social, depois marcar hora com um médico, ir ao banco para obter informações sobre seu dinheiro. Então um telefonema para a tia em Gunnersbury. Daí a Central de Empregos.

Grandes mudanças deviam ter ocorrido no mundo lá fora. Uma noção disso lhe chegara durante o trajeto até a casa com Judy. Ele achava que Londres parecia mais suja, e as pessoas, mais esfarrapadas, e tudo de certo modo parecia *maior*, ainda que isso fosse somente uma impressão. E ele não conhecia ninguém, não tinha amigos, estava absolutamente sozinho. Lembrava-se de se gabar antigamente por não saber o que era solidão, gostava de sua própria companhia, mas agora estava menos certo disso. Surgiram dúvidas em relação ao que queria dizer quando mencionava sua própria companhia, não sabia exatamente o que era aquilo.

Tinha compartilhado uma cela durante tanto tempo em um prédio cheio de gente que se viu com medo da solidão de ter um quarto próprio. Mas finalmente conseguiu dormir, e seu sono foi abarrotado de sonhos. Sempre fora um sonhador profícuo e sonhara muito na prisão, principalmente o sonho sobre a rua que percorria toda a sua vida com as casas e, é claro, inevitavelmente, o sonho da fobia, mas nunca sonhava com a casa em Kensal Rise, no número 62 da Solent Gardens. Agora, após mais de dez anos, sonhou. Estava naquele quarto de novo, um animal em uma toca, com os caçadores chegando, primeiro por trás, depois pela frente. Como refém, a moça não servia para nada, porque ele só poderia matá-la... E, depois, o que poderia fazer? Nesse ponto do sonho, Victor percebeu que estava sonhando, porque as coisas não tinham acontecido bem assim. Pensou que acordaria antes da parte ruim.

Fleetwood abriu a porta e entrou, só que não era Fleetwood, era ele mesmo, ou sua imagem espelhada. Victor ouviu a si mesmo gritando com Fleetwood para que enviasse um policial de verdade, não alguém disfarçado, e Fleetwood, como se tivesse entendido, se metamorfoseou perante seus olhos, ficando mais alto, magro e pálido. Atrás dele, na parede, estava pendurado um quadro, um desenho a bico de pena ou gravura cujo tema Victor não conseguia distinguir, mas o qual temia.

– Estou sonhando – Victor disse e fechou e abriu os olhos novamente, forçando-se a acordar, mas o sonho se recusava a ir embora. – Esta arma é de verdade – ele disse a Fleetwood. – Ganhei de um tio que era oficial de alta patente no exército alemão. É melhor acreditar em mim.

– Claro que eu acredito em você – Fleetwood disse, e então Victor percebeu que não haveria parte ruim no sonho. – Você tem dez minutos para fugir. Não vou olhar, está vendo? Estou olhando para este quadro.

Fleetwood virou de costas e olhou para o quadro, debruçando-se na balaustrada. Não era o que Victor acreditava ser, e sim um par de mãos em oração. Com o braço ao redor da moça, Victor passou por ele e entrou no banheiro; só que, ao entrar, não era um banheiro, mas sim a casa da tia Muriel em Gunnersbury, e a mãe e o pai estavam lá, com os tios, tomando chá. Quando a mãe viu a moça, levantou-se e disse:

– Olá, Pauline, eu *não* a conheço.

Victor acordou. O quarto estava ensolarado. Refletiu a respeito de seu sonho. Quantas pessoas precisavam sonhar com coisas que aconteceram dez anos antes e com pessoas que estavam mortas ou que tinham sumido porque não conheciam ninguém novo? Claro que não conhecer ninguém era uma via de duas mãos. Ele não conhecia as pessoas; elas não o conheciam. Isso, no entanto, mudaria rapidamente. Logo mudaria se ele marcasse hora com o médico, se fosse se apresentar aos companheiros de casa e se fizesse o que Judy tinha sugerido, inscrever-se em um curso noturno.

Teria que dizer a todo mundo que conhecesse quem era e onde passara os últimos dez anos. Ou faria isso ou teria de contar mentiras elaboradas. Mudar o nome, para começar, dizer que tinha estado doente ou morando no exterior. Se fosse fazer isso, precisava começar do início. Não devia permanecer naquela casa mais tempo do que fosse estritamente necessário. Primeiro, no entanto, era absolutamente essencial sair à rua. Da mesma maneira que um homem que sofreu um acidente de automóvel sabe que precisa entrar em um carro o mais rápido possível e dirigir novamente ou nunca mais o fará, Victor sabia que precisava sair ao ar livre. Tinha sido difícil entrar no carro de Judy e ser levado até ali. Tudo lhe parecia muito grande, diferente e irreal. E aquilo não era nada em comparação com o que teria sido se ele não tivesse uma cápsula forte de vidro e metal para protegê-lo. Mas sair era imperativo, e precisava ser naquela manhã.

Ficou esperando, deitado na cama, até os ruídos da casa cessarem. Na noite anterior, ele tinha calculado que havia quatro outros quartos ocupados na casa, então, ao ouvir a porta da frente bater quatro vezes, levantou-se. Podia haver mais gente, é claro, esposas que não trabalhavam ou pessoas de idade, mas era um risco que ele precisava correr. De fato, não cruzou com ninguém em seu trajeto de ida e volta até o banheiro. Vestiu-se com roupas que tinham sido suas antes da prisão, uma calça de lã penteada cinza e um paletó de veludo cotelê verde. A calça ficou apertada e ele precisou ajeitar o cinto por baixo da barriga – engordara na prisão, sem dúvida por causa da comida pesada.

Sair não foi fácil. Ele voltou duas vezes, uma por pensar que não tinha fechado a janela e a segunda (quando já estava no pé da escada) porque achou que podia passar frio e precisava de um suéter. A rua – ensolarada, ventosa e aterrorizante – como a água gelada recebe um mergulhador nu. Ele arfou e o ar encheu seus pulmões. Por um momento, precisou ficar imóvel, segurando-se ao batente do portão. Isso, provavelmente, era a agorafobia de que sua tia Muriel dizia sofrer.

De todo modo, a mãe costumava dizer-lhe que ela não saía de casa havia cinco anos. Se era assim que ela se sentia, ele conseguia entender.

Começou então a caminhar lentamente pela rua, na direção da Acton High Road. Isso fez com que passasse na frente da casa em que tinha morado. Continuou seguindo em frente amedrontado, com uma sensação fortíssima de estar sendo seguido. Em intervalos de poucos segundos, pegava-se olhando para trás com movimentos bruscos, mas nunca via ninguém. Ficou pensando na quantidade de carros ali, carros estacionados em todo lugar, duas, três vezes mais do que o número existente dez anos antes. Uma mulher saiu de casa e bateu a porta. O som fez com que ele se sobressaltasse e quase soltasse um grito. Parou na frente do jardim da casa dos pais e ficou olhando.

A mãe não tinha sido uma dona de casa muito meticulosa nem muito cuidadosa em seu tempo; do lado de fora, o lugar certamente sempre teve aparência desleixada. As cortinas de todas as janelas antes eram de padrões diferentes, não muito bonitos. Agora cada uma das janelas estava enfeitada com uma rede branca como neve, tule fofo franzido e preso como a anágua de uma moça. Victor sentiu uma estranha falta de ar e um desconforto indefinível quando essa comparação específica lhe veio à mente. Moças não usavam anágua, não é mesmo? Não, a menos que a moda tivesse mudado drasticamente. Relaxou um pouco quando se lembrou de que a mãe teve uma anágua exatamente igual, branca e com babados e engomada, em meados da década de 1950, quando essa peça de vestuário esteve em voga.

A superfície de estuque da casa tinha sido pintada de branco como a cobertura de um bolo de Natal, com as partes em madeira de verde-esmeralda forte. Nas laterais da porta de entrada havia vasos grandes pintados de branco e verde com ciprestes plantados. Victor percebeu que a casa parecia tão bem cuidada porque seus ocupantes atuais eram os proprietários. A gente se interessa mais pela aparência de uma casa quando ela é nossa. A avó dele, mãe da mãe, fora a inquilina original, e os pais, quando se casaram, foram morar com ela. Isso aconteceu logo depois da Segunda Guerra Mundial. A avó morreu poucos meses antes de ele nascer, e os pais continuaram com o aluguel dela, já que as taxas andavam tão altas e havia escassez de residências. A mãe tinha sido uma mulher feliz que teve a boa sorte de se apaixonar, casar-se com o homem por quem estava apaixonada e continuar apaixonada por ele durante os 35 anos que passaram juntos até ele morrer. Victor nunca se apaixonara e não era capaz de imaginar como seria aquilo. A mãe tinha apenas 57 anos quando morreu. O pai, que era dez anos mais velho, morrera primeiro. Tinha sofrido um derrame cinco anos depois de Victor ir para a prisão e, a partir de então, só conseguia se locomover em uma cadeira de rodas. Impelindo a cadeira sozinho pela calçada em uma manhã de verão (neste mesmo trecho, Victor supôs, entre este lugar e a esquina), ele perdeu o equilíbrio e morreu, jogando a cadeira de rodas em cima de uma parede de tijolos e virando-a. A causa da morte foi um enfarto fulminante. A causa da morte da mãe era desconhecida a Victor, mas o certificado de óbito que lhe mostraram indicava uma doença coronária, o que o surpreendeu por ela ser uma mulher forte. Ela só sobrevivera seis meses mais do que o pai. Talvez isso não fosse tão surpreendente, porque o marido sempre fora tudo em sua vida, o coração e o cerne de sua existência. Victor tentara algumas vezes imaginar como tinha sido a vida da mãe sozinha, mas simplesmente não conseguia enxergá-la sem o pai.

Desde bebê, Victor fora acostumado ao convívio de pessoas que demonstravam suas emoções. A mãe era jovem e bonita, e o pai a tocava, a abraçava e a beijava constantemente. Nunca se sentavam em poltronas, sempre no sofazinho, de mãos dadas. Ao se lembrar de como tinha sido sua infância (como fez quando ensaiou o que dizer ao psiquiatra), ele nunca conseguia enxergar os pais isoladamente ou pensar em momentos em que ficara sozinho com a mãe, apesar de muitos deles provavelmente terem existido, como, por exemplo, depois da escola, antes de o pai voltar do trabalho. Eles nunca brigavam, até onde ele era capaz de se lembrar. Também eram pais carinhosos e afetuosos, e, se a mãe de Victor sempre parecia favorecer o marido em detrimento do filho, como no caso de servi-lo primeiro à mesa ou de lhe dar preferência quando se tratava de guloseimas (estavam no pós-guerra cheio de fome), Victor teria dito ao psiquiatra que não esperava nada de diferente, já que o pai era mais velho, e maior e mais forte do que ele.

Os pais tinham poucos amigos, e quase todas as poucas visitas à casa eram parentes. Eles eram tudo um para o outro, trancados em uma relação exclusiva de companhia, devoção e sexo. A mãe de Victor respondia a todas as suas perguntas sobre sexo com cuidado e sem medo, de modo que, aos cinco anos, ele já sabia como os bebês eram feitos e que os pais continuavam fazendo aquela coisa que faz bebês, com o homem enfiando seu pipi na parte de baixo da mulher, mesmo quando não queriam mais bebês, mas porque era certo e, como o pai disse, era para isso que serviam os homens e as mulheres. O pai desenhou diagramas para ele (bom, não desenhou exatamente, copiou de um livro, o que foi uma bela desilusão para Victor) e respondeu às perguntas que a mãe não sabia ou não queria responder, tais como o que era polução noturna e como era sentir a vontade de fazer aquela coisa que fazia (ou não fazia) bebês.

Por causa disso tudo, ele nunca se conectou realmente com os próprios pais. Uma vez, quando estava com uns seis anos, levantou-se para ir ao banheiro, passou na frente da porta do quarto dos pais e ouviu a mãe gemendo: "Não, não... Ah, não, não, não, não!", e então ela soltou um uivo grave, como um animal. Mas ela parecia tão feliz antes de ir para a cama! Com aquele uivo ressoando nos ouvidos, ele se lembrou da risada suave e contagiante dela, do sorriso imenso para o pai, da mão acariciando a dobra do pescoço dele. Victor não tinha nem um pouco de medo dos pais, mas ficou com medo de entrar no quarto. Mesmo assim, juntou toda sua coragem e experimentou a maçaneta. A porta estava trancada.

Na manhã seguinte, a primeira coisa que escutou ao acordar foi a mãe cantando. Estava cantarolando uma canção popular da época chamada *Mr. Sandman, bring me a dream*. Nela, havia um verso que dizia "Tell me that my lonesome nights are over"*. Ela entrou no quarto de Victor rindo de alguma coisa

---

* O nome da música é "Sr. Sandman, traga-me um sonho" – Sandman é um personagem mítico que faria as pessoas sonhar. O verso citado se traduz como: "Diga-me que minhas noites solitárias chegaram ao fim". (N.T.)

que o pai dissera e deu um beijo matinal em Victor, dizendo que o dia estava lindo e abrindo as cortinas para deixar o sol entrar. Então ele viu que estava tudo bem e que ela não estava machucada, mas feliz. Ficou até imaginando se não tinha sonhado o que escutara, se de fato Mr. Sandman não lhe levara aquele sonho, como na música. Ainda se perguntava se isso acontecera. Com certeza, nunca mais ficou escutando do lado de fora da porta, e foi por isso que ficou absolutamente estupefato quando, anos mais tarde, quando já estava na casa dos vinte anos, ouviu o pai dizer a alguém que incômodo ele tinha sido quando pequeno (o pai o chamara de "peste"), sempre circulando pela casa à noite, e que uma vez tinha sido encontrado dormindo na frente da porta do quarto deles.

Na noite anterior a seu sétimo aniversário, tinha visto os dois fazendo aquela coisa. Posteriormente, foi ler em uma revista (provavelmente a *Seleções do Reader's Digest*) que isso se chama, em termos psiquiátricos, "a cena primal" e, em outro artigo, que a idade de sete anos é considerada o marco do início da idade da razão; em outras palavras, depois disso você sabe o que está fazendo, é responsável. Foi na noite anterior a seu aniversário, e ele sabia que tinham comprado um presente para ele e escondido em algum lugar e ele o procurava descaradamente. A mesma coisa acontecia na véspera de Natal. Ele saía à caça de presentes, e eles sabiam disso, pensou; eles sabiam e meio que apreciavam sua curiosidade, desempenhando seu papel e escondendo os presentes em lugares improváveis.

Ele queria um gato ou um cachorro, mas não achava que tivesse muita chance de ganhar um ou outro. Sua terceira opção era um coelho. Tinham mais ou menos prometido um "bicho de estimação". Ele saiu da cama perto das nove e meia, sem ter conseguido dormir, e desceu a escada em busca de seu presente. Não havia televisão naquele tempo, ou pelo menos existia, mas eles não possuíam um aparelho. Os pais ligavam o rádio à noite. Uma música suave vinha da sala. Ele abriu a porta sem fazer barulho nenhum, para conferir se estavam ocupados o bastante para não perceberem que ele tinha saído da cama. Estavam bem ocupados. O pai, de camisa mas sem calça, agitava-se para frente e para trás em cima da mãe, que estava deitada de costas com a saia levantada e a blusa aberta no sofazinho de veludo marrom.

Não eram somente os movimentos que eles faziam, junto com ruídos, uma espécie de chupação e babação, o pai arfando e engolindo em seco, a mãe soltando suspiros longos e gritinhos curtos. Não eram somente os ruídos, junto com os movimentos, a maneira como a mãe se jogava de um lado para o outro, a maneira como o pai pulava e enfiava. Eram ambos. Ele não precisava ter se preocupado em perturbá-los. Uma espingarda (pensou anos depois) disparada naquela sala não os teria perturbado.

Ele deu meia-volta e se afastou. Foi para a cozinha. Queria um doce ou um biscoito; apesar de aquilo ser proibido depois de escovar os dentes, ele precisava de algo reconfortante. A geladeira era pequena e não havia nada doce guardado dentro dela. A despensa era um armário do tipo *closet* com piso de pedra, com uma porta cuja janela era coberta com tela de arame e uma abertura de ar para o lado de fora. Victor não tinha altura suficiente para alcançar a maçaneta, mas a porta não estava bem fechada e ele a puxou pela extremidade e a abriu.

Uma enorme carapaça. Uma cabeça erguida debaixo da beirada, parecida com uma cobra, mas vazia e com olhos torpes, agitada, movendo-se de um lado para o outro, dois pés blindados acenando preguiçosamente, tudo aquilo a menos de cinco centímetros de seu rosto. Ele gritou. Cobriu o rosto e os ouvidos e os olhos e se jogou no chão, berrando. O pai e a mãe tinham terminado, porque o escutaram e chegaram correndo, ajeitando as roupas e chamando seu nome. A mãe o pegou no colo e o abraçou, perguntando o que foi, o que foi? Depois ele entendeu, aceitou explicações. Era seu presente de aniversário, guardado por aquela noite em uma caixa no chão da despensa, mas ele não tinha visto a caixa nem a palha nem a rede de arame. Só a tartaruga. Livraram-se dela, é claro, deram-na para os Macpherson, que moravam na mesma rua.

A casa dos Macpherson ficava cinco casas abaixo da dele. Talvez ainda estivessem vivos, mas a coisa que nomeara uma vez em seus pensamentos, palavra que não repetiria, não poderia estar. A sra. Macpherson poderia estar observando-o naquele exato momento, de sua janela. O que a mãe deve ter dito aos vizinhos? Ela provavelmente não tinha tido oportunidade para esconder o que houve. Durante dias, os jornais se encheram dele, e isso se repetiu quando chegou o momento de seu julgamento. Ficou imaginando se de fato ela se importava tanto assim. Afinal de contas, tinha sido ele, e não o pai, que lhe fora tirado e fechado na prisão.

Victor se afastou do portão, porque estava apoiado nele. Nos fundos, atrás do portão lateral, havia um pequeno pátio pavimentado e ensolarado em que a mãe plantava tomates em vasos, e uma das janelas (ou, neste caso, uma grade) que dava para o pátio saía da despensa onde a coisa tinha ficado em sua caixa com rede de arame. Ocorreu a Victor pela primeira vez que só uma dona de casa muito descuidada pensaria em deixar um animal, uma criatura como aquela, na despensa por uma noite, e, por alguma razão, estremeceu. Sua vida teria sido diferente se ele não tivesse aberto aquela porta de despensa, mas talvez não tão diferente assim.

Victor deu uma última olhada na casa. Na verdade não tinha morado muito tempo ali depois de terminar a escola fundamental e ir para a politécnica. Era uma pena os pais não a terem comprado de modo que ele e não o senhorio pudesse ter ficado com as... Quanto dinheiro uma casa daquelas valia agora? Doze mil libras? Quinze? Ficou estupefato com o que viu na vitrine da imobiliária quando finalmente, com sua segurança aumentando aos poucos, ele chegou à High Street.

Quarenta mil por uma casa daquelas! Mas, então, quanto custaria a passagem do ônibus? E supondo que desejasse tomar um táxi? Victor se lembrou de uma piada que circulava antes de ele ir para a prisão, quando a inflação começara a decolar. Alan, para quem ele trabalhava, fora quem lhe contara.

— Tinha um homem que achou ser capaz de tirar vantagem da inflação. Fez com que fosse congelado e ficasse adormecido durante vinte anos. Quando acordou, a primeira coisa que viu foi uma carta de seu corretor de ações, de um ano antes, dizendo que seus investimentos estavam valendo um milhão de libras. Desceu a rua até o telefone público para ligar para seu corretor de ações e, enquanto apalpava os bolsos em busca de moedas, leu as instruções do telefone, que diziam: "Disque o número desejado e, ao ouvir o sinal, deposite um milhão de libras..."

Não tinha sido por apatia nem por medo que ele não fizera nada além de garantir os pagamentos do seguro social. Ele sentia cada vez mais relutância ante a perspectiva de fixar raízes ali em Acton. Depois de uma semana de liberdade, conseguira evitar qualquer contato com todos os outros ocupantes da casa e não tinha visto nem a senhoria nem seu agente. O aluguel dele era pago diretamente. Sem dúvida o departamento de seguro social achava (e com razão) que, se dessem o dinheiro ao inquilino, ele o manteria para seu próprio uso. Haveria tempo para marcar hora com um médico quando ficasse doente.

Ler jornais e revistas todos os dias lhe informava a respeito dos modos e do jeito de falar atual. Havia uma expressão, "fissurado", que ele não se lembrava de ter ouvido antes. Victor ficou fissurado em ir até o banco e descobrir quanto havia em sua conta de poupança (ou estava no processo de se fissurar, dizendo a si mesmo que, assim que chegasse ao banco e falasse com o gerente ou com quem quer que fosse, não sentiria medo), quando algo aconteceu para expulsá-lo do quarto. Fazia quase uma semana que ocupava o quarto daquela casa quando foi forçado a ter contato com outro ser humano. Certa manhã, ouviu uma batida em sua porta e, quando abriu, sentindo náuseas e frio de apreensão, deparou com uma mulher ali parada, anunciando que era Noreen e que estava ali para limpar o quarto dele.

– Não quero que limpem o quarto – ele disse. – Não precisa limpar. Não tenho dinheiro para isto.

Ele não tinha usado muito a voz na semana que se passara e não lançara mão do recurso de falar consigo mesmo, de modo que seu discurso parecia entrecortado e estranho a seus ouvidos. Noreen aparentemente não sentiu essas nuances. Entrou, empurrando um aspirador.

– Já está tudo providenciado – ela disse. – Está incluído no aluguel. – Ela olhou ao redor de si. – Não precisa! Quase me enganou.

Ela começou a trabalhar com vigor furioso, puxando a cama para longe da parede, empilhando a cadeira e a mesinha de bambu e os tapetes no meio do quarto, com o aspirador já ligado apesar de imóvel, como se o aparelho precisasse de aquecimento. Era uma mulher baixa e até graciosa, de uns 35 anos, com cabelo comprido, cacheado e oleoso. O corpo dela estava mais para cheinho e volumoso, mas as pernas eram magras, com tornozelos finos. Usava uma saia de algodão preta, camiseta cor de malva e sandálias ortopédicas Scholl. Ele sentiu um arroubo de desejo por ela, inesperado e chocante.

Ele se afastou e se colocou entre o armário e a pia. A roupa elétrica de pânico começou a se fechar sobre ele. Na última semana, tinha ficado feliz por não ter sentido nada. Por que essa ânsia agora? Ela não era muita coisa para se olhar, essa tal de Noreen, e cheirava a suor. Não era muito jovem. Será que isso estava acontecendo porque ele estava em seu próprio quarto e se sentia razoavelmente seguro, ao passo que fora de casa passava a maior parte do tempo amedrontado e estupefato? Ele tinha vontade de choramingar e balir como um animal. Queria berrar.

Noreen gritou por cima do som do aspirador:

– Se precisar sair para fazer alguma coisa, é melhor sair agora. Assim, não vai ficar no meu caminho. Eu geralmente termino em meia hora.

Ele vestiu o paletó e passou por ela, caminhando com as mãos nas paredes. Então, os anos na prisão não tinham dado cabo daquilo. Será que ele alguma vez achou que dariam? Do lado de fora da porta, no patamar da escada, ele caiu de joelhos e se inclinou para frente, encostando a cabeça no chão. Ficou se balançando para frente e para trás. O aspirador uivava e resmungava e soluçava atrás da porta. Victor bateu a testa no chão. Levantou-se sem muita firmeza e tropeçou escada abaixo. Com seu quarto tomado, não havia nenhum lugar onde pudesse se esconder. Pensou em uma frase que leu em algum lugar certa vez, muito tempo antes. Sem dúvida, tinha deparado com ela naquele curso misto de inglês-sociologia-economia que começara na politécnica. Porque isto aqui é o inferno, e não estou fora dele. Não fazia a menor idéia de quem tinha dito a frase, mas aquilo era o inferno e ele estava enfiado nele até o pescoço.

O dinheiro que os pais lhe deixaram estava em uma conta-poupança na agência local do Lloyds Bank. Originalmente, havia algo em torno de mil libras, mas dali saíram o custo do enterro da mãe e o pagamento pela remoção da mobília. Victor se forçou a caminhar até o banco, rangendo os dentes, as mãos enfiadas nos bolsos. Caminhou parte do trajeto quase às cegas, os olhos semicerrados, a cabeça tão inclinada que ele olhava diretamente para a calçada.

No banco, tudo foi tão fácil que ele ficou se perguntando por que não tinha ido até lá antes. Ele informou seu nome, que o caixa do banco não reconheceu – o que obviamente não significou nada para ele –, e apesar de não ser capaz de dar o número da conta aquilo realmente parecia não fazer a menor diferença. Agora qualquer coisa desse tipo podia ser encontrada em computadores. Victor, que mal sabia o que era um computador, sentiu-se ignorante e assombrado.

A conta dele só tinha pouco mais de trezentas libras. Uma tira de papel dobrada ao meio lhe foi entregue através da pequena abertura embaixo da grade. Agora cuidavam muito mais da segurança nos bancos do que dez anos antes. Cal havia sido preso por ter assaltado um banco, ele se lembrou, e Georgie por ter feito refém um gerente em algum posto de correio de Hertfordshire, ameaçando-o com uma arma enquanto seu parceiro se servia de algumas centenas de pensões da terceira idade. Trezentas libras, e isso incluindo todos os juros acumulados em cinco ou seis anos.

Victor não queria usar o telefone preso à parede na área atrás da escada. Alguém poderia escutá-lo. Era quase impossível saber se a casa estava ou não vazia. Havia telefones públicos na frente da Central de Empregos, todos desocupados. Victor examinou as ofertas na vitrine da Central de Empregos. O número de postos oferecidos era diferente do que Judy havia lhe dito, mas sem dúvida diriam que a vaga já estava preenchida ou que não era o que ele estava pensando quando entrasse para se inscrever. Até havia uma que talvez fosse boa para ele:

"Precisa-se de pessoa que tenha habilidade profissional ou semiprofissional em metal/montagem de armários para empresa de móveis de escritório". No tempo em que ele trabalhara para Alan, cumpria a função de motorista na empresa de carros de aluguel de Alan. Ele era capaz de dirigir a noite toda, de dirigir qualquer coisa, e sabia fazer armarinhos... Mas o que diria quando lhe perguntassem sobre sua experiência?

Abriu a porta da primeira cabine telefônica. Não havia lista, e, quando tentou usar o telefone, descobriu que não tinha linha. Na outra cabine, além de não ter linha, o fone fora arrancado e estava ao lado da caixa de metal, onde deveriam estar as listas telefônicas. Victor não conseguia entender. Seu rosto deve ter expressado sua estupefação, já que, ao sair da cabine, uma mulher que passava por ali lhe disse:

– Os dois foram alvos de vandalismo, querido. Estão assim há semanas.

Victor pensou que era um acinte as pessoas saírem por aí, destruírem tudo e se livrarem, impunes. Sua intenção tinha sido ligar para a tia, mas agora se perguntava: de que adiantaria? A qualquer hora que decidisse ir até lá, ela estaria em casa. Ela nunca saía. Provavelmente Noreen já tinha terminado de limpar o linóleo de ravióli àquela altura, mas era provável que ainda estivesse na casa. Não ia voltar enquanto ela estivesse lá.

Começou a caminhar pela Gunnersbury Avenue, já que não conseguira juntar coragem para pegar um ônibus. O trânsito que seguia na direção de Heathrow passava pesado por ele, no volume da hora do *rush*, apesar de serem apenas onze da manhã. Aquilo o fez pensar em como se sentiria se tentasse dirigir um carro mais uma vez, depois de dez anos. Aquela costumava ser o que a mãe chamava de "área seleta", mas Victor sempre a achara estranha, com fileiras e mais fileiras de casas grandes de estuque ao estilo Tudor, todas elas enfeitadas com madeira, o telhado em uma inclinação íngreme e janelas de mosaicos fechadas com vitrais coloridos. Talvez não fosse tão ruim se houvesse espaço suficiente, se cada casa tivesse recebido meio acre de terreno, mas, em vez disso, todas se apertavam umas contra as outras. Em sua maior parte, os jardins da frente eram montes de pedra com degraus que serpenteavam pelo meio, conduzindo até a porta de entrada. A casa da tia era de canto, com a porta de entrada de carvalho com rebites em uma imitação medieval e uma espécie de penhasco de granito cheio de plantas que crescem na pedra para apoiar a varanda.

Muriel Faraday tinha se casado tarde. Era mais velha do que a mãe dele, mas Victor já tinha dezesseis anos quando ela se casou. Ele se lembrava de ter ido ao casamento, porque foi logo depois de receber os resultados de seus O-Levels[*] e, na recepção, o pai ficou dizendo para todo mundo que o filho tinha conseguido passar em oito O-Levels, e isso deixara Victor constrangido. O casamento foi celebrado em um cartório qualquer, ele não se lembrava onde, e Muriel usara salto alto e um chapelão que a fizera parecer enorme ao lado do senhor de idade recurvado que era seu marido. Sydney Faraday era proprietário de três quitandas prósperas, um viúvo com filhos crescidos. A mãe de Victor lhe dissera que Muriel tinha estipulado que, se concordasse em se casar com ele, nunca trabalharia em nenhuma das lojas, de jeito nenhum, nem para ajudar em uma emergência.

Victor e seus pais não tiraram nenhum benefício da nova prosperidade de Muriel, apesar de a mãe ter muita esperança de conseguir frutas fora de estação e desconto em batatas novas.

– Nem uma cestinha de morangos – ela costumava dizer.

Seria difícil que um presente assim fosse entregue, já que a mãe só muito raramente convidava pessoas para irem a sua casa ou fazia visitas, e a tia, pouco depois do casamento, desenvolveu uma fobia de sair de casa. Victor só tinha ido à casa da tia e do tio duas ou três vezes, para o jantar de Natal duas vezes e em uma outra ocasião, mas ele se lembrava perfeitamente de onde ficava.

Antes de subir os degraus até a porta de entrada, Victor desceu a rampa íngreme até a garagem, no fundo. A garagem era construída parte em madeira e tinha pequenas janelas de vidro em forma de diamante, como uma choupana interiorana em um calendário. Victor olhou através de uma das janelas para a mobília lá dentro, toda coberta com as cortinas da mãe.

---

[*] Qualificação dada a estudantes britânicos obtida por meio de exames específicos. (N.E.)

Por cima das cortinas, peças diversas das prateleiras e dos armários da mãe formavam pilhas: xícaras e travessas e cinzeiros e pesos de papel e velas. No lugar em que uma das cortinas tinha escorregado, dava para ver a cabeceira da cama dos pais, estofada de tecido cor de ouro velho com botões, na qual uma teia de aranha comprida se pendurava.

Uma escada de concreto, serpenteante e irregular, rústica a seu modo, conduzia até a porta de entrada. Ao longo de toda ela, havia pedaços de pedra artificial, cobertos de plantas e parcialmente escondidos por coníferas horizontais que cresciam em leques escuros. Desde que Victor era capaz de se lembrar (quer dizer, desde a época em que Muriel se casou com Sydney e se mudou para lá), estátuas de jardim tinham aliviado a rigidez sombria daquelas escarpas, criaturas feitas de concreto: um sapo, uma lebre, uma coruja com olhos pintados de amarelo e uma tartaruga. Felizmente para Victor, a tartaruga era a menos intrusiva, já que a pedra sobre a qual estava disposta ficava mais perto da cerca viva e estava encoberta pela copa do junípero. Com uma olhadela e nada mais, seria de se pensar que não passava de uma pedra. Victor, é claro, nunca tinha se aproximado dela, nunca olhava para aquilo a não ser de canto de olho. Agora reparou que, além de ainda estar lá, não estava nem mais nem menos escondida do que da última vez em que ele estivera ali, havia mais de uma década. Ou o junípero não tinha crescido ou então era podado de propósito naquele comprimento.

A porta da frente parecia não ser aberta há meses, ou como se de fato fosse a entrada de alguma fortaleza e o anúncio de sua presença, feito por um sino que devia ser tocado ao se puxar uma vara torcida de ferro, faria com que um porteiro usando cota de malha e segurando um porrete viesse atender. Victor hesitou antes de puxar a vareta. Ele não queria aquela mobília, não tinha lugar para colocá-la e, mesmo que tivesse uma casa vazia à espera de ser mobiliada, quase qualquer coisa seria preferível àqueles móveis em que memórias e dores e vergonhas de algum modo tinham se petrificado. Mas talvez ele realmente não tivesse ido até ali por causa disso, de jeito nenhum, talvez estivesse ali para ver Muriel, que era sua única parenta viva, a única ligação restante naquela corrente de carne e osso que o ancorava ao passado.

Ela podia estar morta. Não teriam se dado ao trabalho de informá-lo disso na prisão. Ela poderia estar acamada ou em um asilo. A casa não parecia habitada. Mas também não tinha parecido habitada quando ele estivera lá no Natal com os pais; não havia nenhuma guirlanda de papel ou cartão à mostra. Esticou a mão até a vareta de ferro e tocou o sino.

Todas as janelas que ele avistava rua abaixo, todas as molduras das janelas em forma de diamante com maçanetas recurvadas de metal em caixilhos de madeira reluziam com uma espécie de brilho negro, mas as da casa da tia pareciam recobertas por uma névoa cinzenta, um acúmulo de poeira que recebera chuva e que depois fora recoberto por ainda mais poeira. Tocou o sino de novo. Dessa vez, escutou algo. De maneira absurda (porque era sua velha tia que ele estava chamando, lembrou a si mesmo, uma ninguém, que não interessava a mínima), sentiu uma pontada de pânico, tremores elétricos nos ombros e ao longo da espinha. Encolheu a barriga, ajeitou os ombros e respirou fundo.

A porta se abriu lentamente, manuseada com cautela extrema, uma fresta, dez centímetros, meio metro. Um rosto velho o espiou, tremendo, como o de um rato. Ela estava velha, de modo que ele mal a reconheceu, não a teria reconhecido na eventualidade quase impossível de terem se cruzado em algum outro lugar. Ele olhava fixamente, a garganta começando a apertar. Ela fora uma mulher grandalhona com rosto inchado e rosado, que o fazia pensar, quando adolescente, em algum tipo de bolo rebuscado na vitrine de uma doçaria, branco de pó-de-arroz, com cerejas e marzipã, rodeado por um babado dourado. O bolo tinha desabado em escombros, poeira e teias de aranha no lugar em que a cobertura estivera, uma penugem que parecia mofo por cima das bochechas de pão-de-ló. O corpo firme, que no passado se apertava em um corselete, estava agora gasto e encurvado. Muriel usava uma espécie de rede cor-de-rosa no cabelo grisalho espetado que no passado tinha sido tingido de loiro, um penhoar velho de lã azul e chinelos azuis velhos de penas e saltinho.

Victor não sabia o que dizer. Engoliu em seco. Ficou esperando que ela dissesse alguma coisa, e então compreendeu que ela não o tinha reconhecido.

– Sou eu, Victor – ele disse.

Ela deu um passo atrás e levou a mão à boca. Ele entrou na casa e fechou a porta atrás de si. Ela falou em um sussurro rouco:

– Você fugiu?

Ele teria apreciado matá-la, era capaz de se imaginar fazendo isso. E então compreendeu que ela estava com medo.

– Como assim, fugi? – ele perguntou, grosseiro.

– Faltam mais quatro anos para a sua pena terminar.

– Nunca ouviu falar de liberdade condicional por bom comportamento?

Horrorizada, ela ficou olhando para ele. Examinou-o de cima a baixo, segurando o rosto com as mãos, como se fossem garras. Um risinho fino e nervoso saiu dela.

– Bom comportamento! – ela disse. – Gostei disso... Bom comportamento.

De uma época antiga, ele se lembrou de onde ficava a sala de estar. Empurrou a porta para abrir e entrou. Ela foi atrás dele, arrastando os pés.

– Achei que você tinha pulado o muro.

Ele não prestou atenção. A sala estava cheia de jornais e revistas. Encostadas na parede na frente da lareira, quatro pilhas imensas de revistas iam do chão até o teto. A impressão era de que a construção terminara apenas porque o teto fora alcançado. Na curvatura da janela panorâmica, jornais se empilhavam, *standards* à esquerda e tablóides à direita, à altura de mais ou menos um metro e vinte. Mais revistas enchiam a área entre a mesa de jantar e o chão, as três estantes de livros, os nichos dos dois lados da lareira, até o sofá e as poltronas. Um pequeno espaço no meio do tapete era o único lugar livre das publicações, além da poltrona envolta por um cobertor em que a tia supostamente se sentava para assistir à televisão.

E ela nunca saía! Como uma velha que nunca saía poderia ser capaz de juntar esse monte de papel? Se você nunca jogasse nada fora, ele pensou, se assinasse um jornal diário e duas revistas semanais, digamos, mais duas ou três publicações mensais e nunca jogasse nada fora... Será que ela sempre tinha sido assim? Ele não conseguia se lembrar. Voltou-se para ela.

– Está com a minha mobília.

Ocorreu-lhe, logo após proferir as palavras, que ela provavelmente começaria a falar sobre como tinha sido generosa, quanto lhe teria custado para armazenar a mobília e assim por diante. Mas ela só respondeu:

– Está na garagem.

– Pode me levar até lá, por favor?

Ela sacudiu a cabeça.

– É lá fora – ela disse a ele, como se algumas pessoas tivessem garagens no meio da casa. – Pode passar pela cozinha e sair pelo fundo. Tenho as chaves. Eu pego para você.

Ela saiu arrastando os pés pela casa, e ele foi atrás. O marido dela tinha bastante dinheiro e a casa era grande, mobiliada com peças grandes e caras, de estofamento exagerado, da década de 30. A sala de jantar também continha muitas revistas, arranjadas em pilhas similares. Se ninguém limpava o lugar havia anos, também não havia muita coisa para deixá-lo sujo. Uma poeira clara e suave cobria tudo e deixava no ar um cheiro empoeirado. Na cozinha, parecia fazer muito tempo que ninguém cozinhava. A tia abriu uma gaveta e tirou um molho de chaves. Ela tomava conta de sua propriedade muito bem, porque eram necessárias três chaves diferentes para abrir a porta da garagem. Na verdade, ela não era uma velha garota má, ele pensou. Talvez fosse natural ter ficado tão assustada ao descobrir quem ele era. Ele achava que ela agiria com malícia ou censura, mas só estava um pouco gagá. No rosto destruído, ele era capaz de enxergar algo da mãe, o que era estranho porque sua mãe fora adorável, mas estava bem no fundo dos olhos, alguma coisa no formato das narinas, no contorno das têmporas. Isso fez com que Victor se sentisse estranho, fraco, de certo modo pior do que se sentiu quando soube que a mãe estava morta.

Destrancou a porta da garagem usando as três chaves. Mesmo assim ela emperrou, e ele teve que usar o ombro. Fazia muito tempo que ninguém entrava ali. Victor ficou parado à soleira, encarando seu passado, sua infância, aninhada naquelas camas e naqueles colchões, naquelas mesas e cômodas e cadeiras, tudo coberto com o tecido multicolorido que cobria as janelas e mantinha o lado de fora afastado.

Fechou a porta atrás de si e abriu caminho até as profundezas daquilo. Ele se movimentava como alguém que está em uma mata fechada ou em um emaranhado de árvores que não pode danificar. A mobília tinha o cheiro da casa de sua mãe, um cheiro do qual não se dava conta enquanto morava com ela, mas que reconheceu no mesmo instante como pessoal e único: o tabaco do pai, cera de abelha, hamamélis, talco L'aimant da Coty. Victor se pegou inalando aquilo, como se inspirasse lufadas de ar fresco, e teve que se refrear. Fechou os olhos, abriu, pegou na barra de uma cortina e puxou. Embaixo dela revelou-se o sofazinho, forrado de veludo marrom, em que os pais costumavam ficar sentados de mãos dadas e sobre o qual, na noite da tartaruga, ele os pegara fazendo amor. Dobrada por cima das almofadas havia uma manta de viagem marrom xadrez. Encostada na parte de trás estava uma cadeira de rodas.

Devia ser a cadeira de rodas a que o pai tinha sido confinado. Depois que o pai sofrera o primeiro derrame, Victor nunca mais o vira, mas a mãe continuara a visitá-lo na prisão, sem parecer intimidada ou desanimada pela atmosfera nem mesmo incomodada com o fato de o filho estar ali. Ela agia com tranquilidade e era tagarela como sempre, e ele não achava que ela se forçava a fazer isso para o seu bem. Por que deveria se preocupar? Ela tinha o pai dele e nunca desejara nada além disso. Ele se lembrava de ouvi-la falar da cadeira de rodas dele e de como ele era hábil em seu manejo. "Ele voa pelas calçadas", fora a frase que ela usara.

Victor ficou imaginando por que teriam guardado aquilo. Certamente deveria ter sido entregue ao serviço de assistência social, isso era óbvio. Por que alguém não lhe escrevera para tratar do assunto? O advogado, por exemplo, que fora o executor do testamento da mãe, tinha providenciado com a tia o armazenamento da mobília e tirara seus proveitos diretamente da herança de Victor. Quem em sã consciência poderia achar que ele encontraria utilidade para uma cadeira de rodas?

Voltou a cobri-la. Tudo isso teria que ser vendido, era a única coisa a se fazer. Ao caminhar pela Acton High Street, ele tinha passado por uma loja de objetos de segunda mão com uma placa na frente que dizia: "Esvaziamos casas e apartamentos e pagamos bem."

A porta foi trancada mais uma vez com as três chaves, e Victor voltou para dentro da casa. O imóvel era muito silencioso, poderia se localizar nos confins do interior, e não em um subúrbio londrino, na via de acesso principal para o aeroporto de Heathrow. Ele chamou:

– Tia Muriel?

Não houve resposta. Ele foi até a porta da sala de jantar e a viu lá dentro, debruçada por cima da mesa coberta com pedaços de papel. Victor entrou na sala de jantar. Viu que os pedaços de papel eram recortes de jornais e de revistas, todos bem recortados, e não rasgados, como se preparados para um álbum. Talvez estivessem mesmo preparados para ir para um álbum, talvez fosse o plano da tia. Quando ele viu o que todos tinham em comum, sentiu uma enorme onda de calor, como um vagalhão em um mar quente, quebrar por cima dele, cobrindo-o até o pescoço e por cima da cabeça. Sentiu-se nauseado, não por se importar ou por sentir remorso, mas porque achou que ela devia ter pegado todas aquelas revistas, todos aqueles jornais e periódicos só para isto, com esta finalidade. Segurou-se na ponta da mesa e rangeu os dentes. Aquilo era bobagem, é claro, ninguém faria aquilo, mas, mesmo assim...

Ele deu meia-volta e a pegou pelos ombros. Ela soltou algumas palavras incoerentes e se encolheu. A intenção dele era sacudi-la até que ela desfalecesse, mas a soltou de modo tão brusco que ela saiu cambaleando e quase caiu.

Os recortes na mesa eram todos de reportagens, artigos e fotografias de David Fleetwood e a vida que levava desde que Victor atirara nele, dez anos antes.

4.

Por só ter dois assuntos de conversa, a Segunda Guerra Mundial e o setor comercial das quitandas, Sydney Faraday costumava falar exaustivamente sobre batalhas e beterrabas, sendo que o primeiro assunto era levemente dominante. Ele servira como sargento em um regimento blindado, parte do segundo exército de Montgomery que atacou o norte da Alemanha na primavera de 1945. Uma de suas histórias preferidas falava a respeito de como ele e um soldado raso e um cabo entraram na cozinha de uma casa de fazenda perto de Weser, viram que os ocupantes não estavam lá e que não havia nada para comer além de um leitão no forno, que aliás estava pronto para ser comido naquele momento. Outra dizia respeito à arma. Nos arredores de Bremen, Sydney deparou com um oficial alemão morto, estirado em uma vala. Ainda segurava na mão uma pistola, o que levou Sydney a acreditar (sem nenhuma outra evidência) que ele se matara de desespero por causa do rumo que a guerra estava tomando. Com a intenção altruísta de que o homem não ficasse marcado como suicida, Sydney pegou a pistola e guardou consigo. Era uma Luger.

– Uma pistola automática do exército alemão de baixo calibre – Sydney explicaria ao batalhão, bem ao feitio de uma enciclopédia.

A primeira vez que Victor escutara essa história fora depois do jantar de Natal. Ele só tinha dezessete anos e ainda andava atrás dos pais. Ouviu-a mais uma vez dez anos depois, quando a mãe disse que nunca mais o via e então o atazanou até convencê-lo a acompanhá-los à casa de Muriel no Natal. Tudo foi exatamente igual: o mesmo peru congelado mal assado, dessa vez com batatas enlatadas, devido ao progresso tecnológico da década intermediária, e verduras que talvez estivessem abaixo dos padrões da quitanda. Enquanto comiam a sobremesa industrializada preparada em casa e bebiam o único ingrediente agradável da refeição, o vinho do Porto de Sydney, ele contou a história do oficial alemão e da pistola mais uma vez. A mãe de Victor murmurou, apesar de aquilo não ter surtido efeito algum, que já tinha ouvido o relato. Muriel, que sem dúvida já o escutara inúmeras vezes, bradou mecanicamente "nossas" e "não digas", proferidos sem nenhuma expressão, como se estivesse decorando as exclamações para um papel coadjuvante em uma peça de teatro. Ela engordara, e quanto mais gorda ficava, mais se recolhia.

Era como se qualquer espirituosidade que tivesse possuído estivesse sendo constantemente suprimida, abafada e esmagada sob as camadas de carne.

Victor não conseguia se lembrar precisamente de quais tinham sido as palavras exatas usadas por Sydney dez anos antes para contar a história do oficial alemão morto, mas não achava que variassem muito em relação à versão presente. Talvez a narrativa tivesse ficado um pouco mais floreada.

– Então eu pensei, pobre-diabo, devia estar que não se aguentava mais. Sem futuro, pensei, nada por que ansiar. Pensei que seria encontrado e que diriam à mulher e aos filhos em casa que ele não tinha sido herói, que não morrera em serviço ativo. Ah, não, ele próprio dera cabo de si mesmo. Sabe como é quando a gente começa a argumentar sozinho a respeito do que é certo e do que é errado? Pensei com meus botões: Sydney, o único alemão bom que existe é um alemão morto, e você sabe disso.

– Nossa! – disse Muriel, em tom monótono.

– Mas, de algum modo, suponho que, na verdade, todos nós tenhamos a qualidade da misericórdia em algum lugar, e por algum motivo eu não consegui deixá-lo lá para ficar marcado como um covarde podre. Peguei a mão rígida e morta dele, estava fria como gelo, lembro como se fosse ontem, e peguei aquela Luger e enfiei no meu bolso e nunca disse absolutamente nada para ninguém. Aquele segredinho ficou entre mim e o morto, minha própria marca particular de respeito.

– Posso beber mais um pouco de Porto? – Victor disse.

Sydney empurrou a garrafa em sua direção.

– E vocês não vão acreditar, mas eu ainda tenho aquela Luger. Ah, tenho sim. Posso mostrar se quiserem ver. Por alguma razão, eu a guardei com carinho. Não é o caso de ficar mostrando para todo mundo para me gabar, nada disso. Só gosto de me lembrar da ocasião de vez em quando e pensar comigo mesmo: você só vai passar por aqui uma vez, Sydney Faraday, e se puder fazer alguma coisa boa, faça *agora*. Bom, foi a minha boa ação de quando estávamos limpando o terreno rumo à vitória, no encalço do velho Monty.

Ninguém pediu para ver a pistola. Victor estava pensando em pedir quando Sydney anunciou que subiria para pegá-la. A

Luger estava envolta em um cachecol de seda branca, o tipo de coisa que os homens costumavam usar com trajes de noite. A mãe de Victor perguntou se estava carregada, e Sydney desdenhou, dizendo que obviamente não, o que ela pensava dele, e ia manuseando a arma com animação ao mesmo tempo em que fazia observações a respeito de como aquilo não parecia certo no Natal.

Sydney voltou a embalar a pistola e mais uma vez retornou ao andar de cima com ela. No momento em que ele saiu da sala, Victor pediu licença para ir ao banheiro. Subiu até o andar superior em silêncio. No topo da escada, à esquerda, ficava o quarto de Sydney e Muriel, um quarto grande com tapete cor-de-rosa florido e um espelho grande bem no meio do piso. Victor deu uma olhada rápida para o interior, então se voltou novamente para o corredor que conduzia ao banheiro. Era possível delinear a silhueta claudicante de Sydney no segundo quarto (havia quatro) erguendo o edredom de uma cama com cabeceira de latão. Aparentemente, não tinha ouvido Victor subir.

Naquela época, Victor mal pensava na necessidade de possuir uma arma. Em vez disso, refletira que uma arma era algo precioso por ser raro e proibido. Mas, em maio do ano seguinte, ele atacou uma moça em Hampstead Heath que tinha alguma espécie de treinamento em artes marciais, o que não era muito comum na década de 70. Ela conseguira jogar Victor no chão e escapara. Então lembrou-se da pistola de Sydney.

Às vezes, Victor pensava em como tinha sido errado da parte de Sydney apresentar a ele uma tentação daquela maneira. Se Sydney não ficasse se gabando da pistola nem se exibindo com ela, Victor nunca teria sonhado que algo como aquilo existia na casa de Muriel e, na ausência daquela pistola, é claro, ele nunca teria adquirido outra. E se nunca tivesse adquirido uma arma...

Mesmo assim, não pensou muito sobre o assunto até Sydney cair doente e ir para o hospital. Tinha sido acometido por câncer de pulmão e, mais ou menos um ano depois disso, morreria por conta da doença. Muriel mal colocava o pé para fora de casa havia anos, mas precisava sair para visitar

Sydney. Victor ficara sabendo de tudo isso por intermédio da mãe, que lhe contou como Muriel só ia ao hospital se ela a acompanhasse, se fosse de táxi à casa de Muriel para buscá-la. Já fazia muito tempo que a mãe de Victor tinha uma cópia da chave da casa da irmã.

Na próxima vez em que marcaram uma visita das irmãs ao hospital, Victor foi até Gunnersbury. Observou quando o táxi chegou e a mãe escalou o caminho montanhoso entre as plantas alpinas e as coníferas horizontais. Ela mesma abriu a porta e, cinco minutos depois, saiu acompanhada da silhueta obesa de Muriel agarrada a seu braço. Muriel usava um enorme chapéu preto com aba larga e capa de chuva de seda preta, como se estivesse antecipando a morte de Sydney e já estivesse de luto. Alguns minutos depois de o táxi sumir de vista, Victor abriu a porta com a cópia que fizera da chave da mãe. Estava um pouco dura e nova e, por um segundo, ele achou que não fosse abrir a fechadura. Mas abriu.

Ficou imaginando onde estaria aquela chave agora, o que tinha acontecido a ela. Não conseguia pensar em nenhuma utilidade específica para ela, mas, mesmo assim, ele gostava de ter coisas desse tipo, faziam com que ele se sentisse seguro e poderoso. Devia ter se perdido seis meses depois, quando todos os seus bens foram transferidos para a casa dos pais. Aliás, o que tinha acontecido à pistola? Acreditava que a polícia devia ter ficado com ela, apesar de não pertencer nem a eles nem a Sydney. Por direito, pertencia ao governo alemão, Victor supunha.

Entrou e subiu direto a escada, que era de madeira escura polida e sobre cuja passarela se estendia um tapete turco vermelho, no meio dos degraus. Como aquela casa sempre era escura, mesmo no auge do verão! O piso superior sombrio cheirava a cânfora e parecia que as janelas nunca eram abertas. Victor entrou no quarto em que havia a cama com cabeceira de latão e ergueu o edredom. Uma bolsa de água quente e uma comadre de metal estavam por cima do colchão nu, mas nada da pistola.

Victor olhou dentro da bolsa de água quente e dentro da comadre, examinou por entre as roupas dobradas na cômoda, fazendo com que bolinhas de naftalina rolassem para fora de mangas e das pontas das meias. O tapete era azul com uma estampa desbotada de uvas amarelas e folhas de parreira verdes nas beiradas. Ele ergueu o tapete, escarafunchou o guarda-roupa, abriu um armário embutido cheio de sapatos e botas, cuja prateleira superior continha uma pequena biblioteca de romances de faroeste em versão de bolso: *O homem que cavalgou até Phoenix*, *O segredo do Rancho do Olho Morto*. Naquele momento, foram sua raiva e seu mau gênio que o ajudaram. Em um ataque de fúria, chutou todos os sapatos em suas formas de madeira e emborcou todos. Por baixo, uma tábua do assoalho estava solta. Victor conseguiu erguer a tábua com os dedos. Lá dentro havia uma caixa de sapato de papelão e, dentro da caixa, estava a Luger enrolada no cachecol de seda branco com franjas de Sydney. O que Sydney deixara de mencionar era que também tinha tirado do oficial alemão quatro cargas de munição. Esse tipo de saque a um cadáver provavelmente teria sido mais difícil de explicar em termos aceitáveis ao moralismo imodesto de Sydney.

Sydney só morreu depois que Victor estava na prisão havia quase um ano. Saíra do hospital e estava de volta a sua casa quando Victor utilizara a pistola. Victor com frequência pensava que ele não fazia a mínima idéia de que parte da responsabilidade pelo aleijamento de Fleetwood era dele. Ele e Fleetwood e a moça Rosemary Stanley, cada qual tinha sua parcela de responsabilidade: Sydney por ter tomado a pistola, em primeiro lugar; Fleetwood por se recusar a acreditar em sua realidade evidente; a moça por seus berros estúpidos e por ter quebrado aquela vidraça. As pessoas nunca pensam em como podem implicar os outros com seu comportamento descuidado.

Mas ele esperava que Sydney tivesse sido obrigado a sentir um pouco da culpa que lhe cabia quando, depois do tiro, a polícia o procurara para questioná-lo a respeito da arma, como ele tomara posse dela e por que a dera para o sobrinho da esposa. Ele não fora poupado, apesar de estar no leito de morte; tinham-no atazanado até que lhes contasse tudo. Victor pensou que aquela deve ter sido a única vez que ele não brindou visitas maçantes com aquela história pós-jantar, em que não pôde desfiar todo aquele papo-furado sobre como era cheio de moral e solidariedade.

*

Em uma entrevista que dera a um jornal de domingo, Fleetwood falara com bastante franqueza a respeito de sua vida e de seus sentimentos; a uma revista feminina, fora mais contido. Ou a revista feminina tinha eliminado as partes que poderiam deixar suas leitoras pouco à vontade. Ele falou sobre não ser capaz de andar, sobre abrir mão de todas as atividades atléticas que no passado foram importantes para ele, correr, jogar rúgbi e squash, passar férias fazendo caminhadas. Ele mencionou (não para o jornal, só para a revista) como aprendera a gostar de ler. Uma das empreitadas a que dera início fora estudar para se formar pela Universidade Aberta. Lia romances e biografias e poesia, tinha se inscrito na Biblioteca de Londres e também em dois clubes de leitura. Jardinagem o interessava e ele apreciava fazer o projeto de um jardim, apesar de outra pessoa ter que executar o trabalho para ele. Estava pensando em adotar o hobby de confeccionar instrumentos musicais, um órgão talvez, ou uma harpa.

No meio do artigo do jornal, bem quando o leitor podia começar a pensar que ficar paralisado e ser confinado a uma cadeira ortopédica para o resto da vida não era assim tão terrível, no final das contas, Fleetwood dizia: "Suponho que o pior seja aquilo em que a maior parte das pessoas não pensa, o fato de eu ter ficado impotente, sem sexo. Não posso mais fazer amor e é provável que nunca mais faça. As pessoas se esquecem de que aquilo também fica paralisado, acham que é apenas uma questão de não caminhar. Esta é a pior coisa de se suportar porque eu gosto de mulheres, costumava amar as mulheres, a beleza delas, sabe como é. Isso se perdeu em mim em sentido real, preciso encarar o fato. E não posso me casar, não suportaria causar esse tipo de perda a uma mulher".

Em outro recorte, anterior ao artigo do jornal de domingo em alguns anos, havia algo a respeito de como a noiva de Fleetwood no final não se casara com ele. Havia uma foto dos dois juntos quando ele tinha boa saúde, e outra foto em que ela estava sentada ao lado da cadeira de rodas dele. Ela era magra e tinha cabelo claro, muito bonita. A revista de onde saiu o recorte não tinha sido especialmente severa com ela nem desprovida de compreensão. Citava-a sem tecer muitos comentários e perguntava às leitoras no fim da reportagem como elas se sentiriam na situação dela: "Escreva para nós e diga o que você pensa".

"Eu amava David... Bom, ainda amo", ela declarara à publicação. "Comecei cheia de esperança. Acho que poderia chamar de boas resoluções. A verdade é que eu não era uma pessoa forte o bastante para aguentar aquilo. Quero um casamento de verdade, quero filhos. Eu gostaria de poder ser uma pessoa melhor, mais do que ele esperava que eu fosse, mas acho que é melhor ter consciência disto, encarar a questão agora, do que ter tentado me casar e ter fracassado."

O sentimentalismo enjoativo daquilo fez Victor se contorcer, mas ele continuou lendo. Os recortes estavam dispostos sobre a mesa como um baralho para algum jogo de paciência muito elaborado. Cobriam a vida de Fleetwood desde o dia naquela casa em Solent Gardens até o presente, ou quase até o presente, já que o último recorte datava do Natal anterior. Havia uma reportagem sobre o show beneficente a respeito do qual Victor lera enquanto estava na prisão. Uma fotografia de Fleetwood a acompanhava. Estava sentado em uma cadeira de rodas no palco, tendo de um lado um comediante famoso, cujo nome já era conhecido de todos anos antes de Victor ir para a prisão, e do outro lado uma moça bonita de pernas compridas com uma calça fusô coberta de lantejoulas, que estava inclinada para cima dele e envolvia seu pescoço em um abraço frouxo. Mais fotografias estavam inseridas em um relato de uma revista a respeito do tratamento de fisioterapia por que Fleetwood havia passado. Uma delas mostrava o ex-policial sentado em um jardim com um cachorro labrador amarelo; outra, em um artigo posterior, colocava-o no enterro do pai, segurando uma coroa de rosas brancas e cor-de-rosa no colo; uma terceira estava inserida no texto de uma entrevista com Fleetwood em que ele dizia estar se mudando para longe de Londres, era até possível que emigrasse para a Austrália ou para a Nova Zelândia. No total, havia 51 recortes na mesa (não chegava a completar um baralho), e o último deles era a respeito de Fleetwood distribuindo presentes a crianças em um hospital ortopédico. Tinha viajado até o hospital do lugar em que agora morava, um lugarejo em Essex chamado Theydon Bois.

Victor, que mal teria identificado a própria tia, cujo próprio rosto no espelho às vezes lhe parecia pouco familiar, teria reconhecido Fleetwood sem qualquer apresentação ou legenda. Uma vez na vida o tinha visto, porque Fleetwood não estava em condições de saúde para comparecer ao julgamento, mas ele o teria reconhecido em qualquer lugar. Aquele rosto estava tatuado em sua memória de maneira mais indelével do que o da mãe. Era um rosto sólido, firme e quadrado, com traços comuns e a boca um tanto comprida. Os olhos eram escuros (e agora tristes de dar dó), as sobrancelhas pretas e quase retas, cabelo escuro, cheio e ondulado. Era um rosto não muito diferente de seu próprio. Não havia uma semelhança de gêmeos, mas poderiam ser tomados como irmãos. Pertenciam ao mesmo tipo físico, como se fossem da mesma tribo de pessoas de altura média, de constituição forte e traços congruentes. Victor ergueu a cabeça e olhou para si mesmo no grande espelho oval com moldura de aço que estava pendurado na parede à sua frente e viu fios cinzentos no meio do cabelo, o envelhecimento indefinível da pele, algo de velho e cansado e experiente nos olhos, parecido com o que se enxergava nos de Fleetwood. Os dois estavam com 38 anos, ainda eram jovens, mas Fleetwood tinha acabado com a vida dos dois por ter se recusado a acreditar na verdade evidente.

A tia se esgueirara de volta para a sala. Foi para trás da mesa, mantendo o móvel entre os dois, talvez como meio de defesa. Na mão que segurava os dois lados unidos do penhoar havia um magnífico anel de brilhante. Os diamantes aglomerados formavam um domo de mais de um centímetro de diâmetro e mais de meio centímetro de espessura. Era um anel que deveria enfeitar uma mão branca como lírio da juventude. Victor pensou em como Sydney devia ter sido rico, mais abastado do que qualquer um deles imaginara. Ele disse a ela:

– O que a fez guardar isto tudo?

O tom dela era truculento e rancoroso:

– Alguém tinha que guardar.

Era uma observação sem sentido.

– Por quê? De que adianta ficar escarafunchando o passado? Preciso deixar tudo isso para trás.

Ela ficou em silêncio, olhando para ele, a língua se movendo pelos lábios quase fechados, um hábito dela que ele se lembrava da tenra infância. Então, disse:

– Dizem por aí que você devia ter vergonha do que fez.

Era inútil argumentar com pessoas como ela. Essa gente tinha uma mentalidade estereotipada que percorria bosques de respostas condicionadas e lugares-comuns.

– De qualquer jeito, não quero estas coisas – ele disse. – Não estou interessado.

– Nunca disse que você poderia levá-las – ela respondeu.
– É tudo meu. Demorei anos para juntar.

Ela falava como se aquilo fosse uma obra de arte, um livro que tivesse escrito ou uma tapeçaria que tivesse bordado. Como uma criança que tem medo de levar um tapinha na mão, começou a juntar os recortes, lançando olhares cautelosos para o rosto dele. Um odor de cânfora exalava dela, e ele deu um passo atrás, enojado.

– Vou providenciar alguém para remover a mobília. Telefono para você.

– Vai ter sorte se eu atender.

– Como assim?

Ela tinha guardado os recortes com todo o cuidado, em dois envelopes pardos tamanho ofício. Provavelmente dispunha de algum buraco secreto para escondê-los, e Victor estremeceu de leve ao se lembrar dos esconderijos daquela casa.

– Alguns tipos estranhos telefonam para cá – ela disse.
– Você não acreditaria nas coisas que já me disseram. Com a minha idade. Então, agora, na maior parte das vezes, eu não atendo.

– Certo, eu passo aqui para avisar.

Os envelopes foram simplesmente enfiados no meio das revistas, mais ou menos na metade da pilha de exemplares de *Lady*.

– A espera nunca vai ser longa demais para mim – Muriel disse em um tom comum, levemente insatisfeito, que não combinava com a maldade de suas palavras. – Prefiro ficar com as suas cadeiras e as suas mesas do que com você, e esta é a verdade. O que você fez basta para revirar o estômago da gente.

Sair para a rua estava se tornando familiar para ele, menos alarmante. Tinha andado de ônibus e, para a diversão dos outros passageiros, expressou sua surpresa com a magnitude da tarifa. Ao voltar, experimentara o metrô e não se incomodara nem com os túneis, nem com a multidão. Durante dias tinha se concentrado em se acostumar a Londres, em perder o terrível acanhamento que o fizera achar que todo mundo estava olhando para ele e que todo mundo sabia. Caminhando por Acton High Street, seguiu uma moça durante parte do caminho; quer dizer, ela estava caminhando e ele ficou atrás dela, seguindo na mesma direção. Ela usava saltos altíssimos e uma saia curta que o deixou pouco à vontade. Não expressaria a sensação para si mesmo de modo mais forte do que esse. Aquilo o fazia se sentir pouco à vontade, nada mais. Mas e se fosse noite e estivessem em um dos caminhos que cruzam a Ealing Common em vez daquele lugar tão cheio de gente, como seria? Ele se recusou a responder à própria pergunta.

A loja onde compravam móveis e esvaziavam apartamentos ficava no fim da Grove Road. Na calçada em frente, havia uma estante de livros velhos que ninguém queria comprar nem pelo conteúdo, nem para usar como decoração, e logo na parte de dentro da vitrine havia uma bandeja de bijuterias vitorianas, anéis e pendentes e broches. As coisas que estavam à venda no interior o lembraram da mobília de Muriel, peças grandes, feias, desconfortáveis e puídas. Um pavão empalhado com as penas da cauda abertas em um leque surrado estava empoleirado no encosto de uma *chaise longue* com forro de crina de cavalo e couro preto.

Um garoto de uns dezoito anos, usando jeans e um colete de brim, apareceu e perguntou a Victor se podia ajudar ou se ele só estava dando uma olhada. Victor disse que tinha alguns móveis que desejava vender. Na verdade, queria uma avaliação.

– Vai ter que falar com o sr. Jupp – o garoto disse.
– Tudo bem.
– É, mas ele não está aqui, sabe? Está na outra loja. Quer dizer, você pode ir até lá se quiser, ou eu posso dar o recado.
– Posso ir, se não for longe.
– Salusbury Road... Bom, é mais ou menos em Kilburn. É preciso pegar o metrô até Queens Park na linha Bakerloo.

Victor não percebeu até chegar lá e ver o nome Harvist Road. Tudo parecia estar escrito errado naquele lugar, ou escrito de um modo improvável e perverso que o deixava desconfortável, como se alguém estivesse caçoando dele. Mas não foi por isso que ele fez uma pausa na frente da estação, apoiou-se na parede e fechou os olhos por um instante. A Solent Gardens era uma travessa da Harvist Road. Um ou dois passos para o oeste e se chegava à Kensal Rise.

Ele tinha dito a Muriel que queria esquecer, deixar o passado para trás, mas estava caminhando pela Harvist Road na direção oposta à da loja de Jupp e se lembrando de como, dez anos antes, com a pistola de Sydney no bolso, ele estava no parque que ficava logo ali à direita bem cedo pela manhã.

Naquele tempo, ele adquirira o hábito de vagar por Londres a qualquer horário. Ter a pistola em seu poder lhe dava segurança. Com a Luger no bolso, Victor se sentia invencível, um vitorioso de fato. Será que Sydney, que já estava de volta à residência àquela altura, algum dia dera falta dela? Será que Muriel fora informada? Se alguma dessas coisas aconteceu, nenhuma indicação tinha chegado até Victor, que morava em Finchley, em um apartamento quitinete, dirigindo carros para Alan até aeroportos e estações. De manhã, às vezes ele acordava às cinco e saía enquanto ainda estava escuro. Seus horários eram mesmo estranhos e irregulares, já que com frequência tinha que encontrar aviões que pousavam às seis da manhã, levando para casa pessoas de Surrey ou de Kent que, à meia-noite ou mais tarde, estavam bêbadas demais para dirigir por conta própria. Naquela manhã no fim do outono, ele estava a caminho de Heathrow, tinha que chegar lá às nove e meia para encontrar, na melhor das limusines, um empresário árabe e levá-lo para o Hilton de Londres. O que tinha acontecido com a limusine? Desde o ocorrido, Victor às vezes se fazia essa pergunta. Depois de sair de casa, ele estacionara ali mesmo, na Milman Road. Então, começara a caminhar a esmo, sentindo crescer dentro de si uma excitação que, embora não considerasse agradável, ele precisava sentir, o tremor, a falta de ar, a sensação de sufoco que Cal lhe dissera sentir ao olhar para uma fotografia pornográfica. Cal não tinha usado aquelas palavras, mas era o que queria dizer, e Victor reconhecera aquilo como a sensação que ele tinha ao se imaginar forçando alguma mulher, qualquer mulher. Às sete e meia ele entrara no parque que ficava ao norte da Harvist Road.

A moça estava passeando com um cachorro, um cachorro muito pequeno. Ela tinha acabado de soltá-lo da coleira e observava enquanto ele corria pelos arbustos quando Victor a agarrou. Ele a pegara por trás, enganchando um braço em volta de seu pescoço e fechando a mão por cima de sua boca. Aquilo era para impedir que ela gritasse. Mas ela não precisou emitir som algum, porque alguém viu a cena. Um homem estava entre as árvores, depois de "ter entrado lá por motivos naturais", disseram no julgamento, o que significava encontrar um arbusto para dar uma mijada. Foi só a falta de sorte de Victor.

Ele não tinha se esquecido da pistola, mas não a usou. Correu. Não sabia muito bem se os dois estavam atrás dele ou se só o homem o perseguira, mas foi revelado no julgamento que tinham sido os dois, mais duas ou três pessoas que pegaram pelo caminho. Como uma matilha de cães atrás de uma raposa escorraçada. Ele correra por aqueles becos, dando voltas e se escondendo, ainda pensando em despistá-los, voltar para a limusine e se dirigir para Heathrow, ainda esperançoso. Viu-se na alameda entre os quintais dos fundos, um lugar com pavimentação rachada de concreto e entradas de garagem e portões fechados com cadeados. Mas um dos portões não tinha cadeado, e ele entrou e avançou encurvado, para que não o vissem por cima da cerca, e finalmente se encolheu em um canto formado pela parede da casa e a cerca. Foi aí que escutou o ronco do motor a diesel de um táxi e uma porta de entrada bater. Os ocupantes da casa estavam saindo, iriam embora.

Se estavam saindo àquela hora da manhã, raciocinou, ficariam fora o dia todo.

Ele subiu no telhado da extensão e entrou por uma janela de banheiro que tinha uma fresta aberta em cima. Era uma janela de guilhotina sem nada para segurá-la, que deslizou para baixo com facilidade. Àquela altura, seus perseguidores já estavam perdidos ou, pelo menos, tinham ficado silenciosos e invisíveis. Ficou agachado por alguns minutos no chão do banheiro. Então, por ter certeza de que a casa estava vazia, saiu para o patamar da escada. Atravessou o corredor e espiou pela fresta de uma porta que mal estava aberta e, como não enxergou nada ou quase nada, empurrou a porta um pouco, e a moça na cama lá dentro, a moça chamada Rosemary Stanley, sentou-se ereta e berrou ao avistá-lo, pulou gritando e saiu correndo para a janela, quebrou a vidraça com uma escova de cabelo e gritou "Socorro! Socorro!" para o mundo lá fora.

O mais estranho era que a casa não significava nada para ele ao olhá-la agora. Sem dúvida era a mesma casa, o número 62 da Solent Gardens, a extremidade de uma fileira de casas geminadas, mas ele não a teria reconhecido só de avistá-la. Caminhou pelo outro lado da rua, olhando para ela. A superfície de gesso irregular era pintada de branco-giz e a porta da frente estava com uma cor diferente... Não estava? Victor não se lembrava de ter visto a porta de entrada. A janela quebrada tinha sido consertada. Claro que sim, anos antes. No entanto, de algum modo, quando ele pensava naquela casa, na prisão, sempre a via com a janela quebrada e o vento soprando para dentro e levantando as cortinas. Aquela tinha sido uma das coisas mais assustadoras, aquela cortina estufada, porque cada vez que ela levantava, ele achava que veria um policial do lado de fora, empoleirado em uma escada. E então, finalmente, vira um. Nunca saberia por que tinha apontado a pistola para Fleetwood e não para o policial na escada do lado de fora da janela.

Uma mulher saiu, caminhou até o portão, inclinou-se por cima dele e olhou para a esquerda e para a direita. Era uma senhora de aproximadamente quarenta anos, era morena e cheinha, e não tinha como ela ser Rosemary Stanley ou a mãe de Rosemary Stanley. A família Stanley devia ter se mudado. Ela voltou para dentro da casa deixando a porta um pouco aberta. Victor deu meia-volta e passou pela frente da casa, na direção da Harvist e da Salusbury Road e da loja de Jupp.

Naquele quarto com a moça, tudo parecera irreal. Isto não pode estar acontecendo, era o que ele pensava sem parar enquanto estava lá. A polícia insistira que sua intenção fora estuprar a moça, mas isso nunca lhe passara pela cabeça. Indignação era o que ele sentia, indignação e surpresa por tudo aquilo ter acontecido, a polícia do lado de fora tentando entrar, um verdadeiro estado de sítio, sirenes tocando, uma multidão reunida para assistir... Tudo porque ele tinha colocado o braço ao redor do pescoço de uma moça, fugira e tentara encontrar refúgio em uma casa vazia...

A loja de Jupp era exatamente igual à de Acton. Havia um baú cheio de livros de segunda mão na calçada e uma bandeja de bijuterias vitorianas na vitrine. Um sino tocou quando ele abriu a porta. O interior era diferente, com menos móveis e um estojo de borboletas espetadas com alfinetes, borboletas-maravilha e *polygonias c-album* e almirantes-vermelhos, em vez do pavão empalhado. Sobre uma mesa de mármore vermelho havia uma caixa registradora antiga com o preço de 34 libras. Victor não conseguia imaginar por que alguém poderia querer comprar aquilo. Uma cortina de veludo verde empoeirada no fundo da loja foi afastada para o lado e um velho saiu de lá. Era alto e tinha aparência forte, com mãos grandes calejadas. Seu rosto tinha o tom vermelho-arroxeado de um couro marroquino, contra o qual o cabelo branco como creme, um tanto comprido, e o bigode branco-amarelado desgrenhado causavam um contraste quase violento. Ele tinha olhos azuis pequenos, brilhantes e com vasos vermelhos.

– O senhor é Jupp? – Victor perguntou.

O velho assentiu. Era uma daquelas pessoas que sempre faz um bico com o lábio inferior quando assente com a cabeça. Para a idade, estava vestido de modo incomum, com jeans, camisa vermelha e colete preto risca de giz, que usava desabotoado. Victor explicou o que desejava; que tinha mobília para encher uma casa inteira a ser avaliada, para qual precisava encontrar um comprador.

— Posso ir até lá dar uma olhada — disse Jupp. — Onde fica? Espero que não seja no meio do mato.

Victor disse que estava tudo guardado em uma garagem em Gunnersbury.

O lábio inferior cobriu o superior quando Jupp assentiu.

— Desde que você não faça as coisas saírem de proporção — ele disse. — Quer dizer, não me venha com delírios de grandeza sobre antiguidades sem preço de mamãe e esse papo-furado todo.

— Como sabia que era de minha mãe? — Victor perguntou.

— Bom, pergunte a si mesmo, sabichão, de quem mais poderia ser? A coitada da mamãe finalmente se foi e deixou os restos dela para você, que são a última coisa que você quer nos seus ombros, já que não são os seus móveis Louis Kangs nem os seus Hepplewhites, seja lá o que queira fazer os outros acreditarem.

— São móveis bons — Victor reclamou, começando a se sentir injuriado.

— Aposto que sim. Mas não vamos falar de novo em *avaliação* nem em *encontrar um comprador*. O que eu faço é esvaziar apartamentos e casas, certo? Eu dou uma olhada e determino um preço e, se você gostar, eu levo tudo embora, e, se não gostar, pode procurar alguém mais idiota do que eu. *Se* conseguir. Certo? Assim está bom?

— Certo, mas preciso avisar a ela que você vai lá. A minha tia, quero dizer. Está na casa da minha tia. Vou ter que dar uma passada para avisar que você vai lá.

— Não se apresse demais — Jupp disse. — Vai demorar umas boas duas semanas. Estou até a testa pelos próximos quinze dias. Que tal marcarmos para daqui a duas semanas e um dia, sabichão? Você me dá o endereço da respeitável senhora e eu estarei lá às três em ponto.

Victor lhe deu o endereço de Muriel. Jupp anotou, juntamente com o nome de Victor. Victor esperou que o nome fosse reconhecido, mas parecia não significar nada para Jupp, que fechou seu livro de encomendas, pegou um pacote de balas de menta do bolso e ofereceu uma a Victor.

Por não gostar de recusar, Victor pegou uma bala. Jupp hesitou de maneira reflexiva, contemplando a bala no topo do pacote, da mesma maneira que um homem tentando parar de fumar olha cheio de vontade e nojo e dúvida e fome para o próximo cigarro. Depois de um ou dois segundos, ele soltou um pequeno suspiro, dobrou o papel rasgado por cima da bala aparente e devolveu o pacote ao bolso.

– Não posso exagerar – ele disse. – Eu era viciado nestas coisas, era chocante, eu não conseguia largar, por assim dizer. Vinte pacotes por dia não eram nada para mim, o mais comum eram trinta. Por sorte meus dentes não são meus, ou já teriam ido embora. Agora eu reduzi para cinco. Com cinco eu fico feliz, ou digamos que aguento, consigo viver assim. Acho que você não conseguiria entender isso, não é mesmo, sabichão?

Apesar de nunca ter se sujeitado a vício nenhum, Victor compreendia bem demais. Aquilo o deixava desconfortável e, de certo modo, desejava não ter procurado Jupp, mas não queria ter que sair procurando outro comprador de móveis de segunda mão, de modo que disse a Jupp que o encontraria na casa de Muriel na quinta-feira, duas semanas depois, às três da tarde.

Dessa vez ele evitou o metrô e optou pelo ônibus. Ao passar pela elevação da ponte perto da estação de Kensal Rise, vislumbrou a manchete rabiscada na banquinha de jornal: "Terrível estupro em Acton". Desviou a cabeça em um movimento brusco, mas desceu do ônibus na próxima parada, entrou na primeira banca que viu e comprou o jornal, o *Standard*.

5.

A reportagem era curta, no pé da página. Uma moça de Acton Vale tinha sido estuprada em Gunnersbury Park na noite anterior, ficou com o maxilar quebrado devido aos golpes e com o rosto todo cortado. Um jardineiro a encontrou no local em que ela havia passado a noite toda estirada, no lugar em que o agressor a largara, em um arbusto de louro. Ler aquilo causou uma sensação estranha em Victor, uma leve tontura, uma náusea. No passado, ele às vezes lia relatos a respeito de estupros que ele mesmo cometera durante sua onda de ataques em Londres, de Finchley a Chiswick e de Harlesden a Leytonstone, com um dos carros de Alan estacionado em algum lugar enquanto, no trajeto a caminho de algum cliente, ele procurava o que os jornais mais sensacionalistas chamavam de sua "presa". Naquele tempo, a polícia, os juízes e o júri e o público em geral se mostravam muito menos solidários com as vítimas de estupro e condenavam muito menos os estupradores do que agora. O consenso da opinião pública era de que as vítimas receberam o que pediram e que os estupradores sofreram tentação além de seu controle. Oficiais do alto escalão da polícia não discordavam exatamente da idéia de que a vítima deveria "relaxar e gozar". Ao ler o *Standard*, parecia a Victor que as coisas tinham mudado muito. O fato se registrara em sua mente enquanto ainda estava na prisão. Com aquele negócio da associação das Liberdades Femininas e das mulheres que faziam campanha contra a maneira como as vítimas de estupro eram tratadas e com a atitude dos juízes de tribunal mudando, o estupro agora era julgado com uma severidade que era impensável dez anos antes.

Ali, em uma página interna, havia alguns números. Ele foi lendo enquanto caminhava. De 1.334 casos de estupro, 644 suspeitos tinham sido indiciados. Uma variedade de sentenças fora determinada para os considerados culpados. Doze homens receberam sentença de prisão perpétua, onze, de sete a dez anos de cadeia, e 56 foram condenados a dois ou três anos de reclusão. Era interessante, ele pensou, o fato de apenas em três casos ter havido restrição de acordo com a Lei da Saúde Mental. No entanto, falando por si mesmo, pessoalmente, ele sabia que os estupros cometidos por ele eram atos que lhe fugiam ao controle, que não tinham nada a ver com vontade, tão involuntários e tão distintos de qualquer decisão ou motivo próprio, da mesma maneira que acontecera com o tiro que dera em Fleetwood. Será que isso significava que ele estava louco quando fazia essas coisas ou que, pelo menos, não era responsável por suas ações?

Depois de ter caminhado todo o trajeto até Ladbroke Grove, lendo seu jornal e só olhando fixamente para a impressão manchada, pensando, imaginando como ele controlaria no futuro aquilo que não admitia controle, Victor pegou um ônibus que o levaria para casa. Uma leve saudade da prisão tomou conta dele, uma certa nostalgia daquela preguiça brutal e da ausência de qualquer responsabilidade. Havia gente para cuidar dele e garantir sua segurança e, se o tempo passado lá com freqüência fora desconfortável, sempre tedioso, um desperdício de vida, não tinha preocupações e, passado um certo período, também não havia mais medo. Ele leu a reportagem sobre o estupro em Gunnersbury Park mais uma vez enquanto caminhava pela Twyford Avenue, ergueu os olhos só quando chegou em casa. Tom Welch estava sentado na frente do portão em seu carro. Saiu quando viu Victor se aproximando e estampou no rosto uma expressão jovial e calorosa em excesso.

– Achei que você não iria demorar. Achei melhor esperar.

Fazia uma semana que Judy o levara até lá, mas Victor não se dera ao trabalho de manter contato com as pessoas que foram designadas para cuidar dele. Deviam ter ficado aliviados, pensou, certamente já tinham coisa demais para fazer.

– Como estão as coisas? Como está se virando?

Victor respondeu que estava bem, que estava se virando bem. Ao subir a escada, Tom foi falando com muita animação sobre o clima e sobre o bairro, que aquela realmente era a melhor parte de Acton e as casas eram especialmente bonitas. Quando viu a frase escrita a respeito da merda no ventilador, ele deu uma risada um tanto exagerada e disse esperar que aquilo não fosse obra de Victor. Victor não respondeu. Quando entraram no quarto, ele preparou uma caneca de Nescafé para Tom, pensando que mais tarde tomaria um trago. Finalmente, depois de tantos anos, ele tomaria um trago. Sairia e compraria para si uma garrafa de vinho, talvez.

– Alguma perspectiva de trabalho? – Tom perguntou.

Victor sacudiu a cabeça. Tinha se esquecido de tentar arrumar emprego, aquilo lhe parecera desimportante. Havia tantas outras coisas em que pensar e com que lidar e com que conviver...

Houve uma época em que ele se sentia de maneira bem diferente. Depois de um ano na politécnica, a faculdade se recusara a recebê-lo de volta por ter ido mal em seus exames do primeiro ano. Ele tinha agido assim deliberadamente. O curso não era difícil e ele estava certo de que poderia ter tirado uma nota boa, mas aquilo parecia escola e ele estava cansado de escola. Queria trabalhar e ganhar dinheiro de verdade.

Emprego não era problema no final da década de 60. Ele podia escolher. Tentou o serviço público e tentou um banco, mas os dois o entediaram. Seu pai começou a pegar pesado, fazendo ameaças vagas, de modo que Victor saiu de casa e alugou um apartamento, pagando o aluguel adiantado com uma apólice de seguro que venceu quando ele completou 21 anos. Arranjou um novo emprego como vendedor de carros. O showroom ficava na North Finchley, seu apartamento não era longe, em um lugar que o corretor de imóveis chamava de "Highgate Borders", e ficara noivo de uma moça que tinha conhecido na politécnica e que ainda estudava lá. Se o temperamento de Pauline tivesse sido outro em um aspecto, ele às vezes pensava, sua vida toda poderia ter sido diferente, talvez nada disso tivesse acontecido. Ele estaria casado e feliz (afinal, os psicólogos não diziam que filhos de casais felizes tinham mais chances de ter um casamento feliz?), seria pai, chefe de um lar, provavelmente próspero, respeitável, contente. Mas Pauline... Que azar ter sido ela, entre todas com quem ele poderia ter escolhido se envolver! Não queria pensar sobre ela agora.

Dava para ver que Tom, que continuava falando sobre emprego e desemprego, estava com os olhos fixos no jornal que Victor comprara, que estava dobrado mostrando a parte superior da página cuja manchete dizia: "Estupro e suas conseqüências".

– Tem certeza de que está tudo bem? – Tom então perguntou. – Não há nada de que esteja precisando?

Que diabos ele queria dizer com aquilo? O que diria se Victor respondesse que sim, tinha muita coisa de que estava precisando? De sua juventude de volta, de um lugar para morar longe daqui, de um trabalho decente do qual ele gostasse... E de mais uma coisa, algo que no momento ele não nomearia nem para si mesmo. Seus olhos se desviaram para o jornal aberto, para a palavra na página, e ele sentiu o sangue se esvair do rosto e um calafrio tocar-lhe a nuca.

Tom disse:

– Olhe, Liz disse para você vir almoçar conosco no domingo uma hora destas. Quer dizer, o que acha do próximo domingo, Victor? Você vem?

Victor sentiu o esforço por trás do convite. Ficou com a impressão de que Tom precisava vencer um enorme desgosto para executar a tarefa, teria dado tudo para esquecê-la, mas a obrigação o impedia, a consciência social o forçava. Claro que Victor não queria ir, não iria, mas não conseguiu pensar em nenhuma razão para dizer não. Disse que sim, que iria, ao mesmo tempo em que tomou a decisão de não aparecer quando chegasse a hora.

Depois que Tom foi embora, Victor se sentou à janela e ficou olhando para os telhados das casas, para o telhado da casa onde a mãe e o pai tinham morado, pensando na vida. Ver a casa em Solent Gardens trouxe tudo aquilo à tona, apesar de ele ter tomado a resolução de não pensar sobre o passado. Não havia como evitar. Era engraçado como as pessoas achavam que você realmente tinha intenção de fazer as coisas que dizia, pensou. Juízes e júris e policiais e psiquiatras e assistentes sociais e praticamente todo mundo partiam do princípio de que você era sincero em relação ao que dizia, apesar de essas pessoas não serem exatamente sinceras e que, de tudo que era dito, segundo as estimativas de Victor, apenas cerca da metade ou menos era sincera. Tinham-no classificado de psicopata com base em algo que dissera enquanto estava no quarto com Rosemary Stanley. Tomaram aquilo como prova de seu sangue-frio e de sua intenção de atirar em Fleetwood.

– Não vou matá-la – ele dissera a Fleetwood pela janela. – Vou atirar nas costas, na base da coluna.

Fleetwood não comparecera ao julgamento para repetir isso, mas Rosemary Stanley o fizera, assim como uma dúzia de testemunhas. Nunca ocorreu a nenhuma dessas pessoas que ele jamais tivera intenção verdadeira de atirar. Na verdade, não conseguia se lembrar exatamente do motivo que o levara a dizer aquilo. Na noite anterior, em casa, em Finchley, tinha lido o jornal vespertino, este mesmo *Standard*, que naquele tempo se chamava *Evening Standard*, e havia uma reportagem a respeito de um velho herói de guerra, um ex-integrante da aeronáutica condecorado com uma Cruz da Vitória, que tinha ficado paralisado por conta de uma lesão na coluna. E havia uma parte no meio do artigo em que um médico falava sobre o que acontecia quando se levava um tiro na "base da coluna". As palavras lhe voltaram quando ele falou à janela, e ele as proferiu como que em um momento de inspiração, como se fosse a pior coisa em que tivesse conseguido pensar naquele momento. Foi azar seu o fato de, na hora de atirar em Fleetwood (por nunca ter disparado uma arma antes, mal sabendo onde e como mirar), a bala tê-lo atingido bem onde Victor tinha ameaçado acertar Rosemary Stanley. Por que chegara a atirar não sabia dizer realmente.

Ele sentiu tanto medo, um medo tão intolerável, o pior pânico de sua vida. De algum modo, sempre pensava que, se tivesse conseguido fazê-los entender aquilo, teriam-no considerado inocente. Mas ninguém nunca compreendera aquilo. Mal pararam para escutar. E, no entanto, todos deviam saber o que é medo, já deviam ter sentido um medo aterrador, da mesma maneira que todos os dias faziam observações e comentários, davam desculpas e faziam ameaças que não eram sérias no momento em que eram proferidas, que derivavam do medo ou do tédio ou simplesmente de não encontrar nada melhor para dizer.

Victor pegou o *Standard* e leu a reportagem mais uma vez. O nome da moça não havia sido informado, mas ela tinha 24 anos, era cabeleireira na Old Oak Road. Estava "recuperando-se no hospital", em estado "satisfatório". Victor ficou imaginando quem a teria atacado naquele parque tão próximo da casa de Muriel e onde ele estaria agora e no que estaria pensando. Virou a página e seus olhos encontraram os de David Fleetwood, sentado em sua cadeira de rodas com o cachorro ao lado.

A reportagem era leve. Fleetwood estava escrevendo um livro com suas recordações, na verdade já tinha escrito, e sua autobiografia seria publicada no outono. Havia rumores sobre vender os direitos para a televisão. A fotografia mostrava Fleetwood no jardim na frente de sua casa em Theydon Bois, onde estava morando havia três anos. Victor pensou nas casas que marcavam sua vida como cartões-postais. Era como se sua vida fosse uma estrada e, à medida que a pista fazia curvas, mais uma casa de significado perturbador ou até mesmo terrível aparecia. A casa dos pais era a primeira de todas, seguida pela edificação grotesca em estilo Tudor de Muriel, a casa em Solent Gardens com sua janela quebrada e o vento soprando para erguer a cortina e agora esta, a casa de Fleetwood em Theydon Bois.

Entra as quatro, a última era a mais bonita, parte em tijolo, parte em ripa de madeira escura, com frontão e janelas bisotadas, uma varanda em frente a uma porta de carvalho, uma garagem grande integrada, trepadeiras, talvez rosas, cobrindo parte da parede e começando a ganhar folhas verdes. O jardim da frente era ajeitado e bem cuidado, bonito o suficiente para estampar um pacote de sementes ou para fazer propaganda de alguma coisa (uma mangueira, digamos, ou um cortador de grama). Tulipas enchiam a floreira embaixo das janelas da frente. Em uma bacia para passarinhos, uma pomba tinha se empoleirado obedientemente, ou talvez a ave fosse de pedra. Fleetwood estava lá, sentado em sua cadeira de rodas, os joelhos cobertos por uma manta, uma mão na cabeça de seu labrador, a outra segurando algumas folhas de manuscrito. Tinha sido entrevistado pelo repórter do *Standard*, falava sobre o livro a maior parte do tempo, apesar de não mencionar o acontecimento específico que causara sua paralisia. Sim, ele estava contente com o livro; receberia um adiantamento substancial da editora; mas não, não pensava em escrever mais no futuro. Casamento? Achava que não, apesar de isso ser possível, claro. Bom, sim, ele tinha namorada. Clare era o nome dela, e ela datilografara o manuscrito para ele.

As coisas iam bem para alguns, Victor pensou, dobrando o jornal e colocando-o embaixo da mesinha de bambu, fora de vista. Dinheiro, sucesso, mulher, uma casa bonita... Fleetwood tinha tudo; e ele, o que possuía? Um quarto mobiliado, uma ínfima soma de dinheiro no banco, para os padrões de hoje, e uma tia cuja propriedade ele só poderia herdar se ela se esquecesse de deixar testamento. Caso se lembrasse de fazer um, ele certamente não herdaria nada. Muriel, de todo modo, apesar de aparentar ter cem anos, na verdade não podia ter mais de sessenta e tantos anos e poderia muito bem viver mais vinte.

A juventude ele tinha perdido. De nada adiantaria encarar a situação de qualquer outra maneira. Os anos que passara na prisão eram os melhores anos da vida de qualquer homem. Aquele era o período em que as melhores coisas aconteciam, quando se formavam laços e as pessoas se sossegavam. Alan, por exemplo, que era da mesma idade dele, já devia estar casado, com casa própria e uma empresa próspera. Victor tinha trabalhado como um escravo para ele, fez das tripas coração para estar de pé, e às vezes nem dormia; trabalhara para ele cinco anos depois de se cansar de vender Fords, e Alan sequer fora visitá-lo na prisão, não chegara nem mesmo a escrever uma carta. Pauline, pensou, deveria estar casada com algum pobre-diabo que talvez tivesse se ajustado àquilo com que Victor nunca conseguira se acostumar: a frieza gélida e impenetrável dela. Bom, não era impenetrável, porque ele penetrara inúmeras vezes o corpo mole e flácido que ficava lá deitado, tão passível quanto um pudim, enquanto Pauline examinava alguma coisa na janela com concentração intensa, com a cabeça em outro lugar. Certa vez ele a observara contando nos dedos, fazendo uma soma. Depois de um tempo, aquilo começou a afetá-lo, de modo que broxava ao penetrá-la. Pauline parecia não notar. Isso tinha acontecido mais ou menos na época em que ela começara a ficar mais desperta e ativa durante seus momentos sexuais, desperta e ativa a ponto de ficar tagarelando a respeito do que a mãe lhe dissera ao telefone naquela manhã e dos comentários de seu professor de história sobre seu último trabalho. Victor se levantara, vestira as roupas, saíra na escuridão e estuprara uma moça que estava pegando um atalho para casa através de Highgate Wood. A moça ficara apavorada e gritara e se debatera. Não era a mesma coisa que fazer com uma ovelha morta enquanto ouvia uma fita tagarelante tocando. Era maravilhoso. Ela ficava gritando: "Não, não, não... Ah, não, não, não!". Ela uivava feito um animal. "Ah, não, não, não!"

Demorou um pouco até que Victor se lembrasse de onde e sob que circunstâncias tinha ouvido aquilo antes (àquela altura, já cometera mais três estupros). Quando ele de fato se lembrou, recusou-se a pensar sobre o assunto. Pensar sobre aquilo lhe parecia nojento, quase uma blasfêmia. Àquela altura, Pauline e ele já tinham se separado. Mas se ela tivesse sido carinhosa e amorosa, sedenta de sexo como ele havia lido que as mulheres da década de 1970 eram, se ela tivesse sido tudo isso e se tornado sua esposa, será que ele chegaria a atacar as duas mulheres em Hampstead Heath, as moças em Wandsworth Common, Wanstead Flats e em Epping Forest? Naquele Natal, se aquela Pauline diferente, aquela Pauline transformada o tivesse acompanhado em vez de ter partido cinco anos antes, será que ele teria ficado tão interessado na Luger de Sydney a ponto de roubá-la alguns meses depois?

Naquela noite, ele dormiu mal e sonhou muito. Mais ou menos uma hora depois de Tom ter ido embora, saíra para comprar uma garrafa de vinho e a bebera toda. Era a primeira bebida que experimentava em quase onze anos. Aquilo o deixou bêbado, o que era sua intenção, apesar de não desejar os efeitos colaterais. O sonho foi uma ampliação daquela fantasia que ele tinha a respeito da vida como uma estrada e das casas que iam aparecendo a cada curva. Só que, dessa vez, depois da casa de Muriel e antes do número 62 da Solent Gardens, apareceram na beira da estrada o edifício de apartamentos na Finchley High Road onde ele morara com Pauline e a casa na Ballards Lane cuja parte superior ele alugava na época de sua prisão. Mas ele continuou seguindo em frente, apesar de a pista, antes lisa, agora estar áspera como uma trilha de carroça, com pedras e pedregulhos pelo caminho, como as pedras do jardim escarpado da frente da casa de Muriel. A casa na Solent Gardens apareceu sozinha, desvencilhada de suas irmãs geminadas, e a janela de cima continuava quebrada, o vento soprava e levantava a cortina. Por que, em sua imaginação e em seus sonhos, ele sempre a enxergava daquele lado, de fora, já que só a tinha vislumbrado daquela posição uma vez, quando dois policiais o levaram para fora com as mãos algemadas?

A casa seguinte a que chegou ao longo da estrada foi a de Fleetwood, com seu frontão e suas ripas de madeira escuras e suas roseiras-trepadeiras, mas não era a última. A última era a prisão onde ele passara metade de sua vida adulta, um prédio comprido de tijolinhos vermelhos com uma floresta de chaminés brotando dos telhados vermelhos.

Por que as prisões sempre tinham tantas chaminés? Foi a pergunta idiota que ele fez a si mesmo quando acordou. Até parece que eram lugares aconchegantes ou famosos pela cozinha ou pelo padrão da lavanderia. O coração dele batia forte no peito, a cabeça latejava e a boca estava seca. Como não conseguiu voltar a dormir, levantou-se, bebeu montes de água direto da pia, com a boca na ponta da torneira, e sentou-se à janela para ficar observando, desesperançado, a paisagem de Acton. Estava amanhecendo, o céu era de um cinza perolado nublado, o ruído do trânsito já ia crescendo, os passarinhos começavam a cantar. Todos os jardins que ele enxergava eram repletos de pequenas árvores nas quais folhas e flores começavam a brotar, em verde e branco e rosa, de modo que havia uma névoa colorida, clara como musselina, parecia um fino tecido estampado por cima da terra, dos tijolos e das pedras. Odiando a raça humana. Com uma raiva que fez seus pulsos se fecharem com força, Victor pensou que os moradores de todas aquelas casas eram tão mesquinhos e avarentos que não cultivariam árvores ou plantas que não dessem frutos, de que não pudessem tirar algum proveito.

Por que a vida dele tinha se passado naquele subúrbio? Ele nunca vivera em algum lugar interessante ou diferente, apesar de haver montes de lugares interessantes pelos quais passava em seu caminho até os aeroportos de Heathrow e de Gatwick e de Luton e de Stansted. Assim como a maior parte dos londrinos nascidos ao norte do rio, ele achava difícil pensar em morar ao sul. Já não agüentava mais a zona oeste de Londres e disse a si mesmo que detestava a norte. Devia ir então para a zona leste, bem longe, talvez em Epping ou Harlow, ou até mesmo em Bishops Stortford.

Três horas depois, ele tomava mais uma vez o caminho pela Gunnersbury Avenue para a casa de Muriel em Popesbury Drive. Esse era o caminho que ele tomava regularmente para Heathrow. Sentia falta de um carro. Será que algum dia voltaria a ter um? Achou que podia ir até Epping (se sua intenção fosse de fato séria) de ônibus ou de condução, ou até o fim da linha central do metrô.

Várias árvores ganharam folhas na semana que se passara desde que ele estivera ali. Nas escarpas íngremes que levavam à porta de entrada de Muriel, as plantas penduradas tinham explodido em massas de flores roxas, rosas e malvas e púrpuras e lilases, tão radiantes que feriam os olhos. Victor escutou Muriel arrastando os pés lá dentro, remexendo na porta. Ela sabia quem era – ou espiara pela janela ou adivinhara. O penhoar azul e os chinelinhos que ela usava eram os mesmos, assim como o cheiro de cânfora, mas a rede cor-de-rosa que cobria o cabelo tinha mudado para uma marrom. Ela o espiou cheia de desconfiança, soltando a porta para abri-la de má vontade, centímetro por centímetro, até que a abertura estivesse do tamanho exato para que Victor conseguisse passar por ela.

– O que deseja desta vez?

Parecia que ele era algum mendigo inoportuno que sempre a incomodava, pedindo dinheiro ou refeições, em vez de um sobrinho que ela só vira duas vezes em dez anos. Nem é preciso dizer que Muriel também não o visitara na prisão. Se ela se negou a colocar o pé fora de casa para ir ao enterro do marido, seria improvável que fosse fazer visitas em prisões. Ainda assim, ele nunca lhe fizera mal algum. Não se poderia afirmar que o fato de ter roubado a pistola tenha lhe causado algum mal, e apesar de a polícia ter ido até lá para interrogá-la a respeito do assunto e feito uma busca no local, ninguém a culpara, ninguém a mandara para a prisão durante dez anos. Ele a seguiu até a sala de estar, contando a respeito de Jupp e que ele iria até lá para examinar a mobília dali a duas semanas.

O aposento estava abafado, exalando um leve mau cheiro. Um aquecedor elétrico grande estava ligado. Muriel tinha feito para si uma toca ou alcova confortável na frente do aquecedor, uma ilha em meio ao mar de revistas. Havia a poltrona em que estivera sentada com duas almofadas no encosto e um travesseiro com uma fronha branca suja, uma manta xadrez em cima de um dos braços, um apoio de pé que parecia um genuflexório surrupiado de alguma igreja, uma mesa de cada lado, uma com um livro de biblioteca por cima, um par de copos e um frasco de aspirina, a outra com uma pilha de revistas, uma caneta esferográfica e uma tesoura. Em vez de voltar à poltrona, Muriel ficou lá parada, em pé, hesitante, olhando para ele com ar truculento. De uma parte distante da casa, um apito começou a tocar e se elevou, como um grito.

Claro que Victor sabia muito bem o que aquilo deveria ser, ou descobriu depois de uma fração de segundo. Mas, no começo, ele se sobressaltou um pouco e, por alguma razão, isso fez com que um sorriso se abrisse no rosto de Muriel.

– Eu estava preparando um café – ela disse.

Victor a seguiu pelo corredor até a cozinha. Muriel foi arrastando os pés, com o cinto do penhoar arrastando atrás dela. Sabe-se lá por que ela nunca amarrava o cinto, preferia ficar segurando os dois lados do penhoar com a mão esquerda. A chaleira apitava de um lado para o outro e berrava em cima do fogão. Muriel agiu com muita lentidão. Colocou uma colher de café em cada xícara, calculando que contivessem exatamente a mesma quantidade ao examinar cada um dos grãos e tirar um grão extra da parte de cima da segunda colherada com a ponta de uma faca. Os nervos de Victor não eram capazes de suportar a crepitação e o apito, de modo que ele passou por ela para tirar a chaleira do fogo. Ela ergueu os olhos para ele com surpresa ressentida. Ela abriu a geladeira e tirou um potinho de creme grosso. O recipiente foi para cima de uma bandeja com uma das xícaras de café, um açucareiro e dois biscoitinhos em um prato. Os biscoitos eram do tipo infantil, chamados Iced Bears, no formato de ursinhos de pelúcia com cobertura de açúcar colorido. Em uma segunda bandeja, menor, Muriel colocou a outra xícara de café e a empurrou sobre a mesa até Victor.

Ele mal conseguia acreditar no que via. A bandeja com o creme e os biscoitos ela tinha preparado só para si, agarrava-se a ela com as duas mãos na borda. Ele não merecia nem uma colherzinha. Mas de que adiantava discutir com ela? Esticou a mão por cima da mesa para pegar o açúcar, escalando as mãos dela, por assim dizer, como alguém que escala uma cerca ao redor de um parque proibido. Ele pegou sua xícara e foi até a garagem para dar mais uma olhada na mobília. Era impressionante como meros pedaços de tecido colorido, coisas materiais, eram capazes de remexer tanto na memória. As cortinas que eram de seu próprio quarto de menino cobriam uma cabeceira de cama e um tipo de cômoda. Deviam ser de muito boa qualidade para terem durado tanto assim, uma estampa de blocos verde-azulados e vermelhos em fundo preto e branco, a moda pós-guerra do início da década de 50. Ele se lembrava exatamente de ficar deitado na cama olhando para aquela estampa, com o sol atravessando o pano e deixando-o transparente, ou então quando a escuridão lá fora o deixava opaco. Ele ficava lá deitado, esperando a mãe subir para ajeitar suas cobertas e lhe dar um beijo de boa-noite. Às vezes, antes de ter aprendido a ler, também torcia para que ela lhe contasse uma história. Ela sempre prometia que iria lhe dar boa noite, mas raramente ia; estava com o pai, distraída pelo glamour do pai, pelo desejo mais forte que sentia por ele. Mas a negligência não era forte o bastante para fazê-lo chorar, e ele caía no sono com a última imagem gravada em sua retina, aquelas cortinas estampadas com blocos verde-azulados e vermelhos em fundo preto e branco.

Talvez ele não devesse deixar Jupp ficar com toda a mobília. Se ia mesmo encontrar um lugar para morar em Epping, talvez fosse precisar daquilo. De repente, Victor se deu conta de que não seria capaz de conviver com a mobília que o rodeara quando menino. Doía só de olhar para aquilo. As estampas das cortinas, por alguma razão, eram o pior, mas as camas também eram ruins, além daquele sofazinho de veludo marrom. Resolveu que a única coisa que lhe parecia adequada era a cadeira de rodas do pai, e talvez fosse assim porque ele não estava lá quando o pai a adquirira e nunca o tinha visto usá-la. Victor bebeu seu café, voltou a cobrir a cama e a cômoda e ficou se perguntando por que motivo sentiu-se de repente tão certo de que iria morar em Epping. Será que a decisão já estava tomada? Na verdade, nunca tinha estado em Epping, só passara por lá a caminho de Stansted e, uma vez, é claro, parara na floresta, perto de um bar que ele acreditava se chamar Robin Hood. E lá, a uns bons quatrocentos metros da estrada, em uma clareira de samambaias e bétulas, ele deparara com uma mulher caminhando sozinha, não era jovem nem bonita, nem de forma alguma atraente para ele, mas era uma mulher sozinha...

Victor voltou para a cozinha. A tia não estava mais lá. Encontrou-a de volta à sua poltrona, na frente do aquecedor elétrico no meio daquele abafamento com cheiro de cânfora, recortando um pedaço de uma página impressa do noticiário com sua tesoura.

– Tenho uma coisa para lhe mostrar – ela disse.

– Não, obrigado. Eu sei o que é.

Com o canto do olho, ele tinha visto a beirada da fotografia da casa de Fleetwood, um pedaço do frontão, dois centímetros de chaminé.

Ela nem deu atenção a ele e continuou recortando, segurando o papel e a tesoura bem perto do nariz.

– Ele está escrevendo um livro – ela disse. – Vai contar tudo sobre o que aconteceu na vida dele.

– Eu sei – Victor respondeu. – Eu vi o jornal. Não está me contando nenhuma novidade.

– Você vai aparecer nele.

Sentiu a raiva começar a se elevar mais uma vez, um líquido quente quase transbordando de seu corpo.

– O trecho a seu respeito deve ser bem grande, com fotos.

Ela largou a tesoura e dobrou o pedaço de papel cortado em dois. O rosto dela estava erguido na direção do dele, a pele flácida do pescoço pendia em uma dobra dupla do queixo.

– Você bem que merece – ela disse.

Victor tinha lido em algum lugar que caminhar ou fazer qualquer exercício vigoroso libera tensões e acalma a raiva. Em seu caso, não achava que isso fosse verdade. No caminho de volta a Gunnersbury Avenue, ele se encheu de uma raiva assassina que agora transbordava. A falta de compreensão o enlouquecia, e não só na tia, mas em todo mundo, em toda aquela gente que não conseguia enxergar como as coisas tinham acontecido, como certas coisas podem acontecer com você quase sem que você perceba: então você é castigado para sempre, e mesmo assim dizem que não é o suficiente.

Ele apareceria no livro de Fleetwood. Victor não era muito de ler, sempre preferira cinema e televisão, mas, se havia algo que lia, eram biografias e memórias. Se Fleetwood fosse escrever um livro sobre sua vida, como de fato já tinha escrito, Victor faria parte dele, provavelmente com um capítulo para si, com fotografias suas. Enquanto seu julgamento se desenrolava, os jornais utilizaram um retrato dele feito em estúdio, tirado a pedido da mãe, na ocasião de seu 21º aniversário. Sua mãe não teria dado aquilo a um repórter, então devia ter sido Muriel. Outra foto era a dele saindo do número 62 da Solent Gardens entre dois policiais. Provavelmente esses dois retratos fariam parte do livro de Fleetwood; a menos que ele pudesse impedir por meio de algum dispositivo legal, apesar de não saber como fazer isso e acreditar que fosse custar muito dinheiro.

Será que Fleetwood poderia dizer o que bem entendesse a respeito de Victor sem que ele tivesse direito a dar a sua versão das coisas? Sem dúvida, Fleetwood o chamaria de psicopata e aquelas palavras que ele gritara pela janela seriam citadas mais uma vez: "Vou atirar nas costas, na base da coluna!".

Quando subiu ao banco das testemunhas e repetiu essas palavras, Rosemary Stanley chorou. Ela tinha gaguejado e começara a soluçar; era mesmo um método muito eficiente, Victor achava, de conseguir toda a solidariedade do tribunal, como se a que ela já tinha não fosse o bastante. Aquilo sem dúvida estaria no livro de Fleetwood, apesar de ele não ter comparecido ao julgamento. E o livro de Fleetwood seria vendido em todo lugar, também em edição de brochura, seria transformado em filme para a televisão. A idéia fez com que Victor se sentisse nauseado. Assim que retornou a seu quarto, tirou o jornal da parte de baixo da mesinha de centro de bambu para ler o artigo de novo, para tirar dali todas as informações possíveis. Mas ele tinha deixado o jornal dobrado de maneira tal que a primeira coisa que aparecia era a reportagem sobre o estupro em Gunnersbury Park, e uma frase chamou sua atenção, uma espécie de subtítulo entre aspas: "O estupro não é um ato sexual, mas um ato de violência". Algum psiquiatra dissera aquilo. Ficou imaginando o que aquilo queria dizer, como foder uma moça poderia ser algo além de um ato sexual, quando a campainha da porta tocou. Victor já tinha ouvido aquela campainha tocar, geralmente à noite, quando algum dos outros inquilinos ia abrir a porta. Fosse quem fosse, não podia ser para ele e não iria atender. A campainha tocou de novo. Victor ouviu passos e depois vozes. Alguém abriu a porta, e aquilo o surpreendeu, chegou a alarmá-lo bem de leve, porque ele tinha quase certeza de que não havia ninguém na casa.

Ouviu passos subindo a escada. *Sabia* que a pessoa passaria pela frente da sua porta e prosseguiria, tinha de ser assim, não havia ninguém que pudesse querer falar com ele. Havia pelo menos duas pessoas subindo a escada. As batidas em sua porta pareceram trovões, o tipo de trovão que faz a gente se sobressaltar por não ter sido precedido de um relâmpago. A calma, a sanidade e a euforia de Victor desapareceram, e ele sentiu o pânico como uma enxurrada de choques elétricos. Abriu a porta ciente do quão vulnerável e impotente aparentava estar.

Do lado de fora estava uma mulher de chapéu e dois homens com o tipo de traje à paisana que os policiais usam achando que assim ficam disfarçados. Victor percebeu que a mulher devia ser a sra. Griffiths, sua senhoria. Ele soube disso por causa da expressão em seu rosto, controlada, paciente, virtuosa e, no entanto, com um leve ar de desaprovação, o tipo de expressão exibida por alguém que tem consciência social suficiente para aceitar ex-presidiários em sua casa, junto com todas as inevitáveis conseqüências que isso acarreta.

– Departamento de Investigação Criminal – disse o homem mais velho, o que usava um paletó de tweed mesclado. – Podemos bater um papo, Vic?

6.

Ninguém nunca o chamara daquilo. De Vic: ele detestava, parecia aquela coisa que a mãe esfregava em seu peito quando era criança. E, aliás, que direito ele tinha de chamá-lo pelo primeiro nome? Ouviu o mais jovem, o que usava uma jaqueta de couro lisa, dizer:

– Muito obrigado, sra. Griffiths. Desculpe incomodar.

Eles não a chamaram nem de Betty nem de Lily nem de seja lá qual fosse o nome dela. Mas ele tinha estado na prisão, é claro, e portanto abrira mão de sua dignidade humana, de seu direito ao respeito para todo o sempre.

Entraram, e o Jaqueta de Couro fechou a porta.

O Paletó de Tweed disse:

– Que lugarzinho bom você arrumou.

Victor não disse nada. As palmas de suas mãos formigavam, ele sentia algo se arrastando por cima de seus ombros, como se um inseto percorresse suas costas. Ele se sentou. Eles, não.

– Acho que não precisa sair muito. Não tem emprego, certo?

Victor respondeu a isso sacudindo a cabeça e ficou imaginando se conseguiria encontrar sua voz. Sua garganta tinha se fechado. Ele preferiria perguntar o que eles queriam em vez de ter que suportar todo aquele preâmbulo dissimulado, mas não teve coragem de proferir qualquer palavra. Os dois ficaram olhando fixamente para ele, e finalmente o Jaqueta de Couro se sentou.

– Mesmo assim, você saiu hoje, às vezes precisa de um pouco de ar fresco, sem dúvida. A primavera está bonita, não é mesmo? Geralmente é assim depois de um verão ruim. Mas você não deve saber disso, não é mesmo, já que estava, como podemos dizer? Fora de circulação na época? A maior parte das pessoas na sua situação, Vic, acha que sair é uma provação e tanto no começo. Mas isso não o impediu de se aventurar, estou certo?

Victor ergueu os ombros formigantes.

– Não, você não se sente assim – repetiu o Paletó de Tweed. – Você saiu, encarou o mundo. Quantas vezes calcula que já tenha saído? Todo dia, dia sim, dia não, duas vezes por dia? Que tal na segunda-feira passada, por exemplo? Saiu nesse dia?

A voz dele irrompeu, era menos uma voz e mais um coaxar.

– Por que querem saber?

Mesmo antes de terminar de proferir as palavras, ele se deu conta de que já sabia a resposta. Mesmo assim, foi um choque terrível para ele. Na segunda-feira à noite, uma moça tinha sido estuprada em Gunnersbury Park, ele lera sobre aquilo no jornal *Standard*; comprara o *Standard* e lera a reportagem em seu caminho de volta da loja de Jupp. Não tinha sido preso por estupro, mas sim por atirar em David Fleetwood, mas ao ser condenado, antes de a sentença ser proferida, ele pediu, por meio de seu advogado, de acordo com as orientações legais que recebera, que dois casos de estupro fossem levados em consideração. Aquela fora uma ação preventiva, para o caso de a polícia tentar acusá-lo desses crimes após Victor ter cumprido sua pena. O advogado de Victor não viria a saber que aqueles não tinham sido os únicos estupros cometidos por ele.

Sua vontade era de não mencionar aquilo de jeito nenhum, não queria expor sua natureza para todo mundo ver. Mas tinha cedido à persuasão. E agora a polícia sabia. Ele devia estar em um arquivo qualquer em algum lugar, um arquivo de um daqueles computadores que tinham tomado conta do mundo enquanto ele esteve encarcerado. Victor não queria pensar nas implicações de tudo aquilo.

– Vamos fazer assim – disse o Paletó de Tweed. – Você responde à minha pergunta primeiro. Que tal?

– Fui visitar minha tia.

Os músculos faciais do Paletó de Tweed não se moveram, mas um sorriso tremeu na boca do Jaqueta de Couro.

– E onde é que esta senhora mora?

– Gunnersbury.

Os dois ficaram rígidos e imóveis. Por um instante.

– Em relação à sua pergunta, Vic, acho que podemos deixar para lá, não é mesmo? Você sabe muito bem o que desejamos saber. Você sabe o que você é, e nós também sabemos. Evitaríamos muita confusão se você simplesmente entrasse no carro e fosse conosco à delegacia.

Eles queriam fazer alguns testes. O Paletó de Tweed tinha toda sorte de eufemismos interessantes para referir-se a prisioneiros, e os desfilava um após o outro, talvez só pelo prazer de ver o desalento de Victor e a boca de tremores sincopados do Jaqueta de Couro. No começo, Victor recusou-se, disse que queria chamar seu advogado. Ainda se lembrava do nome do profissional que o aconselhara brevemente quase onze anos antes, mas não o endereço do escritório nem seu telefone. Ele também não tinha uma moeda sequer para poder usar o telefone. O Paletó de Tweed disse que ele poderia chamar seu advogado, sem problema, seria facílimo, bastava telefonar para ele da delegacia. Com isso Victor cedeu, porque achou que eles no fim o *obrigariam* a ir à delegacia, apesar de não saber como.

O nome da moça era Susan Davies. Ela estava no hospital e lá ficaria durante muito tempo. Tinha descrito seu agressor como um homem entre 25 e trinta anos, de cabelo escuro e altura mediana. Disseram-lhe tudo isso. Quando Victor observou que tinha 38 anos, o Paletó de Tweed disse que a maior parte das pessoas gostava de se passar por mais nova do que realmente era e, de todo modo, não se envelhece assim tão rápido quando se está protegido do mundo em uma cela de concreto.

Disseram a Victor que gostariam de fazer um exame de sangue. Victor disse que queria seu advogado. Nada mais fácil, disse um detetive que Victor nunca tinha visto antes, mas, quando ele pediu uma lista telefônica, o detetive lhe disse que não tinha como providenciar uma naquele momento, então por que Victor não ia até o laboratório com o sargento Latimer (Jaqueta de Couro) e fazia um exame de sangue enquanto ele procurava a lista telefônica? Claro que Victor foi. Ele estava consideravelmente abalado. Latimer explicou-lhe algo que ele não sabia – talvez fosse algo que nem todo mundo conhecesse ou que ainda não tivesse sido descoberto quando ele foi preso. Contou-lhe que alguns homens são "secretores", quer dizer, seu grupo sangüíneo pode ser detectado pelo sêmen e por outros fluidos corporais. Não havia como saber se Victor era ou não secretor sem fazer exames.

Victor então percebeu que era de seu interesse fazer esses tais exames. Parou de se preocupar em encontrar um advogado. Só queria sair dali e voltar para casa, inocente. Não tinha estuprado Susan Davies, mas já percebera que não teria como apresentar provas *circunstanciais* de que não estivera em Gunnersbury naquele horário relevante. Não havia testemunhas de que ele estivera em casa. E sua tia Muriel (se é que dava para imaginar que alguém seria capaz de arrancar alguma coisa coerente dela) só poderia dizer que ele estivera com ela durante algumas horas à tarde. O exame de sangue serviria de prova. Três quartos das pessoas eram secretoras, segundo Latimer.

Fizeram com que ele ficasse lá até sair o resultado dos exames. Não se disse mais nada a respeito da lista telefônica, e Victor não tocou no assunto. Anoitecia, e trouxeram-lhe um hambúrguer e uma xícara de chá antes de lhe darem os resultados. Bom, não lhe disseram exatamente quais eram, não fariam isso, só falaram que ele podia ir para casa, que não iriam mais querer falar com ele. Assim como Judy e Tom, só que de maneira ainda mais acentuada, tratavam-no como se fosse subumano, subinteligente. Victor disse que, então, supunha ser um secretor. Está certo, o inspetor respondeu. A que grupo sangüíneo ele pertencia, Victor perguntou, sem achar que receberia resposta, acreditando que lhe diriam que aquilo era uma delegacia de polícia, veja bem, não um consultório médico. Mas o inspetor lhe disse, de modo lacônico e sem prestar muita atenção, que ele aparentemente era B positivo. Será que isso significava alguma coisa para ele? Victor foi embora.

A caminho de casa, ele entrou em uma loja de bebidas e comprou uma dose de uísque e vinte cigarros. Pouco depois de ir para a prisão, ele parara de fumar, apesar de ser permitido fumar em horários definidos. Mas ele tinha parado. Agora sentia que precisava de algo forte e reconfortante para beber. Pelo menos não se deixara levar pelo pânico, não entrara em um surto de loucura desenfreada nem havia tentado agarrar, acertar ou sacudir os policiais. Parabenizou-se por isso. Os cigarros e o uísque dariam conta daquela tremedeira que acometera suas mãos e por vezes os joelhos desde o momento em que deixara a delegacia.

Ele abriu a porta da casa. A sra. Griffiths, de chapéu, casaco e luvas, estava no corredor conversando com uma moça que Victor nunca tinha visto. A moça desviou o olhar. A sra. Griffiths lhe lançou um sorriso contido que Victor sabia significar que ela aceitava ex-presidiários em casa, mas apenas se eles estivessem regenerados. Fazia sete anos que ele não fumava um cigarro. A primeira baforada fez seu estômago revirar, e ele vomitou na pia. Sentou-se na cama, tremendo.

As coisas de repente se apresentaram com uma clareza horrível. Ao mesmo tempo em que obviamente era de seu interesse fazer os testes naquele momento específico, considerando a questão de modo mais amplo, era um desastre. Eles tinham descoberto seu grupo sangüíneo, descobriram que ele era secretor e, além de tudo, ele ainda tinha o azar de pertencer a um grupo sangüíneo raro. Victor lembrava-se vagamente de uma ocasião, muitos anos antes, quando vira na televisão o comediante Tony Hancock fazendo um quadro sobre grupos sangüíneos. O negócio era que ele pertencia ao grupo mais raro, AB negativo. O tipo B positivo, que era o grupo de Victor, não era assim tão raro, mas, mesmo assim, apenas seis por cento da população pertenciam a ele.

Cada vez que uma moça fosse atacada na zona oeste de Londres (em toda a Londres e nos municípios vizinhos, aliás) e quando houvesse evidências de que o agressor era secretor B, eles o procurariam. Mas isso era uma coisa que podia ser tolerada, já que os casos seriam poucos. Mas e se ele fosse mesmo o agressor? Victor sabia que chegaria o momento em que teria vontade de voltar a atacar uma moça. Uma parte dele dizia que não, que ele se esforçaria para evitar o ato, para seu próprio bem, mas, ao mesmo tempo, ele sabia que o esforço não poderia ser absolutamente eficiente.

Ele serviu um pouco de uísque em um dos copos de vidro baratos da sra. Griffiths, do tipo que é dado como brinde quando se coloca mais de trinta litros de gasolina no tanque do carro. O uísque não despertou a menor ânsia de vômito. Serviu para aquecê-lo e foi direto para a cabeça. Se chegasse o momento de atacar uma moça, *quando* esta ocasião se apresentasse, eles fariam o que se faz com um computador, datilografariam a informação como em uma máquina de escrever, provavelmente, e logo sairia o resultado impresso: Victor Jenner, 38 anos, residente no número 46 da Tolleshunt Avenue, Acton, W5, secretor, grupo sangüíneo B pos... E seria o que fariam, aconteceria toda vez, só que não haveria "toda" vez: só haveria uma primeira e última vez, porque depois disso ele seria mandado para a cadeia pelo resto da vida. Via em sua mente o juiz chamando-o de "fera perigosa" que precisava ser confinada "pela segurança da comunidade", um "animal selvagem" que, se não ficasse preso de maneira permanente, atacaria mulheres e assassinaria homens indiscriminadamente. Mas o negócio era que ele não era assim, Victor pensou; era um homem amedrontado, assustado e solitário. Gostaria de obter ajuda, mas não sabia onde procurar; certamente ela não viria nem de Tom, nem de Judy, que lhe ofereceriam cursos noturnos e serviço comunitário.

Como a vida de David Fleetwood devia ser diferente, e a culpa era toda dele! Fleetwood estava a salvo, tinha segurança, casa, pensão. Seus problemas sexuais foram resolvidos da maneira mais absoluta e definitiva possível. Victor, sentado em sua cama, bebendo uísque no quarto que ia escurecendo, pensou que não se importaria se *aquela* fosse a solução dada a seu próprio dilema. Assim, o desejo, a tentação e a necessidade incontrolável desapareceriam para sempre. E o mais importante de tudo era que Fleetwood era respeitável. Todo mundo o respeitava, ele recebia louvores, elogios e honrarias. Se ele precisasse ir a uma delegacia para fazer testes, provavelmente as pessoas o chamariam de senhor. Era mesmo uma ironia. Fleetwood tinha causado tudo aquilo por ser tão obtuso e, no entanto, ficou com a glória e a Victor coube toda a censura por anos e anos. Talvez Fleetwood tivesse feito aquilo de propósito, Victor pensou. O comportamento humano é incompreensível, todos sabem disso. Talvez Fleetwood quisesse levar aquele tiro de propósito, ciente de que cuidariam dele pelo resto da vida e de que as pessoas adoram um herói aleijado.

Victor caminhou na Twyford Avenue na direção da High Street. Tinha passado duas noites horrorosas e um dia ruim. Nas duas noites, acordara com o coração disparado e o corpo todo formigando. Na primeira vez, ficou lá deitado, chorando, e logo virou o rosto para o travesseiro, para abafar os berros que não conseguia controlar. De manhã, ele cruzou com um dos inquilinos no patamar da escada, e o homem lhe perguntou se não tinha ouvido uma coisa estranha à noite, alguém chorando, por exemplo, e um barulho como o de molas de cama se sacudindo. Victor balbuciou que não escutara nada. Passou a maior parte do dia dormindo, achando fácil dormir, escapando agradecido para aquele sono que era uma suspensão temporária da vida. Mas, naquela noite, o pânico se abateu sobre ele com força redobrada, apertando-o como uma camisa-de-força, convulsionando seus braços e pernas com uma espécie de espasmo, de modo que ele não conseguiu ficar deitado imóvel e precisou pular para fora da cama e esmurrar o objeto mais próximo. Por acaso era a cadeira de bambu, que ele agarrou e começou a bater, primeiro a parte de baixo, depois a de cima, contra a parede e logo contra o chão. Seus dentes estavam cerrados, e ele escutava o rosnado que soltava.

Uma das pernas da cadeira quebrou e ficou pendurada por um fio de ráfia. Exausto e ofegante, Victor se jogou na cama. Quase imediatamente, alguém bateu à porta. Victor não percebeu. Seu coração batia tão forte que lhe causava dor, como se fosse saltar peito afora. A pessoa que bateu à porta gritou, perguntando que diabos estava acontecendo. Victor cambaleou até a porta e sussurrou que não era nada, que já tinha passado.

– Pelo amor de Deus – disse a voz.

Victor não conseguiu voltar a dormir. Levantou-se muito cedo e saiu ao patamar da escada com uma barra de sabão e uma esponja de cozinha e apagou a frase escrita na parede. Aquilo não fazia mais o menor sentido. Já tinha acontecido. A merda já batera no ventilador.

Foi até a biblioteca para ver o que encontrava a respeito de grupos sangüíneos. Havia uma bela quantidade de literatura a respeito do assunto. Victor sabia que era uma pessoa inteligente (alguém medira seu QI quando estava na faculdade, e o resultado fora 130) e normalmente era capaz de absorver dados científicos, mas entender grupos sangüíneos estava além de seus limites. Tudo era complicado e obscuro demais para ele acompanhar. O que absorveu foi o fato de o sistema ABO ter sido descoberto já em 1900, mas que desde então mais ou menos uma dúzia de outros sistemas tinham sido desenvolvidos, inclusive o de Rhesus, e que todos eles podiam ser testados, fechando ainda mais o leque de possibilidades de determinar a quem o sangue pertenceria. Havia o sistema MNS, o Lutheran, o Kell, o Yt e o

Domrock. Nossa, parecia que chegaria um tempo em que o sangue de cada pessoa seria diferente do de todas as outras.

Mas, depois, ele começou a refletir sobre o assunto de maneira mais racional. Nunca tinha sido acusado de estupro, e nunca ninguém tinha provado que ele cometera um estupro. Além disso, sua intenção era a de nunca mais atacar uma mulher. Se tinha conseguido sobreviver dez anos na prisão sem atacar uma mulher, certamente conseguiria sobreviver assim o resto da vida. "O estupro não é um ato sexual, mas um ato de agressão", o jornal o informava. Será que era a raiva que o fazia atacar mulheres? E se ele conseguisse controlar a raiva, pararia de atacá-las?

Tom morava em North Ealing, perto da estação Park Royal. Victor não achava que a casa fosse se destacar na rua, já que era pequena, na extremidade de uma fileira de construções geminadas, uma daquelas casas populares do pós-guerra que se proliferavam na zona noroeste de Londres, mas Tom provavelmente era o proprietário. Um triciclo virado repousava no pequeno gramado na frente da casa, com um urso de pelúcia virado de bruços ao lado, como se tivesse levado um tiro pelas costas. Victor sentiu um calafrio e ficou imaginando por que fizera tal comparação. Não tinha a intenção de ir lá, de jeito nenhum, mas sim de passar o dia fazendo planos para o futuro, primeiro caminhando um pouco, dando continuidade ao negócio de se acostumar a andar na rua, e depois em seu quarto, calculando quanto dinheiro tinha e quanto conseguiria juntar. Mas mal chegara a Ealing Common quando começou a chover, e ele entrou na estação de metrô para se abrigar. A chuva não ia parar, caía como uma tempestade de verão. Park Royal ficava apenas duas paradas linha acima, e assim ele pelo menos teria um almoço preparado para si.

O triciclo estava coberto de pingos d'água e o ursinho parecia molhado, apesar de a chuva já ter parado. Os filhos de Tom deviam ter deixado os brinquedos para trás ao correr para dentro de casa. Victor não gostava muito de crianças. Uma mulher magra de calça e avental florido abriu a porta para ele, sorrindo com entusiasmo excessivo e garantindo-lhe com muita animação que estava encantada em recebê-lo, que ela e as crianças estavam ansiosas para conhecê-lo. Uma lembrança curiosa veio à mente de Victor quando ele entrou na sala de jantar e de estar. Era de um jornal que ele tinha lido muitos anos antes, muito antes de ir para a prisão, em que era apresentada uma teoria dizendo que nenhuma pessoa podia passar mais de cinco anos na prisão e permanecer lúcida. Um psiquiatra tinha sido o autor, alguém que se designava behaviorista. Victor não se lembrara daquilo durante todo o tempo em que ficara na prisão, mas a lembrança agora lhe vinha, e acompanhada de uma espécie de descarga elétrica; mas ele não sabia por que tinha se lembrado daquilo, já que não havia nada em relação a Liz Welch ou à pequena sala surrada e entulhada de coisas para trazer aquilo à mente.

– Tom deu uma saidinha para comprar bebidas – ela disse. – Vinho, quer dizer. Quer uma lata de cerveja por enquanto?

Eles viviam meio apertados, Victor pensou, o que os obrigava a correr até a loja de bebidas sempre que recebiam visitas. Provavelmente só havia uma lata de cerveja na casa. Ele nunca fora de beber cerveja, não gostava. Os Welch eram pobres. Tom não recebia para trabalhar com ex-presidiários, sua profissão era a de professor primário, mas Victor não sentia nenhuma pena dele. A ele, parecia uma loucura se casar e se sobrecarregar com tanta responsabilidade.

As crianças apareceram, acanhadas, assustadas. A menininha usava óculos com armação de aço. O menino, que era menor, tinha um curativo no joelho, que estava ficando manchado de sangue. Quando viu o sangue, ele começou a chorar muito e foi tomado no colo pela mãe e reconfortado. A sra. Welch conversou com Victor sobre o clima, já que outros assuntos não eram seguros.

– Tanta chuva, dia após dia – ela disse, desenrolando a atadura. – Na semana passada não teve nenhum dia sem chuva. Está tão ruim quanto no ano passado, não é mesmo?

Ela percebeu o que tinha dito e corou: Victor gostou de vê-la pouco à vontade. Ficou imaginando se Tom dissera à polícia onde ele poderia ser encontrado. Mas Tom não sabia de seu histórico de estuprador, não é mesmo? Tom chegou enquanto Liz fazia um novo curativo no joelho da criança. Tinha começado a chover de novo, e a água escorria pela capa de náilon azul dele. Trocou um aperto de mão caloroso com Victor, pegou a garrafa de vinho tinto búlgaro que saíra para comprar e disse que agora estava tudo certo.

Victor de repente resolveu que não falaria a Tom sobre seus planos de se mudar para longe de Londres. Quanto menos as pessoas soubessem sobre seus movimentos, melhor. Se estivessem sozinhos, poderia ter mencionado seus temores relativos a aparecer no livro de Fleetwood e perguntado quem poderia procurar para obter auxílio legal. Mas não tocaria no assunto na frente daquela mulher (e esperava que ela lavasse as mãos antes de servir a comida), daquele menino gritão e daquela menina que não fizera nada além de ficar parada olhando fixamente para ele desde que entrara na sala.

Finalmente, o almoço saiu. Era porco assado, purê de maçã, ervilhas enlatadas e batatas velhas cozidas, e não assadas, seguidos por uma torta de framboesa e groselha de supermercado, com calda semipronta. Aquilo fez com que Victor se lembrasse de refeições de domingo melhores que lhe tinham sido oferecidas no presídio. Tom falou sobre programas de televisão, e Victor disse estar pensando em alugar um aparelho de TV. Aquilo pareceu deixar os Welch animadíssimos, porque lhes deu oportunidade de recomendar diversas empresas de aluguel de equipamento eletrônico e de comparar o que sabiam a respeito dos preços da concorrência. Tom saiu para fazer o café enquanto Liz tirava a mesa.

Sozinho com as crianças, Victor se escondeu atrás do jornal *Sunday Express*. Até onde podia ver, não havia nada ali a respeito de estupros nem de Fleetwood. O mais extraordinário foi deparar, em uma página interna, com um homem andando a cavalo na floresta de Epping. Parecia ter algum significado, parecia que o destino o conduzia naquela direção. E, claro, não era nada assim tão extraordinário. Todo mundo sabe, por exemplo, que as coisas sempre acontecem de três em três, que basta deparar com um nome novo para que ele surja mais duas vezes no mesmo dia. Ele se sobressaltou com uma batida por trás do jornal; Victor recuou, sem querer abaixá-lo.

Mas a menininha agarrou a parte superior do jornal e puxou-o para baixo, aproximando seu rosto do dele por cima do papel.

– O que é um marginal? – a criança perguntou.

Victor balbuciou:

– Não sei.

– Meu papai disse para a minha mamãe que a gente ia ter que receber um dos marginais dele no domingo.

Às vezes Victor achava que todo o seu conhecimento vinha de revistas. A maior parte das informações armazenadas em seu cérebro parecia ter saído delas. Talvez ler revistas fosse coisa de família, ou talvez fosse algo que só se revelasse nele e em Muriel, porque não conseguia se lembrar dos pais lendo muito, fosse o que fosse. Mas ele lembrava que Muriel lhe dava revistinhas em quadrinhos de presente quando ele era muito pequeno, e talvez o hábito tivesse começado assim.

Um artigo de revista levara-o a acreditar que talvez pudesse se curar de sua fobia. Isso acontecera anos antes, antes da prisão, antes da casa em Solent Gardens, antes de ele pegar a pistola de Sydney. O artigo dizia que o método derivava de um tratamento moderno de psicoterapia; só que era possível fazê-lo sozinho, sem o psicoterapeuta. Começava-se olhando para fotografias daquilo que você teme. Uma ou duas semanas antes disso, uma revista sobre o mundo natural que Victor comprara trazia nas páginas centrais uma reportagem extensa sobre tartarugas terrestres da América do Norte, tratando principalmente do ritual de acasalamento da tartaruga *gopher*. Só de dar uma olhada naquilo, Victor fechara a revista no mesmo segundo e colocara outra publicação por cima para não ver nem a capa. A capa era bem inofensiva, já que trazia uma borboleta empoleirada na beirada de uma orquídea, mas, como Victor sabia o que havia lá dentro, essa foto inocente e, aliás, muito bonita bastava para que começasse a sentir um calafrio na espinha. Mas ele não jogou a revista fora, porque ela continha um outro artigo que ele queria muito ler, isso se algum dia tivesse coragem de voltar a tocar naquelas páginas. Até ler o artigo sobre o método moderno de psicoterapia, ele não encontrara coragem. Bom, faria uma tentativa.

Na adolescência, enquanto ainda estava na escola, tinham feito uma visita educacional ao Victoria and Albert Museum. Lá, havia uma chaleira do tipo Whieldon, aproximadamente de 1765 (ele se lembrava de tudo, jamais esqueceria), feita no formato de uma tartaruga, em porcelana pintada como uma tartaruga. Lá estava ela à sua frente, olhando para ele, uma visão totalmente inesperada. Victor desmaiou.

Ninguém sabia por que, e ele é que não daria explicação. Imagine só se os colegas da escola descobrissem uma coisa daquelas? Meninos daquela idade não lhe dariam sossego. Os professores que estavam com eles acharam que estivesse doente e, de fato, o incidente ocorrera pouco tempo depois de ele voltar para a escola após um período de gripe com bronquite. Desde então, sua fobia tinha piorado, fora crescendo muito devagar, mas progressivamente, até chegar ao ponto de ele não ser capaz nem de olhar para uma imagem da coisa, de não conseguir encostar no livro onde estava a figura nem se aproximar muito da mesa ou da estante onde o livro estivesse. Ele sofreu tudo isso em segredo, em particular, em silêncio. Pauline tinha uma escova de cabelo com a parte de trás de casco de tartaruga em que ele conseguia tocar, no máximo encostar, não gostava dela e não queria ouvir aquilo sendo chamado pelo nome.

Claro que era possível deparar com tartarugas de ambiente terrestre da família dos testudinídeos apenas ocasionalmente ao longo da vida. Não era como ter fobia de gatos ou de aranhas. Mas desmaiar no museu realmente assustara Victor, da mesma maneira que aqueles vislumbres pavorosos nas revistas o assustavam, ou o efeito que surtiam sobre ele. O que aconteceria se ele visse uma de verdade?

Com o intuito de curar sua fobia ou tentar curá-la, ele abriu aquela revista na página central e se forçou a olhar. No começo, foi uma experiência aterradora que o fez tremer e se sentir nauseado e fraco, mas que depois se transformou em um tremor quase controlável. Mas ele seguiu as instruções. Disse a si mesmo que se tratava de um réptil inofensivo, que aquelas eram apenas fotografias desse réptil inofensivo, reproduzidas em cores brilhantes sobre o papel. Não podiam fazer mal a ele, e ele tinha a liberdade de fechar a revista quando bem entendesse. E assim por diante.

Até certo ponto, deu certo. Ele conseguiu olhar para as imagens. Ele podia ter uma atitude bastante *blasé* a respeito delas, apesar de se sentir muito cansado, de ficar totalmente exausto depois das sessões. Foi até a biblioteca, procurou "tartaruga" na *Enciclopédia Britânica* e obrigou seus olhos a se fixarem na fotografia mais pavorosa que já vira: uma fotografia em cores de uma *testudo elephantopus*, a tartaruga gigante dos Galápagos, um réptil enorme de mais de um metro e vinte de comprimento e quase 140 quilos. Felizmente, a fotografia era pequena.

O próximo passo seria visitar uma loja de animais. Seus nervos não permitiram que o fizesse. O artigo da revista também se tornou inútil, porque a presença do psicoterapeuta era essencial nem que fosse só para desempenhar o papel de apoio. Victor não conseguiu fazer aquilo sozinho. Chegou de fato a telefonar para uma loja de animais e perguntar se tinham alguma tartaruga (ele proferiu a palavra em voz alta ao telefone!) e responderam que tinham, sim, e ele começou a se dirigir para lá, mas se exauriu com o esforço e perdeu a coragem. Afinal, de que adiantaria aquilo se ele quase nunca via aquelas coisas, nem mesmo em fotos, a menos que se desse ao trabalho de procurá-las?

Mas ele acreditava que tinha melhorado um pouquinho desde então. Fizera algum progresso, conquistara um certo sucesso. Agora conseguia passar na frente de lojas de animais, não precisava fazer desvios para evitá-las e conseguia olhar a capa das revistas sobre natureza e folheá-las, apesar do que poderia, apenas em hipótese, estar lá dentro. Desde que saíra da prisão, a leve emancipação de sua fobia não tinha sido colocada à prova até quatro ou cinco manhãs depois do ataque de pânico que quase o fizera destruir o quarto.

Alguém bateu à sua porta por volta das nove e meia da manhã. Era a sra. Griffiths, e pela primeira vez Victor deu uma boa olhada nela. Estava vestida mais como uma mulher que fosse tomar chá no palácio de Buckingham trinta anos antes:

um tailleur azul-marinho, blusa de babados, chapéu de palha com uma flor de náilon branca, luvas brancas e sapatos de salto alto de couro furadinho. Preso à lapela esquerda do paletozinho havia um broche dourado no formato de uma tartaruga, com o casco composto por pedras que podiam ou não ser safiras.

– Recebemos reclamações sobre seu comportamento, sr. Jenner – ela disse.

Ela não fez rodeios, não hesitou nem floreou suas palavras com um "Receio que" ou "Não me leve a mal". Atacou diretamente, com voz rouca e sotaque quase londrino, bem diferente de sua aparência sofisticada. Victor tinha dado uma olhada no broche, engolira em seco e agora desviara o olhar. Mas não ficou com impressão de que fosse desmaiar nem se sentiu nauseado. Até achou que conseguiria olhar para aquilo de novo, se fixasse a atenção nas pedras azuis e evitasse a cabecinha dourada protuberante.

– Batidas no meio da noite – ela disse. – Passos duros. Golpes na parede e não sei mais o quê.

Ele percebeu que ela examinava a mobília com os olhos, em busca de lascas ou de pernas quebradas.

– O que aconteceu?

– Eu tenho pesadelos – respondeu, retornando os olhos ao broche.

– Então, da próxima vez, tenha-os deitado na cama – ela disse e, ciente de seu olhar hipnótico e talvez da palidez em seu rosto, completou: – Espero que esteja tudo bem, sr. Jenner. Espero que não venhamos a ter nenhum problema. Por exemplo, será que a polícia vai voltar?

– Não – Victor respondeu. – Ah, não.

Seria uma boa idéia mudar-se dali o mais rápido possível, Victor pensou depois que ela saiu. Quando ele fechou os olhos, enxergou aquele broche, uma imagem reluzente sobre um fundo branco, mas ela foi desaparecendo gradualmente até sumir.

7.

Havia um mapa do metrô na plataforma da estação, como sempre houvera nas estações. Victor não se deu ao trabalho de olhar para ele porque o indicador lhe informava que o próximo trem iria até Epping. Não era exatamente no outro extremo da linha central, mas quase. Uma pequena linha adjacente seguia até North Weald e Ongar nos horários de pico. Ele ficou parado na plataforma com uma passagem de ida e volta para Epping no bolso, esperando pelo trem que não passaria de Epping. Posteriormente, nas semanas seguintes, ele ficaria se perguntando o que teria acontecido se tivesse examinado aquele mapa do metrô. Será que sua vida teria sofrido uma mudança total, teria tomado um outro rumo, por assim dizer, uma linha alternativa? Ele certamente poderia ter mudado de idéia a respeito de ir a Epping naquele dia. Mas, a longo prazo, provavelmente não. Era provável que, àquela altura, ele já estivesse comprometido com certos trajetos, com certos caminhos inevitáveis, apesar de sua mente não saber disso de forma consciente.

O trajeto foi longo e lento, já que o trem logo entrou em um túnel e só foi sair nos limites ao leste de Londres. Victor tinha comprado as revistas *Ellery Queen's Mystery Magazine* e *Private Eye* para ler. O trem começou a encher em Notting Hill Gate. Uma senhora de idade, muito acima do peso, lançava olhares compridos para seu assento e suspirava cada vez que o trem sacudia ou que alguém esbarrava nela. Victor não cederia seu lugar. Por que deveria? Nenhuma mulher jamais fizera algo por ele; estava convencido de que elas só o hostilizaram: a mãe negligente, aquela velha insuportável e maldosa da Muriel, Pauline, Rosemary Stanley que berrara e quebrara a janela quando ele lhe implorara compaixão, aquela tal de Griffiths de expressão dura. Ele não devia nada às mulheres e ficou bastante ressentido quando viu um homem da mesma idade da velha se levantar e lhe oferecer seu assento.

O trem finalmente saiu do túnel depois de Leyton. Victor nunca tinha chegado tão longe naquela linha. Estava nas profundezas dos subúrbios, a vista era de fundos de casas com jardins compridos, repletos de grama e de flores e de pereiras em flor ao longo dos trilhos. Mais quatro estações parecidas e, então, depois de Buckhurst Hill, um arroubo de paisagem do interior, o cinturão verde que rodeia Londres. Loughton, Debden e o que parecia ser uma enorme expansão de moradias populares com áreas industriais. O trem voltou a entrar em uma paisagem mais ou menos intocada, diminuiu a velocidade e parou. A estação era Theydon Bois.

Victor ficou olhando para o nome. Não tinha examinado o mapa do metrô e nunca lhe ocorrera que Theydon Bois ficaria naquele canto de floresta específico, adjacente a Epping. Essex, era o que o *Standard* tinha dito, e claro que aquele local era em Essex, a parte metropolitana de Essex, mas, ainda assim, Essex. Trata-se de um dos maiores condados da Inglaterra, que se estende desde Woodford, ao sul, até Harwich, ao norte. O efeito que ver aquelas letras surtiu sobre Victor – as letras das duas palavras pareciam se destacar e vibrar – foi um choque tal que o deixou tonto. Ele se levantou e ficou olhando para elas, escorado no assento, com as mãos pousadas na beirada da janela. As portas se fecharam, e o trem começou a andar. Victor virou-se para o outro lado e olhou no rosto de outro passageiro, um homem de meia-idade, sem enxergar nada.

O homem sorriu para ele.

– Theydon Bois – ele disse. – Ou Theydon Bwah, como o pessoal daqui não diz – e ele riu da própria piada.

Victor não disse nada. Ele se sentou novamente, atordoado. Então era aqui que Fleetwood morava. Lá fora, em algum lugar além dos prédios da estação e das árvores, ficava a casa de ripas de madeira com frontão, as rosas ao redor da porta e a piscininha para passarinhos no jardim. Se tivesse examinado o mapa do metrô, Victor pensou, teria visto onde ficava Theydon Bois e não teria tomado aquela direção. Se fechasse os olhos, era capaz de enxergar aquele nome, Theydon Bois, em letras brancas e estonteantes que vibravam um pouco, que dançavam. Desejou muito não ter ido até ali, porque agora sentia náuseas, um enjôo físico real. E, aliás, qual era o objetivo de ir até Epping? O que achava que poderia ganhar com isso? Não tinha dinheiro para comprar uma casa, e ali não haveria apartamentos para alugar, nunca havia em lugares assim. Até parece que ele consideraria a possibilidade de morar a menos de dois quilômetros de Fleetwood!

O trem parou em Epping, e Victor desceu. De todo modo, tinha chegado ao fim da linha. Hesitou, achando que poderia muito bem ficar dentro do trem e simplesmente voltar, mas sua sensação de náusea o impediu. Um pouco de ar fresco ajudaria. Imaginou-se vomitando no trem com as pessoas olhando.

Até onde podia ver, Epping não tinha mudado muito. A High Street parecia um pouco mais calma – se é que dava para perceber alguma diferença –, estava menos congestionada e havia placas de trânsito que pareciam indicar que novas ruas e estradas para desviar o tráfego tinham sido construídas naqueles dez anos perdidos dele. O amplo mercado de rua parecia igual, assim como a caixa-d'água em formato de castelo com uma única torre despontando de um canto, que se enxergava a quilômetros de distância, a igreja de pedra cinzenta, o gramado grande e triangular e as árvores altas que faziam muita sombra. Victor caminhou de uma ponta da cidade à outra, do lado da torre em que ficava a floresta até perto do Hospital St. Margaret. Não viu muita coisa, o processo de ver, de registrar o que via, parecia ter entrado em suspensão. A única coisa em que conseguia pensar era em Fleetwood e no fato de estar a menos de dois ou três quilômetros de distância dele, ali do outro lado daquela colina, a sudeste. Ou talvez estivesse ainda mais perto, porque os moradores de Theydon Bois certamente saíam para fazer compras aqui?

Em seu caminho de volta, colina abaixo, ele tinha ciência de que estava à procura de Fleetwood. Havia muitos carros estacionados, e Victor examinou todos eles à procura do adesivo com o desenho de um homem em uma cadeira de rodas que os deficientes físicos traziam colado no vidro do carro. Se Fleetwood estivesse fazendo compras na cidade, estaria em uma cadeira de rodas. Victor avistou uma cadeira de rodas na frente de um supermercado e se aproximou dela, mais uma vez sentindo aquela náusea. Mas já à distância de uns cinquenta metros ele pôde ver que seu ocupante, que estava de costas para ele, tinha cabelo claro. Quando passou pela silhueta sentada e olhou para trás, engolindo a saliva que se juntara em sua boca, viu um garoto com joelhos encolhidos e mãos que tremiam em espasmos.

Ainda era cedo, nem meio-dia. A chuva da qual Liz Welch se lamentara tinha voltado com o rugido de um trovão sobre a floresta. Victor entrou em um estabelecimento que era meio café, meio *wine bar* e tomou uma xícara de café porque estava chovendo e, como já estava mesmo quase na hora do almoço, pediu também um hambúrguer com salada e um iogurte de morango. A náusea tinha passado. Assim como a chuva, pelo menos naquele momento, e o sol brilhava com calor e radiância tropicais, refletindo nas poças e no piso molhado, tornando tudo ofuscante como um espelho em que incide uma luz forte.

Victor examinou os anúncios na frente da revistaria. Havia anúncios de vários quartos mobiliados para alugar, dois ou três em Epping mesmo, um em North Weald e um em Theydon Bois. Anotou números de telefone. O de North Weald dizia "informações no interior", mas, quando ele entrou na loja, a moça atrás do balcão disse ter certeza absoluta de que o quarto já tinha sido alugado semanas antes, meses antes, simplesmente ninguém se dera ao trabalho de retirar o anúncio, ela não sabia por quê.

– Dá para ir andando até Theydon Bois daqui? – ele perguntou.

Ela olhou para ele com um sorriso no rosto.

– Talvez você consiga. Eu sei que, pessoalmente, não conseguiria – ela achou que ele estivesse interessado no quarto anunciado no cartão seguinte. – Acho que este também já foi alugado. A maior parte desses anúncios está desatualizada – ela falava com a indiferença que um empregador demonstraria por alguém que tem um trabalho chato e incompatível com a pessoa em questão.

Ele não tinha intenção de caminhar até Theydon Bois e não fazia a menor idéia de por que perguntara aquilo. Já no que diz respeito a morar lá...! Saiu da loja e começou a caminhar na direção da estação. Se ele quisesse morar afastado de Londres, qual era o problema de ir para algum lugar perto do rio, Kew ou Richmond, por exemplo, ou bem para o norte, na divisa com Hertfordshire? Havia um trem esperando, mas ainda demoraria um bom tempo para partir. Uma mulher com sacolas de compras entrou no trem. Victor e ela eram as únicas pessoas no vagão. Victor logo percebeu que havia algo errado com ela, que provavelmente era um pouco maluca, ou que pelo menos sofria de delírios. Usava uma saia comprida florida e um blusão de moletom com um número, como se fosse um uniforme de beisebol norte-americano, um traje altamente inadequado para alguém da idade dela, mas os sapatos e as meias eram convencionais e ela usava ainda um gorro de lã de velha de tricô, amarrado no queixo com cordões também de tricô.

No começo ela só ficou lá sentada, sorrindo e assentindo com a cabeça, trocando as sacolas de lado, colocando uma à direita e a outra à esquerda, depois as duas à direita, depois as duas entre os joelhos. As portas do trem se fecharam, estremeceram e se abriram de novo. Ela se levantou, deixou as sacolas no lugar em que estavam, deslocou-se até uma das pontas do vagão e abriu a janelinha entre este e o próximo, correu até a outra ponta e fez a mesma coisa com a janelinha de lá. Ela se inclinou para fora pelas portas abertas, olhando para a cima e para baixo da plataforma deserta banhada pelo sol. Victor percebeu que ela estava brincando de guarda, e um calafrio lhe percorreu a espinha. Ela tinha pelo menos setenta anos. Ele não se lembrava de algum dia ter visto um guarda no metrô, nem mesmo antigamente, apesar de eles existirem, continuarem existindo, e ela estava brincando de guarda. Ele sabia disso, mas mesmo assim se sobressaltou quando ela gritou, com a cabeça para o lado de fora:

– Cuidado com as portas!

Ou tinha sido coincidência ou ela sabia algo que ele não sabia, porque, mesmo antes de ela terminar de falar, as portas começaram a se fechar. Ela pulou para dentro, esfregando as mãos com evidente satisfação. Disse para Victor:

– Todos a bordo para Liverpool Street, Oxford Circus, White City e Ealing Broadway!

Victor não disse nada. Estava envergonhado, mas sentia algo pior do que vergonha. Ele se lembrou do pensamento que lhe voltara à mente no dia anterior, na casa dos Welch, sobre como o behaviorista dissera que a prisão deixava louco qualquer um que ficasse preso por mais de cinco anos. Ele, Victor, ficara preso o dobro desse tempo. Já sentia em si mesmo tendências estranhas de comportamento, divergências da norma e impulsos que mal conseguia entender. Será que ele algum dia ficaria igual àquela velha? Lá estava ela sentada à sua frente mais uma vez, mudando as sacolas de lado, sussurrando, sorrindo. O trem tinha tomado velocidade e avançava na direção de Theydon Bois. Ela pulou o corredor entre os assentos, agarrou a maçaneta da porta de outra ponta do vagão e fez de tudo para abri-la. Ocorreu a ele a idéia terrível de que sua intenção fosse se jogar para fora. Ele não sabia o que fazer. As sacolas permaneceram no chão, na frente dele, e ele viu quando uma delas se mexeu. Viu um leve movimento dentro de uma das sacolas, e a parte de cima pareceu inchar e afundar. Devia ter algum animal lá dentro: um coelho? A coisa que ele não ousava nomear? Ou talvez fosse só a sacola reagindo a mudanças de temperatura? Mas Victor não achou que fosse isso. Ele se levantou e ficou parado perto das portas. Ela se aproximou, parou ao lado dele e ficou olhando para seu rosto.

Parecia que o trem estava demorando horas para chegar a Theydon Bois. Quase parou, retomou a velocidade e finalmente parou na estação. As portas se abriram e Victor desceu, sentindo um alívio tremendo. Sua intenção era correr pela plataforma e entrar no próximo vagão, e não saberia dizer por que ficou lá parado em vez disso, saboreando seu alívio. Ela gritou atrás dele:

– Cuidado com as portas!

Ele observou o trem partir, levando a louca consigo. Depois, pensou que teria descido do trem de qualquer maneira, seu destino ou as estrelas ou alguma coisa assim tinha decretado que ele devia descer, mas naquele momento ficou com raiva do acontecido. Ele provavelmente teria que esperar meia hora até o próximo trem.

Era um desperdício de tempo e de dinheiro, pensou ao sair da estação e abrir mão de sua passagem de volta. Agora, quando terminasse de fazer seja lá o que tinha para fazer em Theydon Bois, teria que comprar uma passagem de volta até

West Acton. E o que faria? Procuraria a casa de Fleetwood, uma voz baixinha respondera.

O lugar era muito maior do que ele esperava. Um enorme gramado atravessado por uma avenida de árvores preenchia o centro. Ao redor de todo o gramado havia casas, uma igreja, um centro comunitário e ruas que, pela aparência, deviam conduzir a mais propriedades residenciais. Passou pela frente de um desfile de lojas, sentindo-se vulnerável e alerta. Já tinha reparado em um carro estacionado com um adesivo de deficiente físico no vidro. Mas milhares de pessoas usavam aquilo. Certa vez, Alan lhe dissera que era fácil conseguir um. Um médico poderia lhe dar um por algo tão bobo quanto um calo ou um ataque de gota. Não havia razão para achar que aquele carro, estacionado na frente das lojas, pertencesse a Fleetwood. E não havia ninguém de cadeira de rodas ou de muletas à vista. Victor vislumbrou seu próprio rosto refletido na vitrine de uma loja, sombrio, um tanto retesado, os olhos febris de tão brilhantes, mas com a pele ao redor deles já quase tão escura quanto a de um índio, o cabelo preto curto entremeado de cinza nas têmporas e com fios grisalhos aparecendo na parte penteada para trás, em cima da testa. Uma idéia mais agradável do que as que ele costumava ter veio à mente de Victor: que a idade era como uma geada passando e deixando para trás um cenário branco, murcho e retorcido, uma praga que destrói todos os sinais reluzentes de esperança. Será que Fleetwood chegaria a reconhecê-lo se o visse agora?

O ex-policial, se as fotografias não mentiam, mal tinha mudado. Mas, bom, o que ele teria sofrido para que mudasse? Entrara e saíra de hospitais, recebera cuidados, assistência e mimos; sua vida fora protegida e resguardada, não tinha feito nada nem passado por nada que fosse envelhecê-lo. Victor teve uma visão momentânea daquele quarto no número 62 da Solent Gardens mais uma vez, de si mesmo em pé, de costas para o armário, segurando Rosemary Stanley à sua frente, o braço em volta da cintura dela, e a porta se abrindo de supetão com Fleetwood lá parado; Fleetwood, que não tinha como prever que dali a poucos minutos, dois ou três no máximo, nunca mais, pelo resto da vida, voltaria a ficar em pé nem a andar.

Eles se olharam e conversaram durante apenas dois ou três minutos antes que ele empurrasse a moça para Fleetwood e ela se jogasse nos braços dele. Talvez tenham se passado cinco minutos antes de o vento soprar a cortina e ele ver, por baixo do pano levantado, o homem na escada lá fora e Fleetwood lhe dar as costas e Victor atirar nele. Tinham passado no máximo cinco minutos examinando o rosto um do outro, olhando um no olho do outro, e Fleetwood se recusara a acreditar, com tal ênfase nessa descrença a ponto de lhe dar as costas e, como aconteceu, de desafiar Victor. O desafio fora aceito e a pistola disparara, mas, antes disso, os dois passaram a conhecer o rosto um do outro melhor do que cada um deles conhecia o da própria mãe, assim como o deles próprios, olhando para si mesmos no espelho.

Ou será que estava tudo em sua imaginação? Será que aquilo tudo era besteira e ele só achava que fosse reconhecer Fleetwood com tanta facilidade por ter sido lembrado daquele rosto em uma pilha de reportagens? Não havia fotos dele para Fleetwood ver além daquelas primeiras, ele deixando o número 62 da Solent Gardens entre dois policiais e a outra que Victor tentava esquecer, uma fotografia sem face que não serviria de nada a Fleetwood para fins de identificação: do homem acusado de aleijá-lo jogado dentro de um camburão da polícia, esperando na frente do tribunal, com um casaco escuro cobrindo-lhe a cabeça.

Victor olhou por cima do ombro. Viu uma mulher com a perna enfaixada sair de uma loja e entrar no carro com o adesivo de deficiente físico. À procura da casa de Fleetwood, começou a caminhar pelas ruas cheias de curvas, pela rede de ruas em que os jardins eram bonitos, com botões cor-de-rosa e brancos, árvores cobertas por um véu verde, tantas casas com o mesmo estilo que a de Fleetwood, construídas na mesma época com materiais similares, mas que, mesmo assim, não eram a dele, nenhuma era a certa.

A rua em que ele se encontrava dava uma volta que o conduziu mais uma vez ao gramado. Além dele e de suas árvores, havia ruas que, à distância, pareciam mais bonitas, mais floridas, com mais jardins e mais casas de tijolo e massa corrida e ripas de madeira com trepadeiras subindo pelas paredes e tulipas nas floreiras. Victor atravessou a rua e caminhou pelo gramado, agora sentindo receios, sem duvidar de que reconheceria a casa ao vê-la, mas desprezando o método escolhido para encontrá-la. Por que não tinha tomado a atitude óbvia, que seria entrar no correio ou em uma cabine de telefone público para procurar Fleetwood na lista telefônica? Qualquer pessoa poderia lhe dizer onde ficava a rua específica de Fleetwood, ele não precisaria de um mapa do lugar.

A essa altura, Victor já atingira a avenida de árvores, uma via metálica que cortava o gramado ao meio, na diagonal. Ela o levaria de volta ao centro do subúrbio e ao desfile de lojas. Uma fileira dupla de carvalhos formava a avenida, e Victor mal tinha chegado à sombra de seus galhos quando viu algo que fez seu coração dar um salto e então começar a bater tão forte que chegava a doer. Da outra ponta da avenida, aproximando-se dele bem devagar, por baixo das árvores e na beira da superfície metálica, vinham um homem e uma moça, e o homem estava em uma cadeira de rodas.

Estavam muito longe de Victor, e ele não conseguia enxergar o rosto deles nem discernir muito a seu respeito, exceto que a moça estava de blusa vermelha e o homem, de pulôver azul, mas ele sabia que era Fleetwood. A moça não empurrava a cadeira de rodas, Fleetwood a manipulava por conta própria, mas ela caminhava bem perto dele e falava toda animada. Era um lugar onde as vozes atravessavam o ar, e Victor ouviu a risada dela, um som cristalino, feliz e despreocupado. Aquela devia ser Clare, pensou, devia ser a namorada chamada Clare. Em um instante, mesmo que continuassem avançando naquele ritmo vagaroso, ele seria capaz de ver o rosto deles, e eles, o dele; olharia para o rosto de formato quadrado, jovial, de traços comuns e sobrancelhas escuras de Fleetwood pela primeira vez depois de dez anos, pela segunda vez na vida. Victor não tomou nenhuma decisão consciente de evitar o confronto. Seus nervos motores decidiram por ele, virando-o de modo brusco para longe da avenida e de volta ao gramado, carregando-o pela grama até a rua principal onde ficava o estacionamento, a fileira de casas e o bar, de modo que, quando ele chegou à calçada do outro lado, já estava correndo, corria para a estação como alguém que tivesse menos de um minuto para tomar o trem.

8.

No passado, Victor costumava comprar pelo menos dois jornais diários e um vespertino, *Radio Times* e *TV Times*, *Seleções do Reader's Digest*, *Which?* e *What Car?* e, às vezes, até *Playboy* e *Forum*, apesar de a primeira entediá-lo e a última deixá-lo nauseado. A preocupação de Cal com a pornografia, leve e pesada, estava além de sua compreensão. Quando trabalhava como motorista para Alan, Victor precisava passar muito tempo esperando e fazia a maior parte de suas leituras dentro de carros, à espera de alguém. Às vezes até experimentava publicações mais refinadas, *Spectator* ou *Economist*, mas depois de um tempo percebeu que só fazia isso para impressionar o cliente, que ficava estupefato ao ver o motorista do carro de aluguel imerso em crítica literária ou em polêmicas. Na maior parte do tempo, a mesinha de centro do apartamento em Finchley tinha uma pilha de jornais e revistas por cima, apesar de Victor nunca ter acumulado papel como Muriel fazia.

Um psiquiatra que escrevia para a *Seleções do Reader's Digest* tinha dito que os padrões da vida de uma pessoa sempre voltam a se impor, mesmo se as circunstâncias mudarem e se a pessoa tiver passado por um período de rompimento forçado. Isso descrevia mais ou menos o que acontecera com ele, para quem gosta de palavras compridas, Victor pensou, e os padrões estavam voltando a se impor, pelo menos o hábito de comprar jornais e revistas estava. No que dizia respeito a outros costumes e padrões, eles podiam continuar na moita quanto tempo quisessem. Tinha retomado o hábito de comprar dois jornais diários e um vespertino e lê-los de capa a capa, absorvendo tudo que havia dentro deles, e foi assim que deparou com o parágrafo sobre o homem que fora preso por estuprar a moça em Gunnersbury Park. Um pequeno parágrafo em uma página interna, só isso. O nome do homem fora omitido, mas dizia que ele tinha 23 anos, morava em Southall, comparecera naquela manhã ao Tribunal de Justiça de Acton e fora encaminhado para julgamento criminal. Victor ficou imaginando se ele também era secretor pertencente a um grupo sangüíneo não muito comum. Pelo menos isso significava que a polícia o deixaria em paz agora; até a próxima vez, é claro.

Nenhum dos jornais trazia qualquer notícia sobre Fleetwood. Não havia razão para trazerem, já que Fleetwood não era uma celebridade que rendesse notícia a qualquer movimento. Era provável que não houvesse mais notícias até o tal livro ser publicado. Victor disse a si mesmo que devia ser por causa do livro que ele pensava tanto em Fleetwood. No início, ele se arrependera amargamente de ter fugido bem no momento em que ele e o ex-sargento-detetive aparentemente teriam um encontro inevitável, apesar de saber que fugira devido ao pânico, algo sobre o qual ele tinha pouquíssimo controle. E, depois de um tempo, ele disse a si mesmo que assim era melhor, afinal, o que mais poderiam dizer um ao outro além de colocar para fora toda a raiva e a recriminação? Mas, e o livro? Será que ele apareceria no livro de maneira a fazer com que todos os leitores passassem a desprezá-lo e odiá-lo?

Tom apareceu certa manhã para dizer a Victor que tinha sido informado sobre uma vaga de trabalho que poderia interessá-lo. O dono de uma loja de bebidas de seu bairro estava precisando de um motorista para a caminhonete de entregas, e Tom viu a vaga anunciada na vitrine da loja. Era o lugar a que ele tinha ido naquele domingo de manhã para comprar o *claret* búlgaro.

– Você vai ter que revelar o seu passado – Tom disse, meio sem jeito.

– Levando em conta que vai haver umas cem pessoas atrás do emprego e só eu com dez anos de prisão, realmente sou um bom candidato, não sou?

– Não quero parecer autoritário, Victor, você sabe disso, mas precisa pensar de maneira mais positiva.

Victor resolveu que, já que ele estava lá mesmo, não faria mal perguntar. Mostrou a Tom o artigo do *Standard* a respeito do livro de Fleetwood.

– Não estou qualificado para dizer se isso seria calúnia – Tom falou com expressão preocupada. – Simplesmente não sei. Acredito que ele não possa dizer qualquer coisa que bem entender sobre você, mas, sinceramente, não sei.

– Acho que eu poderia perguntar a um advogado.

– Poderia, mas vai custar caro, Victor. Vou lhe dizer o seguinte. Você pode entrar com um pedido no Departamento de Aconselhamento ao Cidadão; vão mandar um advogado aqui para aconselhá-lo de graça.

Em vez de procurar o Departamento de Aconselhamento ao Cidadão, Victor foi à biblioteca pública, onde havia listas telefônicas que abrangiam o país todo. Lá, procurou Fleetwood e o encontrou listado como Fleetwood, D.G., "Sans Souci", Theydon Manor Drive, Theydon Bois. Victor sabia que o nome da casa era em francês, mas não sabia o que significava. Foi até a seção dos dicionários e procurou "*souci*". "*Sans*" ele já conhecia. A tradução era "sem preocupação" ou "despreocupado", o que era um nome bem estranho para uma casa, pensou. Será que o próprio Fleetwood criara aquele nome e andava despreocupado? Talvez estivesse. Ele não tinha nada com que se preocupar, nenhum passado terrível para esquecer, nenhum futuro incerto a temer. Não precisava de emprego, devia ter uma bela pensão, bem gorda, e envelhecer não lhe faria muita diferença.

Victor não queria dirigir uma caminhonete de loja de bebidas, a idéia era grotesca. Além do mais, não seria dirigir, pelo menos não muito. O trabalho seria carregar enormes caixas pesadas escada acima em prédios de apartamentos. Mas pegou o metrô, foi até Park Royal e achou a loja, um lugarzinho apertado com as janelas cheias de ofertas baratas e promoções incríveis. Não havia anúncio de vaga, e quando Victor entrou para perguntar, foi informado de que já tinha sido preenchida.

Caminhando de volta ao metrô, percebeu que a teria recusado mesmo que a tivessem oferecido a ele. Ficar com aquele emprego significaria permanecer ali, ou continuar morando na casa da sra. Griffiths ou encontrar algum outro lugar no bairro. Ele continuava querendo se mudar, ir morar em algum lugar bem distante. A imagem de Epping surgiu na sua mente mais uma vez, a floresta e Theydon Bois, com seu gramado e a avenida de árvores. Aquilo estava entremeado em sua memória com uma espécie de tranqüilidade, uma paz suave e ensolarada. Mas Fleetwood morava lá, e isso tornava impossível que ele também o fizesse, e Victor sentiu um segundo ressentimento por Fleetwood se formar dentro de si, como se aquele homem mais uma vez fosse impedir que sua existência tomasse o rumo adequado. Sua conduta confinara Victor à prisão durante os melhores anos de sua juventude. Agora ele praticamente o expulsava do paraíso, do único lugar no mundo em que tinha vontade de morar.

Desde que voltara de Theydon Bois, desde aquela longa viagem de um extremo de Londres ao outro, ele ficou com uma sensação de que havia algo mal resolvido a enfrentar. Não devia ter fugido, devia ter fincado o pé. Uma idéia estranha não parava de confrontá-lo sempre que caminhava pela Twyford Avenue, como fazia agora, ou quando estava sem fazer nada no quarto ou deitado na cama; largava a revista, perdia a concentração: a idéia de que, depois de encontrar Fleetwood e falar com ele, o feitiço se desfaria. Por exemplo, ele não se sentiria mais incapaz de encontrar um lugar para morar em Epping ou até mesmo na própria Theydon Bois, porque não teria mais medo de cruzar com Fleetwood por acaso nem precisaria ficar atento, toda vez que saísse, para evitar o encontro. Por que não? Era possível que, depois de resolverem as coisas, eles pudessem se cruzar de maneira bem casual na rua ou sob aquelas árvores na avenida e simplesmente seguir cada um o seu caminho com um "Oi" e talvez um comentário sobre o clima. Possível, mas não provável, Victor tinha que reconhecer. Havia o livro a ser levado em conta, afinal, e o fato, que nunca seria apagado, do grande mal que Fleetwood lhe causara. Sem dúvida alguns diriam, e de fato muitos diziam, que só foi uma situação de olho por olho, dente por dente, e que Fleetwood também saíra prejudicado. Tudo isso está muito bem, Victor pensou, mas o mal certamente devia ser medido por seus efeitos a longo prazo, e Fleetwood agora estava contente, era uma pessoa famosa e honrada, prestes a se transformar em um autor na lista dos mais vendidos, um homem que morava em uma casa chamada "Despreocupada", enquanto ele... Não adiantava nada repassar tudo aquilo de novo. Não fazia a menor diferença o fato de que havia um assunto mal resolvido, o assunto em relação ao qual nunca se sentiria à vontade até que tivesse terminado.

Na casa da sra. Griffiths, no andar térreo, em um canto escuro atrás da escada, havia um telefone público. Um armário tinha existido ali e, posteriormente, as paredes e a porta foram retiradas, para abrir mais espaço, Victor supunha. Quando se ficava ao lado do telefone e se olhava para cima, dava para ver a parte de baixo dos degraus da escada, ainda de madeira bruta, sem pintura, apesar de aquela casa estar lá havia uma centena de anos. Os inquilinos, ao longo dos anos, tinham anotado telefones a lápis e com caneta esferográfica no pinho resinoso bruto daquela escada.

Victor copiara o número do telefone de Fleetwood no mesmo pedaço de papel em que Tom havia escrito o endereço da loja de bebidas. Anotou-o então na escada e, em um impulso, escreveu "David Fleetwood" ao lado, com uma idéia confusa na mente de deixá-lo ali registrado para que usuários futuros do telefone olhassem e ficassem pensando sobre aquilo enquanto esperavam os toques de chamada cessarem e alguém atender. Escreveu o nome de Fleetwood e então discou o número de Fleetwood. Tinha bastante certeza de que estava sozinho em casa. Naquele horário, geralmente era o que acontecia, e Noreen sempre ia embora antes do almoço. O telefone começou a tocar.

Tocou sete vezes e então o fone deve ter sido tirado do gancho, porque o som estridente e repetitivo do tom de espera começou a soar. Victor segurava o telefone com o fio completamente estendido, agachado no chão, porque não confiava em si mesmo para conseguir ficar em pé; quer dizer, não sabia se suas pernas seriam capazes de agüentar. Tinha uma moeda de dez centavos na mão, esticou-se e colocou-a na abertura. Uma voz de homem disse:

– Alô? David Fleetwood.

Victor se encolheu na direção dos joelhos. A voz não tinha mudado nada. Ele a reconheceria independentemente das palavras que proferisse, sem que aquele nome tivesse sido dito. Da última vez em que ele a ouvira, naquele quarto, ela dissera, em tom mais fraco: "De quem é este sangue?".

Então Fleetwood voltou a falar, com uma leve sugestão de impaciência.

– Alô?

Victor nunca proferira o nome de Fleetwood. Naquele quarto, naturalmente, não tinha se dirigido a ele pelo nome. Então falou aquela palavra, mas com voz rouca, em um sussurro.

– David.

Ele não esperou para saber o que Fleetwood diria a seguir. O fone escorregou de sua mão e ficou pendurado pelo fio. Victor se levantou e colocou-o de volta no gancho. Ouviu a si mesmo soltar uma espécie de resmungo e ficou lá com a testa pressionada contra o degrau da escada que tinha o nome e o telefone de Fleetwood anotados. Por que não falou com ele? Qual era seu problema? Devia ter explicado a Fleetwood quem era. Que diferença faria se Fleetwood tivesse desligado na cara dele? Aquilo não o machucaria, não lhe faria nenhum mal verdadeiro. Fleetwood provavelmente não teria desligado na cara dele, mas teria sido educado de maneira distante e poderia até ter concordado em atender ao pedido de Victor para que ele fosse até lá visitá-lo para conversar sobre o livro.

A voz soava e ecoava em seus ouvidos. Ele subiu a escada e deitou-se de bruços na cama. A voz de Fleetwood continuava falando dentro de sua cabeça, dizendo as coisas que dissera naquela hora que se passara entre sua chegada a Solent Gardens e seu colapso no piso do patamar da escada, com um tiro nas costas. Victor se lembrava de cada palavra que tinha sido dita com tanta clareza como se tivesse uma fita cassete dentro do cérebro que só precisava enfiar em uma abertura e ligar.

– Muito sensato da sua parte. Venha até aqui, srta. Stanley, por favor. Vai ficar em segurança.

Victor tinha dito que Fleetwood precisava lhe prometer uma coisa.

– O que é? – a mesma nota de impaciência que ele ouvira no telefone agorinha mesmo.

O pedido de fuga pela janela do banheiro e cinco minutos para escapar: uma vantagem de cinco minutos, como quando crianças brincavam de esconde-esconde. Mas Fleetwood não tinha prometido nada porque, bem naquele momento, o outro policial apareceu no topo da escada assim que o vento soprou a cortina para revelá-lo.

– Leve-a para baixo – Fleetwood dissera.

A arma disparou na mão de Victor e encheu o quarto, a pequena casa, com o barulho mais alto que ele jamais escutara na vida, sacudindo seu corpo em choque dos pés à cabeça, fazendo com que o impulso o percorresse de modo a quase derrubá-lo. Mas quem caiu foi Fleetwood, estatelando-se no corrimão, agarrando-o com as mãos e escorregando, em silêncio, enquanto Victor gritava, um silêncio e um grito que pareceram durar por um período infinito, até que a voz calma de Fleetwood interveio e disse: "De quem é este sangue?".

Victor se lembrava de tudo aquilo, sua mente tocava a fita. Quando, então, Fleetwood tinha dito que não acreditava na veracidade da arma? Devia ter dito, repetidas vezes, porque fora aquilo que desafiara Victor a atirar nele, a provar que não estava mentindo, mas, de algum modo, Victor não conseguia encaixar essas afirmações de descrença na gravação. Mas tinham que estar lá, porque certamente foram proferidas. Talvez ele estivesse confuso demais agora, abalado pela experiência de ter escutado aquela voz mais uma vez, de ter se lembrado dela realmente.

Saiu da cama e olhou seu rosto no espelho, aproximando-se bem do vidro. Estava pálido e acabado, os olhos tinham um brilho pouco natural e a pele em volta deles estava escura como um hematoma. Um músculo se agitava no canto da boca. Coréia, era como aquilo se chamava, "carne trêmula". Ele lera um artigo sobre isso em *Seleções do Reader's Digest*. O espelho se transformara em algo odioso para ele, por isso tirou-o de onde estava e colocou-o com a superfície virada contra a parede na estante ao lado da pia. A sra. Griffiths (ou Noreen) lhe fornecia uma toalha limpa por semana, na segunda-feira; a toalha era fina e quase esfarrapada, maior do que uma toalha de rosto, mas muito pequena para ser de banho e sempre em um tom enjoativo de cor-de-rosa. A intenção provavelmente era combinar com os lençóis de náilon cor-de-rosa. Victor pegou sua toalha e o sabonete da pia e percorreu o corredor até o banheiro. Como só tinha duas moedas de dez centavos para alimentar o aquecedor de água, tomou um banho bem curto, não um daqueles em que dá para demorar, relaxar e se reconfortar. Vestiu um jeans limpo, a única camisa boa que tinha e o paletó que estava entre suas roupas de Finchley, um paletó de veludo cotelê verde-escuro pelo qual havia pago a enorme quantia de 25 libras. Estava um pouco puído e tinha um certo ar antiquado, mas era o melhor que ele podia fazer.

A essa altura, não estava mais em pânico nem amedrontado. Estava animado. Estava tão animado que teve de se segurar para não correr os cerca de quatrocentos metros até a estação de West Acton. Apesar de ter caminhado, apesar de ter se obrigado a caminhar com ar despreocupado e de ter positivamente entrado passeando na estação, sua voz saiu ofegante e rouca quando pediu uma passagem de ida e volta até Theydon Bois.

Um frentista de um posto de gasolina em frente ao gramado lhe disse onde ficava Theydon Manor Drive, apontando para o outro lado do gramado e para além, à esquerda. Eram três e meia da tarde e Victor não tinha almoçado, não tomara nem uma xícara de café. Mas não estava com fome. A idéia de comer lhe enjoava levemente. Ele começou a caminhar pela avenida de árvores.

O clima era o mesmo da última vez em que havia estado ali, uma semana antes apenas, com pés d'água seguidos de intervalos de sol forte e quente. Ainda havia poças d'água ao lado da rua. Os botões floresceram durante aquela semana e havia pétalas por todos os lados, em turbilhões de branco e cor-de-rosa. As macieiras estavam começando a florescer, assim como os arbustos de *Aethusa cynapium*, que parecem salsinha com pequenas flores brancas. Victor caminhou pela avenida onde tinha visto Fleetwood e a moça vindo em sua direção. E se Fleetwood sempre saísse à tarde? E se estivesse fora agora? Se estivesse fora, Victor achou que simplesmente ficaria esperando até que ele voltasse, apesar de a idéia da espera, de qualquer tipo de inatividade, ser intolerável. Teve de se conter para não correr.

Seguindo as orientações que o frentista lhe dera, Victor atravessou a parte de cima do gramado do lado direito de um laguinho rodeado de árvores. Theydon Manor Drive começava ali, uma rua que podia ser uma alameda interiorana e onde as casas pareciam ter sido construídas no confinamento de um lindo e variado bosque. Castanheiras altas exibiam suas flores, cada uma delas com centenas de botões de um branco cremoso, parecidos com velas. Goivos, com as cores de um tapete persa, rodeavam gramados de um verde viçoso e suave; narcisos e tulipas tardias enchiam vasos e floreiras de janelas, como se só o solo do jardim fosse pouco para conter todas as flores que aquela gente precisava ter. As casas eram todas diferentes, de tamanhos variados, nenhuma geminada, e eram cercadas por jardins. Victor viu Sans Souci à sua frente ao alcançar o número 20. A rua fazia uma leve curva para a direita, e a casa de Fleetwood estava à sua frente, na diagonal.

Era uma das menores casas, menos grandiosa e imponente do que parecia na fotografia. O gramado da frente com a piscina para passarinhos não passava de quatro e meio por três metros e meio. O passarinho na beirada da pedra acanelada não estava mais lá, portanto era de verdade, afinal. Fleetwood também não estava mais lá, nem as tulipas: as cabeças todas tinham sido podadas com todo cuidado. Ele devia ter um jardineiro, Victor pensou, porque tudo estava aparado e bem cuidado, a grama cortada, as cercas vivas podadas, a trepadeira de rosas presa com arame à sua treliça. Sem fôlego, apesar de não ter corrido, Victor passou algum tempo olhando para a casa. No portão pintado de branco, o nome Sans Souci estava grafado em letras pretas, mas, por cima da porta de carvalho com tachões, havia o número 28. Victor não avistava nenhum sinal de vida, apesar de não saber muito bem que tipo de sinal esperava encontrar.

Ele tinha chegado até lá em uma onda quentíssima de excitação e necessidade, mas, depois de atingir seu objetivo, foi tomado pela relutância. Mesmo agora não havia nada que o impedisse de dar meia-volta e retornar pelo caminho percorrido. Uma certa sensação de que o ato lhe causaria auto-reprovação, amargor e desgosto o impediu de fazê-lo. Ele umedeceu os lábios, engoliu em seco e pousou a mão no portão. Seus dedos tocaram as letras pretas do nome que se elevavam um pouco em relação ao nível da tábua branca. Apesar de aquele ser um lugar sombreado por causa das árvores e dos arbustos, diversos e encorpados, o caminho que levava até a porta de entrada estava banhado de sol. Havia no ar uma sensação de que um período de clima estável, o verão, estava prestes a começar. O sol incidiu sobre o rosto de Victor com uma quentura deliciosa. Ele ficou se perguntando se devia tocar a campainha ou usar a aldrava, que era de latão, no formato de um soldado romano. Decidiu-se pela campainha e respirou fundo ao pousar o dedo no botão e apertar.

Não apareceu ninguém. Tocou a campainha de novo, e mesmo assim, ninguém veio. Claro que, se Fleetwood estivesse sozinho em casa, demoraria um pouco para atender à campainha, já que precisaria obrigatoriamente conduzir sua cadeira de rodas até a porta. Victor esperou, sem sentir nada, sem preparar nada para dizer. O ar estava tomado por um perfume floral doce que ele já tinha sentido antes, havia muito tempo, mas não conseguia dizer onde. Pela terceira vez tocou a campainha. Fleetwood devia estar fora.

Victor espiou através das janelas da frente e viu uma sala com mobília confortável onde havia estantes cheias de livros, fotografias nas paredes, flores em vasos. O jornal *Guardian* estava dobrado em cima de uma mesinha de centro com um maço de cigarros, um isqueiro de ágata e o que parecia ser uma caderneta de endereços ao lado. Ele deu a volta na casa, mas não havia outras janelas a não ser uma que, obviamente, tinha do outro lado um banheiro ou lavabo. O perfume floral era mais forte ali, Victor chegou ao fim da parede lateral e alcançou a parte de trás da casa, o jardim dos fundos; viu que o cheiro vinha de uma trepadeira coberta por uma massa densa de botões rosa-dourados, talvez uma madressilva. A planta escondia de sua visão toda a parte de trás da casa. Deu mais alguns passos pelo caminho e então se virou para olhar para trás. Na varanda de pedra que acompanhava toda a extensão da casa, na ponta onde a madressilva pendia em um cortinado de cor e perfume, havia uma moça parada, olhando para ele. Estava atrás de uma mesa de jardim de teca de cujo centro se erguia um guarda-sol fechado de lona listrada em azul e branco.

Era a moça que ele vira com Fleetwood na avenida, na semana anterior. Apesar de naquela ocasião ele só a ter visto de longe, por algum motivo tinha certeza de que era ela.

– Olá – ela disse. – Você tentou tocar a campainha? Não está funcionando, tem um fio solto ou algo assim.

Ele deu um passo ou dois pelo gramado, na direção dela, aproximando-se do canto da varanda. Sorrindo um pouco, achando que ele estava ali para ler o relógio de luz ou vender alguma coisa, ela se inclinou por cima da mesa para abrir o guarda-sol.

– O que deseja?

Ele não respondeu, porque a lona se abriu em um círculo amplo e a moça deu um passo para o lado, assim revelando uma porta envidraçada aberta atrás de si, em cuja soleira tinha sido construída uma pequena rampa, onde se encontrava uma cadeira de rodas com David Fleetwood sentado, as mãos apoiadas nas rodas. Estava claro que ele não reconhecera Victor logo de cara, já que seu rosto trazia uma expressão de curiosidade educada. Uma emoção estranha sufocou e silenciou Victor, mas, no meio daquilo tudo, ou em outro nível de consciência, ele estava ciente de uma sensação agradável ao ver que Fleetwood parecia bem mais velho ao vivo do que nas fotos. Sua língua passou pelos lábios. Ele não previra a possibilidade de Fleetwood não reconhecê-lo e ficou sem saber o que fazer. Fleetwood, manipulando as rodas com mãos de perito, fez a cadeira rolar pela rampa e se posicionou a cerca de um metro da mesa. Victor disse:

– Eu sou Victor Jenner. Acho que você conhece o meu nome.

A moça não conhecia. Ela tinha trazido uma cadeira de lona listrada para perto da mesa e sentou-se nela. O rosto de Fleetwood, quadrado, de pele morena, com as sobrancelhas pretas e os olhos bem azuis, passou por uma mudança vagarosa. A expressão não era tanto de pesar, mas sim de curiosidade, de incredulidade.

– O que disse?

– Disse que sou Victor Jenner.

– Meu Deus – Fleetwood respondeu. – Nossa, meu Deus.

A moça olhou para ele sem entender nada. Ele disse:

– Clare, você ia fazer um chá para nós. Pode ser? Não se importa se eu lhe pedir para nos deixar a sós durante cinco minutos, não é mesmo?

Ela ficou só olhando para ele.

– Deixar vocês dois sozinhos? Por quê?

– Por favor, Clare. Faça isto por mim – a voz dele tinha assumido um tom urgente, quase como se estivesse... com medo.

– Tudo bem.

Ela se levantou. Era uma moça bonita. Assombrado por ser capaz de registrar algo assim em um momento como aquele, Victor registrou o fato juntamente com todos os outros assombros. Ele se viu meio estupefato, confuso, por causa do visual dela, pela nuvem de cabelo loiro, pela pele de madressilva, pelos traços pequenos e perfeitos. Aqueles olhos, que eram de um verde-azulado claro, passaram cheios de dúvidas de Fleetwood para ele, depois de volta a Fleetwood.

– Está tudo bem aqui?

– Claro que sim.

Ela entrou na casa. No início, movimentou-se com hesitação, depois com mais rapidez, e desapareceu através do que devia ser a porta de uma cozinha. Fleetwood falou em tom calmo e firme. Uma vez policial, sempre policial, Victor pensou. Mas Fleetwood parecia estar se esforçando para ficar calmo, exercendo aquele poder que Victor sempre invejara nos outros.

– Por que veio aqui?

– Não sei – Victor respondeu, e não sabia, não sabia mesmo por que tinha ido até ali. – Eu queria ver você. Faz... três semanas que eu saí. Bom, quase um mês.

– Eu sei – Fleetwood respondeu. – Fui informado.

Ficou com um ar de quem se lembrava de ter sido informado de muito mais do que aquilo, que de algum modo tinha sido *alertado* a respeito da soltura de Victor, ou de ter se colocado em alerta por ter recebido aquela informação. Suas mãos morenas, esbeltas e fortes agarravam as rodas da cadeira ortopédica.

– Não achei que fôssemos nos encontrar... assim.

Com um tom desesperado, Victor repetiu:

– Eu queria ver você.

– Por acaso foi você quem telefonou na hora do almoço?

Victor assentiu. Umedeceu os lábios, passou as costas da mão na boca. A beirada da mesa pressionou seu quadril, e ele apoiou as mãos pesadamente sobre ela.

– Sente-se, pode ser? – Fleetwood disse em tom mais gentil e, quando Victor acomodou o corpo em uma das cadeiras, continuou: – Muito bem – ele parecia aliviado ou parecia ter retomado a compostura. – Quer um cigarro? Não? Eu também não devia fumar, fumo demais, mas estou precisando de um agora. Mais do que isso. Fico contente por ter sido você quem telefonou.

Victor viu-se agarrado ao assento da cadeira, segurando com força as beiradas da almofada coberta de lona.

– Por quê... por que ficou contente?

– Eu costumava receber alguns telefonemas bem desagradáveis. Não tanto obscenos como, bem, violentos. E também cartas anônimas com insultos. Mas os telefonemas eram um pouco... bem, desconcertantes. E, há pouco tempo, recomeçaram.

A moça chamada Clare estava voltando, trazendo uma bandeja.

– São odiosos – ela disse. – Chamam David de "tira" e de "meganha", e o tema principal é dizerem que foi uma pena aquele marginal não ter feito o serviço completo, matando-o.

Victor soltou um som baixinho e desarticulado. Era evidente que Clare achava que ele era algum amigo antigo de Fleetwood, de antes de ela conhecê-lo. E o próprio Fleetwood ficou surpreso com o que ela disse. Tragou o cigarro, exalou e disse:

– Esta aqui é Clare Conway. Se, como acredito que tenha acontecido, você descobriu onde eu estava pela reportagem do *Standard*, já sabe quem ela é – fez uma pausa enquanto Victor assentia com a cabeça, em um movimento infinitesimal. – E você, onde está morando?

A voz tinha em si uma espécie de autoridade, um ar de comando, apesar de ser gentil. Talvez tivesse sido esse ar que fizera Victor responder como se estivesse em uma entrevista de emprego ou respondendo a um questionário para a emissão de um documento.

– No número 46 da Tolleshunt Avenue, Acton, West 7 – e completou: – Aluguei um quarto.

Clare estava com expressão confusa e cautelosa. Entregou uma xícara de chá a Victor e apontou o açucareiro. As mãos dela eram pequenas e morenas, bem carnudas, com dedos que se afinavam nas pontas. Não era magra, mas ninguém poderia chamá-la de gorda também, robusta talvez, cheinha. Quando ela se inclinou para frente para retomar o açucareiro e passá-lo a Fleetwood, Victor viu a parte de cima de seus seios macios e redondos sob o decote do vestido branco e cor-de-rosa. Suas sobrancelhas, parecidas com asas de mariposas, estavam unidas em perplexidade.

Fleetwood acendeu outro cigarro com a bituca do primeiro.

– Eu gostaria de fumar um – Victor disse. – Por favor.

– Claro – respondeu Fleetwood e empurrou o maço para o outro lado da mesa.

A primeira baforada fez a cabeça de Victor girar. Uma daquelas sensações de náusea a que estava propenso lhe subiu à boca. Ele fechou os olhos e se curvou por cima da mesa.

– Vamos lá – a voz de Fleetwood disse. – Aprume-se. Está tudo bem?

Victor balbuciou:

– Vou ficar bem em um minuto. Faz anos... anos que não fumo.

Forçando seus olhos a ficarem abertos, ele fitou Fleetwood, e Fleetwood disse em um tom que já não era mais firme:

– Sabe, quando você chegou aqui e disse quem era, eu achei que faria o que a pessoa que fica ligando para cá diz que faria, que iria atirar em mim de novo. Ele vai terminar o serviço.

Victor respondeu, de maneira estúpida:

– Não estou armado.

– Não, é claro que não está.

– Eu não fiz aquilo de propósito! – Uma voz explodiu da boca de Victor, quase contra sua vontade. – Não era minha intenção. Eu nunca teria feito aquilo se você não ficasse repetindo que a arma não era de verdade.

Clare se ergueu de um salto. O sangue tomou seu rosto, que estava cor de carmim. Victor sentiu o cheiro de uma onda pesada de perfume de madressilva, como se tivesse sido causada pelo movimento do ar, pela energia de todos eles, porque até mesmo Fleetwood tinha se movimentado o tanto que era capaz de se movimentar, flexionando e tensionando a parte superior de seu corpo. Inclinando-se para frente com as mãos erguidas.

– Está dizendo que este é o homem que atirou em você?

Fleetwood deu de ombros.

– É o que estou dizendo, sim. – Ele se largou nas costas da cadeira e virou a cabeça para o lado, para longe dela.

– Não acredito!

– Ah, Clare, você sabe que acredita. O que deseja dizer é que isto realmente é muito surpreendente, o fato de ele, Victor, ter vindo aqui. Acha que eu não estou surpreso?

Uma sensação extraordinária de calor tocou a pele de Victor, como o sol que banhava o jardim, mas essa quentura penetrou e pareceu preencher seu corpo. Foi causada pelo fato de Fleetwood ter usado seu nome de batismo. Mas mesmo enquanto sentia aquilo, estava ciente dos olhos da moça sobre ele, da expressão em seu rosto, uma expressão daquele tipo de ódio e de nojo que o rosto de uma mulher é capaz de assumir quando confrontado por um réptil venenoso. Ela até tinha tirado as mãos do tampo da mesa e cruzara os braços sobre o peito, com uma mão em cada ombro.

Com um ar de desprezo infinito, ela disse:

– O que veio fazer aqui? Pedir desculpa?

Victor baixou os olhos para as barras marrons de teca envernizada, para a xícara e o pires de porcelana azul, para o cigarro em brasa, para a coluna de cinzas que caía no piso de pedra da varanda.

– Você veio aqui para pedir desculpa por ter acabado com a vida dele? Por tirar-lhe metade do corpo? Por arrasar com a carreira dele? É por isso que está aqui?

– Clare – disse Fleetwood.

– É, eu sou Clare, e se com isso você quer pedir que eu pare, "Clare, controle-se, veja bem o que diz", não vou fazer nada disso, não consigo. Se você não é capaz de expressar os seus sentimentos, eu os expressarei por você. Vou dizer a esta coisa, a este animal não, porque animais não fazem isso, não um contra o outro, não a outro da mesma espécie... A este *subumano* o que ele fez com você, vou falar de toda a dor e de todo o sofrimento e de toda a tristeza e de toda a perda, sobre tudo por que você passou, as esperanças erguidas e estraçalhadas no chão, a dor e a luta, o horror de se dar conta do que é a paralisia, o...

– Eu preferia que você não fizesse nada disso.

Era aquela voz fria como aço, a mesma que dissera: "Não vou fazer nenhuma promessa, veja bem, mas vai ser favorável a você". E repetiu o nome dela.

– Clare. Por favor, Clare.

Victor tinha se levantado. Estava lá sem equilíbrio, segurando-se na borda da mesa, olhando para a xícara e para as folhas de chá da borra que formava um contorno de ilhas. Sua cabeça doía por causa daquele perfume que tomava conta de tudo.

– Ele passou dez anos na prisão, Clare. Na opinião da maior parte das pessoas, já seria pagamento suficiente.

– Ele fez com que você vivesse em prisão perpétua!

– Isso não é exatamente verdade – Fleetwood respondeu. – É exagero, e você sabe muito bem disso.

– Não foi o que você disse na semana passada. Essas foram as suas próprias palavras.

Ela se deslocou um pouco ao redor da mesa, na direção de Victor. Ele pensou que ela talvez fosse atingi-lo, e ficou imaginando o que ele faria.

– Você veio até aqui e viu – ela disse. – Espero que esteja satisfeito com o que viu. Ele não vai voltar a andar, independentemente do que os jornais possam dizer, e ele sabe disso e todos os médicos também sabem. Pessoas como você só entendem a rudeza, por isso eu vou ser rude. Ele também nunca mais vai foder. Nunca mais. Só que ele ainda tem vontade. E agora você pode ir embora. Vá embora e não volte nunca mais. Saia! – ela gritou para ele. – Saia, saia, saia!

Ele não voltou a olhar para nenhum dos dois. Atrás dele, ela chorava. Ele ficou com a impressão confusa de que ela tinha desmaiado ou se jogado por cima da mesa e estava chorando. De Fleetwood não saía som algum. Victor saiu dando a volta na casa, de volta para o sol que estava mais quente e mais forte, apesar de a tarde ter passado. Uma pomba de cor clara, cinza-creme, com uma faixa mais escura ao redor do pescoço, estava empoleirada na beirada da piscina para passarinhos, bebendo água. Victor fechou o portão que se chamava "Despreocupado" atrás de si sem sentir nada, só exaustão, e vazio e fraqueza. Mas, ao traçar seu caminho de volta à estação, caminhando pelo gramado verde primaveril, uma fúria tremenda, familiar e bem-vinda invadiu seu corpo e preencheu aqueles espaços vazios com um calor fervilhante.

9.

A raiva o alimentava, o apoiava e o sustentava. Era uma fonte de enorme energia que desejava manter, não queria se livrar dela. Não havia nenhuma tentação verdadeira de socar e de esmurrar a cama e a mobília. Ficou sentado em seu quarto, alimentando-se da raiva, direcionando-a contra aquela moça: aquela loira gorda, exibida e enxerida; xingou-a em sua mente furiosa, aquela vagabunda boca-grande, com as tetas saindo para fora do vestido, que usava o tipo de linguagem imunda que ele sempre odiara ouvir dos lábios de uma mulher. Fleetwood não tinha dito nada, nenhuma palavra de reprovação (supondo-se que ele tivesse algum motivo para se ressentir), mas aquela moça que provavelmente só estava com Fleetwood havia um ou dois anos, que tomou para si a tarefa de julgá-lo, que ficou falando e gritando sem parar... A raiva de Victor agora lhe ditava todas as coisas que poderia ter dito se tivesse pensado nelas, como poderia ter reduzido aquela moça na frente de Fleetwood, esmagando-a com algumas palavras bem escolhidas que o inocentassem completamente e revelassem a verdade: que ninguém era responsável, que tinha sido o acaso, a força das circunstâncias e o destino que causaram um mal tão terrível ao homem que ela amava.

Naquela noite, sonhou com estupro. Com uma energia fervente ele era potente e inexaurível, violentava mulheres como um soldado que saqueia uma cidade, mulheres sem rosto que ele agarrava no escuro. E quando terminava com uma, ele a erguia pelos ombros e batia a cabeça dela contra o chão de pedra. Ele caminhava entre mulheres, mortas ou inconscientes, sem dignidade, estiradas com as roupas rasgadas, banhadas com o próprio sangue, segurando uma lanterna na mão, procurando o rosto de Clare sem encontrar, achando em vez disso as bochechas desgastadas e flácidas e a boca solta de Muriel e pulando para longe com um grito de horror.

Ele não sabia se tinha sido o sonho ou a noite em si ou o sono que levara embora a raiva, mas de manhã ela não estava mais lá e não voltou. Uma certa satisfação parcial a substituiu, o fato de ele ter se encontrado com David Fleetwood e falado com ele, apesar de tudo. David, disse a si mesmo, saboreando o nome e repetindo-o, David. Como teria sido se David estivesse sozinho, sem a moça lá, se ela estivesse fora ou se simplesmente não existisse? Apesar de não conseguir formar uma idéia muito clara em relação ao que poderia ter sucedido na ausência da moça, tinha uma sensação profunda de que teria sido bom e agradável para ambas as partes. Cada um deles poderia ter reconhecido sua parcela de culpa no destino do outro, a prisão dele e a incapacitação de David, poderia ter admitido que nenhum dos dois tinha mais culpa do que o outro, mas que o resultado positivo daquilo tudo fora a capacidade de confrontarem-se e conversarem sobre o assunto. Claro que isso não aconteceu por causa da intervenção daquela loira boca-suja, mas Victor sentia que teria acontecido: estava, por assim dizer, esperando para acontecer. A boa vontade necessária estava presente de ambos os lados.

Victor comprou muitas revistas, pegou várias semelhantes entre si nas prateleiras da W.H. Smith e mais outras na banca da estação. Também comprou um maço de cigarros, não sabia bem por que, já que realmente não tinha vontade de fumar e certamente não tinha dinheiro para aquilo. Da maneira como vivia, comendo fora e comprando vinho e agora cigarros, não conseguiria sobreviver com o dinheiro do seguro social e logo precisaria mexer no pouco capital deixado pelos pais. Teria de arrumar um emprego.

Ao ler suas revistas, percebeu que estava à procura de um artigo ou reportagem sobre David Fleetwood. Agora que ele queria ler a respeito de David, é claro que não havia nada para ler. Era a lei de Murphy. Mas David não era cantor nem ator nem celebridade de TV, só alguém que tinha sido... virtuoso, corajoso, era a melhor maneira de colocar as coisas, Victor pensou. Ele sem dúvida foi corajoso, apesar de imprudente também ser uma opção, mas, sim, ele demonstrou coragem naquela ocasião, no número 62 da Solent Gardens. Victor precisava reconhecer. Os dois demonstraram bastante bravura e... Qual era mesmo a expressão que seu pai costumava usar? Firmeza de caráter.

Será que David sabia dos estupros? Até onde Victor estava ciente, a polícia sempre partira do princípio, ou quase sempre, de que ele era o homem responsável por vários casos de estupro ocorridos nos bairros de Kilburn-Kensal-Rise-Brondesbury de Londres. E ele era mesmo o responsável, não havia dúvidas, porque aquela era a região que sua rota até Heathrow atravessava. Mas nada jamais fora provado contra ele e nunca tinha sido indiciado por estupro. No entanto, como Heather Cole declarara à polícia e repetira em seu julgamento que ele era o homem que a agarrara no parque, foi imediatamente tachado de estuprador, *o* estuprador. Então, só por garantia, ele pedira que duas ocorrências de estupro fossem levadas em consideração. Aquilo talvez tivesse sido um erro e só fez aumentar a suspeita de que ele queria estuprar Rosemary Stanley, ao passo que só tinha entrado na casa para se esconder, e seu encontro com Rosemary Stanley fora um choque tão grande para ele como para ela. Atacá-la nunca lhe passara pela cabeça, da mesma maneira que não tinha pensado em estupro enquanto estava na prisão e depois que saíra dela.

Ninguém podia ser responsabilizado por seus sonhos, isso era outra coisa.

Como ele nunca foi condenado por estupro e nada nesse sentido ficou provado contra ele, a polícia não tinha absolutamente direito nenhum de tirar essas conclusões. Em seu julgamento, durante todo o tempo, existira uma sugestão velada de que o estupro estava por trás de tudo, tentativa de estupro foi o que o advogado de acusação chamou de "tragédia final". A causa real – buscar abrigo de seus perseguidores e reagir às provocações de David Fleetwood – nunca fora mencionada. Mas tudo isso não lhe dava o menor indício sobre se David sabia ou não dos estupros e se tinha transmitido o que sabia para a moça, Clare. Talvez não soubesse, ainda estava no hospital na época do julgamento e, se ele tivesse a cabeça no lugar como Victor começava a acreditar que tinha, mesmo que tivesse escutado sugestões de que Victor e o estuprador de Kensal Rise fossem a mesma pessoa, talvez acreditasse na inocência de um homem até que ele fosse julgado culpado. Victor disse a si mesmo que não se importava com o que a moça pensava, mas a opinião de David era outra questão. Já fazia tanto tempo que ele não estuprava ninguém, e jamais voltaria a estuprar, que parecia terrível o fato de ele ser estigmatizado por este acontecimento de seu passado. Ter atirado em David era uma coisa, aquilo tinha sido um acidente, ocasionado pelas circunstâncias, por falta de controle e capacidade de decisão sobre suas próprias reações, pela insanidade do próprio David; mas os estupros pertenciam a outra categoria, de que era possível se arrepender, era algo por que Victor era capaz de se imaginar algum dia sentindo remorso, principalmente no caso da moça que ele ferira na floresta de Epping. Não gostaria que David soubesse disso, realmente seria muito desagradável.

Em vão, examinou suas revistas em busca de alguma nota ou parágrafo sobre David. Começara a ir cedo para a cama, já que tinha pouco a fazer, e ficou lá lendo um conto sobre um velho, um camponês francês que era agricultor e que, em vez de guardar o dinheiro no banco, armazenou-o nas paredes de sua casa: ele dobrava as notas em maços e as embalava em tiras do saco plástico em que vinha o adubo da terra, enfiava-as entre as ripas, cobria com massa e passava tinta por cima. Nenhuma noite se passava sem sonhos e, no sonho daquela noite, ele estava em um trem, na linha Northern, seguindo na direção de Finchley. Não havia ninguém no vagão além dele, e então, em Archway, sua mãe entrou com David Fleetwood. David conseguia andar, mas não muito bem; usava uma bengala e estava apoiado no braço da mãe de Victor. Não repararam em Victor, agiram como se ele não estivesse lá, como se ninguém estivesse lá, cochichando entre si, aproximando o rosto um do outro e então se beijando. Eles se beijavam apaixonados, como se estivessem sozinhos. Victor se levantou de um pulo e bradou e reclamou que o que eles estavam fazendo era nojento, era indecente, que aquele era um lugar público, e acordou aos berros, sentado na cama e sacudindo o punho.

Aquele era o dia marcado para que ele se encontrasse com Jupp na casa de Muriel, mas por pouco não esqueceu. Na hora do almoço, comprou o *Standard* e viu o anúncio de um emprego de motorista, para táxi particular, e o mais interessante era que dizia "carro fornecido". A firma ficava em Alperton. Victor foi direto para lá de metrô para procurar a empresa de táxi particular na Ealing Road.

Poucas pessoas, pensou, teriam lido o *Standard* antes dele, e qualquer uma que tivesse lido teria obedecido o jornal e telefonado. Talvez ele fosse o primeiro candidato a se apresentar. Usando sua única calça boa, uma camisa limpa e o paletó de veludo, ele sabia que parecia apresentável. Antes de comprar o jornal, por um golpe de sorte, tinha cortado o cabelo. Por um tempo, considerou a possibilidade de deixá-lo crescer de novo, para ficar como era no dia de sua prisão, mas aquilo estava fora de moda e ele também já estava um tanto velho para isso. Em poucas semanas, completaria 39 anos.

Encontrou a empresa de táxi particular em uma loja, um lugar muito pequeno e apertado, pouco mais do que um armário, onde uma mulher de meia-idade com cabelo rajado de louro e castanho ficava atendendo dois telefones. Ele não estava acostumado a ter mulheres como chefe, já que isso era bem menos freqüente antes de ele ir para a prisão, e percebeu que começou com o pé esquerdo quando ela corrigiu sua suposição de que ela seria uma espécie de secretária, uma recepcionista, e que o patrão estava em algum outro lugar. Nem descobriu o nome dela. Ela pediu uma referência de seu último emprego, queria saber por que tinha passado os últimos dez anos desempregado. *Dez anos?*

– Meu Deus, no caso das mulheres são os filhos – ela disse. – Não pode ter sido isso para você. Por onde esteve? Na cadeia ou algo do tipo?

Ela estava brincando, mas ele não disse mais nada. Furioso a ponto de ser capaz de pular em cima dela e agarrá-la pelo pescoço, fez um esforço tremendo para se controlar, deu meia-volta e saiu dali, batendo a porta com toda a força atrás de si. O estabelecimento tremeu. O estabelecimento vizinho tremeu, e uma vendedora foi até a vitrine para ver que barulho era aquele. Victor olhou para trás e viu móveis velhos, uma cabeceira de cama de latão, um suporte de planta atrás dela. Com um sobressalto, lembrou-se de seu compromisso com Jupp: na casa de Muriel, em Popesbury Drive, às três. Naquele momento, faltavam dez minutos para o horário marcado.

Pelo menos ia poder vender aquela mobília e receber algum dinheiro. Voltou para o metrô em Alperton e foi até Acton Town, a estação mais próxima da casa de Muriel. Se dá para dizer alguma coisa é que as flores roxas que se debruçavam por cima das encostas de pedra do jardim de Muriel estavam ainda mais roxas e seus caules tinham ficado mais compridos, de modo que o enfeite de pedra para o qual Victor evitava olhar estava completamente escondido. Ficou olhando com ar desafiador na direção dele, sem sentir nada. Desde a última vez em que estivera ali, um laburno de um amarelo cítrico especialmente violento tinha florescido. Duas mulheres conversando na calçada examinavam o laburno e comentavam como estava lindo, que visão maravilhosa, mas Victor não achava aquilo adorável, nem que flores eram inevitavelmente lindas só por serem flores. Em algum lugar dentro de seu cérebro ele pareceu sentir o cheiro da madressilva mais uma vez, apesar de nenhuma das flores ali ser perfumada e o único cheiro existente ser um fraco odor de escapamento de diesel.

Uma van em que se lia J. Jupp na lateral estava estacionada na rampa que levava à garagem, com a traseira quase encostada na porta. Victor entrou pelos fundos, pelo portão lateral, para uma área que ficava entre a garagem e a porta dos fundos da casa. O jardim de trás era um mato, com macieiras em flor se erguendo do meio do capim que chegava à metade dos troncos. Victor bateu à porta dos fundos, experimentou a maçaneta. Para sua surpresa, não estava trancada. A tia e Jupp estavam sentados na mesa da cozinha, tomando chá.

O que ele tinha dito ou feito para deixar Muriel tão à vontade, de um jeito tão fora do comum, para conseguir entrar na casa e chegar até a cozinha? Pareceu que Victor tinha interrompido uma conversa, pelo menos uma história de Jupp, que Muriel escutava com avidez. Os dois pareceram ficar bastante desconsolados ao vê-lo. Muriel usava sua redinha de cabelo cor-de-rosa, e a haste esquerda dos óculos dela, que aparentemente tinha quebrado, estava consertada com massa cor-de-rosa. Jupp finalmente se levantou e, dizendo que com aquilo não daria para comprar uma roupinha nova para o bebê, seguiu Victor até a garagem. Naquele dia, estava com a calça do terno de que o colete preto risca de giz fazia parte e, para acompanhar, uma camiseta preta e uma jaqueta longa de camurça cor de gengibre e com franjas. O cabelo comprido e o bigode de morsa pareciam mais espessos e mais luxuriantes, talvez por conta de terem sido lavados recentemente. Pegou uma balinha de menta Polo do bolso e colocou-a na boca.

– Que mulher notável, a sua tia – disse Jupp. – Teve uma vida fascinante. Não é sempre que se encontra alguém que confessa ter se casado por dinheiro. Chamo isso de honestidade. Também foi muito bonita... Ainda tem o que podemos chamar de resquícios.

Victor não disse nada. Talvez não estivessem pensando na mesma mulher.

– Mas é uma pena ela nunca sair de casa. Se não se incomoda de eu dizer, você devia se esforçar um pouco nesse sentido, fazer com que ela se mexa, colocar um pouquinho de sal no rabo dela, não? – Victor de fato se incomodou de ele dizer aquilo. Começou a destrancar a porta. – Então, o que ela fez? Guardou tudo isso para você? Esteve fora?

A única razão por que Muriel não tinha contado a ele a verdade era por não ter tido oportunidade, Victor pensou.

Quando era menininho, muito pequeno, ele detestava ouvir os pais falando sobre um tempo anterior a seu nascimento. Ele não suportava a idéia de que houvera um tempo em que ele não existia, e por isso chorava e batia os pés quando a mãe tocava no assunto. Era a primeira lembrança que ele tinha de arroubos de fúria. Como aquele período de não-existência lhe era intolerável, começara a dizer que tinha passado um período na Nova Zelândia. Quando a mãe dele falava em "antes de você nascer", ele a corrigia, dizendo que era quando ele estava na Nova Zelândia. Foi o que disse então a Jupp.

– Passei muito tempo fora. Estive na Nova Zelândia.

– É mesmo? – disse Jupp. – Que legal. Muito legal. Vamos dar uma olhada para ver, então. Vamos dar uma espiada em alguns desses móveis.

Ele foi abrindo caminho entre a mobília, puxando as cortinas, os tecidos com arabescos dourados e verdes canelados, e as cortinas do quarto de Victor com os quadrados vermelhos e verdes sobre o fundo preto e branco, puxando-as e jogando-as de lado, espiando embaixo de tampos de mesas e batendo nas superfícies com uma unha exageradamente comprida. Victor ficou imaginando se ele estava conferindo para ver se tinha cupim. A cadeira de rodas, empurrou para frente e para trás, como quem tenta fazer uma criança dormir. Victor reparou que a cadeira de rodas era da mesma marca que a de David, apesar de a dele parecer um modelo mais novo. Jupp fez um bico com o lábio inferior.

– Vou dizer uma coisa, dou quatrocentas libras por tudo.

Victor ficou decepcionado. Móveis novos, percebera ao olhar as vitrines das lojas, custavam muito caro. Os preços da mobília de segunda mão também tinham disparado. Nossa, quando ele precisou de algumas peças para seu apartamento, os negociantes só faltavam dar mesas e mesinhas velhas. As coisas tinham mudado. Só o quarto de três peças devia valer quatrocentas libras.

– Quinhentas – ele disse.

– Ah, espere um pouco. Vou ter que pagar uma boa quantia para alguém vir até aqui comigo para levar tudo embora. Preciso pagar a gasolina e a manutenção da van. Tenho que perder meio dia na loja. – Pegou outra balinha, olhou para ela e guardou-a de novo no bolso.

– Acredito que a cadeira de rodas deve valer umas cem – disse Victor. – Olhe para ela, está quase nova.

– Para ser sincero, não estamos passando exatamente por uma explosão de vendas no mercado das cadeiras de rodas, sabichão. Pendurar uma carruagem de inválido no teto da sala com uma corrente ainda não é moda em Acton, não é bem o que se chama de chique, certo? Quatrocentas e vinte.

Chegaram a um acordo de 440 libras, e Jupp disse que voltaria para pegar tudo na quarta-feira seguinte. Olhou para o capim alto e fechado do jardim de Muriel e disse que aquilo era mesmo um desperdício dos infernos, com tantas leoas e leõezinhos por aí em busca de um lar. Victor voltou para dentro da casa. Muriel estava lavando as xícaras e os pires. Lavou uma xícara, enxaguou, secou com um pano de prato, guardou em um armário e então recomeçou o processo com um pires. Dizendo que precisava ir ao banheiro, Victor passou pelo corredor e subiu a escada com sua passarela de tapete vermelho. Não seria honesto dizer que nada tinha mudado desde que ele fizera aquele curto trajeto, pouco menos de onze anos antes, em busca da Luger de Sydney. A casa estava muito mais suja. Será que era Sydney quem executava as tarefas domésticas? Ou será que era simplesmente o fato de Muriel não ter feito nada desde que ele morreu? As extremidades dos degraus, que já tinham sido reluzentes, escondiam-se sob uma camada fofa de cor cinza, e o tapete em si estava coberto por uma camada que consistia praticamente só de cabelos, provavelmente cabelos de Muriel, caídos e acumulados ao longo dos anos. O sol brilhava lá fora, do mesmo jeito que brilhava na tarde em que ele tinha entrado com a cópia que fizera da chave, quando Muriel e sua mãe saíram para visitar Sydney no hospital e, como naquela tarde, o interior da casa estava escuro. Estava sombrio e imóvel e escuro e agora tudo estava coberto de pó. Talvez as janelas nunca tivessem sido abertas em todos aqueles anos. O cheiro de cânfora ainda estava lá e, aliado a ele, misturando-se a ele, aquele odor pungente, acre e sufocante que é o cheiro do pó em si.

Aquela casa já tinha sido bonita, porque fora construída em um tempo em que os materiais eram relativamente baratos, quando madeiras finas e de alta qualidade existiam aos montes e quando, de algum modo, as pessoas tinham mais tempo, mais habilidade e mais obreiros para criar painéis e madeira entalhada e modelos inusitados de cornijas. E, no entanto, os construtores ou o arquiteto tinham exagerado a ponto de fazer janelas de mosaicos tão grossas que excluíam mais luz do que deixavam entrar, e as cortinas completavam o serviço, cortinas que alguma loja grande (a Whiteley, calculou, ou a Bentall) confeccionara sob medida e havia pendurado com todo o cuidado, pedaços de veludo grosso ou de seda rústica pesada, forrados e reforrados, pregueados e afofados e presos com cordões trançados. Nunca tinham sido limpas nem escovadas, e poeira e teias de aranhas pulverizadas se acomodavam em suas dobras. Victor deu uma sacudida em uma das cortinas no quarto onde encontrou a pistola no esconderijo embaixo do piso do armário. Uma nuvem de poeira voou em seu rosto, fazendo com que tossisse. A camada de poeira por cima do tapete era tão espessa que não dava mais para enxergar a estampa de uvas amarelas e folhas de parreira verdes; só se tinha uma vaga impressão de alguma estampa cinza-azulada.

Os romances de faroeste continuavam na prateleira, imperturbáveis por mais de uma década. Saiu do quarto e foi até o dormitório da tia. Um espelho grande, emoldurado e móvel, apoiado sobre dois suportes, erguia-se no meio do tapete florido rosado. Rosas de crepe de papel cor-de-rosa e branco enchiam a lareira, com uma década de fuligem para manchar suas pétalas. A cama, de modo inesperado, estava arrumada e, bem no meio dela, havia um cachorro cor-de-rosa fofo, com o zíper da barriga aberto para revelar a camisola branca que Muriel devia vestir quando tirava o penhoar que usava de dia.

Com a história do camponês francês na cabeça, Victor enfiou a mão embaixo dos travesseiros, entre a capa do colchão e o colchão. Abriu as gavetas das mesinhas de cabeceira, abriu as portas do guarda-roupa, que descobriu estar ainda cheio com os ternos de Sydney. Uma busca nos bolsos não lhe rendeu nada. Uma seção do compartimento lateral desse guarda-roupa estava entupida de bolsas velhas, azul-marinho e pretas e cor de vinho e brancas, rachadas e rasgadas, com os fechos de metal oxidados, as fivelas quebradas. Victor pegou uma preta, uma imitação de pele de crocodilo, e apalpou por dentro. O farfalhar das notas o fez prender o fôlego. Mas já fazia muito tempo que estava lá em cima, voltaria na semana seguinte, quando Jupp levasse a mobília. Sem contar o dinheiro, tomou para si um punhado daquelas notas; independentemente da cor que tivessem, voltou a fechar a bolsa, encostou a porta do armário e correu escada abaixo.

Muriel estava sentada na frente de seu aquecedor elétrico, ocupada com suas tesouras, com exemplares de *Country Life* e *Cosmopolitan*. Parecia que ela estava fazendo um álbum de recortes sobre os acontecimentos da vida da duquesa de Grosvenor.

– Você demorou – ela disse a Victor.

Ela tinha um jeito de olhar para ele que era parecido com o jeito que um rato olha quando sai de seu buraco: cauteloso, desconfiado, atento, perceptivo e ensimesmado. Quase dava para ver o nariz dela tremendo, bigodes vibrando, olhos fazendo movimentos rápidos e nervosos. O anel, que era um domo de diamantes, estava em seu dedo; talvez ela nunca o tirasse.

Com a mão enfiada no bolso do paletó, ele sentia as notas novinhas, uma, duas, três, quatro; pelo menos quatro, talvez cinco, era difícil saber. Podiam ser de dez.

– Quero lhe dizer uma coisa – ela falou.

Ele atravessou a sala, parou ao lado da janela. Ali o ar era igualmente sufocante; o cheiro denso de naftalina e de roupas velhas e sujas, de impressos antigos e de poeira queimando no calor era igualmente forte, mas dava para ver a luz do dia, dava até para sentir o calor do sol lutando através das vidraças imundas em formato de diamante. As plumas compridas do laburno caíam por cima do vidro.

Muriel disse:

– Eu nunca gostei muito da idéia de fazer testamento. Acho que sou supersticiosa, não quero provocar a providência. – Ela ergueu os olhos de seus recortes e os direcionou para o teto, como se Deus tivesse fixado residência em seu quarto e estivesse com a orelha pregada no chão. – Mas chega uma hora em que é preciso fazer o que é certo e não o que se deseja, e eu sabia que o certo era me assegurar de que você nunca ficasse com nada que fosse meu.

– Muito obrigado – Victor respondeu.

– Então, fiz meu testamento depois da última vez em que você esteve aqui. Minha vizinha Jenny, que faz compras para mim, arrumou um formulário de testamento e levou-o para o meu advogado, e ele fez o que eu queria, e eu assinei e mandei autenticar. Pode ver uma cópia, se quiser. Deixei tudo para a Legião Britânica. Isso teria agradado a Sydney. Eu disse a mim mesma: "coitado do velho Sydney que dedicou sua vida a agradá-la, Muriel, e agora você pode fazer isto para agradá-lo".

Victor ficou lá parado, olhando para ela. Era capaz de sentir aquela pulsação começando no canto da boca, o puxão do movimento involuntário. A mão no bolso sentiu o dinheiro, e ele esfregou as notas com os dedos.

– A Legião faz muitas coisas boas – disse Muriel. – Não vão desperdiçar o dinheiro. Sydney se remexeria na cova se soubesse que você colocou as mãos nele.

– Ele foi cremado – disse Victor.

Foi a única vez que ele acertara um comentário de partida, proferido no momento certo, e não elaborado posteriormente. Bateu a porta da frente atrás de si como tinha batido a porta da empresa de táxi. Ao caminhar para casa por ruas secundárias, na direção de Uxbridge Road, tirou as notas do bolso. Havia cinco delas, duas de vinte, uma de dez, duas de cinco. A possibilidade de haver notas de vinte entre elas não lhe ocorrera, e ele ficou mais animado. Perder a casa de Muriel e seu dinheiro não era exatamente um azar, já que ele nunca contara com ficar com nada daquilo. Mas a malevolência de seu olhar e de suas palavras o tinha abalado. A atitude que ela tomara em relação a ele, uma combinação de medo e desgosto, fez com que ele ficasse feliz por ter pegado o dinheiro, desejando ter levado consigo ainda mais.

Victor nunca tinha roubado nada, a não ser que se contasse as barras de chocolate afanadas das prateleiras da Woolworth's quando ainda estava na escola primária. Todo mundo fazia aquilo, e era mais brincadeira do que delinqüência. Na vida adulta, ele até que se orgulhava bastante de sua honestidade. Ele, Alan e Peter, o outro motorista, tinham um sistema por meio do qual compartilhavam suas gorjetas, que às vezes eram bem gordas, e Victor quase sempre entregava seus ganhos totais. Uma ou duas vezes, a tentação fora demais para ele (como, por exemplo, com aquele americano, em sua primeira visita, que confundira libras com dólares e lhe dera 25), mas ele geralmente era honesto. Disse a si mesmo que, se aquilo que Muriel tinha a lhe dizer tivesse sido diferente, se fosse, digamos, exatamente o oposto do que ela lhe dissera, se o testamento tivesse sido reescrito a seu favor, ele teria levado o dinheiro de volta para cima e devolvido à bolsa dela. Agora, sua única preocupação era que ela pudesse dar falta da quantia. E se desse? Era bastante improvável que fosse chamar a polícia para prender o próprio sobrinho, por mais que o odiasse.

Garantido pela quantia deixada pelos pais, o que receberia de Jupp e pelo que tirara de Muriel, Victor entrou em uma das lojas de High Street meia hora antes de fechar e comprou um aparelho de televisão.

Desde que chegara à casa da sra. Griffiths, Victor não recebera praticamente correspondência alguma. As únicas coisas que recebia eram comunicados do Departamento de Saúde e Serviço Social. Cartas e cartões eram dispostos na mesa do corredor pela pessoa que visse primeiro a correspondência no capacho. Prometeram que sua televisão seria entregue na sexta-feira, e, quando passava das dez horas sem sinal da entrega (o horário marcado era entre nove e dez), ele desceu para conferir se a campainha estava funcionando. Campainhas elétricas às vezes não funcionam, como ele aprendera havia pouco. Só olhou para a correspondência na mesa porque poderia haver algum cartão do pessoal da TV explicando por que não tinham feito a entrega e informando quando o fariam. Entre dois cartões-postais de lugares estrangeiros à beira-mar havia um envelope endereçado, em caligrafia forte e vertical, a Victor Jenner. Nada de "Sr." ou "Exc." ou algo assim. O carimbo era de Epping.

Victor se esqueceu da televisão. Levou a carta para cima. Com a garganta seca, aquela tensão que precedia o momento em que a náusea tomava conta dele, sentou-se na cama e rasgou o envelope. A carta estava datilografada dos dois lados de uma única folha, assinada por "Clare Conway". Victor leu:

Caro Victor Jenner,

Vai ficar surpreso de receber notícias minhas depois da maneira como falei com você na segunda-feira. Permite-me dizer que suportou as críticas muito bem? Muita gente teria bradado impropérios em resposta, e acho que seria justificável se tivesse feito isso. Esta carta é, em parte, um pedido de desculpa. Eu não tinha por que falar com você daquele jeito, eu não estava envolvida, não fui eu quem feriu nem quem foi ferida, só estava sendo, como com freqüência sou, um pouco partidária demais.

Estou me esforçando muito para dizer o que preciso dizer, mas não é fácil. Vou tentar mais uma vez. David e eu achamos que foi muito corajoso da sua parte ter vindo até aqui, de fato foi algo muito corajoso, porque você não tinha como saber o tipo de recepção que teria, e de fato teve de mim praticamente a pior possível. Mas você não disse por que veio, apesar de obviamente ter ficado claro que desejava fazer algum tipo de retribuição a David. Imagino que deve ter sido assombrado pelos acontecimentos e sentiu a necessidade de tomar uma atitude positiva assim que possível.

Confesso aqui e agora que eu não estaria escrevendo para você se apenas a sua consciência estivesse em questão. Você tem que dar conta disso à sua própria maneira. É com David que me preocupo, como sempre me preocupei, quase desde que o conheci, há aproximadamente três anos. David é uma pessoa maravilhosa, sem dúvida a mais justa, honesta e mais generosa, a pessoa *mais completa* que conheci na vida, o que parece uma coisa estranha de se dizer, já que fisicamente, é claro, ele está bem longe de ser completo. Você não tem como saber – ninguém além das pessoas muito próximas a ele tem como saber – como, apesar de ser capaz de perdoar e de aceitar, ele continua sendo assombrado pelo que aconteceu naquela casa em Kensal Rise há onze anos, como acredito que acontece com você. Ele sonha com aquilo, qualquer associação possível o lembra daquilo, a memória lhe retorna todos os dias, mas o pior é que ele não consegue se conformar que teria sido algo inevitável. Ele se *arrepende*. Quer dizer, está sempre pensando no que poderia ter acontecido, no que poderia ter sido evitado se ele tivesse agido de modo diferente ou se tivesse dito outras coisas.

A questão é que, desde que o viu e conversou um pouco com você na segunda-feira passada, apesar de tudo, apesar *de mim*, ele parece estar com a mente mais leve. Pelo menos me parece que está mais leve. E quando eu disse que escreveria a você, ele recebeu bem a idéia e afirmou seu desejo de vê-lo. Sabe, estou convencida de que, se vocês dois pudessem conversar um pouco mais e dissessem um ao outro como se sentem, se realmente colocassem tudo para fora, talvez muitas coisas se resolvessem. Talvez David finalmente conseguisse se resignar ao que sua vida será até o fim, e você... Bom, pode ser que isso também resolva as coisas para o seu lado e lhe traga paz de espírito.

Espero que a idéia não lhe pareça abusada demais – ou, pior, como alguma espécie de psicoterapia. Se você leu até aqui, já deve saber o que vou pedir. Será que viria nos fazer uma visita? Sei que fica longe para você, então venha passar o dia todo, um sábado ou domingo e, por favor, que seja em breve. Prefiro pensar que foi obra do destino o fato de David ter guardado o seu endereço na memória. Ele tem boa memória – às vezes fico achando que é boa demais.

Espero que possamos encontrá-lo.

Atenciosamente,

Clare Conway

Victor não era capaz de se lembrar da última vez em que se sentira verdadeiramente feliz. Devia ter sido antes de ir para a prisão, porque certamente não existira felicidade alguma desde então, nem mesmo quando soube que ia ser solto e quando foi solto; resignação, sim, e um certo grau de contentamento, a calma relativa entre arroubos de raiva e pânico, mas felicidade, nunca. A última vez provavelmente tinha sido quando ele ficou sabendo que conseguira o apartamento de Ballards Lane ou quando, seis meses antes de pegar a Luger de Sydney, Alan lhe prometera sociedade futura na empresa. Era um sentimento incomum, mas ele o reconheceu: felicidade. Parecida com a raiva, só que diferente, sem a dor ardente nem o coração batendo forte; aquilo encheu seu corpo e sua mente com a efervescência de um vinho frisante. Chegou a seus lábios e fez com que soltasse uma gargalhada, não sabia por quê.

Não havia telefone na carta, e ele tinha jogado fora o pedaço de papel de Tom. Depois que entregassem a televisão, ele teria que retornar à biblioteca. Desceu a escada, ficou lá olhando para o telefone, desejando conseguir se lembrar do número de David e então, quando virou a cabeça, viu. Ele o tinha anotado na madeira bruta da parte de baixo dos degraus da escada, com o nome de David ao lado: David Fleetwood.

A mão dele tremia e ele precisou agarrar o pulso com a outra para firmá-lo. Por causa do tremor no dedo, não tinha como estar certo de ter discado o número corretamente, mas devia ter discado, porque quando os sinais tocaram e ele introduziu dez centavos, a voz de Clare atendeu.

Ele disse, com a voz irregular de tanta excitação:

– Aqui é Victor. – Não era provável que conhecessem outro Victor, por isso não havia necessidade de dizer seu sobrenome.

– Que bom ter entrado em contato tão rápido. – A voz dela era bonita, grave e comedida, um pouco formal; ele não tinha reparado nessas coisas quando ela o xingou. – Sinto-me – ela disse – um pouco acanhada por estar falando com você. Eu fui péssima.

– Ah, esqueça.

– Bom, vou tentar esquecer. Espero que isto signifique que você poderá vir. Quando virá? Quando seria adequado para você? Gostaríamos que fosse logo. Eu trabalho, e David às vezes precisa ir ao hospital para fazer exames, mas, fora isso, estamos sempre aqui, não saímos muito. É complicado para David sair... Precisamos tomar muitas providências de antemão.

– Posso ir qualquer dia.

A campainha tocou e ele sabia que devia ser o entregador da televisão, mas aquilo não parecia nada além de um incômodo longínquo, algo que ele não permitiria se transformar em intrusão.

– Pode vir amanhã? – ela perguntou.

10.

Sessenta libras não duram muito ao se comprar roupas por estes dias. Depois de gastar quase tudo que os pais tinham lhe deixado com a compra do aparelho de televisão, Victor decidiu gastar o dinheiro que "arranjou" com Muriel em uma calça, uma camisa e um par de sapatos. Ele preferia colocar assim, que "arranjou" com Muriel, não que "pegou". Resolveu fazer compras em Ealing, já que aquele bairro era um pouco mais refinado. Metade do dinheiro se foi na calça, e a outra metade, nos sapatos, levar uma camisa também estava além de suas posses. Mais do que nunca, convenceu-se de que precisava de um emprego, e bem longe dali, onde tanta coisa o lembrava de Muriel e Sydney, seus pais e sua juventude.

Victor nunca tinha tido nenhum amigo de verdade. Provavelmente porque seus pais também nunca tiveram. De visitas em casa ele só era capaz de se lembrar de Muriel e, depois, uma ou duas vezes, Muriel e Sydney; uma vizinha que de vez em quando ia tomar chá e um casal de sobrenome Macpherson cujo contato a mãe perdera por não "cuidar bem da amizade", como o pai colocara. Ela nunca gostara muito de ver intrusos na unidade formada pelo marido e ela própria. Eles eram tudo um para o outro, como Victor certa vez a escutara dizer à sra. Macpherson, e, além do mais, ela achava que receber gente em casa, mesmo que da maneira mais modesta possível, era demais para ela, levava-a à beira da histeria. Quando Victor estava na escola, ela não o incentivava a levar outros meninos para casa, e, por causa disso, ele raramente era convidado para voltar à casa deles.

Em seu nono aniversário, alentou-se a idéia de uma festa. Ele nunca se esqueceria das circunstâncias, mas já não se lembrava mais de quem a idéia tinha sido, da mãe ou do pai. O aniversário era em junho, mas planos para a festa foram feitos com semanas de antecedência. A mãe de Victor achou que devia mandar convites, mas não sabia como redigi-los, de modo que, apesar de muita energia ter sido gasta com preocupações, nada foi feito. Se o dia estivesse bonito, a festa poderia ser no jardim, mas como saber se o dia 22 de junho na Inglaterra seria bonito ou não? A mãe de Victor não queria aqueles menininhos todos (não havia perspectiva de convidar meninas) na casa dela. Não era exatamente uma rainha do lar, mas não era capaz de contemplar a idéia de ter de ficar entre meninos correndo de um lado para o outro. Victor não tinha recebido permissão para falar nada sobre a festa na escola. Foi proibido de fazer convites orais, mas obviamente deu a entender que haveria uma festa. Depois, tinha a comida. Realmente era uma questão de decidir que comida faria menos sujeira e seria mais fácil de preparar. Victor ia a festas em que crianças jogavam comida umas em cima das outras e cometeu a imprudência de mencionar isso em casa. A mãe falava sobre a festa todos os dias, e falava sobre ela como se fosse um divisor de águas com preocupações e ansiedades e problemas inimagináveis por um lado e, por outro lado, se é que possível, uma paz e uma liberdade gloriosas. Ela às vezes chorava por causa disso. Certa noite (era a primeira semana de junho e nenhum convite tinha sido enviado), ela caiu no choro e ficou perguntando por que tinham tido a idéia de dar uma festa, o que deu neles, será que estavam loucos? O pai de Victor a acalmou e a acariciou e disse que não precisavam fazer a festa se ela não quisesse. Isso fez uma diferença surpreendente para a mãe de Victor, que secou os olhos, sorriu e disse que realmente não precisavam, não é mesmo? Ela imediatamente ficou feliz e ligou o rádio e fez o pai de Victor dançar com ela. Ela dançou e cantou *Mr. Sandman*, e a festa nunca aconteceu.

Quando Victor ficou mais velho, às vezes se via no perímetro de um daqueles grupinhos que se formam com um núcleo de dois amigos mais dois ou três amigos menos importantes e alguns outros que gravitam ao redor deles. Victor era um desses que gravitavam. Nunca tinha muito a dizer, mas também não era bom para escutar. Silencioso ou lacônico, ele vivia em um mundo próprio, como uma de suas professoras escreveu em um boletim da escola. Se uma menina da escola não tinha um menino com quem sair quando chegava aos catorze anos, ela se sentia menos menina, inadequada e feia; mas nenhum estigma do tipo se atribuía a um menino com ou sem namorada. Quando entrou na politécnica, Victor mal tinha conversado com uma menina na vida e com toda certeza nunca ficara a sós com alguma.

Pauline o escolhera, não ele a ela. Sua mãe, que não gostava dela, dizia que ela só queria alguém para casar, que não fazia muita diferença quem fosse, desde que fosse jovem e bonito e com potencial para ganhar bastante dinheiro. Naquele tempo, Victor era muito bonito, todo mundo dizia. Ele era um pouco vaidoso com sua aparência e ficou feliz quando chegou a moda de deixar o cabelo crescer.

Pauline tinha amigas, mas ele nunca se dera bem com elas. A voz das mulheres o irritava, o tom estridente, a flexibilidade e os altos e baixos na entonação. Ele também não sentia muito a necessidade de ter um amigo homem. Alan fora o mais próximo que ele jamais tivera de um amigo, mas eles raramente se viam fora do trabalho, e as horas de serviço eram passadas dirigindo carros diferentes. Não tinham nada em comum além da idade e do gênero sexual, Alan tinha mulher e filho em Golders Green, uma namorada em Camberwell, e era obcecado por carros antigos e rúgbi. Victor conseguia se interessar um pouco por carros e mais nada. Um amigo que o abandonara quando a sua sorte estava em baixa, que não lhe escrevia nem um cartão-postal, não era assim um amigo muito bom, ele pensou. Nunca tinha tido um amigo, mas talvez agora isso fosse mudar. A novidade da coisa o deixava animado. Ao vestir a calça e os sapatos novos, ele próprio começou a se sentir renovado, uma pessoa no processo de renovação: naquela manhã, seu passado parecia tão remoto como se tivesse acontecido em uma vida pregressa... na Nova Zelândia, aliás.

E, no entanto, é claro, sem aquele passado ele nunca teria conhecido David. Que jeito bem custoso de se fazer um amigo, ele pensou ao entrar no metrô, e uma imagem da prisão lhe apareceu perante os olhos, especificamente a noite em que Cal e mais três o estupraram. Por que ele tinha que pensar naquilo logo agora? Acomodou-se em seu assento, abriu a primeira revista que comprou e apagou a cena da mente.

O dia estava bonito, era o mais bonito desde que tinha sido solto. O sol estava quente como se fosse o fim de verão, apesar de ainda estarem em maio. Clare dissera "por volta da uma", mas sua intenção era ser pontual, chegar lá à uma em ponto. Tarde demais, ocorreu-lhe que seria considerado educado levar flores nessas ocasiões, ou talvez uma garrafa de vinho. Levar flores seria a mesma coisa que chover no molhado. Talvez ele pudesse lhes oferecer as revistas *New Society*, *Country Life* e *Time*, que ainda estavam bem novas, como se não tivessem sido lidas.

Havia gente por todo o gramado, jogando bola e fazendo brincadeiras e passeando com cachorros. Victor ficou lá matando tempo, porque ainda eram quinze para a uma. Lembrou-se do quarto em Theydon Bois que tinha visto anunciado na placa da banca de revistas e ficou imaginando se ainda estava disponível. O lugar era tão verde e pacífico, o ar tão fresco em comparação a Londres e, no entanto, Londres só ficava a 24 quilômetros dali. Começou a caminhar lentamente na direção da Theydon Manor Drive, sentindo o sol no rosto, pensando em como eles ficariam impressionados com sua aparência, seu corte de cabelo asseado, suas roupas novas. O cheiro da madressilva ele já sentia de longe, da rua, e aquilo serviu para deixá-lo ainda mais animado, alerta, cheio de expectativa.

Supôs que Clare fosse abrir a porta para ele. Dessa vez, não cometeu o erro de apertar a campainha, usou a aldrava em forma de soldado romano. Ninguém apareceu, e ele ficou esperando. Esperou, bateu de novo e prendeu a respiração, amedrontado. A porta foi aberta por David, o que explicava a demora. David tinha estendido a mão de sua cadeira de rodas para abrir a porta e estava ali esperando com um sorriso no rosto.

– Olá, Victor. Assim está bom ou prefere que o chame de Vic?

– Prefiro Victor – Victor respondeu.

Colocou as revistas na mesinha da entrada. Era a primeira vez que ele colocava os pés dentro da casa, que era fresca e um tanto escura, mas não escura como a de Muriel, porque ali os aposentos pareciam ser uma espécie de refúgio do sol, mas, se assim se desejasse, bastava abrir as portas e as janelas e as cortinas para a luz entrar. O piso do corredor era acarpetado de um vermelho-rubi reluzente. Na escada havia um elevador, que subia por um trilho por cima do corrimão e que era grande o bastante para acomodar a cadeira de rodas de David.

– Que bom você ter vindo.

Victor não conseguiu pensar em uma resposta para isso. Bem quando ele gostaria de não ter que lidar com aquilo, quando precisava causar boa impressão, a coréia voltou, fazendo com que sua pálpebra esquerda tremesse. Seguiu David até a sala com as portas envidraçadas. David usava a mesma calça de sarja larga da segunda-feira anterior, mas na parte de cima usava uma camiseta e disse a Victor que tirasse o paletó se quisesse. E que se servisse de algo para beber, as bebidas estavam na mesa lateral. Victor se serviu de uma dose de uísque, uma dose bem grande. Estava precisando daquilo: tanto para ajudá-lo a conversar com David quanto para o confronto com Clare, que certamente aconteceria a qualquer minuto. David, observando-o, acendeu um cigarro.

– E você? – Victor disse.

Ele sacudiu a cabeça. Victor sentiu estar sendo submetido a um exame cheio de fascinação. David parecia observar cada movimento dele com interesse compulsivo, como se estivesse imaginando como aquele homem era capaz de desempenhar tarefas rotineiras como outros homens, derramar o líquido de uma garrafa em um copo, caminhar por uma sala, sentar-se. Mas talvez fosse sua imaginação. Talvez David estivesse em silêncio, agora sorrindo, só por não saber o que dizer.

Victor teve uma inspiração.

– Onde está o cachorro? – perguntou.

– Mandy? – David respondeu. – Ah, ela morreu. Ficou velha e morreu.

– Eu a vi na foto do jornal – Victor disse.

– Não era filhote quando eu a peguei. Aqueles labradores geralmente não passam dos onze anos. Sinto falta dela. Sempre acho que a vejo, sabe como é, em uma porta ou deitada, encostada na minha cadeira.

Victor não falou mais nada porque Clare entrou.

Ficou imaginando como tinha podido chamá-la de gorda, mesmo enquanto a odiava, quando não se poderia pensar nada de ruim sobre ela. Ela era uma daquelas mulheres que são ao mesmo tempo magras e cheinhas. O corpo dela era perfeito. Só que ela não era uma daquelas moças magras como insetos que posavam (ele tinha reparado) usando roupas de grife nas revistas. Ela usava uma saia azul-escura com uma camisa branca e seu rosto não estava maquiado. Dava para ver que estava sem maquiagem naquela luz do meio-dia; aquelas cores, o dourado rosado e o cor-de-rosa suave e as sobrancelhas castanho-claras eram naturais.

Ela escreveu para ele e falou com ele ao telefone, estava esperando sua visita e sabia que ele tinha chegado, mas, ao vê-lo, seu rosto enrubesceu. Ela corou e sorriu de leve, levando a mão à bochecha, como se assim pudesse espantar o rubor. Ele estendeu a mão para ela, apesar de não ter feito isso a David. Ela trocou um aperto de mão com ele, e ele pensou que era a primeira vez que tocava em uma mulher depois de anos e anos... Só que não era, porque ele tinha tocado em Muriel, ele a pegara e a sacudira quando ela lhe mostrara os recortes sobre David pela primeira vez.

– Victor, pensamos em almoçar lá fora, se você gostar da idéia. O verão é tão curto, parece uma pena não aproveitar, mas se você detestar comer ao ar livre, por favor, diga.

Ele não se lembrava de algum dia ter experimentado comer ao ar livre, mas não confessaria isso. Clare tomou gim com tônica, e David, vinho branco misturado com água Perrier, e Victor demonstrou certo interesse pela água Perrier, que não era muito comum quando ele foi para a prisão; ou, pelo menos, não era uma bebida tão conhecida como tinha se tornado desde então.

– Não antes de você-sabe-o-quê – David disse, e o gelo se quebrou. Quase dava para ouvir o tilintar da quebra.

– Bom, muitas coisas mudaram – Victor disse.

– Eu sei. Também passei... um bom tempo fora do mundo. Entrando e saindo dele, pelo menos. E quando eu saía, sempre achava algo novo sobre o que as pessoas falavam ou comiam ou bebiam.

– Ou o que diziam ou cantavam – disse Clare. – Se a gente pára de prestar atenção durante cinco minutos, já perde o fio da meada. Mas você ficou dez anos afastado de tudo, Victor, e não perdeu.

O elogio o agradou.

– Eu leio muito – ele respondeu.

Almoçaram. Tinha sopa fria, branca e verde e cítrica, e um flan de cebola e bacon com salada. Clare preparara a comida e era boa cozinheira, algo que ele, de algum modo, não tinha antecipado. O uísque surtira efeito sobre Victor, reforçado pelo vinho branco que beberam. Sua língua se soltou, e ele falou sobre o quarto na casa da sra. Griffiths e sobre Acton e Ealing que, afinal de contas, era o lugar de onde ele viera, mas completou dizendo como gostaria de se mudar para longe, para fora de Londres. Disse que logo ia começar a trabalhar com marketing, porque não conseguia suportar a idéia de eles acharem que ele ficaria desempregado indefinidamente e sem perspectivas. O que gostaria mesmo era de ter um apartamento de verdade, com uma cozinha para si, para que também pudesse cozinhar. Para falar a verdade, ele nunca tinha cozinhado qualquer coisa na vida além de ovos mexidos e torrada com queijo, mas acreditou em si mesmo ao dizer aquelas palavras, e disse a Clare o quanto ela cozinhava bem, como se fosse um especialista em culinária falando com outro.

– E seria de se pensar que ele iria querer se casar comigo, não é mesmo, Victor? Eu já o pedi em casamento várias vezes, mas ele sempre me rejeita.

Victor não sabia muito bem como digerir aquilo. Olhou de soslaio para David.

– Já faz dois anos que estou morando com ele. Já está na hora de me transformar em uma mulher honesta.

David respondeu em tom grave:

– Nunca fiz de você uma mulher desonesta.

Uma onda de frio pareceu recair sobre eles. Parecia que o sol tinha sumido. Victor pensou que entendia o que aquilo implicava, mas não estava muito certo disso.

Clare disse, bem animada:

— Depois de tomarmos café, achamos que você talvez queira dar um passeio. Quer dizer, vamos todos. A floresta fica linda em maio, é o período mais bonito.

Voltou a ficar sozinho com David por um momento enquanto ela tirava a mesa. O gelo parecia começar a se formar de novo, e Victor procurou desesperado por palavras que pudessem dissolvê-lo. Ele percebeu que, apesar do silêncio e da calma, David olhava fixamente para ele, sem piscar. O cheiro da madressilva, que continuava forte, já tinha passado de seu ponto alto, agora era enjoativo, sufocante, era uma doçura podre.

— Ali no horizonte — David disse de repente —, à noite, dá para ver as luzes da estrada nova. Digo "nova", mas já está lá há três anos. Luzes amarelas a percorrem toda, e ficam acesas a noite toda, como uma espécie de fita amarela fosforescente que serpenteia pelos campos. É mesmo uma pena, estraga a característica rural do lugar. Mais tarde você vai ver. Às vezes, penso em sair daqui, em ir para bem longe... Bom, em emigrar.

— Já pensei em emigrar, mas quem me aceitaria? Eu teria que ser sincero. Não vão me querer em nenhum lugar a que eu queira ir, com a minha ficha.

David não disse nada. Tinha entrelaçado as mãos e segurava a esquerda com força na direita, deixando brancos os ossos dos nós dos dedos. Victor começou a falar sobre arrumar emprego quando se tinha a ficha suja, sobre ter que contar a verdade a um possível empregador, e então se lembrou do emprego que dissera ter em vista. Mas, antes que pudesse corrigir a impressão que devia estar passando a David, Clare voltou e perguntou se ele se importaria em ajudá-la com a louça. Victor ficou bastante surpreso, porque nunca fizera nada em casa enquanto Pauline morava com ele e nunca tinha visto o pai erguer um dedo para ajudar a mãe. Mas ele seguiu Clare porque não sabia como dizer não. A cozinha era bem equipada, cheia dos aparelhos e apetrechos de sempre e, além deles, vários outros incomuns, barras e rampas e alças feitas e instaladas especialmente para a conveniência de uma pessoa com limitações físicas. Clare, é claro, não estivera sempre lá para cuidar de David. Entregou a Victor um pano de prato, mas não havia muita louça a lavar, já que David possuía uma máquina de lavar louça, que Clare já tinha enchido.

– Queria ficar a sós com você por um momento – ela disse. Inclinada por cima da pia, ela mantinha o rosto virado para longe dele.

– Preciso dizer que, quando escrevi para você, quando falei com você ao telefone... Só fiz isso para agradar a David. Minha vontade era matá-lo. Parecia irreal o fato de você ter vindo até aqui. Quer dizer, você, o homem que de fato atirou em David e o aleijou por toda a vida. E, ao mesmo tempo, parecia real demais, a coisa certa, o único desfecho adequado... e eu não consegui lidar com a situação. Está entendendo o que eu quero dizer?

Victor não tinha certeza se entendia, apesar de achar que ela o estava elogiando por ter ido até ali, dando-lhe parabéns, e tomou consciência de uma sensação de prazer.

– Pensei – ela prosseguiu – que quando você viesse aqui eu seria capaz de segurar as pontas, quer dizer, de ser simpática com você, de tratá-lo com educação. Andei louca de preocupação desde que nos falamos ao telefone ontem, desejando não ter convidado você para vir aqui, qualquer coisa menos isso. Mas agora que está aqui, aliás, assim que o vi... percebi que tudo ficaria bem. Acho que eu sempre o considerei como uma espécie de monstro ou então como... bom, como um instrumento do mal, suponho. E então eu o vi novamente e, claro, percebi que é só um homem, um ser humano, que deve ter feito o que fez por infelicidade ou medo.

– A arma disparou por acidente – Victor disse. Será que tinha sido isso *mesmo*? Ele já não se lembrava mais. – Simplesmente disparou na minha mão, só que ninguém acredita nisso.

– Ah, eu consigo acreditar – ela disse e se virou para olhar para ele. – Às vezes fico achando que a vida é sempre assim, é uma sucessão de acontecimentos aleatórios e acasos e acidentes.

– Você tem toda razão – ele disse, com sinceridade.

– Veja como eu conheci David, por exemplo. Trabalho com radiografia no hospital de Epping, então você vai dizer que não é acaso, é uma das maneiras óbvias de as pessoas se conhecerem. Ele deve ter ido me procurar para tirar radiografias. Mas não foi, ele nunca esteve no hospital St. Margaret.

Todo o tratamento dele foi feito em Stoke Mandeville... ele vai voltar para lá mais ou menos em duas semanas. Nós nos conhecemos na lavanderia em Theydon. As rodas da cadeira dele ficaram presas nos degraus, e eu o ajudei a soltá-las... Aquela cadeira de rodas está ficando velha, ele precisa de uma nova. Mas o negócio é que só nos conhecemos por acaso. Passei pelo estabelecimento sem intenção de entrar, mas o sol tinha saído e estava quente, então pensei: por que não tiro esta jaqueta agora mesmo e mando lavar? E foi o que fiz, e David entrou, e estamos juntos mais ou menos desde então. Em setembro do ano passado, fez dois anos.

– Então, você mora aqui? – Victor perguntou a ela.
– Ah, moro sim. – Ela deu risada. – Estou bem comprometida. Apostei todas as minhas fichas em David, parecia não haver outra alternativa. Eu disse a você, ele é uma pessoa maravilhosa. – Ela olhou para ele com ar desafiador. – Eu tenho sorte.

Parecia que todos os moradores de Theydon Bois tinham saído para passear naquela tarde. A maior parte deles conhecia David e conversava e sorria, e até mesmo aqueles que não o conheciam lhe lançavam olhares de solidariedade e admiração. Victor ficou imaginando como seria receber aquele tipo de atenção das pessoas. Ele caminhava de um lado da cadeira de rodas com Clare do outro; passaram por um laguinho, atravessaram o gramado e subiram a rua que levava à floresta de Epping. Clare disse considerar aquela uma das partes mais bonitas da floresta, por ter colinas e clareiras abertas entre os bosques de árvores. Havia bétulas prateadas por todos os lados com tronco claro cheio de manchas e uma cobertura de folhas verdes novas, como um véu de brotos. O lugar todo parecia novinho em folha, por causa do frescor da folhagem recente. O capim verde era espesso e as flores que cresciam no meio dele, amarelas e brancas e com formato de estrelas. E, no entanto, as bétulas, sua preponderância, despertaram em Victor uma lembrança desconfortável que ia aumentando à medida que caminhavam. Por um instante, por mais do que um instante, a idéia de que David e Clare sabiam o invadiu e o encheu de pânico, que cada detalhe e todas as circunstâncias do passado dele eram conhecidos dos dois e que eles o estavam levando à cena do estupro que ele cometera ali para testá-lo ou para zombar dele. Porque tinha sido ali, naquele mesmo lugar, que tudo tinha acontecido.

A moça estava na frente dele, no carro dela, em Epping New Road, dirigindo-se para o norte. Ele estava indo buscar um casal e a filha no aeroporto de Stansted, mas estava muito adiantado. Para onde a moça ia ele não sabia, mas a seguiu até o trevo de Wake Arms, pegou a segunda entrada e desceu por esta rua. Não fazia idéia de que ela levava a um lugar chamado Theydon Bois. Mas bem ali, no ponto em que Clare sugeria que saíssem da rua e seguissem uma das trilhas de terra por entre as árvores, ela estacionou o carro e saiu dele para passear com seu cachorrinho. O cachorro era pequeno demais para ajudá-la. Victor então se lembrou de como os latidos estridentes o tinham irritado. Ele bateu na moça com muita força, tanto por causa daquilo quanto por qualquer outro motivo; foi a única vez que ele fez algo do tipo: socou seu rosto, agarrou a cabeça dela com as duas mãos e a bateu contra o solo e, no fim, enfiou as coxas dela na boca da própria garota. O cachorro latia, depois ficou uivando, parado ao lado da figura inconsciente da dona, enquanto Victor pegava o carro e se afastava, ouvindo aqueles ganidos fininhos e estridentes à distância, atrás de si. Os jornais disseram que o cachorro havia salvado a vida da moça, porque uma pessoa que estava passando o ouviu e a encontrou. Àquela altura, Victor já estava guardando a bagagem dos passageiros no porta-malas do carro.

Ele conseguiu reconhecer uma das árvores ali, um carvalho retorcido com um buraco no tronco na forma de uma boca aberta aos berros. Devia ter fixado os olhos naquele buraco do tronco da árvore enquanto estuprava a moça e o cachorrinho uivava. Sarah Dawson, era o nome dela. Victor àquela altura já tinha percebido que Clare e David não faziam a menor idéia das associações que aquele lugar lhe trazia. Era simplesmente um lugar que gostavam de freqüentar. O estupro de Sarah Dawson acontecera pelo menos doze anos antes, e eles provavelmente nunca tinham ouvido falar do caso. Nossa, a própria Clare não devia ter mais de quinze anos na época, pensou.

Como ele pôde ter feito uma coisa daquelas? O que o impelira a prejudicar aquela moça, a causar tanta dor e pavor a ela, a espancá-la até quebrar sua mandíbula, de modo que ela precisasse de cirurgias e tratamento ortodôntico? Victor nunca colocara tais questões a si mesmo, tudo aquilo era novidade para ele, e ele se sentiu estupefato com o interrogatório que colocava a si mesmo. Mas aquilo foi demais para ele, de modo que evitou maior aprofundamento. Só sabia que aqueles acontecimentos pertenciam ao passado remoto e nunca, em nenhuma circunstância, voltariam a ser repetidos.

– Você é um homem muito quieto, não é mesmo, Victor? – Clare disse quando pararam para se sentar em um tronco cinzento de faia, já um pouco desgastado.

Ele refletiu sobre o assunto.

– Nunca tive muito a dizer.

– Eu devo ser uma tagarela terrível para você.

– Não faz mal se tem alguma coisa útil a dizer.

– David e eu conversamos o dia inteiro – ela disse.

Ela sorriu para David, e ele esticou a mão para pegar na dela e a tomou para si. Os dois tinham passado o tempo todo conversando, ele percebeu, a respeito de pessoas que conheciam, e da floresta e das plantas e das árvores, e de onde passariam as férias, e do trabalho de Clare e das pessoas com quem ela trabalhava. Aquilo o assombrou um pouco, já que esse tipo de conversa lhe era desconhecido. David começou perguntando se ele gostava dali e ele disse que sim, estava pensando em se mudar para lá e procurar emprego. Victor ficou decepcionado porque nem David nem Clare disseram achar que essa era uma boa idéia, nem que o ajudariam a encontrar alguma coisa ou que ficariam de olho.

Mas quando voltaram para a casa e Clare deixou os dois sozinhos (para preparar uma refeição, Victor pensou, mas depois achou que não), David perguntou se ele se incomodaria se conversassem um pouco sobre aquela manhã no número 62 da Solent Gardens... Victor disse que não se incomodava. David, que não tinha fumado durante todo o passeio, acendeu um cigarro, e Victor também fumou, só para ser sociável.

– Nunca consegui confrontar o que aconteceu naquele dia de maneira justa e direta – David disse. – Quer dizer, já me ressenti daquilo e fiquei com muita raiva. Já lamentei minha sina... se isso não lhe parece muito melodramático. Bom, não faz mal que pareça melodramático. Foi uma coisa melodramática o que aconteceu naquela manhã. Mas quero dizer que nunca parei para avaliar tudo aquilo com frieza nem tentei reviver a situação. Nunca expus o assunto a fundo... nem para mim mesmo.

Victor assentiu. Ele conseguia entender que David pudesse se sentir assim.

– Eu simplesmente parti do princípio de que fiz tudo errado. Parti do princípio de que lidei mal com a situação... Bom, que lidei mal com você. Você se lembra de cada detalhe, como eu?

– Eu me lembro bem, sim – Victor respondeu.

– Eu estava no jardim da frente e disse que, se você matasse Rosemary Stanley, seria sentenciado à prisão perpétua. Você se lembra disso?

Mais uma vez, Victor assentiu. Percebeu que estava fazendo um bico com o lábio inferior, à maneira de Jupp.

– E você disse que não a mataria, que só...

A voz de David definhou, e ele umedeceu os lábios. Inclinou-se para frente na cadeira e pareceu tentar dizer alguma coisa.

Victor achou que deveria ajudá-lo.

– Atiraria na base da coluna – ele disse.

– É. Você realmente lembra. Na hora, eu... nós... todos nós... achamos que foi uma coisa horrível de se dizer. Foi de uma frieza tremenda. Acho que foi isso que alguém me contou que o advogado disse no seu julgamento: "Uma afirmação de intenção cruel". E depois, claro, você realmente fez isso comigo. Está sendo extraordinariamente difícil dizer isto, Victor. Achei que seria, e não é nem um pouco mais fácil do que eu esperava. O negócio é que fiquei achando que a sua intenção sempre tinha sido... bom, *fazer aquilo a alguém*... e esse alguém por acaso fui eu.

– Não era minha intenção – Victor disse. – Foi só uma coisa que eu disse por dizer. Tinha lido alguma coisa na noite anterior, em uma revista, sobre... Como se chama mesmo? Paraplegia, e ferimentos nesse lugar. Eu leio muito. Ficou na minha cabeça.

– E foi por isso? Está mesmo dizendo a verdade? – A voz de David estava cheia de incredulidade.

– Claro que sim – Victor respondeu.

– Você só fez aquilo por causa de uma coisa que leu? Então, por exemplo, se tivesse lido a respeito de atirar no ombro de alguém para prejudicar o braço direito, poderia ter ameaçado fazer isso?

– Exatamente – Victor respondeu.

Clare voltou, e eles jantaram. Eram lanches frios em uma bandeja: patê e queijo e vários tipos de pão, uma torta de frutas e maçãs e uvas e uma garrafa de vinho alemão meio doce e florado. Terminaram a garrafa, e David abriu outra. A noite continuou quente, e eles ficaram sentados ao redor da mesa do terraço, o ar tomado pelo cheiro pesado da madressilva, o crepúsculo violeta se fechando sobre o jardim. Para protegê-los dos mosquitos, Clare colocara um daqueles aparelhos elétricos de matar insetos e, ao redor de seu anel azul reluzente, os insetos lançavam seus corpos frágeis para serem eletrocutados com um estalo e um chiado. Victor ficou bastante interessado nesse método eficiente de controle e dizia: "Lá vai mais um!" com grande satisfação, cada vez que o aparelho chiava, de modo que a atitude de David o surpreendeu.

David não agüentava aquilo. Disse que, se tivesse escolha entre ficar lá fora ouvindo aquela carnificina ou entrar e ficar com as janelas fechadas, ele preferia entrar. Victor pensou que aquilo era quase inacreditável para um ex-policial.

Resolveram entrar, e Clare colocou discos para tocar, música country e depois algumas canções folclóricas inglesas, e a noite caiu afinal e Victor disse que precisava ir andando. Era tarde (mas não tarde demais para o último trem) e ia se formando em sua mente a idéia de que, se ele se demorasse o suficiente, talvez o convidassem para passar a noite. Ele queria ver como era aquele lugar bem cedo pela manhã, ouvir o coro dos passarinhos ao amanhecer, ver o jardim pela manhã quando o sol se erguesse. Imaginou-se tomando café-da-manhã ali, Clare talvez de penhoar, imaginou o cheiro de café e de torrada. Mas, quando disse que precisava ir andando, nenhum dos dois sugeriu qualquer coisa sobre passar a noite ali, entretanto

Clare chegou a dizer que o informariam se soubessem de algum quarto vago e lhe deu um exemplar do jornal local para ele olhar os classificados de imóveis.

Quando ele saiu, os dois o acompanharam por uma parte do caminho até a estação. A cadeira de rodas soltou um guincho, e mais uma vez Clare disse que estava velha.

– Ele anda tanto para lá e para cá, Victor, ele gasta essas cadeiras como outras pessoas gastam a sola do sapato.

Victor achou aquilo um pouco grosseiro, mas fez David rir. Quando chegaram ao gramado, David apontou para o horizonte e a crista de luzes amarelas que tomava todo o seu comprimento, o colar brilhante da estrada que amarrava toda a extensão da paisagem. Aquilo trouxe Londres para mais perto, fez Victor sentir que Acton não ficava assim tão distante de Theydon Bois. Ele trocou apertos de mão com David e com Clare, apesar de aquilo parecer estranho com uma mulher, mas teria sido mais estranho beijá-la.

Ele se virou para trás duas vezes, e, na primeira, eles também se viraram e acenaram para ele. Na segunda vez, ele ainda conseguiu distinguir as silhuetas sombreadas à distância, mas, apesar de ter ficado olhando durante muito tempo, observando-os se afastarem na escuridão, eles não voltaram a virar a cabeça.

Victor acomodou-se no trem quase vazio e começou a ler o jornal que Clare lhe dera, olhando para fora ocasionalmente, ao passar por Leytonstone e Leyton, e, quando o trem entrou no túnel do metrô, ocorreu-lhe que tinha se esquecido totalmente do livro de David. Ele esqueceu o livro e não o mencionou nem perguntou se seria citado nele.

11.

A mãe dele costumava dizer que só era necessário escrever cartas de agradecimento às pessoas quando o convite era para passar a noite. Não era necessário fazer isso só por causa de um jantar ou de uma festa. Como ela era capaz de fazer essas regras, Victor não sabia muito bem, já que nunca tivera notícias de ela ter jantado fora de sua própria casa (à exceção daquelas ceias de Natal na casa de Muriel), menos ainda de que tivesse passado a noite na casa de alguém. Durante toda a segunda-feira, ele ficou pensando em escrever para Clare ou David ou para os dois, mas não sabia como deveria endereçar o envelope. "Sr. David Fleetwood e srta. Clare Conway" parecia desajeitado e talvez grosseiro e, de todo modo, talvez "srta." devesse vir antes de "sr.". Também não conseguia pensar em nada para escrever além de "obrigado por me receber", mas isso era o que as crianças diziam quando eram convidadas para um chá. Na vida de Victor havia enormes lacunas, espaços vazios, onde outras pessoas tinham experiências sociais. Só agora ele se dava conta disso. Poderia telefonar para eles, mas assim talvez ficassem achando que ele estava querendo ser convidado de novo. E queria mesmo, mas não desejava que eles percebessem.

A página de imóveis no jornal local não lhe rendera nada; ou pelo menos nada que lhe parecesse interessante. Apenas um anúncio parecia animador, mas, quando ele telefonou para a mulher que tinha um apartamento de dois quartos para alugar, ela pediu um depósito de mil libras. Victor, ao desligar o telefone, pensou que, claro, depois que Jupp o pagasse pela mobília, ele estaria em melhor posição, mas era essencial que não mexesse mais em seu capital. Se não tivesse notícias de Clare ou David até o fim da semana, e para não pensarem que ele estava mendigando, convidaria os dois para uma refeição com ele. Devia haver bons restaurantes pela vizinhança, sempre havia lugares assim, e Clare tinha carro; bom, um Land Rover. Ele não viu o Land Rover, estava fechado na garagem, mas ela disse a ele que tinham um, e que era equipado especialmente para carregar a cadeira de rodas de David. Se ele não tivesse notícias deles até sexta-feira, era o que faria. Havia maneiras de pagar pela refeição sem utilizar sua herança.

Jupp já estava lá quando ele chegou à casa de Muriel na quarta-feira de manhã. Ele e Muriel estavam tomando café na sala de jantar, e um homem que Jupp disse ser seu genro começava a carregar a mobília na van. Daquela vez, Muriel estava vestida adequadamente, com uma saia e uma blusa florida, meias e sapatos de amarrar em vez de camisola e penhoar. Ela tinha penteado o cabelo e passado um pouco de batom na boca. A única coisa que não mudara era o cheiro de cânfora. Ela estava interessada em Jupp, isso dava para ver, e os dois estavam comendo biscoitinhos digestivos com café e um rocambole de chocolate.

Victor disse que sairia para ajudar o genro de Jupp. Em vez disso, subiu em silêncio até o quarto de Muriel. Este quarto ficava em cima da sala de estar, não da sala de jantar, onde Muriel e Jupp estavam, de modo que era menos provável que o escutassem. Com a idade que tinham, provavelmente deviam ser meio surdos mesmo.

Muriel ficou ocupada demais se arrumando para Jupp para arrumar a cama. Duas camisolas, entranhas encardidas de náilon, saíam molengas da barriga com zíper aberto do cachorro de brinquedo cor-de-rosa. Uma das janelas estava aberta, um vitrô. Se tivesse muito mais desse tipo de coisa na casa dela, ela quase poderia começar a ser considerada uma pessoa normal. Victor abriu a porta do guarda-roupa, e uma corrente de ar da janela soprou a saia da capa de chuva preta de seda de Muriel em seu rosto. Era o casaco que ela tinha usado no dia em que a mãe de Victor a levara de táxi ao hospital, no qual, em sua ausência, Victor entrara para pegar a pistola de Sydney. Talvez ele pudesse arrumar outra chave da casa de Muriel para mandar fazer mais uma cópia.

As bolsas continuavam ali naquela parte da prateleira, na mesma posição em que as deixara da última vez, a preta imitando crocodilo na frente. Agora, com Jupp mantendo Muriel ocupada no andar de baixo, ele tinha mais tempo: tempo para olhar além de tatear. Abriu o fecho da bolsa e viu as notas lá dentro, bem arranjadas, um maço em cada um dos compartimentos duros de seda rígida. A sensação conhecida de náusea subiu-lhe à garganta. Tentou respirar fundo e com regularidade. Por que não levar David e Clare a um lugar bom de verdade, convidá-los para uma refeição boa mesmo? As leituras que tinha feito nas últimas semanas o ensinaram que uma boa refeição para três pessoas, mesmo nos subúrbios mais afastados do centro, podia custar umas cem libras. Por que não gastar cem libras com eles?

Ele puxou um dos maços, deixando o compartimento vazio. Algumas das notas eram de cinqüenta, de aparência suntuosa, dourado-esverdeadas. Ele não se lembrava de algum dia ter visto uma nota de cinqüenta: aquilo era novidade, ou pelo menos era novidade para ele. Aquela devia ser a aposentadoria acumulada de Muriel, pensou, que a vizinha Jenny buscava para ela como sua procuradora. Devia haver algum tipo de formulário que ela precisava preencher para indicar uma pessoa para sacar sua aposentadoria. Mas que sorte a dela! Mas, então, o que ela usava para pagar suas compras e todas aquelas revistas? Cheques para a banca de revistas, sem dúvida, e talvez cheques para um mercado. Por que não? Ele não ficou se perguntando por que ela acumulava todo aquele dinheiro vivo. Ele sabia por quê. Ela se sentia segura com aquele monte de dinheiro em casa, dinheiro em todos os armários, até onde ele sabia, em cada gaveta, enfiado dentro de sapatos e nos bolsos dos casacos; isso era tão provável quanto improvável. Ele compreendia porque, na posição dela, ou em qualquer situação em que o dinheiro fosse abundante, ele faria a mesma coisa.

Sydney tinha deixado muita coisa para ela. A aposentadoria era supérflua, a cobertura de um bolo suculento, mas o tipo de cobertura que se tira e se deixa de lado no prato. Ela não devia saber quanto dinheiro tinha e certamente não saberia dizer quanto estava faltando. Pegou todas as notas do compartimento seguinte e distribuiu as restantes entre todos os compartimentos, contando enquanto o fazia. A próxima bolsa que abriu estava vazia, mas uma de couro vermelho com muitos enfeites dourados continha um monte de notas de dez presas com um elástico. Victor pegou vinte notas do maço. Aquilo somava quinhentas libras. Ele mal conseguia acreditar.

Sem dúvida, ele voltaria mais tarde para pegar mais, e ia querer saber se ela tinha tocado nas bolsas nesse meio-tempo. Ele acreditava que ela tivesse colocado uma quantia específica nesses receptáculos determinados e passara para outro "banco", uma prateleira ou gaveta ou caixa, que talvez nem ficasse naquele quarto. Tirou um fio de cabelo do topo da cabeça e ajeitou-o atravessado sobre o fecho da bolsa preta de crocodilo. Não havia como alguém mexer naquelas bolsas sem fazer o cabelo sair do lugar.

No andar de baixo, escutou a voz de Jupp. Ele e Muriel estavam saindo da sala de jantar, e Jupp, é claro, iria direto para a garagem, onde Victor deveria estar. Provavelmente não faria muita diferença, mas era melhor descer logo. Desavisado, vislumbrou a si mesmo no espelho emoldurado. O ar furtivo em seu rosto, maldoso, sagaz e calculado, deixou-o estupefato. Ele colocou os ombros para trás, aprumando-os. Ergueu a cabeça. Se Muriel não tivesse dito que iria deixar seu imóvel e seu dinheiro para a Legião Britânica, ele não teria se servido do dinheiro dela. Ou, pelo menos, teria devolvido o que tinha pegado se o contrário fosse verdade e ela tivesse anunciado que deixaria tudo para ele. Nunca teria pensado em voltar para pegar mais. Era bem feito para ela. Em um sistema legal constituído adequadamente, haveria uma lei obrigando as pessoas a deixarem seus bens a seus parentes de sangue.

Jupp não fez comentários sobre sua ausência nem perguntou por onde ele tinha andado. Estava colocando a cadeira de rodas do pai de Victor na van, empurrando-a pela rampa. Quase tudo já estava carregado, e as cortinas formavam uma pilha amarfanhada no chão. Victor teve uma idéia maravilhosa. A cadeira de David estava ficando velha, Clare fez essa observação duas vezes. Por que não dar esta a David? Era uma boa cadeira de rodas, qualquer um podia ver, e o pai só a usara durante uns seis meses. Era uma cadeira ortopédica, de couro e de metal cromado, e Victor pensou que aquele seria um presente maravilhoso para David. Claro que David tinha aquela casa, belos móveis, e obviamente não passava nenhuma necessidade, mas só devia ter algum tipo de aposentadoria por invalidez com que viver (não uma quantidade enorme de capital herdado como Muriel) e sem dúvida não podia simplesmente sair e comprar uma cadeira de rodas nova quando bem entendesse.

– Quer uma balinha de menta, sabichão? – disse Jupp, estendendo o pacote.

– Pode me dar uma – disse o genro. – Fique achando que lhe faço um favor toda vez que pego uma dessas coisas, como quando alguém pega um cigarro de um fumante. É uma gentileza que se faz com eles, afastando-os de seu veneno.

— Não estou tão mal assim, Kevin — Jupp disse, com humildade. — Estou mil vezes melhor do que era. Não dá para dizer que sou viciado, não é mesmo? Dependente, talvez, mas não viciado.

— Ele é um mentólatra — disse o genro, rindo. — Joseph Jupp MA, Mentólatra Anônimo.

— Não quero que a cadeira de rodas vá — disse Victor. — Mudei de idéia, vou ficar com ela.

— Agora é que ele me diz — Jupp falou. Tirou a cadeira de rodas de onde estava acomodada, entre uma estante de livros e uma pilha de almofadas. — Vou ter que diminuir um pouco o preço de compra. Você sem dúvida levou isso em conta. Quatrocentas.

— Quatrocentas e vinte — disse Victor.

Jupp empurrou a cadeira e ela deslizou rampa abaixo.

— Quatrocentas e dez e é a minha palavra final. Você acha que a sua tia sairia para beber alguma coisa comigo? Ou talvez para ir ao cinema?

— Ela nunca sai.

Mais uma balinha de menta entrou na boca de Jupp. Ele tinha acabado com o pacote, amassou o invólucro de papel e jogou na traseira da van.

— Ela também nunca se arrumava, não é mesmo? Mas olhe só o que aconteceu hoje de manhã. Virou uma mulher bastante glamorosa. Acho que vou lá tentar a minha sorte. Coração fraco nunca conquistou mulher nenhuma.

— Jesus — disse o genro.

— Não faça assim, Kevin. — A mão de Jupp foi até o bolso, mas sua reserva tinha chegado ao fim. A Victor, disse: — Sou viúvo, aliás, para o caso de você estar pensando que eu não sou desimpedido.

— Eu não tenho nada a ver com isso — disse Victor. Estendeu a mão com a palma virada para cima. — Estou com um pouco de pressa.

Jupp preencheu um cheque para ele. Era canhoto e escreveu devagar, com letra esparramada e redonda. O cheque tinha cheiro de menta. Ah, com as balinhas de menta dele e a cânfora dela, formariam um belo par, Victor pensou, enojado.

Esperou que Jupp voltasse para dentro da casa e, deixando Kevin sentado em uma ponta de pedra entre o véu roxo de flores, deu a volta na casa para ver se havia uma chave escondida embaixo de alguma pedra solta do calçamento ou em um vaso. Mas não havia nada.

No chão da garagem estava a manta marrom xadrez que sempre ficava em uma das pontas do sofazinho. Para esconder uma marca de cigarro feita pelo pai, Victor descobrira quando tinha uns oito anos. Em um impulso, pegou-a, dobrou-a e colocou-a no assento da cadeira de rodas.

– Isso aí vai ter que ser descontado do preço de compra – disse Kevin, com uma piscadela. – Você sem dúvida levou isso em conta.

Como a intenção de Kevin era ser engraçado, Victor conseguiu esboçar um sorriso. Despediu-se e se afastou, empurrando a cadeira de rodas. Em vez de ir diretamente para casa, ele atravessou Gunnersbury Avenue e caminhou ao longo de Elm Avenue na direção de Ealing Common. Não havia ninguém por lá, estava tudo muito calmo, era uma manhã tediosa de meio de semana com ameaça de chuva. Certo de que ninguém o observava, Victor se sentou na cadeira de rodas e cobriu os joelhos com a manta. Manipular o equipamento parecia simples quando David o fazia. Ele achou que experimentaria para ver se era fácil mesmo. As rodas tinham aros de metal cromado acoplados a elas, com circunferência ligeiramente menor. Deviam ser impulsionados para frente para movimentar as rodas maiores.

Havia algo bem agradável e gratificante em fazer a cadeira se mover. Victor tomou um dos caminhos pavimentados que havia ali na praça. Estava se sentindo mais ou menos como se sentira quando dominara pela primeira vez a técnica de andar de bicicleta. Aquilo trouxe uma dimensão toda nova à vida cotidiana. Uma mulher vinha na direção dele com um *retriever* na coleira. O primeiro impulso de Victor foi que deveria sair da cadeira porque a mulher acharia muito estranho ou ficaria chocada com o que ele estava fazendo, mas imediatamente percebeu que não, é claro. Ela simplesmente acharia que ele era um aleijado, obrigado a usar uma cadeira de rodas. E isso, aliás, foi o que aconteceu. Foi interessante observar o comportamento dela. Apesar de Victor estar de um lado do caminho e ela do outro, e de uns bons dois metros os separarem, ela puxou a coleira do cachorro, aproximando-o bastante dela, deu uma examinada rápida em Victor e então desviou o olhar com indiferença fingida, como quem diz: "Claro que eu sei que você é aleijado, mas para mim, criatura sofisticada que sou, você não é diferente de qualquer pessoa e não vou cometer a descompostura social de ficar olhando para você, então não fique achando que estou curiosa para saber o que está escondido embaixo dessa manta ou o que fez com que você ficasse assim".

Victor tinha certeza de que era capaz de ler tudo isso nas reações dela e ficou intrigado. Não havia dúvida de que, em uma cadeira de rodas, qualquer pessoa se transformava no centro das atenções. Ele viu e cruzou com várias outras pessoas, e a sensação que com freqüência tinha quando estava a pé, que daria no mesmo se não estivesse lá, que era invisível, que ninguém prestava a mínima atenção nele, foi substituída por uma sensação de que, nesta nova configuração, ele afetava todo mundo. Ninguém ficava imune ao efeito de vê-lo. Podia ser que sentissem pena ou constrangimento, ressentimento, culpa ou curiosidade, mas sentiam alguma coisa, aqueles que olhavam fixamente, aqueles que faziam questão de não olhar e aqueles que lhe roubavam olhadelas de soslaio. Quando chegou ao farol de trânsito no grande cruzamento entre Uxbridge Road e North Circular, um homem grande se aproximou dele e disse:

– Não se preocupe, amigo, eu o acompanho. – E quando o sinal abriu e o trânsito parou, cuidando de Victor, caminhando ao lado de sua cadeira: – Eles que esperem, não vai atrapalhar em nada.

Victor o agradeceu. Estava se divertindo. Uma outra coisa que reparou foi que sempre detestara caminhar, apesar de nunca antes tê-lo admitido nem mesmo em seus pensamentos mais íntimos. Uma das características da prisão é que o exercício podia ser compulsório, mas não havia nenhum lugar para onde caminhar. Durante a maior parte de sua vida adulta, antes da prisão, ele teve um carro para dirigir. A cadeira de rodas estava longe de ser um carro e estaria fora de cogitação com tempo ruim, mas de algum modo tinha suas vantagens em relação a um carro, tinha atrativos que os carros não tinham, Victor reconheceu, quando duas mulheres que fofocavam na calçada pularam para o lado para que ele passasse. Ele se deteve nessa idéia quando percebeu a enormidade de seus pensamentos: um homem com plena função das pernas desejando ser confinado a uma cadeira de rodas!

Não foi fácil subir a escada da casa da sra. Griffiths com a cadeira de rodas, mas não havia lugar para deixá-la no térreo. Victor pensou em como seria bom se o telefone embaixo da escada tocasse naquele momento e fosse Clare. Ele lhe falaria sobre a cadeira de rodas, que era um presente para David, e ela ficaria feliz da vida e provavelmente viria o mais rápido possível com seu carro para levá-lo junto com a cadeira de rodas para Theydon Bois, e desta vez talvez ele fosse convidado para passar a noite lá. O telefone não tocou, claro que não. Clare devia estar no trabalho, fazendo suas radiografias no Hospital St. Margaret.

Era mais confortável sentar na cadeira de rodas do que em qualquer móvel fornecido pela sra. Griffiths. Victor sentou-se nela perto da janela, ficou olhando para o telhado da casa dos pais e lendo a *Punch*. A única parte da casa que dava para ver era o telhado, porque a cobertura de folhas das árvores agora estava espessa e o véu sarapintado de verde e de rosa e de branco tinha se transformado em uma manta de folhagem. No jardim lá embaixo, plantas cresciam até a altura das pilhas de lenha e dos tambores de óleo: urtigas e cardos e uma flor cor-de-rosa da altura de um homem. Victor contou seu dinheiro. Com o último pagamento da previdência social, ele estava com mil libras na mão. As revistas que tinha comprado traziam montes de anúncios de restaurantes recomendados nos guias gastronômicos do AA ou de Egon Ronay. Victor ficou sentado na cadeira de rodas lendo aquilo e imaginando qual seria o melhor lugar para ir. Se não recebesse notícias de David e Clare até sábado, resolveu, ligaria para eles no sábado de manhã e os convidaria para jantar à noite. Nunca tinha levado ninguém para jantar fora, só jantara algumas vezes com Pauline em uma lanchonete e uma ou duas vezes fora com Alan a uma churrascaria em Highgate.

Victor pensou em nem sair de casa na sexta-feira. Seria horrível se ele não estivesse em casa quando David telefonasse e não houvesse ninguém para anotar o recado. Em diversos momentos ao longo do dia, que foi comprido e passou devagar, disse a si mesmo que não tinha motivo para acreditar que David telefonaria, ele não disse que telefonaria. Era provável que ele e Clare estivessem esperando que ele, Victor, telefonasse para agradecer pelo último sábado. Às três da tarde, quando estava entediado e cansado de esperar, Victor desceu e discou o número de David. Ninguém atendeu. Passou meia hora sentado na cadeira de rodas lendo a revista em cores do jornal *Observer* do domingo anterior, voltou até o telefone e tentou mais uma vez. De novo, sem resposta. Ia esperar mais duas horas, pensou, e às cinco e meia voltaria a tentar.

Ao descer a escada às cinco e meia, ouviu o telefone tocar. Correu até lá e tirou o fone do gancho. Era Clare.

A voz dela surtiu um efeito estranho sobre ele. Não queria que ela parasse de falar, a voz dela era adorável, calorosa e gostosa, e tinha um sotaque que poucas mulheres em seu círculo, tal como era, tinham. Ela falava bem devagar e com precisão, e ainda assim com uma espécie de falta de fôlego que era muito encantadora. Ele escutava o tom da voz dela e suas características, não o sentido do que ela dizia, de modo que precisou pedir para que repetisse tudo.

– É um apartamento, Victor. Não fica aqui, mas em um lugar que se chama Epping Upland. A casa é de uma conhecida de minha mãe. O marido dela morreu, e ela quer alugar uma parte da casa. Vai fazer um anúncio, mas só daqui a uma ou duas semanas, então esta é sua chance. Eu não disse nada para a minha mãe. Achei melhor falar com você primeiro.

Victor disse que gostaria de ver o apartamento, e Clare disse que ele poderia marcar com a sra. Hunter pessoalmente. Ela lhe daria o telefone e o endereço da sra. Hunter. Victor percebeu que ela não o convidaria para ir a Theydon Bois nem diria qualquer coisa sobre se encontrar com ele de novo. O início de um enjôo apertou-lhe o peito.

– Só tem uma coisa que eu gostaria de sugerir, Victor. Não estou aconselhando que seja desonesto... Tenho certeza de que você não aceitaria esse tipo de conselho, de qualquer modo... mas eu não diria nada sobre o passado para a sra. Hunter, se fosse você. Até parece que... bom, é improvável você vir a repetir o que fez. Você não fez coisa alguma para prejudicar alguém que alugasse um apartamento para você, não roubou nada nem... bom, cometeu algum tipo de fraude ou algo assim. Por favor, perdoe-me por tocar no assunto.

Victor engoliu em seco. E disse:

– Tudo bem.

– David e eu conversamos e resolvemos não falar nada sobre você, nem para a minha mãe.

– Obrigado – Victor disse. – Estou pensando em mudar de nome – apesar de na verdade não ter pensado naquilo até aquele instante.

– Pode ser uma boa idéia. Bom, ótimo. Agora, anote o telefone da sra. Hunter. Tem uma caneta?

Ele escreveu os números em gestos mecânicos. Epping Upland provavelmente ficava a quilômetros de distância de Theydon Bois, quase do outro lado do condado de Essex. Queriam que ele ficasse bem longe. Será que tinha feito algo que não devia no sábado anterior? Será que estragara tudo de algum modo?

– Certo, agora preciso desligar – ela disse. – Estamos de saída.

– Clare – ele disse, com a boca seca. – Eu gostaria de... Quer dizer, será que você e David gostariam de jantar comigo amanhã? Em algum lugar bacana, algum lugar próximo de vocês. Realmente gostaria de convidá-los para sair, mas não conheço nenhum lugar. – Ele se sentiu exausto com o esforço de fazer um discurso tão longo.

– Bom... – ela respondeu. Aquela única palavra soou cheia de dúvida. Será que também pareceu satisfeita? – Amanhã não podemos.

A decepção veio como uma dor real. Ele se agachou no chão, dobrando o corpo ao meio para tentar aplacá-la.

– Victor? Você ainda está aí?

– Estou sim – ele respondeu com a voz rouca.

– Será que podemos marcar alguma noite durante a semana?

– Ah, sim. Qualquer noite. Segunda?

– Vamos marcar para quarta, pode ser? Quer que eu faça uma reserva em algum lugar? O que acha disso? Preciso combinar para entrarmos com a cadeira de David. Sempre precisamos nos informar de antemão se os restaurantes aceitam.

O melhor lugar, Victor disse. O melhor lugar que ela conhecesse, não precisava se preocupar com o preço. Ele ligaria para eles, tudo bem? Contrataria um carro. Por que não?

– Claro que não, vamos com o nosso. Chegue mais cedo, venha por volta das seis.

Ele pediu a ela que desse lembranças a David, que lhe mandasse suas saudações mais calorosas. Ela pareceu surpresa quando disse que sim, surpresa e um pouco confusa. Surpresa por ele ser capaz de ter dinheiro para tudo aquilo, pensou enquanto voltava para o quarto. Epping Upland não devia ser assim tão longe de Theydon, a no máximo cinco ou seis quilômetros. Achou que se lembrava de uma placa que tinha visto nas viagens que costumava fazer a Stansted. Quando estivesse morando na casa da sra. Hunter, poderia convidar Clare e David para uma refeição. Até lá, é claro, ele teria um nome novo. Ficou imaginando como deveria se chamar. O sobrenome de solteiras da mãe e de Muriel era Bianchi. O avô delas era italiano, do sul da Itália, que era o motivo de Victor ter cabelos e olhos escuros. Ele não gostava muito da idéia de ter um sobrenome italiano. Que tal então Faraday, por causa de Sydney? O sobrenome de Pauline (sem dúvida mudado há muito tempo) era Ferrars, mas ele não queria se lembrar dela. Seria bem mais fácil escolher um nome na lista telefônica.

Victor telefonou para a sra. Hunter, deu o nome de Daniel Swift e disse que era amigo de Clare Conway. Ela disse que ele podia ir ver o apartamento na quarta-feira, se quisesse. Por não saber qual era a distância de Epping Upland até Theydon Bois e desejoso de ter certeza absoluta de que estaria na casa de David às seis, Victor disse que iria pela manhã. Estaria lá às onze e meia. Esqueceu-se de perguntar quanto a sra. Hunter cobraria de aluguel e quando o apartamento estaria disponível.

Na terça-feira, ele saiu para fazer compras, dessa vez no West End. Não podia usar o paletó de veludo verde de novo. Para sair para jantar, certamente era necessário um traje. Ah, se pelo menos tivesse um carro próprio! A possibilidade de algum dia ter um carro parecia remota. Entrou no departamento masculino na Seifridge's e comprou um terno cinza-escuro. Custou-lhe duzentas libras. Para combinar com o terno, comprou uma camisa de seda listrada de cinza e creme e ia levar uma gravata cinza, mas a vendedora disse a ele, lisonjeira, que aquilo era sóbrio demais para um homem da idade dele e recomendou em seu lugar um modelo verde-montanha vistoso com uma única listra cor de creme na diagonal.

Usando suas roupas novas, ele saiu cedo na quarta-feira de manhã; cedo demais, porque chegou a Epping às onze. Um táxi que tomou na estação o levou a Epping Upland e à casa da sra. Hunter. Era um tanto longe e Victor não vira nenhum sinal de transporte público, mas devia existir algum, e não gostou nem um pouco da idéia de caminhar aquela distância toda. Pediu ao taxista que esperasse e ficou contente por ter feito isso, porque descobriu que, apesar de ela não ter dito nada ao telefone, a sra. Hunter queria um casal para ocupar o apartamento e ajudar em casa em vez de pagar aluguel. Victor voltou a Epping com um dia inteiro vazio se estendendo à sua frente.

De todo modo, vestido daquele jeito e com dinheiro no bolso, podia almoçar bem em um daqueles hotéis. O almoço foi muito bom, e ele percebeu que o trataram com muito respeito, sem dúvida por causa do terno. Victor se deu conta, enquanto comia seu creme de caramelo e tomava o resto de seu vinho, que fazia quase duas semanas que ele não tinha um ataque de pânico nem sentia raiva. Aqueles enormes acessos de fúria que tomavam conta dele, transformando-o fisicamente, de modo que sua pele queimava e ele sentia literalmente que seu sangue fervia, pareciam acontecimentos remotos. O mesmo valia para o pânico que envolvia seus membros em uma roupa elétrica que formigava e dava choques onde quer que tocasse. Ele estava mudando. Enquanto pensava nisso, tomou consciência mais uma vez de um sentimento que devia ser felicidade, e com ele veio uma calma suave e luxuriante.

Começando pela ponta da cidade onde ficava a torre, Victor entrou em todas as imobiliárias para perguntar que opções tinham de apartamentos mobiliados para alugar. Não havia nenhum, mas alguns tinham apartamentos e casas mobiliadas nos registros, sendo que os donos eram protegidos por aluguéis que estipulavam ocupações com limitações rígidas. O seguro social pagaria seu aluguel, claro, mas será que pagaria *qualquer* aluguel? Cem libras por semana, por exemplo? Parecia improvável. Victor resolveu que precisava perguntar a Tom ou Judy a respeito disso. Comprou um jornal local, apesar de já ter sido publicado há quase uma semana. Deu uma olhada no quadro de avisos da banca de jornal, não a que tinha visitado antes, e anotou dois telefones, os dois com o prefixo de Epping.

Quando tentou ligar para os dois números (um anunciando um apartamento, o outro, um quarto) e ninguém atendeu nenhum, já eram quase três e meia. Se ele caminhasse lentamente até a estação e então caminhasse devagar até Theydon Manor Drive, será que não chegaria cedo demais à casa de David? Bom, chegaria mais cedo, mas só cerca de uma hora, e David não se incomodaria.

O mesmo trajeto pode demorar muito quando se está atrasado e pode ser concluído com velocidade impressionante quando se tem tempo a matar. O trem estava na plataforma e, assim que Victor entrou, as portas se fecharam. Na última vez que ele tinha ido de Epping a Theydon Bois, aquela velha estivera no compartimento com ele, a que corria para cima e para baixo brincando de guarda e que carregava alguma coisa viva em sua sacola de compras. Naquela tarde, ele estava sozinho. Cerca de uma hora antes, o sol tinha saído e fazia bastante calor, o vagão estava cheio de partículas quase estáticas de poeira suspensas nos raios de sol. Eram só 15h50 quando ele chegou a Theydon.

Ficou caminhando com muita lentidão pelo gramado, sem querer se acomodar em um banco, muito menos se sentar na grama, por medo de deixar o terno marcado. Às 16h10, não agüentava mais. Dava para sentir que sua calma estava ameaçada por uma estranha sensação que era em parte tédio, em parte exasperação com a demora do tempo em passar, em parte um medo indefinido. Por não querer deixar que aquilo crescesse ainda mais e destruísse seu novo eu, ele começou a caminhar rapidamente na direção de Sans Souci.

As portas da garagem estavam abertas, e não havia nada lá dentro. Victor bateu na porta da frente, uma batida dupla rápida com o soldado romano. Ninguém apareceu, de modo que ele deu a volta pela lateral, como tinha feito da primeira vez. O cheiro da madressilva estava rançoso, e havia pétalas por todos os lados. No terraço, em sua cadeira, David dormia profundamente, a cabeça pendia para frente em um ângulo desajeitado. Por um ou dois instantes, Victor ficou observando-o. Pendurado daquela maneira, o rosto de David parecia inchado, as bochechas, caídas. Ele parecia velho e doente e triste.

Victor se deslocou em silêncio até a mesa e se sentou em uma das cadeiras de lona branca e azul. Quase imediatamente, apesar de Victor ter certeza de que não fizera barulho algum, David acordou. Ele acordou, piscou os olhos e, ao ver Victor ali, fez um movimento involuntário de recuo. Ele se encolheu, com os ombros e a cabeça, e ao mesmo tempo rolou a cadeira meio metro para trás, na direção da porta envidraçada.

– David – Victor disse. – Sei que cheguei adiantado. Achei que não se incomodaria.

David demorou um instante para se recuperar. Passou os dedos pela testa. Piscou de novo.

– Tudo bem. Eu estava apagado.

Victor queria perguntar se era dele que estava com medo, se era por causa dele que tinha se encolhido, ou se qualquer pessoa teria causado a mesma reação. Gostaria muito de perguntar, mas claro que não perguntou. Os cigarros e o isqueiro de David estavam na mesa, ao lado de uma xícara vazia que tinha sido usada para tomar café. Victor não olhou para David, mas sim para a parede atrás dele, onde uma roseira-trepadeira subia, com os caules cheios de ramos de botões cor de creme.

David disse:

– Você está muito elegante, meu pai diria que você está trajando "roupa de missa misturada com de reunião".

– Meu pai dizia a mesma coisa – disse Victor, apesar de não ter nenhuma lembrança de o pai jamais realmente ter dito aquilo. Começou contando a David sobre o apartamento, e David disse que era uma pena a sra. Hunter não ter se lembrado de mencionar a parte do casal para a mãe de Clare.

— Tem uma coisa que eu quero dar a você — Victor disse.
— Um presente. Quero que você fique com ela. Mas não pude trazer comigo, é grande e desajeitada demais.

— Estou curioso. O que é?

— Uma cadeira de rodas nova. Bom, não é totalmente nova, era do meu pai. Mas mal foi usada.

David ficou olhando para ele com olhar fixo e vazio. De certo modo, parecia estar com os lábios rijos, ou talvez paralisados, e disse:

— Já tenho uma cadeira nova, esta aqui. Você não reparou? Comprei no fim da semana passada.

E então Victor reparou no cromado brilhante, no estofamento cinza, novo e macio. Passou a língua pelos lábios. A expressão vidrada e rija no rosto de David tinha se esvaído, e ele sorria. Ele sorria da maneira que as pessoas sorriem quando não querem mostrar que estão sorrindo e, ao mesmo tempo, desejam que a pessoa com quem estão conversando veja que há motivo para sorrir.

— Você queria me dar uma cadeira de rodas?
— Por que você está sorrindo? — Victor perguntou.
— Você não tem senso de humor, Victor.

— Acho que não tenho mesmo. Na minha vida, não vivi muitas situações dignas de humor.

— Então, deixe para lá. Foi a ironia que me pegou, mas deixe para lá.

Victor demorou um ou dois momentos para entender o que David queria dizer, mas percebeu, compreendeu. Ele se levantou e se apoiou na beirada da mesa.

— David, eu não atirei em você de propósito. Foi um acidente. Ou melhor, eu perdi o controle porque você ficou me atiçando. Eu não teria atirado se você não tivesse repetido que a arma não era de verdade.

David respirou fundo, olhando-o bem nos olhos.

— Eu disse isso?

— Uma vez atrás da outra. Você ficava dizendo que a arma era uma réplica, que não era de verdade. Eu precisei mostrar... Será que você não entende?

– Eu não disse nenhuma vez que a arma não era de verdade – David falou.

Victor não conseguia acreditar. Ele nunca achou que David fosse capaz de mentir. Pareceu que um abismo se abriu à sua frente, e ele se agarrou à beira da mesa para não cair lá dentro.

– Claro que disse. Eu ainda consigo escutar. "Sabemos que a arma não é de verdade", você disse. Quatro ou cinco vezes, pelo menos.

– Foi o superintendente Spenser quem disse isso, Victor. Do jardim da frente.

– E você disse também. Quando estávamos naquele quarto, você e eu e aquela moça. Você esqueceu, dá para entender, mas eu não. Foi por isso que eu atirei em você. Não faria... não faria nenhum mal reconhecer isso agora.

– Faria muito mal para mim reconhecer uma coisa que não aconteceu.

– Infelizmente, não há como provar.

– Sim, há, Victor. Eu tenho uma transcrição do seu julgamento. O detetive Bridges deu um depoimento, assim como Rosemary Stanley. Os dois se lembraram com muita clareza do que foi dito. O advogado perguntou aos dois se eu alguma vez perguntei se a arma era de verdade ou se sugeri que talvez não fosse. Gostaria de ver a transcrição?

Agora em silêncio, Victor assentiu.

– Se quiser ir até a sala de estar, a que fica na parte da frente da casa, tem uma escrivaninha com tampa de correr do lado direito da porta. Tem três gavetas, e a transcrição está na gaveta de cima.

A casa tinha cheiro de lustra-móveis de limão e um leve odor dos cigarros de David. Era fresca e muito limpa. A porta da sala de estar estava aberta uns trinta centímetros, presa com um peso que, à distância, fez Victor estremecer de alarme, mas que se revelou ser um gato agachado. Victor entrou na sala. De um lado da lareira, que estava cheia de lenha de bétula, ficava a escrivaninha e, do outro, uma mesa baixa com uma foto de Clare em um porta-retrato prateado. Ela não sorria, mas parecia estar olhando para qualquer um que olhasse para a foto com um olhar hipnotizante e misterioso. Victor abriu a gaveta de cima da escrivaninha e tirou de lá uma pasta de papelão azul à qual estava presa uma etiqueta em que se liam as palavras datilografadas: "Transcrição do julgamento de Victor Michael Jenner".

Presumiu que David quisesse que ele lesse a parte relevante dos procedimentos do tribunal lá fora, em sua presença. Victor retornou ao jardim onde David, depois de ter aproximado a cadeira da mesa, estava acendendo um cigarro. Sentou-se na frente dele e começou a ler. O jardim estava bastante silencioso, à exceção do zumbido pulsante e irregular produzido por uma abelha que sugava o resto do pólen da madressilva. Victor leu o testemunho de Rosemary Stanley e o testemunho de James Bridges. Ele não se lembrava de nada daquilo. Era tudo um branco para ele, o julgamento não passava de um borrão, uma lembrança confusa de perseguição e injustiça. David ficou lá fumando, com os olhos fixos na outra ponta do jardim, que se fechava com árvores e uma cerca viva com florzinhas vermelhas. A sensação de náusea tão conhecida estava tomando conta de Victor, combinada com um formigamento que ele sabia ser o início do pânico. Naquela tarde, ao terminar seu almoço, ele tinha falado (ou pensado) cedo demais. Forçou-se a ler os testemunhos mais uma vez. Leu de novo o interrogatório da defesa. Uma baforada de fumaça de David, um som de suspiro um tanto ríspido, fez com que ele erguesse os olhos. Ele tomou consciência, talvez pela primeira vez, do ângulo que as pernas do outro homem formavam, de seu torpor completamente inútil. Pareciam os membros de homens mortos vistos em imagens de campos de batalha.

Victor ergueu-se de um pulo. Ficou em pé, tremendo.

– Victor – David disse.

Quase sem saber o que estava fazendo, Victor bateu o punho com força nas tábuas de teca da mesa. Mais uma vez, David rolou a cadeira para trás.

– Victor, Clare chegou – ele disse. – Eu ouvi o carro.

Sem dizer nada, Victor deu meia-volta e entrou na casa. Lá dentro parecia extraordinariamente escuro. Ele caminhou às cegas pela sala e deparou com uma parede e ficou lá parado, com a testa e as palmas das mãos pressionadas contra ela. Aquilo era algo que raramente acontecia com ele, entender que estava errado, que estava enganado. O piso e o teto de seu mundo tinham desaparecido, e ele flutuava no espaço, estava pendurado na parede pela testa e pelas mãos.

Victor soltou um urro animalesco e grave e se virou às cegas. Sentiu seu corpo encostar em outro corpo, seu rosto tocar em pele, uma cabeleira macia e quente cair em cima dele como um véu, braços envolvendo seus ombros. Clare tinha entrado e, sem proferir palavra, abraçara-o. No começo, segurou-o de leve, depois foi aumentando a pressão com ternura, as mãos se movimentando nas costas dele, até seu pescoço e sua cabeça, para fazer com que se recostasse na curva de seu ombro. Os lábios dele sentiram o calor da pele dela. Ouviu quando ela murmurou coisas gentis e reconfortantes.

Abraçando-a então, permitindo que ela o abraçasse, de fato pressionando seu corpo contra o dela em abandono voluptuoso, como fizera no passado em água quente ou em uma cama macia, sentiu a última coisa que esperava sentir, um arroubo repentino de desejo sexual. Estava ereto, e ela devia estar sentindo. Não sentia vergonha, tinha se afundado demais no desespero e no horror e agora em uma espécie de alegria, suas emoções eram intensas e fortes demais para dar atenção a algo tão mesquinho. Só tinha ciência de que seus sentimentos, aqui e agora, eram novos, nunca antes experimentados desta maneira ou por esta razão. Ele a segurou com força, pressionada contra seu corpo, foi erguendo a cabeça e movendo seu rosto contra o dela, roçando a pele macia com uma delicadeza trêmula e sensual, e teria levado seus lábios até os dela para um beijo se ela não tivesse se desvencilhado e se afastado, sussurrando alguma coisa que ele não conseguiu captar.

12.

Nas duas semanas seguintes, Victor encontrou com David e Clare várias vezes, mas Clare nunca mais o abraçou nem o beijou, nem mesmo tocou sua mão. Agora todos eles se conheciam bem, estavam além de apertos de mão, eram amigos, ou pelo menos era o que Victor dizia a si mesmo. Ele tinha perdido seu acanhamento em marcar encontros. De todo modo, era melhor que ele ligasse. Mal conseguia ouvir a campainha do telefone quando estava em seu quarto e, na maior parte do tempo, não havia ninguém para atender.

Naquela noite, no restaurante, na parte antiga de Harlow, onde tinham jantado, Victor não falara muito. Ficara escutando os outros dois conversando. O silêncio sempre parecia lhe vir de modo natural e, quando falava, usava frases entrecortadas, meramente retóricas. Ele gostava do som da voz de David e da de Clare, do ritmo, da entonação, e se maravilhava por conseguirem conversar tanto quando, na verdade, não tinham nada a dizer. Como era possível discorrer daquela maneira sobre um pedaço de pato assado e onde já tinham comido a mesma coisa antes, ou sobre algo chamado "*cuisine naturelle*" e sobre uma outra coisa chamada "tofu", ou sobre a aparência, a idade e a profissão (esta parte toda de adivinhações) do casal à mesa ao lado. Depois de um tempo, ele mal escutava as palavras. Pensava sobre David e o que tinha feito a ele e como David o perdoara. Por que, durante todos aqueles anos, ele tinha se convencido de que fora levado a atirar em David pelo próprio David? Talvez porque ele nunca quisera muito reconhecer a si mesmo que era capaz de perder o controle sem provocação. Seja lá o que David tenha lhe dito ou lhe provado com aquela transcrição, ele, Victor, ficou perguntando a si mesmo por que tinha feito o que fez e qual poderia ter sido a provocação.

Mas a conversa o fizera se aproximar de David. E mais ainda de Clare. Victor não conseguia parar de se perguntar o que ele teria feito, como teria lidado com a situação se Clare não tivesse entrado naquele momento para reconfortá-lo. Ele não tinha palavras, ou pelo menos tinha poucas, para lhe dizer quando estavam sozinhos, mas, em casa, conversava com ela. Ele falava com ela internamente, em silêncio, o tempo todo, algo que nunca havia feito com ninguém antes. Ela nunca respondia, mas isso, de algum modo, não importava. As respostas dela estavam implícitas no que ele dizia a ela e nas perguntas que fazia. Ele se sentava na cadeira de rodas e ficava olhando para as copas das árvores, verdes e farfalhantes, conversando com ela sobre a casa dos pais e sobre a devoção excepcional que um tinha pelo outro. Perguntou a ela se achava que ele devia sair mais, fazer mais exercício. Seria melhor para ele ler livros, não é mesmo, em vez de todas essas revistas? E então ele chegava à banca e perguntava a ela que revista comprar.

Outro fato notável era como ele ficava achando que a via em todo lugar. Ela nunca ia a Acton (aliás, ela lhe dissera que nunca tinha estado lá). Mas, vez após outra, ele achava que a via à sua frente na rua ou em uma loja ou entrando em um trem do metrô. Sempre era outra pessoa, claro que sim, alguma outra moça bonita com cabelo fino loiro claro e pele rosada. Mas, por um instante... Uma vez, ele teve tanta certeza que chamou seu nome.

– Clare!

A moça que ia descendo os degraus da biblioteca nem virou a cabeça. Ela sabia que ele estava chamando outra pessoa.

Era engraçado como David tinha recuado para um papel secundário. Claro que ele *gostava* de David tremendamente, era seu amigo, mas já não pensava muito nele. De um jeito ou de outro, Victor absorveu muitas idéias sobre a mente e as emoções, entre outras coisas, com a leitura de *Psychology Today*, e ficou imaginando se ele, por assim dizer, exorcizara David com as conversas que tiveram, pela revelação que tinha sido feita, por terem "esclarecido as coisas".

Era possível. Percebeu o quanto pensava em David, como se obcecara por ele de maneira exaustiva, entre o momento em que saíra da prisão até ter ido pela primeira vez a Sans Souci. Agora, quando não estava pensando em Clare nem conversando com ela, sua mente devaneava a respeito dos pais e principalmente do amor que tinham um pelo outro. No passado, agora ele compreendia, estava ressentido daquele amor, talvez sentisse ciúme dele, mas já não se sentia mais assim. Sentia-se agradecido por seus pais terem sido felizes juntos e, quando se lembrava dos amassos no sofazinho, era com indulgência, não mais com nojo.

Quando estava em casa, passava a maior parte do tempo sentado na cadeira de rodas. Era confortável, e, se ia ter que ficar no quarto, era melhor que fosse usada. Uma ou duas vezes, tentou fazer uma experiência. Sentou-se na cadeira de rodas e fingiu que não conseguia mexer as pernas, que estava morto da cintura para baixo. Aquilo era muito difícil de fazer. Achava mais fácil quando cobria as pernas com a manta. Então ele tentava se erguer usando apenas a força dos braços, falando o tempo todo com Clare, mas incapaz de concluir se ela aprovava aquilo ou não. Uma vez, ele caiu no chão e ficou lá estatelado, deitado imóvel, até dizer a si mesmo que obviamente era capaz de se levantar, não era paralítico.

A primeira vez em que ele foi a Theydon depois que os três jantaram juntos tinha sido para levar um presente para eles; bom, o presente era para David, na verdade, já que a casa não era de Clare e Clare não era casada com David, não era nem namorada dele no sentido comum da palavra. Como não era possível dar a cadeira de rodas a David (e agora percebia que aquela tinha sido uma idéia canhestra), precisava dar alguma outra coisa. Era assim que se fazia. Quando você sugere um presente que não seja aceitável para alguém, precisa encontrar uma alternativa. O que essa alternativa deveria ser era óbvio: um cachorro. O cachorro de David tinha morrido, e ele sentia falta do animal, de modo que precisava de um cachorro novo.

Victor comprou a revista sobre cachorros *Our Dogs*. Havia um grande número de anúncios de filhotes de labrador amarelos. Ficou impressionado de ver como cachorros custavam caro, cem libras era a média e, para algumas raças menos comuns, duzentas não era nada extraordinário. Victor ligou para o canil mais próximo que tinha feito anúncio e, quando foi informado de que havia filhotes à disposição, foi até Stanmore. Felizmente, o metrô ia até a linha Jubilee, que foi ampliada e mudou de nome desde que ele fora para a prisão. Ele descobriu que não era possível comprar um cachorro como se compra um aparelho de televisão. O criador pede todo tipo de promessa e garantia de que a cadela de dez semanas vai para um bom lar. Victor disse a verdade. As objeções se desfizeram quando o criador ficou sabendo que o novo dono do filhote seria o policial heróico David Fleetwood, de cujo caso ele se lembrava muito bem, de onze anos antes. Victor pagou pelo cachorro e combinou de ir buscá-lo na quarta-feira. Não seria muito benéfico para Clare, pensou, na verdade podia ser até um incômodo, por isso ele foi ao departamento de perfumaria da Bentall's e escolheu um conjunto completo de St. Laurent Opium, água de colônia e talco e shampoo e sabonete, mas quando ele disse à vendedora que Clare era jovem e loira, ela o convenceu a mudar para Rive Gauche. O cachorro lhe custara 120 libras, e os perfumes, quase cem. Victor ainda tinha sua carteira de motorista no prazo de validade. Foi à locadora de automóveis em Acton High Street e alugou um Ford Escort XR3.

Por sorte, David tinha levado sua cadeira de rodas para a frente da casa e aparava as flores mortas da vegetação primaveril ao seu alcance com um tesourão. Mais uma vez, Victor chegou adiantado. Ele reservara um intervalo de duas horas para chegar lá de Stanmore e, graças à auto-estrada, fizera o trajeto em menos de uma hora. A cadelinha, em uma cesta de palha no formato de uma casinha, que Victor tinha comprado especialmente para aquilo, ficou chorando durante todo o caminho.

David impulsionou a cadeira até o portão.

– Victor, você arranjou um carro! Não tinha nos dito.

É alugado, Victor estava a ponto de dizer. Mas não quis ver a luz de admiração nos olhos de David (que admiravam ele e também o Escort) se esvair e ser substituída por aquele olhar educado e paciente mais comum.

– Não é novo – ele disse, lembrando-se do B na placa do carro.

– Bom, talvez não seja, mas é muito bacana. Eu gosto deste tom de vermelho.

Algum tipo de explicação se fazia necessária, Victor achou. Imagine se David achasse que ele tinha roubado o carro ou o dinheiro para comprá-lo!

– Meu pais me deixaram um pouco de dinheiro – ele disse.

– O que há na cesta? – David perguntou.

A cadelinha devia ter caído no sono. Estava em silêncio fazia dez minutos. Ele tirou a casinha do carro e, naquele momento, Clare chegou. O Land Rover parecia velho perto do Escort, e Victor ficou com pena dela e de David, mas orgulhoso ao mesmo tempo.

– Não é aniversário de nenhum de nós dois, Victor – ela disse quando ele lhe deu o embrulho em papel colorido.

Saboreando a surpresa dele, Victor abriu a cesta, ergueu o filhote gorducho, cor de creme e com pêlo aveludado, e colocou-o no colo de David. Depois, teve certeza de ter imaginado a expressão de desolação no rosto deles. *Era* pessimista e às vezes um pouco paranóico, disso ele sabia; tinha tendência a pensar que as pessoas não gostavam dele e desaprovavam as coisas que fazia. De todo modo, em pouco segundos David já estava acariciando a cadelinha, que gostou dele, e fazia cafuné na cabeça dela e dizia como era adorável, que animal lindo, e, Victor, você não precisava se dar o trabalho.

No jardim dos fundos, a cadela ficou correndo, examinando tudo, cavando um buraco em uma floreira. Clare disse, apesar de estar sorrindo:

– Não sei como vamos treiná-la, fico fora o dia todo. Mandy já era treinada quando David a pegou. Mas, ah, ela é um amor, Victor! Qual vai ser o nome dela, David? Que tal Victoria?

– O nome certo dela é Sallowood Semiramis.

– Nossa – disse David, dando risada. – Cachorros precisam de nomes simples e comuns. Sally vai funcionar muito bem.

Victor resolveu ficar com o carro alugado alguns dias porque voltaria para visitá-los na semana seguinte. Nesse meio-tempo, rodou bastante pela periferia de Londres, olhou dois apartamentos na parte metropolitana de Essex, um em Buckhurst Hill e outro em Chigwell Row, e rejeitou os dois. Imaginava Clare sentada a seu lado no assento do passageiro e conversava com ela enquanto dirigia, apesar de não mover os lábios nem emitir som algum. Perguntou a ela se achava que ele devia comprar alguns pares de sapatos bons de verdade, uma capa de chuva e um paletó de reserva, e sentiu que ela achava que sim. Agora não tinha sobrado muito das 910 libras.

Ao voltar para a casa da sra. Griffiths, Victor passou por Tom, que estava a pé como sempre, bem longe da estação de West Acton, mas obviamente dirigindo-se para lá. Pela primeira vez, Victor se deu conta de que Tom sempre parecia mal-ajambrado. Usava tênis, não sapatos de verdade, uma jaqueta fina de náilon azul com zíper e jeans surrados da marca Lois. Tom se virou quando Victor estacionou ao lado dele e chamou seu nome. O rosto pálido e inchado de óculos olhou para ele através da barba preta desgrenhada e do cabelo preto desgrenhado

– Entre. Eu lhe dou uma carona.

– Você se adaptou bem *mesmo* – Tom disse.

Victor disse que tinha arrumado um emprego em Essex. Agora estava indo e vindo todo dia, mas logo se mudaria. Assim que disse isso, percebeu que não poderia mais perguntar a Tom se o seguro social pagaria o aluguel de um apartamento de cem libras por semana para ele.

– Você parece bem, Victor. O trabalho obviamente está lhe fazendo bem. Que tipo de emprego arrumou exatamente?

Victor contou-lhe muitas mentiras. Em resumo, disse que tinha sido contratado por uma imobiliária em Epping, onde o mercado nesta época do ano estava muito aquecido.

– Quer que eu anote seu endereço comercial para o caso de se mudar antes que eu tenha oportunidade de vê-lo mais uma vez?

Victor fingiu não ter escutado.

– Chegamos. West Acton – disse.

Enquanto estava com o carro, ele tinha mais uma tarefa a cumprir. Foi até a Gunnersbury Avenue no fluxo do trânsito para o aeroporto, mas, em vez de levar o carro diretamente para o número 48 de Popesbury Drive, estacionou na esquina e aproximou-se da casa de Muriel a pé. Veio-lhe a idéia de que encontraria Jupp ali, como residente permanente talvez, pelo menos como companheiro fixo de Muriel, um "namorado", se aquele não fosse um termo grotesco demais. Muriel poderia até se casar com Jupp, e nesse caso seria ele, e não a Legião Britânica, que ficaria com o dinheiro dela.

Uma visão inusitada lhe veio aos olhos quando ele avistou a casa. A van de Jupp não estava por ali. A porta da frente estava aberta. No lugar em que Kevin se empoleirara, em uma pedra cinzenta grande e achatada que saía do meio das rochas, havia um homem agachado, de jeans e colete, com um tesourão na mão. Ele estava cortando os pequenos frutos cinzentos que eram tudo que tinha sobrado daqueles milhões de flores roxas que antes cobriam as encostas de pedra como uma cortina pesada de tecido felpudo. Victor ficou por ali, sem querer ser visto. O homem juntou braçadas de frutinhos cortados, colocou-os em um carrinho de mão acomodado no alto da colina e empurrou-o por cima das pedras, na direção da garagem. Deu a volta na casa pela lateral, deixando o portão aberto atrás de si. Victor deu uma olhada ligeira na direção das pedras mais baixas, mas a poda ainda não tinha chegado até ali, e elas continuavam cobertas. Ele correu escada acima até a porta da frente.

Não havia ninguém no hall de entrada, e as portas do andar térreo estavam fechadas. Havia grande probabilidade de que Muriel estivesse atrás de uma delas. Victor subiu para o andar superior e foi para um quarto em que não se lembrava de jamais ter entrado. Assim como aquele onde encontrara a pistola sob as tábuas do assoalho, este quarto tinha uma cama, uma cômoda e uma cadeira. As diferenças eram que um espelho de piso com suporte de madeira estava em cima da cômoda, as cortinas eram de um amarelo-ouro apagado, e o tapete, dourado com borda marrom-escura. A poeira cobria tudo, acumulada em bolas fofas nas dobras formadas pela cortina, em uma camada tão grossa por cima da cômoda que ele demorou um pouco para ver que a madeira estava em parte coberta por uma toalhinha bordada. Victor abriu a gaveta superior. Estava vazia, forrada com papel pardo, sobre o qual a atividade dos cupins deixara pequenas pirâmides de serragem. A segunda gaveta era igual, mas continha roupas íntimas e meias de homem. A gaveta de baixo estava cheia de dinheiro.

Não cheia, isso era exagero. À primeira vista, era igual à outra, vazia, forrada de papel pardo. Mas era rasa demais. Victor ergueu a folha de papel que estava no fundo e o dinheiro estava por baixo, não em sacos nem embalado de qualquer maneira, mas ajeitado em montinhos organizados de uma e de cinco libras, centenas delas, arranjadas em blocos tão cuidadosos quanto os das revistas de Muriel.

Ele limpou a parte de cima. Tirou mais ou menos meio centímetro de cada uma das vinte pilhas e encheu os bolsos, contente por estar usando a jaqueta acolchoada de algodão, adequadamente volumosa, que tinha acabado de comprar.

Daria para enfiar quilos de papel naqueles bolsos sem que ninguém notasse. De volta ao patamar, lembrou-se do cabelo que tinha colocado no fecho da bolsa de couro de crocodilo falso. Seria bom dar uma olhada. A casa estava em silêncio, ele não escutava nada. Muriel arrumou a cama naquele dia, mas por alguma razão, o cachorro cor-de-rosa, com o zíper fechado pela primeira vez, estufado e com olhos vidrados, tinha sido colocado em cima do banquinho de cetim cor-de-rosa da penteadeira, um ponto de vantagem de onde parecia observar os movimentos de Victor. Ele abriu o guarda-roupa, ajoelhou-se e examinou a bolsa. O cabelo continuava lá.

O que Clare pensaria se o visse agora? A idéia lhe veio sem convite, sem desejo, quando ele atravessou o patamar da escada. Quando o aconselhou a não falar a respeito de seu passado à sra. Hunter, ela dissera: "Você não roubou nada...". Mas as circunstâncias eram diferentes, ele pensou. Aquilo não era roubar no sentido comum da palavra, porque se ele não tivesse sido mandado para a prisão injustamente, por algo que tinha sido um acidente e não um ato deliberado, Muriel certamente teria deixado o dinheiro para ele em testamento e provavelmente lhe daria um pouco adiantado, como as pessoas costumavam fazer (ele tinha lido isso na *Seleções do Reader's Digest*, em um artigo sobre imposto de transferência de capital) para evitar as taxas referentes à herança. Se, se... Se Sydney por acaso não tivesse olhado naquela vala nos arredores de Bremen em 1945, se tivesse se distraído, por exemplo, por algum avião voando baixo ou um veículo na estrada, ele nunca teria visto o oficial alemão morto com a Luger na mão, de modo que a pistola nunca teria estado embaixo das tábuas do assoalho ali e Victor nunca a teria pegado para que ela disparasse em sua mão e paralisasse David para sempre...

Ele tinha chegado ao pé da escada e estava no hall quando a porta da sala de estar se abriu e Muriel saiu com uma moça que era igualzinha a Clare. Ou pelo menos foi o que Victor pensou durante dez segundos. Claro que, na verdade, ela não tinha nada a ver com Clare, já que era dez anos mais velha e uns dez quilos mais gorda, com um rosto que seria o de Clare todo esticado e derretido e remodelado. Mas, apenas por um instante, a cor, o cabelo, os olhos verdes...

De repente, Victor soube como Muriel o apresentaria. Ela diria que aquele era seu sobrinho que tinha sido preso. Mas ele a avaliara mal, nem chegou a apresentá-lo.

– Esta é minha vizinha Jenny.

A voz era tão diferente da de Clare quanto poderia ser, animada mas sem vida, com calor falso.

– E você deve ser o sobrinho de quem tanto ouvi falar.

Ouviu? O que Muriel poderia ter dito a respeito dele?

– Acredito que, agora que está de volta, vá querer ajudá-la um pouco. Fazemos todo o possível, eu passo aqui de vez em quando, mas realmente é uma gota no oceano, e eu preciso cuidar da minha vida. Quer dizer, é necessária uma *equipe inteira* para cuidar daquele jardim, não um homem só, mas agora que você voltou, vai querer ajudar.

– Voltei? – ele disse, esperando só para ver.

– Muriel me disse que você esteve na Nova Zelândia.

Victor não conseguia olhar para ela. Será que era, será que podia ser coincidência? Ou será que Muriel se lembrava de 35 anos antes, ao visitar a irmã, de ouvir o filhinho da irmã insistindo na idéia de que não houve um tempo em que ele não existia, só um tempo em que ele estivera na Nova Zelândia? Muriel certamente tinha vergonha de seu passado, do passado de Victor, e não queria se associar com aquele passado. Ela não queria que seus conhecidos, Jupp, esta mulher, soubessem.

Jenny tinha pegado com ela uma lista de compras tão comprida que os itens anotados cobriam os dois lados da folha de papel. Junto com ela, Muriel lhe entregou um cheque em branco endereçado ao supermercado J. Sainsbury PLC e assinado "Muriel Faraday". Que sorte a dela, pensou Victor. Será que ela tinha voltado a se encontrar com Jupp? Será que tinha saído com ele? Estava vestida (ou mal-vestida) como antes, de penhoar e camisola, rede marrom no cabelo e chinelinhos de salto cor-de-rosa. Victor achou que ela não lhe dirigiria a palavra, mas estava errado.

O nariz dela se retorceu como o de um rato.

– O que veio fazer aqui?

– Achei que poderia fazer umas compras para você – ele disse.

Jenny se intrometeu no mesmo instante, felizmente cortando qualquer retruque que Muriel estivesse preparando.

– Ah, tudo bem, não faz mal, juro mesmo. Não estou dizendo que, depois que você se acostumar, quer dizer, depois que se acomodar e entrar na rotina, quer dizer, que você não possa fazer a sua parte. Mas neste momento... quer dizer, Brian vai me levar correndo ao supermercado de manhã, e, para ser bem sincera, prefiro fazer uma compra grande, pro mês inteiro, em vez de ficar comprando tudo aos poucos, então não faz muita diferença.

Ela e Victor tinham se deslocado para perto da porta de entrada enquanto ela falava. Muriel os seguiu, mas sem sair de casa. Além de não atravessar a porta, parecia ter medo do contato com o ar fresco ou até da visão do exterior. Ficou pairando no fundo, segurando com força os dois lados do penhoar. Jenny disse:

– Então tchau. Pode me esperar lá pelas seis amanhã, então prepare o xerez e os amendoins torrados. – Ela deu uma piscadela para Victor e fechou a porta atrás de si. – Que vida! Daria no mesmo se já estivesse no túmulo. Eu nunca deixo passar nada, não me incomodo de dizer para você, não há nada que aconteça aqui que eu não veja das minhas janelas, e posso dizer que, até você voltar para casa e aquele garotão que come balinhas de menta começar a fazer visitas, ela não recebia absolutamente ninguém além de nós, do começo ao fim do ano.

– Então, você viu quando eu vim?

– É a sua quarta visita no mesmo número de semanas – disse Jenny, com precisão assustadora. – Se quiser vir sem que eu veja, tem que ser no sábado, na hora do almoço. É quando Brian me leva para fazer as compras, não é mesmo, Brian?

Olhando ao redor de si, para o jardim, Brian disse:

– Não consegui nem raspar a superfície, nem a superfície.

– Se vou começar a ajudá-la um pouco, vou precisar de uma chave – disse Victor. Sentiu-se pouco à vontade, mas prosseguiu, mesmo assim. – Pode me emprestar a sua para eu mandar copiar?

– Não temos chave, Vic, pelo menos não uma nossa, quer dizer. Você não sabe onde fica a chave? Bom, não deve saber. Preciso ir agora, Brian, se não você vai exagerar e eu vou ficar acordada metade da noite por causa das suas costas. – Ela apontou na direção da cerca viva. – Embaixo da tartaruga, Vic. A chave fica embaixo da tartaruga.

O aniversário de Victor seria no dia 22 de junho, faria 39 anos. Não se lembrava de nenhuma celebração de seus aniversários a não ser dos presentes que ganhava dos pais quando era pequeno. Na vez em que a mãe e o pai tinham falado em fazer uma festa para ele e a mãe ficara desacorçoada com a perspectiva, acabaram levando-o a Kew. Não há muito atrativo para um menino de oito anos em um jardim botânico, mas a mãe gostava muito de Kew. Ela fez alguma citação que falava sobre passear de mãos dadas com o amor na terra maravilhosa do verão, e ela e o pai de fato passearam de mãos dadas, sentindo o perfume das flores e dizendo como tudo aquilo era lindo. Victor disse a si mesmo, ao passar de carro por Woodford Green, onde as castanheiras já tinham florido e perdido suas pétalas, que neste ano comemoraria seu aniversário. Faria algo com Clare e David antes que David precisasse voltar para o hospital.

Ficou com o carro por mais um dia; bom, ficou com ele o fim de semana, já que devolveria à loja no domingo à noite. Vestiu sua jaqueta nova acolchoada, de dois tons de cinza, pomba e ardósia, com costura cor de ardósia, jeans Calvin Klein e, para não parecer exagerado, um blusão vermelho escuro da Marks and Spencer por cima da camisa listrada em cinza e creme. No assento traseiro do carro levava duas garrafas de vinho alemão, Walsheimer Bischofskreuz, e duzentos cigarros. Uma brisa soprava, e o sol brilhava. O dia não estava nada mau, quente o bastante para deixar a janela aberta do lado do motorista. Victor nunca fora de ligar o rádio quando estava no carro. Gostava de silêncio. Da gaveta da cômoda do segundo quarto vago de Muriel ele tirou 460 libras. Incapaz de suportar a perspectiva da espera, contou o dinheiro no momento em que chegou ao carro. E isso significava que Muriel tinha quanto dinheiro vivo em casa? Milhares? Até uns, digamos, dez mil? Era um fato bem conhecido, sempre se lia isso nos jornais, que pessoas de idade escondiam somas enormes em casa. Não era incomum, era mais normal do que não guardarem.

O cabelo não tinha sido removido do fecho da bolsa, de modo que Muriel ainda não fazia idéia de que uma parte de suas economias estava faltando. Mas suponhamos que ela ficasse com essa idéia, suponhamos que ela descobrisse, será que tomaria alguma atitude a respeito? Com isso, Victor confessou a si mesmo, ele estava querendo dizer: será que ela chamaria a polícia? O comportamento dela levou-o a pensar que não. Ela não tinha dito nada a respeito de seu passado ou de sua sentença na prisão nem a Jupp, nem à vizinha Jenny, e isso devia significar que ela queria manter aquilo na surdina, porque era maliciosa e nada caridosa e não havia como ela ter sido discreta por consideração aos sentimentos dele. Se descobrisse que ele andava se servindo do conteúdo de suas bolsas e gavetas (de uma fração do que continham, na verdade), era provável que ela o confrontasse, que exigisse a devolução, mas não faria nada além disso. A respeitabilidade de sua família, o que as outras pessoas pensavam, era importante para Muriel.

Ah, se pelo menos ele pudesse comprar um carro, Victor pensou, poderia abrir sua própria empresa de aluguel de veículos, fazendo para si mesmo o que no passado fazia para Alan. Podia comprar um carro novo por seis mil libras ou dois usados e contratar mais um motorista... Com essas idéias lhe passando agradavelmente pela cabeça (um apartamento em Loughton, por exemplo, um serviço de atendimento por telefone, especialização em viagens aos três aeroportos de Londres), pegou a segunda saída da rotatória de Wake e desceu a colina, atravessando a floresta, até Theydon.

Era sábado, de modo que Clare estaria em casa. Os pensamentos de Victor se afastaram de David e se aproximaram dela quando ele entrou em Theydon Manor Drive e percebeu uma tensão apreensiva que ia crescendo, culminando em náusea. Na noite anterior, tinha sonhado mais uma vez com a estrada que era sua trajetória de vida, com as casas importantes dos dois lados. Não se sentira tentado a entrar em nenhuma das casas até chegar a Sans Souci, que apareceu assim que ele fez uma curva fechada na estrada. Essa parte da estrada que fazia a curva também passava através de um bosque escuro de abetos plantados bem próximos uns dos outros, em fileiras regulares. Além do bosque estava Sans Souci, banhada pelo sol. Victor entrou no jardim da frente e pegou a chave que ficava escondida embaixo da piscina para pássaros. Entrou na casa e chamou o nome deles. "Clare!" primeiro e depois "David!". Por um instante ele não escutou nada, então ouviu alguém dando risada, duas pessoas dando risada. A porta da sala de estar se abriu e Clare apareceu com David a seu lado, mas David não estava na cadeira de rodas, estava caminhando. Voltara a ficar bem, não estava paralisado, e caminhava.

Clare disse: "Olhe, um milagre!".

Uma sensação terrível de náusea e desespero tomou conta de Victor, porque ele sabia, apesar de não perceber por que, que agora que David voltara a andar, ele perderia os dois. Mas acordou quase imediatamente, e o alívio foi tremendo, a consciência da realidade depois daquele sonho estranho e assustador.

Não queria se lembrar dele agora. Estacionou o carro e deu a volta na casa. David tinha dito que ele os encontraria com certeza no jardim se o dia estivesse bonito. O cheiro da madressilva tinha sido substituído por um perfume de rosas. Clare cortava a grama com um cortador elétrico da marca Flymo, com um fio comprido, e David a observava de sua cadeira de rodas, debaixo do guarda-sol azul e branco. Ela desligou o motor e se aproximou dele.

– Oi, Victor!

Sorrindo, David ergueu a mão em uma espécie de cumprimento. Agora se sentiam à vontade com ele, aceitavam-no, era quase como um integrante da família. Clare usava um vestido de algodão cor de creme com gola de camisa aberta e mangas grandes e bufantes. O vestido era preso na cintura com um cinto largo de couro de sela pespontado em um tom escuro. Usava sandálias de dedo rasteiras. O cabelo, talvez recém-lavado, em vez de escorrer por cima dos ombros formava uma nuvem leve e reluzente. No sonho dele, ela estava bem menos bonita do que isso e, quando pensou que tinha visto alguma semelhança entre ela e a vizinha Jenny, sentiu que de algum modo a tinha traído.

A cachorrinha Sally estava no colo de David, mas pulou de lá ao ver Victor, soltando latidos surpreendentemente maduros que provocaram gargalhadas em todos.

– Você não devia trazer tanta coisa, Victor – Clare disse ao ver o vinho e os cigarros.

– Eu gosto de trazer. Tenho dinheiro para isto.

– Está gastando o seu sustento no nosso modo de vida festeiro – David disse. – Um dia, vai precisar dessa sua herança.

Isso inspirou Victor a falar para David sobre seus planos para uma empresa de carros de aluguel. Ele pareceu aprovar a idéia, mas achou que era melhor Victor começar com uma operação pequena, com um carro só.

– Vamos contratá-lo quando David precisar ir a Stoke Mandeville – Clare disse.

– Principalmente se você providenciar um veículo do tamanho de uma van grande com uma rampa para subir uma cadeira de rodas e um sistema para prender a cadeira durante o trajeto e um cinto de segurança especial. – David sorria enquanto falava tudo isso, e Victor não achava que estivesse zombando dele. Como poderia estar? David realmente precisava dessas coisas, e o Land Rover de Clare tinha tudo. Ele, Victor, estava sendo sensível demais e sem dúvida imaginou o olhar de viés que Clare lançou a David e a testa levemente franzida em sinal de cautela.

O almoço foi salmão com uma maionese que Clare tinha deixado verde misturando ervas bem picadinhas, salada de pepino e pão francês. Victor nunca tinha comido aquele tipo de salmão, só o do tipo enlatado e uma ou duas vezes o defumado. Depois comeram morangos com creme. David acendeu um cigarro.

– Você se incomoda de pegar uma coisa para mim, Victor? – ele disse. – Está na mesa que tem a foto de Clare. Em um envelope pardo.

– É o livro dele – disse Clare.

– Estragou a minha surpresa!

– Mas, querido, Victor deve estar sabendo do seu livro. Foi o artigo sobre o seu livro que revelou a ele onde você morava.

– E foi mesmo – disse David.

Seu olhar firme pousou em Victor, e aquele sorrisinho irônico estava de novo nos lábios dele. O rosto dele estava com aquela aparência inchada que Clare atribuía a uma noite mal dormida. Victor se levantou e entrou na casa, na sala, empurrando o peso de porta em forma de gato. Os olhos de Clare encontraram os dele do porta-retrato prateado. Ele gostaria de ter aquela foto, pensou, e imaginou se haveria algum modo de pegá-la. Mas estava em um lugar de tanto destaque que David evidentemente dava muito valor a ela...

O que ele sentiu foi comparável às sensações que tivera quando o levaram para passear na floresta: que, ao contrário das aparências externas, eles estavam mesmo zombando dele, conspirando juntos para se vingar dele, atraindo-o para aquela casa apenas para confrontá-lo com os aspectos mais desprezíveis de seu passado. Sentiu isso de novo ao pegar o envelope pardo grande. De um jeito ou de outro, lá dentro estava o livro de David. Será que David pediria a ele que lesse (ou ainda que lesse em voz alta) para descobrir revelações terríveis a respeito de si mesmo? Será que ele, Victor, estava retratado lá dentro e descrito como "psicopata", "criminoso de sangue frio", "maníaco sexual"? Supondo que estivesse, o que ele faria então?

Ficou lá parado, segurando o envelope, percebendo que estava com medo de olhar o que tinha dentro. Sentiu uma tentação repentina de sair da casa pela porta da frente, levando o envelope consigo, de ir embora. Retornou por dentro da casa e mais uma vez saiu ao jardim. A cadelinha dormia na grama. Clare estava inclinada por cima da cadeira de David, com o braço ao redor dos ombros dele, a bochecha encostada na dele. Para alguém que se gabava de não conhecer o significado da solidão, Victor se sentiu muito solitário, um forasteiro, perdido. Praticamente jogou o envelope em cima de David.

– Você já viu provas de impressão alguma vez? – David perguntou. – Devo confessar que eu nunca tinha visto. Fascinante! – Ele sorria, e Victor percebeu que desejava atormentá-lo. – Eu tinha que ler isto aqui e fazer marcações para a impressão final... encontrar erros tipográficos, sabe como é, e talvez erros meus mesmo.

Eram só páginas de um livro, página um e dois, por exemplo, de um lado da folha, e três e quatro do outro. No texto, uma palavra tinha sido circulada de vermelho, e uma marca hieroglífica, anotada na margem.

– Como você sabe o que precisa fazer? – Victor perguntou.

– A *Pear's Encyclopedia* traz todas as marcas de revisão de texto.

Não havia fotos, claro, nem capa, nem sobrecapa, apenas aquela massa espessa de páginas impressas. Na primeira página estava o título, *Dois tipos de vida*, por David Fleetwood. Com os olhos deles em cima de si, sentindo-se nauseado, Victor folheou as páginas, mas ao acaso e às cegas, sem ver nada além de uma massa dançante de curvas em preto e branco.

Clare falou com gentileza:

– Victor, não tem nada com que se preocupar.

– Com que me preocupar? – ele perguntou.

– Quer dizer, não tem nada sobre você aí. O livro é só o que diz: dois tipos de vida. A vida que David tinha como policial, e tudo que ela envolvia, e a vida... bom, depois. Realmente é para mostrar às pessoas que a vida não acaba quando alguém fica paraplégico, é sobre todas as coisas que David conseguiu fazer: tirar seu diploma da Universidade Aberta, por exemplo, viajar, ir a shows, aprender a tocar um instrumento. Você sabia que, além de tocar violino, ele aprendeu a fazer violinos? É disto que o livro fala, é alegre e otimista, é cheio de esperança.

– Coitadinho do Victor – disse David. – Do que *tinha* medo?

No passado, Victor o odiara e o temera. Uma onda daquele ódio antigo se abatia sobre ele agora, um ressentimento amargo, porque ele sabia que David tinha seguido seus pensamentos até ali, passo a passo. David sabia como ele se sentia e mantivera-o hipnotizado, acreditando talvez que Victor estivesse se remoendo para fazer perguntas sobre o livro desde o primeiro encontro, um mês antes. Mal sabia ele que Victor se sentira tão feliz com essa nova amizade que nem pensara no livro duas vezes, até agora...

– Olhe – disse Clare. – Aqui está a única parte que menciona Solent Gardens.

Victor leu. As coisas que pensara sobre David evaporaram; talvez fosse tudo imaginação. Ele sabia que às vezes era paranóico, a prisão deixava as pessoas paranóicas, diziam as pessoas que supostamente sabiam das coisas.

> O cerco de Solent Gardens – nunca foi exatamente um cerco e teve duração muito curta – foi descrito em outros lugares com freqüência excessiva para que eu possa falar muita coisa sobre ele. Em poucas palavras, então, levei um tiro, e esse tiro me aleijou por toda a vida. Hoje em dia, agora que os tempos mudaram, alguns diriam que para pior, os policiais envolvidos naquele exercício quase com certeza teriam recebido armas de fogo e é provável que eu não levasse tiro nenhum.
>
> Mas ficar pensando o que poderia ser é uma prática inútil e destrutiva. O passado é o passado. O tiro acertou a base da minha coluna, minha espinha dorsal se rompeu e meu corpo abaixo da cintura ficou paralisado para sempre. Minha última lembrança, durante muito tempo, foi de estar deitado em uma poça de sangue, meu próprio sangue, perguntando: "De quem é este sangue?".
>
> Os meses seguintes da minha vida, meu segundo tipo de vida, passaram-se no Hospital Stoke Mandeville, e o próximo capítulo fala disto.

– A apresentação será feita por um policial do alto escalão – David disse –, em que ele vai descrever o cerco. Mas sem citá-lo pelo nome, isso nós combinamos – ele sorriu para Victor. – Meus editores não gostaram nada disso, é verdade. Ficaram com medo de serem processados, acho. Então, não vai ter nenhuma fotografia, Victor, e nenhuma palavra severa, certo?

Essa coisa dos editores podia ser verdade, Victor pensou, mas também era verdade, disso ele estava certo, que David não tinha nenhuma intenção maliciosa para com ele. David compreendia que fora um acidente. Mas, então, por que seus olhos, pousados sobre Victor com mais atenção do que normalmente, com certeza, continuavam com aquele brilho de ironia, aquela diversão tolerante? Por que parecia observar Victor como se estivesse esperando... Sim, era isso: como se estivesse esperando que ele voltasse a fazer alguma coisa horrível, a viver talvez algum outro acidente desastroso de que ele, David, seria a vítima?

Guardou as folhas de prova novamente no envelope e voltou os olhos para Clare, cheios de gratidão. Tinha sido ela quem lera seus pensamentos e interpretara sua ansiedade, ela quem lhe dera conforto antes que ele pedisse. Sua mão sem aliança estava pousada em cima da mesa, a mão na qual David se recusava a colocar um anel de noivado. Victor teve vontade de cobri-la com a própria mão e segurá-la, mas não ousou.

13.

Ainda faltavam duas semanas para o aniversário. Victor deu um jeito de se assegurar de que David e Clare não tinham compromisso naquela noite de domingo e que estariam em casa juntos, como sempre. Não disse nada a respeito da surpresa, só teve o cuidado de dizer-lhes que era seu aniversário naquela data, porque tinha certeza de que todos se encontrariam nas semanas seguintes.

Enquanto voltava para casa de carro (muito tarde, na madrugada de domingo), ele decidiu que deixaria a cargo deles telefonar-lhe. Claro que podiam encontrá-lo se quisessem, quase sempre estava em casa à noite e, se deixasse a porta aberta, conseguia escutar o telefone. Talvez tivesse sido um pouco exagerado ter ido visitá-los duas vezes em uma semana; precisava tomar cuidado para não extrapolar neste estágio inicial. Ah, ainda tinham anos e anos pela frente. Provavelmente demoraria um ano inteiro ou mais para se tornarem amigos realmente próximos. Victor ficou imaginando, enquanto percorria a estrada vazia entre os bosques de faias, passando pelas encostas escuras e pelas clareiras abertas da floresta, se chegaria o dia em que todos eles morariam juntos, dividindo uma casa em algum lugar. A idéia era interessante, ele cuidaria de sua empresa de carros de aluguel e, se fosse tão próspera quanto ele achava que podia ser, Clare trabalharia para ele, iria se tornar sua sócia, ao mesmo tempo em que David, cujo livro estava fadado a ser um sucesso, entraria em um terceiro tipo de vida, a vida de um escritor. Desejou, no entanto, ter para si aquela fotografia de Clare. Podia ter pedido a ela que lhe desse uma fotografia. Por que não? Por medo de parecer bobo, pensou. Da próxima vez que os encontrasse, ele lhes daria uma foto de si mesmo e pediria fotos deles, assim não saberiam que ele queria especialmente uma foto de Clare.

Vestido com seu terno novo, alguns dias depois, Victor foi a um fotógrafo que tinha estúdio em Ealing Green. O fotógrafo pareceu bastante surpreso com seu pedido e no começo achou que Victor queria tirar uma foto para passaporte. Aparentemente, era raro homens adultos sozinhos, sem mulher nem filhos, quererem retratos de si mesmos. E Victor sentiu uma decepção verdadeira por não fumar charuto e não segurar um cachorro ou um taco de golfe. Mas as fotos foram tiradas, e o fotógrafo prometeu a Victor uma seleção de imagens para ele escolher em poucos dias.

Comprou as revistas *Tatler*, *Radio Times*, *TV Times*, *What Car?* e *House and Garden* e se acomodou na cadeira de rodas para ler. À noite, assistia a seu aparelho de televisão novo com o som bem baixo e a porta aberta, para que pudesse escutar o telefone. Na sexta-feira, Clare de fato telefonou, para perguntar se ele tinha se dado conta de que esquecera o suéter na casa deles. Ela o embalara e enviara pelo correio por encomenda registrada naquela manhã. Ela estava falando do blusão vermelho da Marks and Spencer, e Victor não dera falta dele porque o tempo estivera muito quente, mas desejou ter esquecido ou a jaqueta ou alguma outra coisa com etiqueta mais requintada.

Clare não o convidou para ir até lá, mas disse, logo antes de desligar, que eles se veriam. Victor gostou daquilo, a aceitação casual de um amigo, sem nada de formal, sem necessidade de dizer como o último sábado tinha sido agradável, como o vinho dele estava bom, como estavam ansiosos para se verem novamente. Aquilo ficara no passado, eles já estavam além disso. E ele disse a si mesmo que ficou contente por *não* ter sido convidado. Se fosse lá neste fim de semana, a comemoração do aniversário poderia vir a se dificultar muito. Devia haver pausas nas amizades, ele achava, devia haver espaços para respirar. Mas depois que ela desligou, ele ficou lá parado no hall escuro, ainda segurando o fone na mão, e então falando em voz alta no bocal as palavras que não tinha proferido enquanto ela ainda estava na outra ponta da linha:

– Boa noite, Clare. Boa noite, querida Clare.

Essa era uma palavra que ele nunca tinha usado com ninguém na vida inteira. Pegou o lápis de cima do telefone e escreveu na madeira, ao lado do nome e do telefone de David: Clare.

No setor de alimentação da Harrod's, Victor examinou a seção de delicatessen, queijos e frios e peixes e saladas. Olhou os bolos e as frutas, avaliando os preços, incapaz de fazer qualquer tipo de seleção frente a tanta fartura, tanto excesso, tantas escolhas assombrosas. Mas ele voltaria ali no sábado seguinte e compraria tudo que quisesse para seu jantar de aniversário. Alugaria o carro de novo. Era uma pena não poder alugar uma geladeira.

As cópias chegaram do fotógrafo, que insistiu que elas não estavam finalizadas, que eram só uma prova, só um guia. Victor achou que, mesmo no estado atual, já estavam bem boas para ele. Não sabia que parecia tão jovem. Sua beleza tinha sido menos castigada pelos anos na prisão do que ele pensara. Era um rosto sério, bonito, um tanto reservado que olhava para ele, a boca sensível, só os olhos com suas experiências sombrias revelavam que o homem do retrato já tinha passado da casa dos vinte anos. Em uma estava de perfil, nas outras duas estava de frente com os olhos levemente para o lado. Será que ele devia colocar a foto para David e Clare em um porta-retrato ou simplesmente lhes entregar na pasta de papel cor de creme com bordas irregulares que o fotógrafo forneceria? Fez a pergunta a Clare em seus pensamentos, mas, como sempre, ela não respondeu.

Muriel tinha uma geladeira. Aliás, ela tinha uma geladeira muito grande com um compartimento de congelador bem grande, necessário para alguém que vivia como ela. Mas Victor não estava disposto a perguntar-lhe se poderia guardar ali de um dia para o outro a comida que compraria na Harrod's. Era bem provável que ela fosse dizer não. Além do mais, ele tinha a sensação curiosa de que, agora que começara a usar a casa dela como uma espécie de banco, não podia mais existir uma relação entre os dois. Tinham deixado de ser tia e sobrinho. Ela providenciara isso com sua atitude agressiva para com ele.

De certo modo, a casa de Muriel era como um banco com um caixa automático na área externa (isso não existia antes de ele ir para a prisão), em que se colocava um cartão e se digitava um número secreto e o dinheiro saía. Só que, neste caso, só eram necessários uma chave e uma certa dose de coragem. No momento ele não precisava de mais dinheiro, tinha o suficiente para se virar por mais uma semana pelo menos. Victor caminhou pela Acton High Street e parou para olhar geladeiras na vitrine de uma loja. Quando tivesse seu apartamento, ele certamente precisaria de uma geladeira, mas no momento mal teria lugar para acomodá-la, de tanto espaço que a cadeira de rodas ocupava.

Na volta, passou pela loja de Jupp. No meio da vitrine, atrás da bandeja de bijuteria vitoriana, estava a escrivaninha do pai. A etiqueta do preço, pendurada em uma cordinha, estava virada de modo que não dava para enxergar da rua, técnica comum dos vendedores de antigüidades e de artigos de segunda mão. Mas, neste caso, não estava bem virada, porque ao inclinar a cabeça de modo a quase tocar nos joelhos e girando o pescoço, Victor pôde ler, escrita com esferográfica, a quantia: 359,99 libras. E Jupp tinha lhe dado apenas 410 libras por tudo! Já devia saber de antemão que aquela escrivaninha era antiga. E se a escrivaninha valia tanto, o que dizer do resto? A mobília dele provavelmente valia algo mais próximo de quatro mil do que de quatrocentas libras.

Mas ele compreendeu, olhando para ela e para o conjunto de castiçais de latão da mãe que estavam por cima, que agora era tarde demais para fazer qualquer coisa. De todo modo, entrou na loja. O sininho da porta tocou. Em um lugar de destaque, alguns passos loja adentro, estava o sofazinho de veludo marrom, com o pavão empalhado empoleirado no braço, os pés escondendo a marca de cigarro que o pai tinha deixado ali. Não foi Jupp nem o rapaz quem veio lá do fundo, mas sim Kevin.

– Ele tirou vantagem de mim, não é mesmo? – Victor disse. – Está pedindo pela escrivaninha quase a quantia que me deu por tudo.

– Absolutamente. É um roubo à luz do dia – disse Kevin, cheio de animação. – Bom, ele não está neste negócio porque faz bem à saúde, não é mesmo? E falando em saúde, você nunca vai acreditar, mas ele largou as balinhas de menta. Largou mesmo, de uma só vez.

Victor não estava interessado. Todo o conteúdo da casa de seus pais estava espalhado pela loja de Jupp, à exceção de alguns itens que, Victor supôs, ele já devia ter vendido ou que tinha levado para a loja da Salusbury Road. Deu uma volta pela loja lendo as etiquetas de preço: 150 libras pela mesa de jantar com seis cadeiras, 25 libras pela cama de casal dos pais (cena de tantos arroubos de amor e gritos pedindo mais, mascarados de aflição), dez libras pela cabeceira de cama de cetim com botões, 75 libras por uma estante e 125 libras por uma cristaleira.

– Quer um café? – Kevin perguntou, retornando para os fundos da loja. – Acho que é melhor aceitar.

Victor o seguiu, abaixando-se para passar pela cortina amarrada. Uma panela começava a ferver em cima de uma chapa elétrica, a espuma começou a borbulhar e a escapar pelas laterais antes que Kevin a alcançasse.

– Não adianta nada chorar pelo leite derramado – ele disse.

O aposento era mobiliado como uma cozinha, mas com poltronas e uma mesa de ferro com tampo de mármore, do tipo que às vezes se vê em bares.

– Você mora aqui? – Victor perguntou.

– Está de brincadeira? – Kevin lhe entregou uma caneca de leite fervido adicionado de meia colher de café em pó solúvel. – Açúcar? Ele anda passando a conversa na sua tia, se posso colocar assim. Não sei o que deu no velho Joe ultimamente. Ele está saindo com ela.

– Ela nunca sai de casa.

– Bom, é modo de dizer, não é não? "Saindo"... O que isso significa? Qualquer coisa entre pagar um chope para uma mina até trepar com ela até não poder mais. Ele deve ter alguma coisa para não ficar pensando na síndrome de abstinência.

– Então ele mora aqui, é isso? – Victor estava determinado a não se desviar de seu objetivo.

– Ninguém mora aqui – Kevin respondeu com muita paciência. – Minha patroa e eu moramos em Muswell Hill, e o velho Joe tem um apartamentinho em cima da loja de Salusbury. Está satisfeito? Então, por que temos mesas e uma geladeira aqui no fundo? É porque, neste ramo, às vezes é necessário trabalhar por longos períodos, para dizer o mínimo, quando nenhum desgraçado entra aqui. Certo?

– Posso guardar uma coisa na sua geladeira de um dia para o outro? Da noite de sábado para domingo de manhã, quer dizer?

– Qual é o problema da sua?

Victor explicou que não tinha geladeira. Foi necessário convencer Kevin. Parece que ele simplesmente nunca pensou que existia alguém (gente normal que vivia perto dele, não aborígenes ou amishes) que não possuísse uma geladeira.

– Como é que dá para acreditar? – ele disse, olhando para Victor com novos olhos, enquanto começava a falar da geladeira que dividia com a filha de Jupp, a maior e mais eficiente do mercado britânico, com enorme espaço interno e equipada com freezer, máquina de gelo e compartimento para gelar bebidas e servi-las por uma torneirinha. Finalmente Victor conseguiu arrancar dele que a loja ficaria aberta até as seis horas de sábado e que ele, Kevin, abriria "extra-oficialmente" ao meio-dia do domingo.

– É absolutamente contra a lei, mas altamente favorável aos negócios turísticos – ele disse.

Victor estava pronto para ressaltar que Jupp lhe devia alguma coisa pela maneira como tinha praticamente roubado sua mobília, mas Kevin não precisou de mais convencimento. Nunca guardavam nada além de leite e talvez meia dúzia de latas de cerveja na geladeira dali. Victor podia utilizá-la sem problemas.

195

– Então, lá pelo meio-dia de sábado – Victor disse.

Imagine se Jupp se *casasse* com a tia dele? Coisas mais estranhas já tinham acontecido. E, afinal de contas, devia ser isso que Jupp tinha em mente, porque seria difícil estar interessado nela por sexo ou companhia. Devia ser o dinheiro dela. Victor entrou na casa da sra. Griffiths, no silêncio quente e mofado, na calma do longo dia que passaria sozinho ali. O pacote na mesa do hall de entrada era para ele, estava endereçado com a letra de Clare. O blusão, é claro, e com ele um exemplar atual do jornal local semanal. Victor torceu para que também incluísse uma carta, mas só vinha com um cartão-postal com um desenho de uma estátua e de um quadrado e de alguns prédios que ele achou que talvez a própria Clare tivesse feito, mas que dizia, na parte de trás: *Versailles*, Raoul Dufy. Ela tinha escrito: "Achei que você ia precisar disto, para o caso de passarmos algum tempo sem nos ver. Com amor, Clare."

Ele levou aquilo para cima consigo. Vestiu o blusão, apesar de estar um tanto quente demais para usá-lo, e se sentou na cadeira de rodas, examinando o recado mais uma vez. O que "algum tempo" queria dizer? Alguns dias? Uma semana? Um mês? Claro que o significado realmente não fazia diferença, já que ele iria até lá no domingo para fazer uma surpresa. Ela tinha escrito "com amor", quando poderia simplesmente ter dito "atenciosamente". Na última vez, tinha escrito "atenciosamente". Ela poderia ter escrito "com carinho" ou "com afeição" ou "com amizade", mas colocou "com amor". Ninguém escrevia "com amor" se não tivesse sentimentos fortes pela pessoa, não é mesmo? Ele não conseguia se imaginar escrevendo "com amor" para ninguém; exceto para ela.

O blusão tinha sido manuseado por ela, dobrado por ela. Ele conseguia sentir seu cheiro na roupa, um perfume definido porém fraco do Rive Gauche que ele mesmo tinha comprado para Clare.

No jornal, havia um anúncio de um apartamento que parecia adequado. Provavelmente já tinha sido alugado àquela altura, Victor pensou, mas telefonou para o número indicado mesmo assim, em pé no hall com os olhos no nome de Clare escrito a lápis na parte de baixo da escada. O apartamento ainda estava disponível, cinqüenta libras por semana e localizado em Theydon Bois mesmo. Victor imaginou encontros diários com Clare e David. Eles o visitariam ao retornar de seus passeios e se sentariam com ele ao ar livre, embaixo de um guarda-sol listrado, bebendo vinho branco. Era um bom apartamento térreo, de um cômodo, com "pátio", cozinha e banheiro. Também havia uma garagem disponível para aluguel, se o inquilino desejasse. Victor marcou de ver o apartamento no domingo à tarde. Sem pensar muito no que estava fazendo, só fazendo porque parecia certo e porque era o que ele queria fazer, desceu a escada aos tropeços com a cadeira de rodas e saiu pela porta da frente. Quando chegou à Twyford Avenue, acomodou-se na cadeira e cobriu as pernas com a manta marrom xadrez. O dia estava quente, mas não quente o suficiente para fazer a manta parecer idiota.

Victor percorreu o caminho até Ealing Common. No passado distante, lugares assim lhe pareciam atraentes devido a seu potencial. Ali, podia encontrar mulheres sozinhas. Ali, não havia ninguém por perto para escutar os gritos delas. Ele sempre considerara cachorros especialmente ineficientes no que dizia respeito a ajudar as donas, mas também é verdade que ele nunca tinha atacado uma mulher acompanhada de um cachorro grande. Estacionou a cadeira embaixo de algumas árvores. Uma criança brincando com uma bola foi chamada em tom ríspido para perto da mãe; para o caso de incomodar o deficiente, ele pensou. O estuprador que ele fora no passado parecia uma outra pessoa, e isso não se devia simplesmente ao fato de ele no momento fazer o papel de deficiente físico. O estupro em si tinha se tornado algo tão alheio a ele quanto era a qualquer cidadão normal. Por que fizera aquilo? O que tinha ganhado com aquilo? Perguntou a Clare, que escutava com atenção, mas ela não respondeu, como sempre. Era porque ele vivia sempre furioso, pensou, e agora já não era mais assim, nem era capaz de imaginar alguma causa para sentir fúria.

Deu meia-volta e retornou à casa. Uma menina que se parecia muito com Clare se aproximou para ajudá-lo no cruzamento da Uxbridge Road, caminhou ao lado da cadeira de rodas dele, segurando na parte de trás. Os braços dele estavam cansados quando chegou à esquina da Tolleshunt Avenue, mas quando desceu da cadeira para empurrá-la até a casa da sra. Griffiths suas pernas pareciam endurecidas pelo desuso.

No dia seguinte, ele alugou um carro mais uma vez e, por sorte, conseguiu o mesmo. Parou no estacionamento da Harrod's, na última vaga disponível. Na seção de alimentação, comprou aspargos e groselhas, truta defumada e codornas, que ele torceu para que Clare soubesse preparar, minúsculas batatinhas inglesas, as primeiras da temporada, manteiga com ervas, creme azedo, ervilhas tortas, queijos brie e um de cabra que parecia um rocambole com cobertura. Comprou champanhe Moët et Chandon e duas garrafas de Orvieto.

Tudo saiu por quase cem libras. Victor não sabia que era possível gastar cem libras com tão pouca comida. Foi de carro até a loja de Jupp. O próprio Jupp estava lá, tentando em vão vender um abajur *art nouveau* feio para uma mulher que obviamente só tinha entrado para dar uma olhada. Kevin, obviamente, não se dera ao trabalho de informá-lo a respeito da combinação que ele e Victor tinham feito.

– É um pedido um tanto peculiar, não acha? – ele disse a Victor em tom lúgubre. – Um tanto estranho?

– O seu genro disse que tudo bem.

– Não duvido. Ele acha que é o dono da loja, parte do princípio de que é o monarca de tudo que supervisiona. Faça como quiser, sabichão, sinta-se em casa.

Jupp estava de jeans com o colete listrado, mas combinado a uma camisa branca de formato incongruente e uma gravata com um escudo de regimento. Usou a ponta do dedo para remover alguma coisa da parte de baixo da moldura de um espelho e colocou na boca. Victor voltou até o carro para pegar a caixa de comida; quando retornou, reparou que a escrivaninha do pai não estava mais lá. Mastigando seu chiclete, Jupp ficou segurando a porta da geladeira aberta. Examinou com os olhos cada item que Victor colocava lá dentro e, ao avistar o champanhe, suas sobrancelhas brancas bastas se ergueram.

– Eu não disse para não gastar tudo de uma vez, sabichão?

– Você está lucrando bastante comigo, devo dizer – Victor respondeu.

Jupp bateu com força a porta da geladeira.

– No amor e na guerra, vale tudo.

Ele não explicou onde o amor ou a guerra entravam em uma transação puramente comercial. Victor disse que voltaria para pegar a comida na manhã seguinte e saiu.

Aliás, ele voltou bem cedo, antes das dez, porque tinha acordado de madrugada pensando que seria terrível se eles por acaso não fossem abrir a loja naquele domingo específico. E se Kevin simplesmente tivesse esquecido? Mas Kevin estava lá. Ajudou Victor a reempacotar a comida, depois de tirar e jogar fora uma bola de chiclete mastigado que tinha encontrado colada ao puxador da porta da geladeira.

– Nojento, não é mesmo? A personalidade dele tem tendência ao vício. Logo vai começar a fumar.

Isso fez Victor se lembrar de comprar alguns cigarros para David. Também pegou um pacote de charutos Hamlet. De volta à casa da sra. Griffiths, ele se vestiu com cuidado, hoje com uma camiseta nova azul-escura que tinha comprado, jeans azul-escuro e a jaqueta acolchoada em dois tons de cinza. Quando estava amarrando os sapatos novos, de couro cinza perfeitamente liso, o par mais caro que já tivera na vida, lembrou-se de que era seu aniversário. Tudo isso era em homenagem a seu aniversário; no entanto, tinha se esquecido da ocasião no meio da complexidade dos preparativos. Olhou para si mesmo no espelho. Trinta e nove anos completados hoje, entrando no quadragésimo. Ninguém lhe enviara um cartão; mas quem além de David e Clare sabia qual era seu endereço? Mas ele sabia que no fundo estava se sentindo desconfortável, levemente deprimido, porém se recusou a permitir pensamentos relativos às razões para aquilo: o fato de David e Clare, que tinham sido avisados a respeito de seu aniversário, não terem lhe mandado um cartão.

Ao meio-dia ele saiu com a caixa de comida no porta-mala e, em um envelope grosso de papel pardo no assento a seu lado, a fotografia de si mesmo que tinha chegado no dia anterior pelo correio. Victor levava quatrocentas libras no bolso do casaco, tudo que sobrara do dinheiro que tirara de seu "banco" na casa de Muriel.

Almoçou em um hotel em Epping e desceu Piercing Hill até Theydon Bois. Tomou consciência de que estava levando o tipo de vida que sempre desejara e que nunca tinha exatamente alcançado antes: dirigia um carro bacana e novo, estava bem vestido, almoçava em bons restaurantes, logo escolheria uma casa nova bonita para si, ofereceria uma refeição luxuosa a seus amigos. O passado continuava lá, mas não era mais nem parecido com um pesadelo, já tinha ficado distante e impessoal demais para tanto; era como se fosse o passado de outra pessoa ou algo que tivesse lido em uma revista.

O apartamento fazia parte das casas mais antigas adjacentes à floresta. Era muito pequeno, um cômodo só com portas envidraçadas que tinha sido convertido em três. O "pátio" era um pedacinho de concreto rodeado de treliça do outro lado dessas portas, tomado por um clêmatis, no momento coberto por uma infinidade de florzinhas cor de creme. A dona da casa, que se chamava Palmer, disse a ele que aquele era um clêmatis e que a flor azul no canto mais estreito era uma búgula e que a mesa e as cadeiras de ferro eram novas e da melhor qualidade. Victor não gostou muito da mobília de compensado, da pia rachada e do tapete de sisal, mas imaginou-se morando ali e fazendo suas refeições ao ar livre, no pátio, e recebendo David e Clare para visitas várias vezes por semana. No telefone, lembrando-se do conselho de Clare, ele tinha dito que seu nome era Michael Faraday e agora o repetia, gostando bastante daquele som. A sra. Palmer queria o depósito de um mês adiantado e uma referência. Victor entregou duzentas libras e prometeu uma referência, achando que talvez Clare pudesse ajudá-lo nesse quesito, já que tinha sido ela a sugerir que ele adotasse um novo nome e descartasse o passado.

Ainda não eram quatro horas. Victor achou que David e Clare ainda deviam estar fora, em seu passeio, se tivessem saído naquele dia. Quando ele deixara Acton, fazia sol e o dia estava bonito, mas agora tinha nublado e ficado mais frio, e enquanto ele percorria de carro a extensão do gramado, alguns pingos de chuva caíram no pára-brisa. Ficou enrolando até mais ou menos quatro e meia, sem fazer nada no estacionamento, lendo a *Time Out*.

Quando parou na frente de Sans Souci, a chuva era contínua. Não estariam no jardim naquele dia. Bateu na porta da frente com a aldrava em formato de soldado romano, a caixa de comida e as bebidas a seus pés. Uma cortina em uma das janelas da frente se afastou, e Clare espiou para fora. Ele não pôde esconder de si o fato de que, quando ela viu quem era, seu rosto assumiu um ar de desalento vazio. O sorriso que substituiu essa expressão era artificial e forçado. De repente, ele sentiu muito frio.

Clare abriu a porta. Estava com calça de algodão branco e uma camisa azul que a deixava com ar muito jovial; segurava a cadelinha nos braços. Clare sempre parecia jovem, era jovem, mas agora parecia ter uns dezoito anos. Ela disse:

– Victor, mas que surpresa!

– Eu queria que fosse surpresa – ele falou em um murmúrio sem jeito.

Ela olhou para a caixa.

– O que você trouxe desta vez?

Ele não respondeu. Pegou a caixa e a levou para dentro da casa e ficou lá parado, ciente de que havia algo diferente, de que estava faltando algo ou de que algo tinha se perdido.

– É uma pena, mas David não está – ela disse. – Pediram a ele que fosse para o hospital uma semana antes do combinado. Fizeram questão, e para ele dava no mesmo. Ele volta amanhã.

Então Victor percebeu o que estava faltando: o cheiro dos cigarros de David.

– Não fique assim tão decepcionado!

– Desculpe, é só que...

– Você vai ter que me agüentar sozinho. Venha aqui conhecer Pauline.

Ele teve uma sensação horrível da possibilidade de um truque mais uma vez. Ela tinha providenciado aquilo, tinha planejado tudo, e Pauline Ferrars o esperava atrás daquela porta, tirada de seu esconderijo, descoberta, trazida até ali para confrontá-lo e caçoar dele. Mas claro que era uma Pauline bem diferente, alguma amiga ou vizinha, uma moça mais ou menos da idade de Clare, de cabelo escuro, bonita, usando uma aliança de casamento de ouro.

Elas estavam tomando chá, e a chaleira estava lá com duas canecas e biscoitos em um prato. Enquanto Clare saiu para pegar outra caneca, ele tentou conversar com Pauline. Disse que o dia tinha começado bonito, mas que agora não estava mais. Ela concordou. Clare voltou e começou a falar sobre David, o tratamento que ele estava fazendo, algum tipo de choque elétrico na coluna que na verdade ainda estava no estágio experimental. Ela iria buscá-lo pessoalmente na manhã seguinte, tiraria o dia de folga para isso, porque ele preferia assim, em vez de ter que usar a ambulância que tinham lhe fornecido antes.

Victor se sentiu mais do que decepcionado. Estava estupefato e atordoado. Na presença daquela mulher, parecia-lhe impossível falar, e ele já estava convencido de que ela fora até lá para passar o dia, para passar a noite. O absurdo de seu plano, de sua "surpresa", se desdobrou à sua frente, e ele viu como aquilo tudo havia sido uma idiotice, como de fato fora infantil não ter telefonado para conferir se os dois estariam em casa e livres. Mas quando Pauline se levantou e disse que precisava ir (disse que tinha sido um prazer conhecê-lo. Mas como poderia ter sido?), ele se sentiu um pouquinho melhor. Sentiu que poderia tirar algo daquilo e, apesar de estar envergonhado, também estava bastante contente com o fato de Clare ter dito, depois de acompanhar Pauline até a porta, que não pôde deixar de reparar no champanhe na caixa e queria saber o que estavam comemorando.

– O meu aniversário – ele respondeu e, como não conseguiu se segurar, completou: – Eu disse a você.

– Ah, Victor, claro que sim! Eu me lembro. É só que, depois de tudo isso com David, e de ter que ir ao hospital cedo e arrumar tudo... Eu esqueci.

– Não faz mal.

– Faz sim, e você sabe que faz. Acho que eu sei o que tem na caixa. Coisas para um jantar de comemoração, certo? Vinho e comida e coisas deliciosas?

Ele assentiu.

– Venha. Vamos desempacotar para ver.

Victor sugeriu que tomassem champanhe enquanto faziam isso.

– Não quer guardar até David voltar? Você pode voltar algum dia da semana, e aí podemos beber.

– Meu aniversário é *hoje* – Victor disse.

Ela estava ajoelhada no chão e ergueu os olhos para ele com um sorriso repentino que era de alegria e tinha um certo ar conspiratório, talvez devido ao caráter direto e infantil da resposta dele. Ela torceu o nariz. Ele não estava com muita vontade de sorrir, mas fez um esforço. As coisas que saíram da caixa a fizeram engolir em seco.

– Não vai ter como só nós dois comermos tudo isto!

Victor abriu o champanhe. Ela já estava com duas taças prontas. Na vida, ele não tinha tido muitas oportunidades de abrir garrafas de champanhe e, quando o fizera no passado, sempre foi com algo parecido com uma explosão seguido de uma bagunça, mas dessa vez a operação foi completada com suavidade e cada gota de espuma caiu no copo de Clare.

– Você sabe cozinhar estas coisas todas? – ele perguntou.

– Posso tentar. Essas codornas parecem bem bobas, igual àquela musiquinha dos passarinhos que foram colocados vivos dentro de uma torta.

– Quando estiverem cozidas vão ficar bem diferentes – disse Victor.

– É melhor que fiquem. – Clare ergueu o copo. – Feliz aniversário, Victor!

Ele bebeu. Lembrou-se da expressão de desolamento no rosto dela à janela quando ele bateu à porta. Parecia que uma camada de paranóia tinha se desgrudado de sua mente; ele percebeu alguma coisa mais racional por baixo, e as possibilidades de acordo se tornaram menos remotas.

– Se você quiser ficar sozinha hoje à noite – ele disse –, se preferir que eu vá embora, eu não me importo. De verdade.

Ela esticou a mão e a pousou no braço dele.

– Eu gostaria que você ficasse.

Estava claro que ela tinha sido sincera. Ele tomou muita consciência do toque dela, do peso daquela pequena mão morena, apesar de ter sido um toque bem leve, quase sem encostar, na manga dele. Ele sentiu um impulso curioso de curvar a cabeça e pressionar os lábios contra os dela. Ela afastou a mão e se recostou na cadeira, sorrindo.

— Claro que eu quero que você fique. Devemos muito a você, Victor.

Ele só ficou olhando para ela, pressentindo o sarcasmo.

— Eu sei que isso parece estranho, levando tudo em conta... Bom, se não fosse você, David não estaria neste estado, para começo de conversa. Isso é verdade, claro. Mas somos pessoas diferentes em momentos diferentes da vida, não acha?

Ah, como ele achava! Assentiu com movimentos passionais, segurando os punhos bem fechados.

— O homem que atirou em David não é o homem que está comigo aqui agora, não é o homem com quem David é capaz de conversar e, bom, de certo modo esclarecer as coisas, colocar os acontecimentos em perspectiva. E mesmo aquele primeiro homem, David não o vê mais como um monstro, como o mal. Ele está começando a entender. Victor, houve um tempo em que eu achei que David... enlouqueceria. Ele estava indo rumo a um colapso completo. Ele não conseguia falar sobre o tiro, com toda a certeza não era capaz de escrever sobre o acontecimento, e este é o verdadeiro motivo por que você não está no livro dele... Não é por compaixão a você, se tinha pensado assim. E daí você apareceu. Primeiro, ele achou que você estava aqui para matá-lo e depois, acredite se quiser, ele achou que gostaria de matar você.

Victor ficou escutando em silêncio, observando o rosto dela.

— Daí ele começou a *gostar* de você. Tem alguma coisa... preciso encontrar a palavra certa... que faz a gente *gostar* de você. Sabia? Acho que é porque você parece muito vulnerável.

Podia ser o champanhe, apesar de Victor achar que não, mas alguma coisa parecia se mover e tremer e se desdobrar dentro de seu corpo. As palavras dela se repetem dentro do ouvido dele.

— É, faz a gente gostar de você — ela disse. — Eu sei que David sente isso. Perdoe-me por dizer que, acho, ele ainda não confia exatamente em você, não inteiramente, mas pense em como ele se magoou. Um dia ele chega lá. Ele finalmente vai conseguir se ajustar à vida por seu intermédio.

Victor sentiu como se ela tivesse lhe dado um presente de aniversário magnífico. Não existia nada material que ela pudesse lhe dar que o deixaria sequer metade tão feliz. Ele gostaria de poder dizer isso, mas foi incapaz de exprimir tais pensamentos, eles empacaram em sua língua e ele foi tomado pelo silêncio. Ele guardou a comida de volta na caixa e a levou para a cozinha. A chuva escorria pelas janelas, o jardim verde e florido era um borrão distorcido através do vidro lavado pela água. Ela entrou trazendo o champanhe, pegou a mão dele e deu um apertão.

– Clare – ele disse, segurando a mão dela. – Clare.

No final, resolveram não comer as codornas e guardá-las na geladeira para quando David voltasse. Clare cozinhou o aspargo, e eles comeram truta e depois as framboesas com creme. Comeram na mesa da cozinha, e Victor adorou a informalidade daquilo, a toalha xadrez vermelha e branca que Clare colocou em cima da mesa de pinho, a vela vermelha no candelabro de peltre que foi acesa às oito, quando estava escuro o suficiente, deixando Theydon Manor Drive naquela noite com cara de inverno à meia-luz.

Ele contou a ela sobre o apartamento pelo qual tinha pago o depósito. Clare disse o que ele tinha fantasiado que ela diria, apesar de não ter realmente imaginado que ela o faria.

– Vamos poder dar uma passada por lá quando sairmos para passear.

Victor disse:

– Ele voltou para o hospital agora... Será que existe... Isto significa que há uma chance de que possam curá-lo? Será que ele pode melhorar?

Ela ergueu os ombros.

– Quem sabe um dia? Não é um assunto do qual eu entenda muito. David sabe tudo a respeito, você vai ter que perguntar a ele – ela sorriu por causa do olhar incrédulo dele. – É, estou falando sério. Seria bom para ele conversar sobre o assunto. Mas uma cura...? Não no momento, não neste estágio do... bom, do conhecimento. Eles experimentam coisas novas nele... Com permissão total dele, claro. Posso dizer que até de acordo com os desejos dele. É por isso que ele está lá agora. Mas não vai acontecer nenhum milagre, Victor. Não vou chegar lá amanhã de manhã e ser recebida por um comitê de boas-vindas de médicos felizes com David caminhando no meio deles. Na melhor das hipóteses, as reações dele vão dar algumas idéias para terem uma noção sobre o que fazer a seguir.

Ele ficou imaginando se o fato de ela mencionar a manhã seguinte era uma dica para ele ir embora. Mas ele sabia que essas desconfianças eram sintoma de uma paranóia que ele estava começando a deixar de lado. Ela tinha pedido a ele que ficasse, queria sua presença ali. Ele a ajudou com a louça. Abriu uma das garrafas de vinho italiano.

Era curioso o fato de, até então, ele não sentir desejo de verdade por ela. Várias vezes ele se lembrou da maneira como ela o tinha tomado nos braços naquela tarde, quando David lhe mostrara a prova do livro, e como ele tinha reagido àquele abraço. Mas desejo por aquele tipo de mulher era algo que ele quase nunca sentira, que não sentia desde Pauline pelo menos, e comparar Pauline a Clare era um acinte. Ele lembrou sua reação a Clare como fenômeno isolado, interessante e até agradável, mas algo que não voltaria a sentir. Quando ela tocara nele, colocara a mão em seu braço e segurara sua mão, ele sentira algo distinto de desejo, algo que poderia definir como relativo ao que ela misteriosamente chamara de vulnerabilidade, sua capacidade de fazer as pessoas gostarem dele. Mas as coisas agora tinham mudado e ele estava ciente, enquanto se deslocavam pela cozinha, de que uma alteração de consciência ocorrera, uma mudança nas relações dele com ela. Ele queria que ela o abraçasse novamente.

Ela apagou a vela e foram para a sala. O aparelho de televisão ficava lá, e ele desejou que fossem assistir a alguma coisa. Ele tinha chegado à conclusão de que era isso que se fazia, que, aliás, era o que todo mundo fazia, que era um modo de vida. Em vez disso, Clare colocou um disco para tocar. Era o tipo de música de que ele sempre dissera a si mesmo que não gostava, que soava velha e estranha, música *de época* tocada em instrumentos que ninguém mais usava. Ela lhe entregou a capa para ler, e ele viu que era uma suíte de cravo de Purcell. A doce frieza daquilo se derramou pela sala e seu contentamento se esvaiu e ele se encheu de infelicidade, com um quase pesar e uma noção de desperdício, de solidão.

Ele disse:

– Você me dá essa foto sua?
– Se eu dou para você? Para você? Está falando da foto no porta-retrato?

Ele assentiu. Então, lembrou-se.

– Eu trouxe uma coisa para você. Uma outra coisa, quer dizer. Quase esqueci.

Tinha deixado o envelope com sua foto no banco do passageiro do carro e saiu para pegar, mas não trancou a porta. Ele iria embora logo. A chuva tinha parado e o ar estava azulado, frio, muito limpo. Uma lua branca se erguia no céu, encoberta por um nimbo, e no horizonte enxergava-se a fita amarela da auto-estrada, as luzes enviavam um brilho trêmulo ao céu escuro. Ela levantou quando ele entrou e tirou a fotografia de suas mãos. A música tinha mudado, estava mais quente, parecia uma dança, apesar de ainda estar bem longe, no passado.

– Você fez isto especialmente para mim?

Colocando assim, parecia que era meio tolo. Ele assentiu.

– Obrigada – ela disse. – Você não pode ficar com aquela foto minha, ela é de David, mas eu lhe dou outra.

Ele observou enquanto ela procurava na escrivaninha. Uma convicção se formou e se fortaleceu e tornou-se absoluta: ele não poderia pegar o carro e voltar para casa naquela noite. De algum modo, isto estaria além de sua capacidade. A solidão que se acomodaria a seu lado tomaria conta dele; como se fosse um caronista dado à violência, ela o atacaria e o dominaria e praticamente o mataria. Podia contar alguma mentira, pensou, como não ter conseguido dar a partida no carro, qualquer coisa, qualquer subterfúgio para ficar.

Sem virar a cabeça, certamente lendo a mente dele, ela disse:

– Está tarde, Victor. Por que não passa a noite aqui? Vou ter que sair bem cedo de manhã, mas você não vai se importar com isso – ela riu e se virou sem se levantar da cadeira. – Para dizer a verdade, eu não gosto muito de ficar aqui sozinha. Pauline estava me fazendo companhia, mas o marido dela voltou de uma viagem e ela teve que ir embora.

Ele tentou parecer despreocupado, desprevenido, como se estivesse lhe fazendo um favor.

– Posso ficar, sem problemas.

A foto que ela lhe deu era diferente da que estava no porta-retrato, tinha sido tirada há mais tempo; mostrava uma Clare jovem, quase infantil. Ele ficou lá olhando para a imagem, olhando como se mal tivesse coragem de fixar os olhos na mulher viva. Ela lhe daria o quarto de hóspedes onde Pauline se hospedaria, disse, já que o quarto de David era tão cheio de equipamentos e apetrechos para pessoas deficientes. A voz dela, ele reparou, assumira um tom estranho, retesado. Ela bebera uma bela quantidade de vinho, mais do que ele se lembrava de tê-la visto se permitir em outras refeições que tinham compartilhado. Suas bochechas estavam coradas, e os olhos dela pareciam muito grandes. Ele pensou, ela vai me beijar de novo quando me der boa-noite.

Uma necessidade de adiar a separação tomou conta dele. Ele olhava para ela em silêncio, observando-a agora como tinha observado a fotografia. Ela estava falando, de maneira bem convencional, sobre o trajeto a ser percorrido na manhã seguinte, a longa distância interior afora, e ele entrou no clima, fez perguntas sobre a estrada, ofereceu-se para levá-la (oferta que foi rejeitada), e tudo isso sem tirar os olhos do rosto dela, com um anseio que cresceu até quase chegar a se aproximar dela fisicamente. Ao mesmo tempo, ele percebeu que ela tinha o mesmo desejo de aproximação em relação a ele. Pensou que devia estar imaginando aquilo, mas não estava enganado. Não podia estar, e ele se lembrou de ela ter dito que ele fazia as pessoas gostarem dele. Por dentro ele tremia, apesar de seu corpo e suas mãos permanecerem firmes. Seus sentimentos eram bem diferentes do que tinham sido naquela vez em que ela o abraçara, mais difusos, mais ternos, menos vorazes.

Essa foi a palavra que ele usou para si mesmo, e fez com que sentisse um calafrio. De repente, ele perguntou, abrupto:

– O que você sabe sobre mim? Sobre o meu passado? O que David lhe disse?

Ela respondeu com firmeza:

– Que você estava em uma casa com uma moça, uma espécie de refém, e David precisou entrar para salvá-la e você atirou nele. Precisamos mesmo falar sobre isso?

– Só isso?

– Acho que sim. – Ela se levantou e ele também se ergueu. Ela ficou olhando para ele, simplesmente lá parada, com as mãos largadas ao lado do corpo. – Está tarde. Não precisamos conversar sobre isto hoje à noite.

Ele não era capaz de definir o olhar faminto e ansioso que ela trazia no rosto. Ele nunca tinha visto aquilo em uma mulher. Ele nunca havia tomado uma mulher nos braços e aninhado sua cabeça nas mãos e aproximado seu rosto do dele e beijado seus lábios. Era seu 39º aniversário, mas ele nunca tinha feito isso antes. As sensações que emergiram nele eram inesperadas e novas, tremendas, esmagadoras e, no entanto e de algum modo, não exigiam satisfação rápida e imediata.

Ela reagiu ao beijo dele de modo bem diferente do da última vez, porque ele sentiu que o desejo dela era igual ao dele. O beijo dela explorou a boca dele, e seu corpo pressionou suas curvas nos músculos rijos e vulneráveis dele. E então ela se contorceu e se afastou, ficou parada por um momento, olhando para ele com uma espécie de pânico, com as costas da mão nos lábios. A confusão o deixou em silêncio, sem saber o que fazer. Nessas questões ele não tinha experiência. Ela saiu da sala e, quando ele a seguiu, tinha desaparecido. O corredor estava vazio. Ele olhou na cozinha, mas não havia ninguém ali, só a cadelinha Sally enrolada em sua cesta. Ele apagou as luzes e subiu a escada, onde o trilho do elevador de David cobria o corrimão.

No andar de cima, ele não conhecia os quartos, não sabia onde devia ir e entrou no de David por engano. Violinos em diversos estágios de confecção, um terminado, estavam em cima de uma cama de pinho. Um arco amplo conduzia a um banheiro grande o bastante para que a cadeira de rodas coubesse embaixo dos jatos de água. Ele deu meia-volta. As batidas de seu coração lhe causavam dor, e ele chegou a desejar ter ido para casa, apesar do luar frio, apesar da solidão como companhia. A casa estava em silêncio. Através de uma janela do patamar, ele enxergou o trajeto amarelo da auto-estrada que se estendia por planícies e colinas.

Respirou fundo e abriu uma porta e a viu à sua espera, sentada nua na beirada da cama, erguendo os olhos ao encontro dos dele, estendendo-lhe as mãos sem sorrir.

14.

De madrugada, os dois acordaram ao mesmo tempo. Victor despertou e descobriu que tinham dormido abraçados, e então as pálpebras dela se moveram e seus olhos se abriram. Ele não se lembrava de ter apagado a luz, mas devia ter apagado, porque agora olhava para o rosto dela sob o luar branco. Os seios dela eram muito cheios e macios e ele os segurava nas mãos, outra coisa que nunca tinha feito antes da noite anterior. Fazer amor para ele antes era um ataque e um bombeamento ligeiro, uma descarga explosiva, um engolir em seco e um virar para o lado; e isso não acontecia apenas com as mulheres que ele estuprava (aquela era ainda uma outra coisa, algo ainda mais distante e menos sexual), mas também com Pauline, que de algum modo o deixava acanhado, fazia com que ele tratasse o corpo dela como um buraco com um pouco de carne em volta. Clare não teve que ensiná-lo a fazer amor (ele não teria gostado que uma mulher, qualquer mulher, fizesse isso), mas fazer amor lhe viera naturalmente com ela, vinha com naturalidade mais uma vez enquanto ele explorava o corpo dela com as mãos, com delicadeza com as pontas dos dedos, com a língua e com carícias murmurantes dos lábios. E ele não tinha como saber qual seria a recompensa, a sensação de senti-la derretendo e fluindo sob o toque dele, de se desdobrar em volta dele e de recebê-lo com uma espécie de gratidão doce e amável.

Ela não era uma mulher ativa, do tipo que ele tinha lido nas revistas. Ele não poderia ter suportado a agitação de pernas e braços, a manipulação de sua carne, ela trepada por cima dele soltando gritos de êxtase; isso ele não aceitaria, assim como também não gostaria que ela tivesse tomado qualquer iniciativa de fazer exigências. Com facilidade, com reserva idílica, pensando não na gratificação presente, mas em uma vida toda de prazer rarefeito, ele adiou seu clímax até sentir a pressão das mãos dela apertando suas costas, até que seus lábios unidos aos dele sussurrassem: "Agora!". Na noite anterior não tinha sido bem assim, não foi tão perfeito para ela quanto foi para ele, a movimentação do mundo não tinha sido perfeitamente compartilhada. Anos de aflição e de perplexidade se afastaram de fininho. O corpo dele se encheu de luz, e ele sabia que a mesma coisa tinha acontecido com ela, que o sangue a lhes correr pelas veias estava diferente, recarregado.

– Eu amo você – ele disse, palavras desconhecidas que ele tinha lido, mas que nunca pensara em proferir.

Ela não estava mais lá quando ele acordou de novo. As cortinas estavam abertas, e a manhã era de um cinza esbranquiçado, o céu nublado; uma rosa branca, mais clara do que o céu, se abria em uma trepadeira, emoldurada por uma das vidraças da janela. Clare entrou no quarto já de roupa, trazendo um chá para ele, sentou-se na cama vestida como a secretária eficiente de alguém, com um tailleur de flanela cinza e uma blusa vermelha com um laço. Ela deu um beijo nele e se afastou sorrindo quando ele tentou abraçá-la.

– Deixe que eu levo você. Eu me levanto e levo você.

– Não, Victor. Preciso ir buscar David sozinha. Você tem que entender.

Claro que ele entendia. Ele via claramente no rosto dela o que ela estava pensando, nada mudava a afeição que tinha por David, sua lealdade a ele, da mesma maneira que não mudava para Victor. Ela tinha feito uma promessa e precisava cumpri-la. Afinal de contas, de certo modo, ela era secretária de David, sua enfermeira ou uma irmã cheia de amor.

– Vou me levantar e sumir – ele disse. – Vou para a minha casa.

Ela assentiu.

– A gente se vê em breve. Eu telefono.

– Eu gostaria de me encontrar com David, sabe?

Ela pareceu surpresa.

– Claro que sim.

Ele ouviu o Land Rover sair da garagem logo abaixo da cama. Ouviu quando se afastou, quando a marcha foi trocada, quando parou no cruzamento com a rua maior. Quando não escutou mais nada, levantou-se e arrumou a casa; lavou as xícaras e o prato de café-da-manhã dela e o bule. Não estava com vontade de comer, não queria tomar café-da-manhã. Na sala, encontrou a fotografia que ela tinha lhe dado. Clare, disse para a foto, Clare. Ficou olhando para ela, sentando em uma poltrona, segurando a foto à sua frente, só olhando. Por que não compreendera, durante todas aquelas semanas, que estava apaixonado por ela? Porque aquilo nunca tinha acontecido com ele antes. Compreendeu então a necessidade dos pais pela companhia exclusiva um do outro e ficou se perguntando por que fora tão cego e tão iludido.

Colocou a fotografia dela no envelope em que tinha trazido a sua, que deixou jogada em cima da mesa. Sua idéia inicial era escrever alguma coisa na diagonal no canto da imagem, da maneira como as pessoas famosas faziam; escreveria uma mensagem para os dois e assinaria. Mas agora não poderia mais fazer isso, então simplesmente a deixou lá.

Ainda não eram nem oito horas. Foi até o carro e ouviu um zunido distante, como se fosse de um avião. Era a estrada, cheia de trânsito matutino. As necessidades do dia e sua pressão começaram a se abater sobre ele, a rotina ia lhe voltando. Ele tinha que devolver o carro naquela manhã, mas não ia conseguir, de jeito nenhum, chegar antes das nove. Teria que pagar um dia extra. Também precisava avisar à sra. Griffiths que sairia da casa, e também talvez a Tom ou Judy. Pensou sobre essas coisas, e então Clare, sua imagem, a lembrança de sua voz afastaram tudo. Ele voltou para Acton com a cabeça cheia de Clare, o corpo tomado por uma excitação intermitente de conhecer certos aspectos dela, mas sem ousar pensar com muita intensidade em como ela era nua ou nas coisas que tinham feito juntos. Só de lembrar dos olhos dela se abrindo sob o luar já fazia com que ele tremesse, e um longo arrepio percorria sua espinha dorsal.

E agora? Não tinham dito nada a respeito de contar para David, apesar de Clare ter concordado quando Victor disse que gostaria de se encontrar com David, compreendendo o que ele queria dizer com aquilo. O próprio David provavelmente compreenderia o que tinha acontecido. Talvez até ficasse contente. Afinal de contas, ele podia gostar muito de Clare, podia compartilhar sua casa com ela e depender dela para fazer tanta coisa, mas não podia ser seu amante, nunca poderia lhe dar o que ele, Victor, dera a ela na noite anterior. Se ele realmente gostasse dela, iria querer que ela tivesse uma vida amorosa e provavelmente ficaria feliz por ser com alguém como Victor, que realmente a amaria e a trataria com afeição e se importaria com ela.

Victor devolveu o carro e, como só tinham se passado dez minutos das nove, não cobraram uma diária extra dele. Ele caminhou até a casa na Tolleshunt Avenue, sentindo-se forte, em forma e jovem, apesar de ter completado 39 anos no dia anterior e de ter bebido quase duas garrafas de vinho. No andar de cima, em seu quarto, ele se acomodou na cadeira de rodas, imaginando como seria ser como David, vivo só da cintura para cima. Capaz de pensar, de falar, de comer, de beber e de movimentar a cadeira de rodas, mas não muito mais do que isso. Claro que, se ele não podia fazer aquilo porque os nervos ou sei lá o que lá embaixo estavam mortos, ninguém ia ficar pensando que ele não queria fazê-lo. Victor sabia que ele queria, porque ficava ereto cada vez que pensava em Clare daquele jeito. Sentado na cadeira de rodas, ele estava ereto agora, uma protuberância se destacava na manta xadrez marrom que ele tinha colocado por cima dos joelhos. Que coisa mais ridícula e grotesca! Ele pulou para fora da cadeira de rodas e se deitou de bruços na cama, mas a cama lhe trouxe a imagem dela mais uma vez e, de repente, foi tomado por uma vontade voraz e amarga de que ela estivesse lá, amarga porque não havia como isso acontecer naquele dia. Ou será que havia, talvez? Quando ela voltaria? Quando telefonaria para ele? Imaginou-a dirigindo o carro pela Inglaterra verde de junho, pelas auto-estradas, pelas estradinhas cheias de curvas que passavam dentro dos vilarejos, certamente pensando nele como ele pensava nela, uma moça de pele dourada, cabelo dourado mais claro, um tailleur de secretária e uma blusa vermelha com um laço...

Ele então se forçou a se levantar e se sentar à mesa com a estrutura de bambu e os adornos de marcas de cigarro para escrever uma carta à sra. Griffiths. Ele só lhe daria aviso prévio de uma semana, mas ela não sairia perdendo, já que recebia do seguro social. Ele calculou que Clare devia estar chegando em casa, mas quando o telefone tocou no andar de baixo, achou que tinha calculado mal e que ela já estava em casa. Assim que chegou em casa, ligou para ele! Correu escada abaixo e tirou o fone do gancho e uma voz de mulher perguntou se era do Curry. Engano. Seria melhor sair e ir para algum outro lugar em vez de ficar ali esperando o telefone tocar, mas ele sabia que não sairia.

Entregando-se totalmente a ela, ficou pensando no que fariam, onde morariam. No apartamento novo durante um tempo, calculava. Ele teria que arrumar emprego, abrir a empresa de veículos de aluguel em que já tinha pensado. Será que ela, perguntou a si mesmo, será que ela... um dia se casaria com ele?

Apesar de aquilo ter lhe causado uma certa confusão na mente e no corpo, fazendo com que sentisse um tormento físico de um tipo que jamais experimentara antes, ele foi incapaz de evitar a lembrança de como ela tinha reagido a ele, com um abandono tão doce, quase com alívio, como se ansiasse por aquilo havia muito tempo. Ela se entregara a ele, uma expressão antiquada que ele ouvira a mãe usar certa vez, mas com o sentido oposto: "Ela se entregou para ele e, claro, arrependeu-se". Ele tinha certeza de que Clare nunca se arrependeria daquilo, mas era verdade que ela se entregou e transformou o ato em um presente cheio de alegria e amor, o que fazia com que fosse ainda melhor recebê-lo. Ele a amava, e ela o amava. Aquilo tudo era tão certo, e tinha começado no dia em que ele vira o nome Theydon Bois na estação e dera início à busca por David. Um dia de sorte para Clare, que tinha sido salva de uma vida que não era vida para alguém tão jovem e tão adorável e tão capaz de dar amor como ela.

Ela ligou para ele à noite. Já era bem tarde, por volta das dez, e ele tinha perdido as esperanças de ter notícias dela naquele dia. De certo modo, não achava que teria e não estava infeliz nem ansioso. Mas o telefone ter tocado e ele ter escutado a voz dela foi um bônus.

– Victor? É Clare. David dormiu. O dia dele foi exaustivo.

– Quando posso me encontrar com você?

– David andou perguntando por você. Quer saber o que você acha de vir aqui no sábado.

– Quero dizer quando posso me encontrar só com você.

Ela ficou em silêncio, pensativa. Ele começou a compreender que poderia haver dificuldades. No começo, haveria dificuldades. Claro que não seria o mesmo que velejar de vento em popa.

– Acho que você não disse nada para ele, certo?

– Disse o quê?

– Bom, se contou para ele.

– Não, Victor, não contei.

Ele era capaz de enxergar o rosto dela com tanta clareza como se aquele fosse um telefone com uma tela de televisão. A imagem dançava na escuridão do hall como um rosto fantasmagórico, um lindo balão flutuando em sua retina. Na parte de baixo da escada estava escrito o nome dela: Clare.

– Você quer se encontrar comigo antes de sábado?

– Claro que sim. Você não quer se encontrar comigo?

– Quero.

O coração dele, que estava cheio de dúvidas e medos infundados, de repente deu um pulo de alegria. Ele não sabia cantar, na verdade nunca realmente tinha tentado, mas bem que gostaria de cantar naquele momento. Agora ele conseguia entender os tenores das óperas, tão cheios de amor e felicidade, pesar e tragédia.

– Quando, Clare?

– Amanhã, não. Não posso. Na quarta, depois do trabalho, às cinco e meia, em Epping. Você consegue, Victor?

Ele conseguiria estar quarta-feira às cinco e meia em Marrakech, pensou.

– Não em um bar. Vai ser cedo demais, de todo modo. Em Bell Common, podemos nos encontrar lá, Victor. Eu estaciono o Land Rover em Hemnall Street, que fica bem no encontro de High Street e a ponta do Common.

– Eu amo você – ele disse.

Ele teve um sonho horrível: "desnecessário", disse a si mesmo. Por que era necessário que ele fosse visitado por um pesadelo daqueles? Claro, independentemente do que os psicólogos possam dizer, os sonhos estão relacionados ao que aconteceu com você no dia anterior. E naquele dia, no *Standard* que ele comprara, junto com *Seleções do Reader's Digest* e *Punch* e *TV Times*, havia um parágrafo que, apesar de estar perdido no meio de outras coisas, saltou aos olhos de Victor. Coisas sobre estupro sempre se destacavam para ele, apesar de aquilo já não o preocupar mais. Esta notícia dizia que um homem que chamavam de Raposa Vermelha (será que era porque tinha cabelo ruivo? Rosto avermelhado?), que estuprara uma mulher de setenta anos em Watford, agora havia atacado de maneira semelhante uma adolescente em St. Albans. Como eles sabiam que era o mesmo homem? Por causa das descrições que as mulheres tinham dado?

Victor não pensou sobre o assunto. Ou, pelo menos, achou que não tinha pensado. Quem podia saber o que se passava no inconsciente? Se você soubesse, não seria inconsciente, e essa era a pegadinha. Antes de ir dormir, ele leu um artigo da *Seleções do Reader's Digest* a respeito do inconsciente. E daí, pouco tempo depois de cair no sono, pareceu-lhe, entrou naquele sonho. Dessa vez não havia nem estrada, nem casas. Ele tinha saído pela noite na cadeira de rodas, atravessava uma área com pedaços de bosque. A certa altura, chegou a uma ponte que cruzava um riacho. Era uma ponte estreita, de tábuas de madeira, precária e instável, com um corrimão feito de corda dos dois lados. Um homem do outro lado, uma espécie de guardião da ponte, atravessou para ajudar Victor, foi caminhando de costas e puxando a cadeira de rodas, dizendo a ele que fechasse os olhos e não espiasse pelas beiradas. Victor o agradeceu e prosseguiu pela trilha, que agora entrava em um dos pequenos bosques escuros. Uma mulher caminhava entre as árvores. Ela usava um avental comprido de tecido à prova d'água ou de seda preta e, sobre a cabeça, trazia um véu preto bordado, como uma mantilha.

Quando ela viu Victor se aproximar, voltou-se para olhar para ele, lá em pé com atitude de dó, de solidariedade, com as duas mãos apertadas na frente do corpo. Victor pulou para fora da cadeira de rodas, correu na direção dela, agarrou-a nos braços, jogou-a no chão e rasgou suas roupas. Ela estava usando uma grande quantidade de anáguas, camadas e mais camadas de anáguas de renda engomada, e ele tentava rasgá-las, enfiando as mãos no meio daquele tecido duro que estalava, empurrando-o com o rosto, com o nariz, como um porco fuçando. Não havia nada ali, nada por baixo, nenhuma carne, só roupas em cima de uma estaca de madeira. Ele rasgou todas as roupas dela, que encheriam um guarda-roupa, e o véu que não era um véu, mas sim dois, três, uma dúzia, um chumaço de tule preto, sedoso e empoeirado, e por baixo, sob a última camada translúcida, estava a fotografia de Clare, cujos olhos miravam os seus.

Os pesadelos logo se esvaem. Quem é que tinha se incomodado com um pesadelo durante mais de uma ou duas horas depois de acordar? O sonho também não conseguiu estragar seus sentimentos pela fotografia. Ele a levou consigo para a Acton High Street e encontrou uma loja que fazia enquadramentos a três ou quatro portas da loja de Jupp. Disseram que era possível enquadrar na hora, e Victor escolheu uma moldura oval de madeira cor de nogueira (talvez fosse nogueira de verdade). Na vitrine de Jupp, entre as tralhas vitorianas e as bijuterias, havia um medalhão de ouro em forma de coração com um relevo delicado de flores e folhas. Ele teria comprado aquilo, teria entrado ali e comprado para Clare, apesar de isso significar colocar ainda mais dinheiro no bolso de Jupp, mas, quando ele abriu a porta um ou dois centímetros e o sino começou a tocar, ele reparou que o sofazinho de veludo marrom estava com uma plaqueta de "vendido" escrito em vermelho presa a ele. Jupp entrou na loja, vindo dos fundos, mascando um chiclete, mas Victor já tinha dado meia-volta. Compraria um presente para Clare em outro lugar. Medalhões de ouro, ou qualquer coisa feita de ouro, aliás, existiam aos montes nas lojas de artigos usados de Londres.

Era uma pena ele não ter podido pegar o carro, mas, quando foi até a locadora de automóveis, só tinham disponível uma pequena perua Nissan, o Escort vermelho estava alugado. Além do mais, ele estava ficando sem dinheiro de novo, e depois que comprasse um presente para Clare, estaria na hora de voltar ao "banco". Uma aversão por essas transações tinha começado a afetar Victor fortemente. Ele não queria mais enganá-la a respeito de ser dono de um carro nem mentir a respeito da fonte de sua renda. A idéia de que ela pudesse descobrir seus ataques à casa de Muriel o apavorava, pois achava que as justificativas que dava para si mesmo não seriam engolidas por ela. "Você não foi para a prisão por roubo", ela dissera. Uma visão meio vaga e sem forma ia tomando corpo em sua mente, de que Clare o tiraria de seu passado, da mesma maneira que ele já tinha sido absolvido da raiva e do pânico e da violência só por conhecê-la.

Por erro, ele entrou em um trem que não avançaria além de Debden e lá ele precisou sair e esperar pelo trem para Epping. O dia estava quente, com céu branco, abafado, o ar cheio de moscas. Uma varejeira grande e azulada ficou zumbindo contra as janelas do vagão, tentando sair, procurando o sol. Victor tinha lido em uma revista um artigo sobre como os insetos, em busca da liberdade ou de seu caminho para casa, usam o sol como guia. Ficou feliz de sair do trem, para longe daquele zumbido frenético.

Por alguma razão, ele ficou achando que Clare gostaria de vê-lo vestido com a mesma roupa que usara em seu aniversário, que ele considerava o dia em que eles tinham se encontrado, e esperava sempre poder pensar assim. Vestiu a calça de veludo cotelê azul-escuro e a mesma camiseta azul-escura, mas estava quente demais para o casaco acolchoado, de modo que o levou por cima do ombro. Às vezes ele se via refletido em vitrines e pensava em como parecia mais jovem desde que saíra da prisão, como tinha perdido peso e como sua beleza, de que no passado se orgulhava, estava de volta. Não havia dúvidas de que ele parecia anos mais novo do que o coitado do David, com seu papo e seus pelo menos doze quilos a mais. No trem, ele tinha ficado pensando em David e pensando também que havia uma maneira alternativa de ele reagir. Ele podia ficar amargurado e ressentido, podia dizer que Victor acabou com sua vida e agora completava o acinte roubando-lhe a namorada. Desconfortável, Victor se lembrou de como Clare disse que David gostava dele, mas que não tinha exatamente aprendido a confiar nele ainda.

Um trem tinha chegado à estação. Não era o serviço direto, mas outro trem de Londres, que dessa vez ia até Epping.

Victor entrou em um vagão vazio, o penúltimo. As portas estavam começando a se fechar quando a velha louca passou por elas, segurando na frente do corpo uma cesta coberta.

Ela colocou a cesta no chão, entre os assentos longos, mas, em vez de sentar-se, percorreu todo o vagão abrindo as janelas. Victor olhou para a cesta, que estava coberta por um pedaço de tecido atoalhado verde rasgado, que se movimentava visivelmente, um movimento de inflar e murchar, como se algum tipo de cultura se desenvolvesse ali embaixo. Era o mesmo movimento irregular que causara o tremor na sacola de compras naquela outra ocasião. Victor não conseguia parar de olhar fixamente para aquilo, apesar de não desejar fazê-lo. Nenhuma cultura, nenhum fermento ativado ou fungo poderia estremecer com tanto vigor. Parecia que ela carregava um par de cobras naquela cesta.

O trem parou em Theydon Bois, e Victor se levantou para entrar no vagão seguinte. Mas a velha bloqueou sua saída (apesar de não o ter feito de modo consciente, com toda a certeza) ao ficar parada entre as portas abertas com os braços cobertos por mangas de algodão esfarrapadas abertos, de modo a cobrir toda a extensão da abertura, berrando com sotaques que imitavam o dos indianos:

– Cuidado com as portas! Por favor, tomem cuidado com as portas!

Ele voltou a se sentar, era tarde demais para sair pela outra porta. Que diferença fazia? Ela não poderia fazer mal a ele e em dois ou três minutos chegariam à estação de Epping. Ele tentou ler a revista *Essex Countryside*. Ela estava ajoelhada em cima de um dos assentos na outra extremidade do vagão, escrevendo alguma coisa com caligrafia minúscula e apertada em um anúncio de anti-séptico bucal. Os olhos de Victor retornaram à cesta coberta. Já não havia mais movimento algum sob a toalha verde; ela podia estar carregando ovos ou repolhos ali.

Então, por que cobri-la com uma toalha? Talvez não houvesse explicação para as ações dos loucos. Leu algumas frases sobre dançarinos de Morris em Thaxted, então olhou, porque não tinha como controlar os próprios olhos, de novo para a cesta. Se fosse mesmo aquilo que estava embaixo da toalha, se mostrasse seu corpo ou parte dele, o que ele faria, o que seria dele? Ficar fechado naquele espaço apertado, do qual fugir era impossível, com o objeto de sua fobia, à mercê daquela criatura velha também, quando ela percebesse; aquilo era a concretização de seus piores pesadelos. Porque ela saberia, sim, quando visse a reação dele. Controlar-se seria impossível. Suando por todos os poros do corpo, ele se levantou. Seus olhos estavam na cesta, mas com o canto do olho direito, ele a via, ali ajoelhada, prestando atenção a ele.

A toalha se moveu, escorregou. Ele soltou um grito involuntário. O que apareceu foi o focinho de um porquinho-da-índia, fuçando, um porquinho-da-índia que, ironicamente, tinha a pelagem na combinação de cores que se chama casco de tartaruga... Ele soltou a respiração. O trem parou em Epping, a velha pegou a cesta e colocou a toalha por cima do porquinho-da-índia com o gesto de alguém que cobre uma gaiola de papagaio. Victor rasgou a metade do seu bilhete de volta. De algum modo, achou que não precisaria dele, mas, por outro lado, se David estivesse magoado com ele...

Esse negócio de sempre chegar cedo era algo de que ele precisaria se livrar. Sempre que queria muito estar em algum lugar, chegava mais ou menos uma hora adiantado, e passar aquela hora era o mesmo que viver um dia inteiro. Caminhou para fora da estação, o mais devagar possível, lembrando-se da primeira vez em que estivera ali, antes de conhecer Clare, quando ele mal sabia que ela existia. Se ele virasse à direita no topo da ladeira, poderia ir até o Hospital St. Margaret e esperar por ela na frente do portão. Mas o portão principal podia não ser a única saída, ele pensou, devia haver outras. Em vez disso, caminhou pela cidade e entrou em uma pequena loja de antigüidades, muito mais elegante e bonita (e mais cara) do que a de Jupp, onde comprou para Clare um anel vitoriano com mãos dadas douradas por cima de uma aliança de prata. O vendedor colocou em uma caixinha de veludo forrada de cetim branco.

Para matar tempo, ele percorreu Bell Common de uma ponta a outra. A floresta parecia profunda e densa, todo o verde pálido dos abetos e das faias escurecido pelo verão, a grama sob seus pés estrelada de florzinhas brancas e amarelas. No ar pesado e parado, insetos lânguidos se movimentavam.

Viu o Land Rover à distância, estacionado em uma curva da rua, embaixo de castanheiras. Tinha chegado enquanto a cabeça dele se voltara para outro lado por um instante. Sua vontade era correr até ela, ele pareceria um bobo se corresse, mas correu mesmo assim. A porta do passageiro se abriu. Ele entrou e a tomou nos braços quase antes de olhar para ela. Ela estava em seus braços, e ele a beijava, cheirava sua pele e sentia o gosto de sua boca e passava os dedos pelo cabelo dela, antes mesmo de poder dizer se ela estava usando maquiagem no rosto ou se seu vestido era rosa ou branco. Ela se debateu um pouco, rindo, ficando sem fôlego, e então ele foi mais suave, pegou o rosto dela entre as mãos e a olhou bem nos olhos.

Depois ele não conseguiu se lembrar de como ela tinha começado a falar o que disse, as primeiras palavras que usou. Não exatamente. E aquela era uma dispensa caridosa, porque já era bem ruim se lembrar do que veio depois. Ele só se lembrava do que tinha acontecido depois que sua raiva fora desengatilhada.

– Você me ama – ele disse bem quando a raiva começou. – Você está apaixonada por mim. Você disse que estava.

Ela sacudiu a cabeça.

– Victor, eu nunca disse isso.

Ele podia jurar que ela tinha dito. Ou será que só ele repetira aquelas palavras? Era ele quem ficava dizendo: eu amo você.

– Não estou entendendo nada.

Ela disse:

– Será que podemos sair daqui, por favor, e nos sentar na grama ou algo assim? Ficar aqui sentada tão perto de você, olhando bem nos seus olhos, dificulta tudo.

– Eu causo repulsa em você, é isso? Quase me enganou.

– Não foi isso que eu quis dizer. Você sabe que não.

– Já não sei de mais nada – ele respondeu, mas saiu do carro para uma paisagem selvagem de céu branco morto e ar abafado cheio de moscas e grama seca.

Caminharam em silêncio. Ela de repente se largou no chão, escondeu o rosto nas mãos e então olhou para ele.

– Você acredita em mim se eu disser que sinceramente não sabia que você se sentia assim? Eu sei que você disse que me amava, mas as pessoas dizem que amam outras pessoas. São as emoções que as fazem dizer isso, é só felicidade, não significa muita coisa.

– Para mim, significa tudo.

– Eu achei que você se sentia como eu. Eu gosto de você, Victor, você também é bonito, muito bonito fisicamente. E eu... – ela abaixou os olhos para o chão, para a grama e as flores, despedaçando uma margarida com os dedos, tirando as pétalas do cálix amarelo. – O tipo de relação física que David e eu temos... é bom, é adequado. Mas às vezes não é suficiente. Preciso aprender a fazer com que baste, e vou aprender. Eu nunca – ela disse bem baixinho – cedi, fraquejei, seja lá como queira chamar, antes.

Ele ficou horrorizado.

– Você e David... têm relações físicas? Como assim? Não sei do que você está falando.

Ela respondeu com um certo ar de exaustão:

– Pense sobre o assunto, Victor. Use a imaginação. As mãos dele não estão paralisadas. Nem a boca dele. Nem os sentidos dele, aliás.

– É repugnante.

Ela deu de ombros.

– Tudo bem, não se incomode. Não é da sua conta, não é mesmo? Eu me senti atraída por você. Continuo me sentindo, aliás. Você se sentiu atraído por mim. Estávamos os dois em busca de conforto, e estava chovendo, e... bom, nós tomamos vinho demais. Estávamos só nós dois e nos sentimos frustrados e estávamos interessados um no outro. Estou tentando ser sincera e não fugir do assunto, então vou dizer que eu sabia... Bom, eu percebi na segunda de manhã que isso não iria simplesmente desaparecer, não íamos esquecer, eu sabia que haveria repercussões. Foi por isso que eu acordei tão cedo. Fiquei um tanto apavorada com o que eu tinha feito, Victor. Porque a culpa foi toda minha. Eu sei muito bem que você não teria tocado em mim se eu... não tivesse atiçado.

– Pode ter certeza que não – ele respondeu.

Ignorando o comentário, ela prosseguiu:

– Você não está apaixonado de verdade por mim, Victor. Você não me conhece. Você mal sabe alguma coisa a meu respeito. Nós só nos encontramos seis vezes, e em cinco dessas seis vezes David também estava presente.

– O que isso tem a ver com ele? Eu soube que amava você – ele disse, acreditando em suas palavras – na primeira vez em que a vi.

– Quando eu fui péssima com você? – Agora ela estava sorrindo, tentou dar risada. – Quando eu xinguei você e usei palavrões? Tenho certeza que não, Victor. Eu não... bom, eu não costumo andar por aí indo para a cama com alguém sem compromisso, já disse isso, mas acho que desta vez... Victor, será que não dá apenas para dizermos que nos gostamos muito, que sentimos atração um pelo outro, e que a noite de domingo foi boa e adorável e que sempre vamos nos lembrar dela? Não podemos fazer isso? Olhe, já são seis horas. Vamos até o Half Moon tomar alguma coisa. Eu *preciso* de uma bebida e tenho certeza de que você também precisa.

A raiva, àquela altura, o deixara frio e condescendente.

– Você já disse que bebe demais.

– Acho que não foi bem o que eu disse.

– De todo modo, não faz mal. Nada disso importa, porque eu não acredito em nada. Você não tem como fingir em uma situação destas. Você não estava *fingindo* no domingo à noite. É agora que você está fingindo, para não magoar David, você está se sacrificando por David. Bom, eu não vou aceitar. Está ouvindo, Clare? Eu não sou tão importante como ele? Por acaso minha vida não foi prejudicada tanto quanto a dele? – Teve uma idéia. – Suponho que você não tenha tido coragem de contar para ele, é isso?

Ela virou a cabeça para o outro lado.

– Acho que não seria necessário contar para ele.

– Olhe para mim, Clare. Vire para cá. Quero ver o seu rosto. – Ele viu que ela tinha ficado bem pálida. – Claro que você está com medo de contar para ele. Eu conto, não me importo. Você não vai estragar a nossa vida por causa de dez minutos de desconforto, não é mesmo? Paus e pedras podem quebrar os meus ossos – ele disse –, mas palavras duras não podem me ferir.

– Você não está entendendo nada.

– Entendo que você está nervosa e não quer confusão. Olhe, por que não me leva junto agora e nós dois conversamos com David? Vamos falar juntos com ele.

– Isso é impossível.

– Tudo bem. Vá embora. Vá para casa agora e aja como se nada tivesse acontecido, e eu chego daqui a uma hora. Não diga nada a ele, não quero que você se aborreça. Isto, de todo modo, é entre David e eu.

– Victor – ela disse –, será que você não percebe que nós dois vivemos em mundos diferentes? A maneira que falamos e que pensamos, a maneira como encaramos a vida?

– Que diferença isso faz? – ele disse. – Isso não é importante. Não pensamos assim no domingo à noite e não vamos voltar a pensar.

– Eu preferia que você não fosse lá hoje à noite – ela disse, com cautela.

– Então quando?

– Ah, Victor, de que adianta? Será que não *percebe*?

– Volte para David agora – ele disse. – Eu chego lá daqui a uma hora.

Ele deu um sorriso de incentivo para ela. Seus olhos estavam em cima dele, e ela parecia encurralada. Bom, era compreensível, levando em conta o que teria pela frente. Ela bateu a porta e deu a partida no Land Rover. Ocorreu a ele que ela devia achar que ele estava de carro, que poderia chegar a Theydon sem problemas. Era o que ele queria que ela pensasse, não?

Por um instante, enquanto observava o Land Rover entrar na rua principal, ele teve a sensação de que nunca mais a veria. Aquilo era ridículo, ela não fugiria. Eram seis e quinze. Não havia necessidade de chegar exatamente na hora estipulada. De todo modo, ele é que a tinha estipulado. Sentia-se animado e cheio de energia, formigando de excitação, mas não estava com medo. David não podia fazer nada contra ele além de dizer algumas coisas duras. Ele demoraria uma hora para caminhar até Theydon e resolveu caminhar, já que a alternativa seria o trem.

A estrada desaparecia na paisagem aqui, saía do outro lado da colina e ia para longe, transportando sua carga através das pradarias. Mas a única coisa que dava para ver era o muro por cima do túnel que podia servir para fechar o jardim de alguém. Victor caminhou por uma estradinha cheia de curvas e sem pavimentação, ladeada de cercas vivas e com árvores cujas copas se encontravam lá em cima, passou por um campo de golfe, os portões de jardins de casas grandes, atravessou um pequeno trecho de floresta, chegou a Theydon pelo lado da igreja. O sol se pôs, e a noite seria bonita. Theydon Manor Drive estava cheia de rosas, cercas vivas de branco e vermelho, floreiras circulares cheias de roseiras de muitas cores, rosas em trepadeiras que subiam nas varandas e pérgolas. Tudo está ficando rosa; era mais uma coisa que as pessoas diziam agora e de que ele não se lembrava de antes de ter ido para a prisão.

Coração fraco nunca conquistou mulher alguma. Quem tinha dito isso? Jupp, ele lembrou, ao ir fazer a corte a Muriel. Incomodou-o bastante o fato de ter pensado em Jupp (e em Muriel, aliás) em relação a esse assunto; comparar aquilo com seu próprio caso era grotesco. Mas ele fez uma pausa ao portão. Havia um precipício do outro lado daquela porta de entrada. Clare tinha guardado o Land Rover e fechado as portas da garagem, e aquilo por algum motivo o incomodou. Ele achava que ela deixaria o carro na rua. Mas é claro que ela achava que *ele* estava de carro...

Foi até a porta, mas não bateu. Ergueu a aldrava e, em vez de deixá-la cair, devolveu-a ao lugar original sem fazer barulho. Sem olhar através das janelas, deu a volta pela lateral da casa, entrou no jardim de trás, que parecia cheio de rosas. No domingo, estava chovendo demais para reparar nelas. Ele voltou o rosto devagar na direção da casa. As portas envidraçadas estavam abertas. Na sala, logo depois das portas abertas, David estava sentado em sua cadeira de rodas com Clare ao seu lado, bem próxima, em outra cadeira. Dava a impressão de que eles tinham entrado havia pouco tempo, já que na mesa do jardim havia uma jarra de água com gelo derretendo dentro, um copo e os cigarros de David. Victor não se lembrava de alguma vez ter visto David e Clare sentados daquele jeito, bem juntinhos, de mãos dadas. A maneira como estavam sentados era curiosa, como se estivessem esperando juntos por alguma coisa horrível que aconteceria, pela morte ou pela destruição, por um desastre definitivo. Ele se lembrou de uma imagem que tinha visto anos antes, em um livro de história da escola. Retratava os godos ou os hunos ou alguém chegando a Roma e os integrantes do Senado à sua espera, sentados com dignidade impassível, esperando por uma horda de bárbaros que viria trazer profanação consigo. Clare e David fizeram com que ele se lembrasse daquilo.

Ele disse:

– David, acho que Clare disse que eu viria.

David assentiu. Ele não falou, mas seus olhos se moveram do rosto de Victor para seu corpo. Victor estava com as mãos nos bolsos, colocara-as ali porque tinham começado a tremer. David olhava para a mão direita de Victor no bolso da jaqueta, e Victor percebeu no mesmo instante, sentiu sem sombra de dúvida que ele achou que ele estava com uma arma ali.

Clare tinha se levantado. Seu rosto estava pálido, e seus olhos pareciam muito grandes. Ela usava o vestido de algodão cor de creme com as mangas grandes. Será que estava usando isso em Epping quando ele a beijara? Não conseguia lembrar. Tirou as mãos dos bolsos. Agora estavam firmes. Deu um ou dois passos para frente, aproximou-se da mesa como quem se aproxima de uma barricada montada para uma batalha e se acomodou em uma das cadeiras.

– Clare acabou de dizer que vai se casar comigo – David disse.

Victor sacudiu a cabeça.

– Não.

– Eu me recusei a pedir a mão dela. Você sabe disso. Ela pediu a minha de novo agora mesmo, e eu disse que sim.

– Há algumas coisas que preciso contar para você – Victor disse – e que podem fazê-lo mudar de idéia a esse respeito.

– Eu já contei algumas coisas a ele, Victor – disse Clare.

– Ela lhe disse que eu trepei com ela? Não uma vez, mas repetidas vezes, a noite inteira?

– Claro que me contou. Não seja tão melodramático. Isso pode acontecer de novo no futuro... Ah, não com você, para isso não existe muita chance. Com outros. Ela mesma disse. Eu conheço as minhas limitações, Victor, e ela também conhece. Nenhum de nós finge que a vida é o que não é... Diferentemente de você.

– Eu quero me casar com David – Clare disse. – É o que eu sempre quis, desde que o conheci.

Victor tremeu. Sentia no corpo todo a vibração de agulhas cravadas na pele.

– O que você disse a ela – ele perguntou – para fazer com que mudasse de idéia?

– Ela não mudou de idéia.

Victor não teria dito aquilo se não estivesse tão furioso.

– Você contou a ela que eu estuprava mulheres?

– Não.

Clare fez aquele movimento de recuo igual ao encolhimento de Judy quando ele tinha ficado ao lado dela à janela.

– Não acredito em você – Victor disse.

– É verdade? – Clare perguntou.

– Pergunte a ele. Ele envenenou a sua mente contra mim. Eu nunca devia ter deixado que você voltasse para ele. Eu sabia o que ele era, sempre soube, e achei... achei que podíamos ser *amigos*.

Ele se levantou e se movimentou, observando com prazer enquanto David tentava permanecer imóvel e ereto, para proteger seu terreno. Mas David não conseguiu evitar o encolhimento, não pôde impedir que suas mãos se movimentassem para trás e agarrassem as rodas. Clare fez um movimento de protesto, meio que protegendo David com os braços. Victor enlouqueceu de tanta fúria. Bateu os punhos fechados com toda a força na mesa, e o copo saiu voando e se espatifou no chão de pedra. Victor pegou a jarra de água e jogou contra o piso também. Voou água com cacos de vidro para cima de David, e ele protegeu o rosto com o braço.

– Eu queria ter matado você – Victor disse. – Não poderiam ter feito nada pior comigo se eu tivesse matado você. Gostaria de ter matado.

Em algum lugar dentro da casa, a cadelinha começou a latir como um verdadeiro cão de guarda.

15.

Quando saiu da casa de David, Victor passou algum tempo caminhando a esmo, sem fazer idéia de onde ir, incapaz de pensar em qualquer lugar onde gostaria de estar. Talvez a prisão fosse o melhor, o único lugar para ele e, se matasse David, voltaria à prisão. Ele não tinha arma, mas era possível conseguir uma arma. Era possível conseguir qualquer coisa quando se sabia como e se tivesse dinheiro. Ele se viu caminhando na direção da floresta, passando pela casa onde tinha deixado um depósito pelo apartamento. Agora, nunca moraria em Theydon, nunca mais colocaria os pés naquele lugar, a não ser para ver David uma última vez. Com a cabeça cheia de imagens de David levando um tiro, David sangrando, David estatelado no chão, ele foi até a porta e tocou a campainha.

A sra. Palmer agiu de modo um tanto assustado. Depois, Victor ficou pensando que deve ter sido porque ele agia com fúria e falava com fúria, não devia ter parecido uma pessoa muito sã para ela. Clare tinha se esvaído de sua consciência, e a imagem de David a preenchia. A mulher não discutiu, disse que podia devolver o depósito dele e lhe deu um cheque. Victor pensou que gastaria o dinheiro com uma arma.

Começou a subir a colina que entrava na floresta, o caminho era íngreme e cheio de curvas, conduzia ao cruzamento das estradas principais. Passava um pouco das oito. A fúria começara a ferver dentro dele, tomando a forma de uma energia pungente. Ele seria capaz de caminhar quilômetros e quilômetros, poderia ter caminhado até chegar a Acton, e ainda assim não gastaria toda aquela energia estimulada pela fúria. Não estava bravo com Clare, a culpa não era dela; ela tinha simplesmente se curvado a uma força maior, como as mulheres sempre fazem. Se ela não estivesse lá, pensou, ele teria pegado David pela garganta e estrangulado até a morte. Mas que poder David tinha? Que poder um homem qualquer poderia ter em uma cadeira de rodas, um homem que só estava meio vivo?

De vez em quando, um carro passava por ele, subindo para Loughton ou descendo para Theydon. Uma vez, viu um homem caminhando nas profundezas da floresta com um cachorro cinza grande que saltitava, um *wolfhound* irlandês. Havia extensões de gramado verde bem no meio da floresta, com a grama bem aparada, e áreas selvagens onde só cresciam as folhas desenroladas das samambaias, cheias de galhos, altas, tão grandes quanto árvores, e capoeiras de bétulas com troncos brancos finos e folhas caídas. O sol se pôs em um brilho vermelho enfumaçado, e o céu ficou levemente pálido, de um dourado esverdeado, como se tivesse sido descascado, como se as nuvens tivessem sido descoladas. Victor estava furioso e cheio de energia e agora estava com medo, porque se perguntava o que aconteceria com aquela fúria, como ele conseguiria viver com aquilo? O que acontecia quando a fúria tomava conta da gente?

Então, viu a moça no meio da floresta.

Primeiro viu o carro, que estava vazio. Estava estacionado na entrada de uma das trilhas que conduziam à floresta, em sulcos enlameados, agora secos, feitos anteriormente por um veículo bem mais pesado. Ela estava sentada de costas para o carro estacionado e para a estrada, em um tronco caído no meio das samambaias. Victor, que não pensaria dessa maneira uma semana antes, chegou à conclusão de que ela estava à espera de um homem. Clare tinha esperado por ele de um jeito parecido, de um jeito ilícito. Aquela moça também devia ter um homem ciumento e mandão em casa, de modo que precisava encontrar seu amante em segredo, em um lugar solitário sem que ninguém os visse.

Só que tinha alguém olhando. Ela era morena e magra, nada a ver com Clare. Eram nove e quinze e ela talvez estivesse adiantada, o encontro marcado para as nove e meia, mas ele não raciocinou nem elaborou as idéias, isso estava além de sua capacidade. Ela estava bem alheia à presença dele, não ouviu seus passos na grama atrás de si, porque agora ele via o que a absorvia. Ao crepúsculo, ela passava maquiagem no rosto. Com a bolsa aberta e segurando um pequeno espelho, ela passava lápis nas pálpebras. Mal ousando respirar, ele parou um metro atrás dela e observou os dedos de pontas vermelhas segurarem o apetrecho que engrossaria seus cílios. Aquela operação teve de ser adiada até ela chegar ali, aquela ação despertaria suspeitas se fosse feita em casa.

Ele se aproximou dela mais um passo, prendeu o pescoço dela com um gancho do braço esquerdo e apertou a outra mão contra sua boca. Um berro tentou explodir contra a palma da mão dele. O conteúdo da bolsa saiu voando pelos ares. Ela se debatia como uma criatura em uma rede, contorcia-se como uma enguia fora d'água. A força dele era imensa, ele próprio ficou surpreso com o tamanho dela. Foi fácil segurá-la, manipulá-la, jogá-la no chão em um ninho de samambaias e enfiar em sua boca um lenço que tinha caído da bolsa. Ele estava ereto como uma vara de aço, quente como fogo e latejava de tanta dor. A mão livre remexeu no zíper da calça, mas a moça agora estava flácida, a cabeça e o pescoço torcidos para o lado, as mãos já sem lutar contra ele, pressionadas embaixo do próprio corpo. Ele abaixou a meia-calça dela, passando os dedos pelo tecido fininho, frágil como uma teia de aranha.

Sem muita consciência, ele percebeu um estalo. Ouviu um som de algo se quebrando bem alto e pensou que podia ser um osso rompido, ela era só osso, dura como ferro e não cedia. Ele se enfiou na carne fria, seca e resistente e sentiu, de repente, uma dor lancinante e aflitiva no peito. Sentiu um golpe perfurante e corcoveou para fora do corpo dela; ele via sangue, *sentia cheiro* de sangue. Berrou de dor e de desgosto. Sentiu ainda mais dor, como um formigamento, e ouviu o rugido do motor de um carro, as rodas esmagando o barro seco, a rotação de um motor cujo motorista dá uma última bombeada no acelerador antes de frear. Victor levantou-se de um pulo. Escorria sangue de seu peito. A moça, com o lenço enchendo-lhe a boca, a seda vermelha escorrendo pelo canto como se fosse mais sangue, segurava um triângulo de espelho quebrado na mão. Por baixo do corpo, talvez em uma pedra, ela tinha conseguido quebrar o espelho da bolsa e usara um dos cacos como arma.

Ele mergulhou no abrigo das árvores, ajeitando as roupas enquanto corria. Atrás dele, ouviu um homem chamar:
– Onde você está? O que aconteceu?

Um grito, um soluço, o silêncio de quando ela foi abraçada, beijada, reconfortada. Victor não ousou parar, apesar de sentir o sangue bombeando para fora do ferimento maior, uma pulsação que ia fazendo uma mancha escura se espalhar pela camiseta azul-escura. Ele correu mais para o meio das árvores sem fazer a menor idéia do local para onde se dirigia. Logo escureceria, já estava quase escuro. Não era fácil correr na floresta quando se saía das trilhas, já que o solo era todo de sarças e de urtigas e de samambaias sem fim. E, durante todo o tempo, ele prestava atenção para ver se escutava perseguidores. Eles o seguiriam, pensou, igualzinho ao dia em que se refugiara em Solent Gardens, como Heather Cole e o homem do parque o tinham perseguido. A sarça prendeu sua calça, ele tropeçou e voltou a se endireitar, mas na vez seguinte ele caiu e mergulhou fundo em uma clareira úmida, cheia de gavinhas espinhosas.

Victor ficou lá ajoelhado, escutando. Suas mãos ardiam do contato com os espinhos. Ele tinha certeza de que continuava sangrando. Não havia nenhum som atrás dele, nenhum som em lugar algum além de um leve zunido, como de um inseto, de tão longe que estava, como de um avião distante. Folhas de nogueira grandes e esparramadas, mãos vegetais, úmidas e frias, tocavam seu rosto. Ele se levantou, prestando atenção para ver se escutava alguma coisa. Ninguém o seguia, e daí ele percebeu por quê. O casal era de amantes ilícitos, sendo que cada um deles provavelmente tinha dado desculpas falsas para explicar aonde ia para o marido e para a esposa ou para outro amante mais legítimo ou com mais crédito. Sair atrás dele, contar para a polícia sobre ele, destruiria o disfarce dos dois, causaria a ira daqueles outros contra eles, talvez colocasse fim ao caso. Ele estremeceu de tanto alívio. Mas o medo tomou conta dele quase imediatamente. Será que ela o ferira gravemente? E se ele sangrasse até morrer?

Ali estava escuro demais para enxergar qualquer coisa. Mas ele sentia o sangue no peito, sua umidade quente. O céu lá em cima ainda estava visível como uma massa cinza reluzente, mas as copas das árvores formavam um emaranhado negro, galões de folhas negras. Devia haver uma trilha em algum lugar, lugares como esse sempre eram atravessados por centenas de trilhas. Não estava realmente no interior, aquilo era mais um parque, não muito mais selvagem do que Hampstead Heath.

Calculou que a porção de floresta em que ele se encontrava devia ser ladeada pela estrada de Theydon de onde ele tinha vindo, a estrada de Loughton para Wake Arms, Clays Lane e Debden Green. Certa vez, em uma outra época, ele precisou levar alguém de Debden Green para Cambridge e tinha uma leve noção dos arredores. Não podia voltar por onde viera; apesar de seu raciocínio, seria muito arriscado. Estava escuro demais para ver que horas eram, talvez não passasse das dez. David era o causador daquilo. Por que não tinha matado David naquela ocasião em Solent Gardens?

Depois de muito tempo se passar, Victor de fato alcançou algum tipo de trilha ou de caminho. Àquela altura, já tinha revisto sua noção de que a floresta de Epping era uma espécie de parque nos arredores de Londres. Era enorme e escura e confusa, um labirinto. Ele seguiu a trilha encontrada, ou talvez fosse outro caminho, uma derivação do primeiro. Não fazia idéia de onde ia dar. Tinha a impressão de estar coberto de sangue, não apenas o corpo mas também as mãos, porque, enquanto ia tateando seu trajeto, tentava unir as duas beiradas do ferimento mais profundo para estancar o sangue. Pelo menos conseguiu fazer o sangue parar de correr. O sangue estava coagulado, e ele sentia a casquinha misturada com terra da floresta. Esticou a mão para tocar a obstrução à sua frente, achando que pudesse ser mais um tronco enorme e liso de uma faia, e deparou com uma cerca de madeira fechada.

Tateou-a e chegou a um portão. Não estava trancado. Victor saiu por ele e se viu no jardim dos fundos da casa de alguém, um enorme jardim de gramados extensos e árvores, arbustos e, reluzente, bem no meio, um laguinho, um espelho d'água liso em que as estrelas se refletiam. Na outra extremidade do gramado, no alto da casa, a luz da janela de um quarto incidia sobre o gramado no formato de dois retângulos amarelos. Com uma sensação de pavor, ele pensou: eu podia subir lá e entrar e encontrar Rosemary Stanley na cama, e ela vai berrar e quebrar a janela, e David virá...

Para chegar a uma rua, a uma rota de fuga, ele teria que passar pela lateral da casa. Victor estava com medo de fazer isso, já estava farto, de repente se deu conta de que estava cansado no limite da exaustão, estava acabado. Ao lado da cerca, perto do portão por onde ele tinha entrado, havia um barracão de madeira. A porta tinha um cadeado, mas estava pendurado aberto na porta, que abriu quando ele virou a maçaneta. Lá dentro o ambiente era seco e abafado e cheirava a creosoto. Também estava escuro como breu, mas Victor conseguiu distinguir, jogada no chão, o que achou ser uma pilha de telas, do tipo que os jardineiros usam para proteger arbustos dos passarinhos. Fechou a porta atrás de si e se jogou de bruços em cima da pilha de telas.

Às quatro da manhã já estava claro. Ele não fazia idéia de quanto tempo tinha dormido, talvez até umas cinco horas. A luz muito clara e pálida do sol recém-nascido entrava por uma janelinha bem no alto, sob a estrutura do telhado da cabana. Victor examinou as mãos. Tentou examinar o peito, mas a ferida era muito alta para ele conseguir enxergar, além disso, sua camiseta era uma confusão de sangue seco grudado à pele e aos pêlos. Precisava achar um jeito de limpar aquilo antes de entrar em um ônibus ou em um trem.

Ele saiu do barracão e logo do jardim propriamente dito pelo portão da cerca; chegou a uma trilha na floresta que levava à rua. Agora via que, na noite anterior, estivera muito próximo de uma das estradas principais. Não que aquilo fosse ser muito útil à meia-noite. Do outro lado da estrada havia um laguinho, um dos lagos da floresta que no passado tinham sido poços de cascalho, com a superfície lisa e marrom, com folhas achatadas e compridas flutuando na superfície. Um caminhão passou, e, depois, na direção oposta, um carro. Mas ainda havia muito pouco trânsito. Victor atravessou a estrada, ajoelhou-se à beira do laguinho e lavou o rosto e as mãos na água. Não estava fria e também não era muito limpa, mas marrom, um pouco oleosa, estagnada. Serviu mais ou menos para o que ele precisava e ele se secou da melhor maneira possível com o forro da jaqueta.

A estrada colina abaixo parecia levar na direção de casas, para longe da floresta. Depois de cerca de quase um quilômetro, ele percebeu que estava em Loughton, aproximando-se de High Road. O trânsito estava apenas começando, e havia uma ou duas pessoas por ali. Ele parou um homem e perguntou qual era o caminho para a estação de Loughton e o homem explicou sem examinar Victor de qualquer maneira especialmente curiosa, de modo que ele acreditou estar apresentável, e não um retrato de terror.

*

Uma cicatriz permaneceria ali para sempre. A ferida deveria ser limpa a fechada com pontos, já que tinha uns três centímetros de comprimento, beiradas irregulares e terra misturada ao sangue coagulado. Talvez, mesmo agora, não fosse tarde demais para levar pontos, mas Victor sabia que não chegaria perto de nenhum médico. A moça podia ir à polícia, sempre existia essa possibilidade. Se ela e o namorado fossem capazes de inventar alguma história para explicar por que ela estava lá, poderiam procurar a polícia. De todo modo, Victor pensou, podia estar errado. Eles talvez tivessem se encontrado ali porque ela morava com os pais dela, e ele, com os dele, e não tinham outro lugar para fazer amor além da floresta.

Ela estraçalhara o peito dele. Além do ferimento maior, havia uma boa quantidade de cortes menores. Tirar a camiseta foi uma operação dolorida. No final, ele desistiu e deitou dentro da banheira para soltar com a água, que ficou marrom, como se estivesse enferrujada. A jaqueta dele teria que ser lavada. Esvaziou os bolsos e encontrou o cheque e a caixinha de veludo azul com o anel que tinha comprado para Clare.

Sua fúria ainda estava lá, porque ele não havia feito nada para aplacá-la, e continuava fervendo em banho-maria, cheia de indignação, em vez de explodir. Agora ele também era capaz de raciocinar a respeito da maneira como deveria ter agido, em que ponto tinha errado. Claro que deveria ter voltado a

Sans Souci com Clare, no carro dela. Seu erro fora seu próprio orgulho, dava para perceber. Será que sacrificara sua felicidade e a dela com a recusa de confessar que o Escort vermelho era alugado e que ele precisara devolvê-lo? Se tivessem chegado juntos para confrontar David, como as coisas poderiam ter sido diferentes! David só compreendia ações violentas, força – uma vez policial, sempre policial. Victor sabia que devia ter ido junto com Clare e que devia ter falado, devia ter contado a David algumas verdades cruas, tirado Clare dali à força. O que David poderia ter feito... de sua cadeira de rodas?

O anelzinho com as mãos de prata por cima da aliança de ouro... ele não jogaria fora; guardaria consigo, Clare ainda o usaria. Victor colocou curativos autocolantes no peito e se vestiu com a camisa listrada, jeans, paletó de veludo verde. Sentou-se na cadeira de rodas e contou seu dinheiro. Sobravam menos de sessenta libras, mas tinha o pagamento do seguro social por receber naquela semana. E ainda estava com o cheque, a devolução do depósito do apartamento, duzentas libras. Desdobrou-o. Ela tinha feito nominal a M. Faraday.

Quando voltou da lavanderia, Victor telefonou para David. Divertiu-se com a lembrança de como tinha se sentido tímido ao telefonar para David naquela primeira vez, como fora incapaz de proferir qualquer coisa além do nome dele quando atendera. Agora as coisas eram bem diferentes. Discou o número de David e ficou esperando com impaciência, tamborilando os dedos na parte de baixo da escada.

– Alô?

– David, aqui é Victor. Só queria dizer que, graças a você, a minha noite foi absolutamente horrenda, perdi o último trem e tudo o mais. Tenho sorte de estar vivo, com as coisinhas que me aconteceram. Acho que não lidei muito bem com as coisas ontem à noite, mas não vai fazer mal a longo prazo. Você vai ter que aceitar o fato, sabe como é, de que Clare e eu vamos ficar juntos, ela me quer e eu a quero, e é assim que as coisas são. Certo?

David não disse nada, mas não tinha desligado.

– Vou falar com ela hoje mesmo, mais tarde, para tomar as providências, mas acho que precisamos ser civilizados a respeito desta questão. Acho que você me deve o direito de me conceder uma audiência. De todo modo, eu gostaria de discutir a coisa toda com você. Sabe que vai ser bom para nós dois esclarecer tudo. – Foi custoso para Victor dizer isso, e, de todo modo, não era sincero. Era para amaciar David. – Eu gostaria que continuássemos amigos. Sei que Clare vai querer continuar sua amiga.

– Victor, vamos esclarecer as coisas – disse David. – Nosso encontro foi um erro desde o começo. Muita coisa ruim aconteceu, talvez tão ruim que não tenha mais remédio. A melhor coisa que podemos fazer agora é tentar voltar ao ponto em que estávamos antes e nos recompor. Não vamos voltar a nos ver.

Essa atitude de superioridade deixou Victor furioso, apesar de sua determinação de manter a calma.

– Você a perdeu, David – ele berrou ao telefone. – Enfie na cabeça, você perdeu esta guerra, está derrotado.

Ele bateu o telefone com tudo antes que David pudesse colocar seu fone no gancho. No andar de cima mais uma vez, sentado na cadeira de rodas, ele contou o dinheiro novamente, contemplou o anel. Talvez pudesse vendê-lo para Jupp. O amor deles, seu e de Clare, não tinha necessidade de anéis, de vínculos materiais. Leu as revistas que achou em uma cesta de papéis usados, a revista em cores do jornal *Sunday Times* e uma coisa chamada *Executive World*, e o *Standard*, pelo qual precisara pagar. O homem que estavam chamando de "Raposa Vermelha" tinha estuprado uma mulher em Hemel Hempstead, mas não havia nada sobre uma moça atacada na floresta de Epping. Assistiu ao torneio de Wimbledon na televisão e então discou o número de David, decidido a desligar o telefone caso David atendesse.

Foi Clare quem disse alô.

– Clare, querida, você sabe quem é. Está tudo bem: não gostei de deixá-la com ele, mas o que mais eu podia fazer? Nunca devia ter permitido que você o enfrentasse sozinha. Não vamos cometer mais erros. A partir de agora, vamos fazer a coisa certa. – Victor achava que nunca tinha falado tanto nem de maneira tão articulada na vida. Ficou orgulhoso de si mesmo.

– Estou ansioso para vê-la. Quando podemos nos encontrar? Vou ser muito sincero com você e confessar uma coisa. Aquele carro não é meu. Eu só alugava. Só deixei você achar que era meu porque... bom, acho que eu queria que você tivesse consideração por mim – as palavras iam saindo em torrente, era fácil. – Estou perdoado? Bom, eu sei que você não vai se importar com isso, não de verdade. E você sabe que eu percorro qualquer distância para me encontrar com você nem que tenha que caminhar cada passo do trajeto. Vamos ter que encarar os fatos, as próximas semanas serão muito difíceis, teremos que fazê-lo entender a razão das coisas, entre outras providências. Mas nós estaremos juntos e vamos conseguir superar.

– Victor – ela disse com voz pequena e aflita –, a culpa é minha. Eu sei disso. Sinto muito.

– Sente muito? – ele disse, em tom despreocupado. – Sente muito por quê? Quanta bobagem.

– David não queria que eu falasse com você. Ele disse que era melhor não, mas seria muita covardia... Ainda tenho muitas explicações a dar. Vou me sentir culpada para sempre se não puder colocar para fora.

– Pode dizer o que quiser para mim, querida, qualquer coisa. Quando podemos nos encontrar? Amanhã? Naquele seu bar, Half Moon?

– Amanhã, não. Segunda-feira. Seis horas. Vou dizer a David o que eu vou fazer. Eu sei que ele vai achar que é a melhor atitude.

– Eu amo você – Victor disse.

Ele colocou o fone no gancho, bem contente com o resultado de seu telefonema. Alguém destrancou a porta da frente, e a sra. Griffiths entrou no hall. Usava luvas brancas e um chapéu azul-escuro de palha diferente, dessa vez com um veuzinho com bolinhas.

– Ah, sr. Jenner – ela disse –, assim me economizou uma subida – como se o quarto dele ficasse em Ben Nevis, a montanha mais alta do Reino Unido, ou no décimo andar de um prédio sem elevador.

Ele ficou olhando para ela sem entender nada, sua mente estava cheia de imagens de Clare.

– Uns policiais estiveram aqui ontem à sua procura. Por volta das cinco da tarde.

O coração dele quase disparou, então se acalmou. Cinco horas eram quatro ou cinco horas antes de ele ter deparado com aquela moça na floresta de Epping.

– Não é nada agradável, sr. Jenner. – A sra. Griffiths olhou ao redor de si, esticou o pescoço para espiar o alto da escada e falou em tom mais baixo: – O sr. Welch e aquele pessoal do serviço social, eles me deram a entender que não haveria problemas. No entanto, compreendo, a julgar pelo seu bilhete, que o senhor vai embora, eu gostaria de saber... bom, quando exatamente?

Victor tinha se esquecido de que se comprometera a ir embora dali. Ter escrito aquela carta que ela chamava de bilhete parecia tão distante, tanta coisa acontecera desde então. Ele não tinha para onde ir.

– No fim da semana que vem – ele disse, e se corrigiu: – Não, na próxima segunda-feira. – Desta vez, ele não permitiria que Clare retornasse a Sans Souci. Ele e ela iriam para um motel, o Post House em Epping, por exemplo.

– Sabia que está sangrando? Dá para ver pela sua camisa – disse a sra. Griffiths.

A ferida tinha aberto mais uma vez. Exultante com o som da voz de Clare, de ouvi-la chamando-o pelo nome, ele abrira os braços e fizera o peito expandir. Lavou a ferida na pia do quarto, colocou um curativo novo por cima, unindo as bordas do corte. Sentado na cadeira de rodas, assistiu a um jogo de Wimbledon na televisão, uma partida emocionante da categoria individual feminina.

Naquela noite, tinha tido um dos sonhos de tartaruga. Estava de volta ao barracão no fundo daquele jardim em Loughton, deitado em cima das telas, atento, apesar de estar escuro, a uma pilha de pedras em um canto. Uma das pedras ganhou vida e começou a caminhar, aproximando-se de sua cama. Victor viu os pés escamados se movendo ritmadamente, como um mecanismo de relógio muito lento, o casco balançando, a cabeça que era como a de uma cobra porém estúpida, míope, oscilando de um lado para o outro, como se tivesse sido atraída por um pivô enferrujado. Ele gritou e tentou sair, mas a porta, claro, estava trancada, e a janela era inacessível, de modo que ele se encostou contra a parede e a coisa chegou mais perto, com olhos foscos, devagar, incansável, e Victor berrou e acordou berrando, um som que não era o gritinho baixo que caracterizava com tanta freqüência os berros de pesadelo, mas um arroubo de agonia e de medo.

Passos soaram na escada, e alguém bateu com força na porta. Era a mesma voz que tinha reclamado antes, na vez em que Victor batera contra o chão e as paredes.

– O que está acontecendo aí dentro?

– Nada – Victor respondeu. – Foi um sonho.

– Cristo.

Ele se levantou, tomou um banho e trocou os curativos dos cortes. Às nove, quando ele sabia que Clare já teria saído para trabalhar, telefonou para David.

– Alô?

David parecia cauteloso. Provavelmente fazia uma boa idéia de quem era e ficou com medo.

– É, sou eu de novo, David – Victor disse. – Não sei se Clare disse que vou me encontrar com ela na segunda-feira e pronto. Depois disso, ela não vai mais voltar para você, ela vai ficar comigo. Acho que o melhor é sermos totalmente sinceros em relação a este assunto e mantê-lo informado a respeito de tudo que desejamos fazer.

– Victor, Clare não está planejando fazer nada com você. – David falava de modo paciente e vagaroso, como se estivesse conversando com uma criança, e isso incomodou Victor. – Clare vai ficar aqui e se casar comigo. Acho que eu já lhe disse isso.

– E eu já disse que Clare vai me encontrar na segunda-feira e vai ficar comigo. Você é surdo ou o quê?

– Clare e eu vamos nos encontrar com você, Victor, e vamos tentar ter uma conversa sensata.

– Se você for com ela na segunda-feira – Victor disse –, eu o mato – e desligou.

Saiu e pegou o dinheiro do seguro social, as roupas na lavanderia e, ao passar pela loja de Jupp, tirou o anel do bolso e deu uma olhada nele. Não havia nada na bandeja de bijuterias que custasse mais de cinquenta libras, e isso significava que o máximo que Jupp lhe daria pelo anel seria provavelmente 25. O sofazinho de veludo marrom não estava mais lá, e Kevin ia trazendo dos fundos da loja uma *chaise longue* verde e dourada bem castigada para colocar no lugar. Victor ficou lá parado por um instante, observando o pavão em cima do rolo dourado grande que atravessava as costas da peça.

Victor pegou o metrô em Ealing Common e foi até Park Royal. Dessa vez, não foi à casa de Tom, mas sim à loja ao lado da de bebidas, de que se lembrava de sua visita anterior e que se chamava Hanger Green Small Arms. Na vitrine, havia todo tipo de armas, era uma espécie de loja de armamento, mas Victor sabia que pouca coisa além das espingardas e dos rifles era de verdade. Ele entrou e perguntou se tinha uma imitação da Luger. O homem não tinha, mas ofereceu a Victor em seu lugar uma Beretta, do tipo que James Bond costumava usar, disse, antes de mudar para uma Walther PPK 9 mm. Era uma pistola automática grande e pesada que reproduzia com precisão e em todos os detalhes a peça verdadeira, mas não disparava nada, não estava equipada nem para dar tiros de espoleta. O preço era oitenta libras, o que deixaria Victor com apenas quatro libras para sobreviver até o próximo pagamento do seguro social. Mas ele não hesitou. Tinha uma idéia para conseguir descontar aquele cheque.

A caminho de casa, comprou uma revista chamada *This England*, com publicação trimestral. Ele não podia pagar aquilo, mal tinha condições de comprar comida, mas havia um artigo sobre a floresta de Epping. Ficou se perguntando o que teria acontecido com todos os restos de comida de domingo. As codornas, por exemplo. David provavelmente as comera. Ele não se rebaixaria a perguntar isso, mas telefonaria mais uma vez a David de todo modo. Podia até gastar todas as moedas que tinha telefonando para David.

– Alô?

– É Victor – Victor disse. – Como se você não soubesse.

– Não quero falar com você, Victor. Não temos nada a dizer um ao outro. Por favor, pare de ficar ligando para cá.

– Tenho muito a dizer a *você*. Vou falar com você amanhã quando Clare estiver em casa e, desta vez, não vai ter oportunidade de me atacar com vidro quebrado. Acho que entende o que eu quero dizer.

– *O quê?*

– Você ouviu – Victor disse. – Eu fui ao médico e mostrei a ele as feridas no meu peito, você pode ser indiciado por lesão corporal. Vou telefonar para Clare mais tarde. Apenas deixe que ela atenda, pode ser? Tenha esta decência. Vou ligar por volta das oito.

Desligou. Em seu bolso restavam quatro moedas de dez centavos e uma nota de uma libra e uma moeda de uma libra. Tinha meio pão no armário, uma lata de tomate e uns cem gramas de queijo Edam. No dia seguinte, faria uma visita a Muriel. Saiu e gastou a nota de uma libra em vinte cigarros, meio litro de leite, uma barra de chocolate e o *Standard*. Não havia nada nele a respeito de estupro nem em Hertfordshire nem na floresta de Epping. Ficou sentado na cadeira de rodas, fumando e assistindo à televisão. Quando o tênis acabou e começou o noticiário, ele removeu, com dor considerável, o curativo do ferimento maior em seu peito e o cobriu com uma tira nova de curativo autocolante. Claro que ele não achava realmente que David tinha causado aqueles cortes, não era louco, sabia muito bem que foram feitos pela moça magra e morena na floresta, mas ele queria que David achasse que ele pensava assim. Talvez o próprio David começasse a acreditar na história.

Esperar até as oito para ligar para Clare revelou-se impossível. Comeu um pouco de pão com queijo e fumou um cigarro, desceu e discou o número de David. Eram 19h25.

David atendeu, apesar de Victor tê-lo alertado para não atender.

– Você não tem direito de impedir que ela fale comigo, se é isso que ela e eu queremos.

– Não é o que ela quer, Victor. E devo também lhe dizer que esta é a última vez que vai falar comigo, porque vou mandar trocar o número do telefone.

Victor começou a rir, não conseguiu se segurar, porque David iria se dar a todo este trabalho e ele, Victor, não teria mesmo mais como ligar, porque não tinha lhe sobrado moeda alguma.

– Victor – David disse –, escute o que eu tenho a dizer por um minuto. Não tenho nada contra você, precisa acreditar nisto. Mas acho que precisa se tratar, você está doente. Para seu próprio bem, precisa se tratar. Precisa consultar um médico.

– Eu não sou louco – Victor disse. – Não fique se preocupando comigo. Se a prisão não me dobrou, não vai ser você quem vai me dobrar. E eu tenho tudo contra você, tudo. Não fique achando que não vai mais me ver. Pode dizer a Clare que eu não vou decepcioná-la, nunca vou desistir dela, certo?

Mas David não respondeu, porque os sinais começaram a soar e Victor não tinha mais uma moeda de dez centavos para colocar no telefone. Colocou o fone mais uma vez no gancho e, com o lápis que ficava em cima do telefone, riscou o nome e o número de David que anotara na parte de baixo da escada. Claro que também era o telefone de Clare, mas isso não fazia diferença, porque ele já sabia de cor...

Amanhã, pensou, quando tivesse um pouco de dinheiro, iria a Theydon Bois e levaria a Beretta consigo. David tinha sido bastante tolo da última vez, ao se recusar a acreditar que a arma era real, mas agora era gato escaldado. Desta vez, ele acreditaria. Do mesmo modo como antes tinha se recusado a acreditar que uma arma de verdade era real, desta vez ele não deixaria de acreditar que uma arma falsa era verdadeira. Enquanto Victor mantivesse David imobilizado com a arma, Clare poderia fugir da casa. Os dois pegariam o Land Rover. Agora estava feliz por ter confessado a respeito de o Escort ser alugado e sobre os estupros também, aliás. Ela sabia tudo sobre ele, não estava escondendo nada dela, e era assim que deveria ser...

16.

Ele teria que erguer aquela coisa, movê-la para o lado e pegar a chave debaixo dela. Tomado pelo medo, olhou em sua direção e então rapidamente desviou o olhar. Mais uma vez, subiu nas pedras e olhou através da janela em formato de diamante. Muriel ainda dormia em sua cadeira e, por mais que tocasse a campainha, por mais barulho que fizesse puxando a vareta de ferro do sino, ela não acordava. Ele até ficou imaginando que podia haver algo de errado, que ela talvez tivesse sofrido algum tipo de ataque.

Talvez existisse a possibilidade de entrar pelos fundos. Victor deu a volta pela lateral da garagem e experimentou a porta de trás. Estava trancada, é claro. O jardim dos fundos se transformara em um campo de feno que o vento agitava e separava. Depois de fazer o que tinha ido ali fazer, tomaria o metrô até Theydon e removeria Clare daquela casa sob ameaça armada. A Beretta estava no bolso da jaqueta cinza acolchoada, pesava, fazia um pouco de volume do lado direito. David tinha confessado que ficou com medo dele naquela primeira vez, com medo de que ele tivesse voltado para "terminar o serviço". Victor não achava que depararia com muita resistência por parte de David. O mais importante agora era entrar naquela casa. Já eram duas horas e ele estava lá, tocando a campainha e tentando abrir janelas havia quase uma hora.

Muriel continuava dormindo, com um prato e uma xícara vazia em uma das mesinhas laterais, revistas, tesoura, um frasco de ungüento na outra. O dia estava quente, até o vento estava quente, mas ela estava com uma fase do aquecedor elétrico ligado, uma única barra brilhando vermelha. Victor não sentia ali de fora, mas conseguia imaginar o fedor do pó queimando.

Subiu nas pedras e ficou parado naquela que também era compartilhada pelo coelho e pelo sapo. Sapos não o incomodavam, nem cobras, aliás, nem mesmo crocodilos. Poderia tocar na pele de um sapo com alegria. Umedeceu os lábios, engoliu em seco, forçou os olhos a se fixarem na tartaruga de pedra. É de pedra, ele disse a si mesmo, é só um pedaço de pedra. Faziam a coisa de cera ou de gesso, depois faziam um molde ao redor da forma e o preparavam em gesso. Colocavam uma espécie de cimento ou de concreto bem fino nele. Centenas, milhares de cópias eram feitas assim, tratava-se de produção em massa. Dizer tudo isso a si mesmo não fez muita diferença.

Vou ter que rever a questão novamente, Victor pensou, tentar terminar o que comecei há tantos anos. Clare vai me ajudar, Clare está acostumada a curar. Mas, antes, ele precisava entrar na casa, e isso significava pegar a chave debaixo da... coisa. Tartaruga, ele disse. Tartaruga.

O músculo do lábio superior começou a tremer. Tentou segurá-lo com a mão. Então imaginou que seu dedo era uma perna escamosa pressionada contra a boca a sentiu um calafrio que sacudiu seu corpo todo, literalmente. Se eu tocar naquilo, vou desmaiar, pensou. E se ele fosse até a casa vizinha e pedisse a Jenny ou ao marido dela que pegassem para ele? Isso apresentava muitas dificuldades. Iam querer saber por quê. Então, quando ele abrisse a porta, eles podiam querer entrar também, e isso ele não desejava. Ajoelhou-se e fechou os olhos. Por que pensou imediatamente naqueles últimos momentos na casa da Solent Gardens e em David impelindo a moça escada abaixo e lhe dando as costas? Por causa da imagem das mãos unidas em oração na parede da escada? Talvez. Ele estava ajoelhado agora, com os olhos fechados, em uma atitude ridícula de oração.

Disse a si mesmo para pensar em qualquer outra coisa que não fosse o que ele estava fazendo, prestes a encostar em uma pedra que era a reprodução exata do objeto de sua fobia. Pense em David, pense naqueles últimos instantes, na arma disparando. Aquelas coisas eram ruins, mas infinitamente preferíveis a esta. Ele se inclinou para frente, com as mãos estendidas, agarrou a coisa, sentiu as incrustações de pedra na carapaça. Era supreendentemente pesada, e isso ajudou. Se fosse de verdade, não seria assim tão pesada. Segurando a respiração, pousou o objeto, tateou em busca da chave e a encontrou. Recolocar a coisa no lugar em que a tinha encontrado estava além de suas forças. Ele se levantou, apertando a chave na mão e sentiu ânsia de vômito. Seu estômago estava vazio, felizmente, não tivera vontade de almoçar e, de todo modo, não tinha dinheiro para isso. Duas vezes achou que ia vomitar e sentiu os movimentos de seu estômago, tremendo devido à náusea, mas se recuperou o suficiente para sentir que a rua inteira devia estar olhando para ele. Parecia que a operação demorara horas, mas, quando ele olhou para o relógio, percebeu que o sofrimento só tinha durado pouco mais de um minuto.

Ele destrancou a porta, e ela acordou imediatamente, ou talvez já estivesse acordada antes mesmo de ele colocar a chave na fechadura. Ela perguntou bem alto:

– É você, Joe?

Victor pensou que poderia ter se poupado de muita angústia. Entrou na sala. O calor era sufocante, o cheiro de poeira queimada tão forte quanto ele tinha imaginado. Muriel usava sua redinha de cabelo marrom, mas estava vestida, com um vestido florido de renda que devia ter um cinto, mas não tinha, e meias enroladas até as canelas, com pantufas forradas de pele. Ela se contorceu naquela atitude de esquadrinhamento, inclinada para a frente, a cabeça tombada para o lado, olhando para cima com o nariz tremendo.

– O que você quer aqui?

Uma onda de ódio tomou conta de Victor, ou melhor, se abateu sobre ele e lá ficou. Parecia crescer, aumentar, como fermento trabalhando, borbulhando. O que ela tinha feito consigo mesma, ele pensou, para ficar tão parecida com a mãe dele? Era uma semelhança em que ele mal reparara antes. Se a mãe estivesse viva, sem o pai, será que ela também teria aquela aparência? A idéia era quase insuportável. Havia algo no rosto dela. O maxilar parecia mais cheio e mais firme. Que ele soubesse, ela não usava dentadura, mas também não tinha muitos dentes seus sobrando. Devia ser uma ponte móvel que ela estava usando, que deveria ter que usar o tempo todo, mas que só colocou por causa de Jupp, para ter uma aparência mais atraente a Jupp. Lembrou-se do motivo por que tinha ido até lá.

– Não preciso entrar em detalhes – ele disse –, mas dei a entender a uma mulher que meu nome era Faraday, e ela me deu um cheque nominal a M. Faraday. Só preciso que você assine na parte de trás para mim.

– A polícia esteve aqui de novo – ela disse.

– Como assim? – ele perguntou. – Quando?

– Quando foi mesmo que choveu? Foi quando Joe estava aqui.

– Como é que eu vou saber? Segunda? Terça?

Antes de sua noite na floresta, respirou aliviado mais uma vez.

– Foram procurar você no lugar onde mora – ela disse. – Mas não estava em casa. Por estupro, disseram. Eu gelei toda, senti o estômago revirar. Estão procurando aquele tal de Raposa Vermelha, e talvez seja você, disseram.

O estuprador de Hertfordshire. Então era por isso que tinham estado na casa da sra. Griffiths.

– Coitada da sua mãe – disse Muriel.

– Não se preocupe com a minha mãe. Minha mãe morreu.

O rosto de sua mãe olhou para ele. Estava envelhecido, distorcido, com bigode, tremendo como o de um rato, de olhos vermelhos, mas, mesmo assim, era o rosto dela. Victor sentiu uma convulsão, agora de raiva, teve a sensação curiosa de que Muriel era um carrasco sutil colocado ali por alguma força superior para torturá-lo das maneiras mais refinadas e sutis, de maneiras especificamente designadas para seu tormento, como se detalhes relativos ao que mais atingia seus pontos fracos tivessem sido colocados em um computador e o resultado impresso tivesse sido apresentado a Muriel como manual de diretrizes. Só que Muriel não era Muriel, e sim um anjo ou um demônio vingativo em um disfarce elaborado. Por que não tinham lhe dado a pior informação? Ou será que tinham? Será que ela, em um instante, abriria um armário e lhe mostraria...?

Como que seguindo o roteiro de sua fantasia, ela se levantou. Ergueu a xícara com o pires com a mão esquerda, enfiou dois dedos na boca e tirou uma ponte móvel com sete ou oito dentes da mandíbula inferior. Victor, observando aquilo apavorado, ouviu a si mesmo soltar um som de desaprovação. Ela deixou os dentes caírem dentro da xícara.

– Assim está melhor – ela disse, e seu rosto deixou de ser o da mãe dele, mas os olhos de repente ficaram de um azul-claro reluzente. Victor fechou os seus. – O que mesmo você queria? – ela perguntou.

Mais uma vez, ele tentou explicar a respeito do cheque, mas gaguejava nas palavras; a raiva fechava sua garganta.

– Fale mais alto – ela disse, com a xícara na mão, os molares aparecendo por cima da borda. – Por que você foi dar o meu nome para essa gente?

Ele não tinha resposta.

– Duzentas libras. Tem alguma coisa de errado acontecendo, arrisco-me a dizer. Deve ser trapaça, já que é você. – Ela se aproximou bem dele, com a cabeça virada, espiando para cima. – Por que não falsificou o meu nome?

E por que não? A idéia nem lhe passara pela cabeça. Ele a pegou pelos ombros para empurrá-la para longe, e ela se enrijeceu sob seu toque.

– Não ouse... – ela exclamou. – É melhor você não... Ah, não...

Imediatamente, e horrorizado, ele percebeu o que ela queria dizer. Estava com medo de ser estuprada. Uma criatura velha e despedaçada como ela, uma versão estragada da mãe dele, tinha medo de estupro nas mãos dele e, cheios de pavor, os olhos dela não brilhavam. Ela tremia, tensa e fascinada. Examinou o rosto dele, ergueu as mãos para afastar as dele, arrastou os pés para trás, um passo, dois passos, a xícara com os dentes caindo no chão, rolando pelo tapete.

Pela primeira vez desde que entrara na casa, ele tomou consciência da pistola que lhe pesava no bolso. Colocou a mão lá dentro e tirou a arma e a atingiu com ela. Pegou na lateral da cabeça, e ela cambaleou, berrando. Victor a atingiu uma vez após a outra, desferindo golpes em movimentos automáticos, a energia fluindo em enormes ondas de ódio que se propagavam a partir do centro de seu corpo e saíam por seu braço direito em descargas de voltagem altíssima. Os golpes eram desferidos contra sua mãe e contra todas as mulheres, contra Pauline e Clare e Judy e a sra. Griffiths. A partir do primeiro golpe, ficou cego, ia colocando para fora uma raiva sem pensar e sem enxergar, concretizando o motivo de todos os estupros.

Os berros de Muriel se transformaram em resmungos, depois em murmúrios. Foi quando cessaram, quando o silêncio se instalou, que ele abriu os olhos. Mas continuou, no entanto, a bater a pistola contra o alvo, apesar de o alvo agora não ser mais sólido, e sim uma massa pastosa. Também percebeu que, para poder dar continuidade a seu massacre frenético, ele tinha precisado se ajoelhar. Uma quentura grudenta o cobria, e suas mãos estavam pegajosas por causa disso. Rolou no chão, rolou para longe dela, agarrando a pistola molhada e escorregadia com as duas mãos.

A primeira coisa que fez foi cobrir o corpo. Aquela era uma visão pavorosa. Ele não a suportava. Pegou o tapete da lareira que estava na frente do aquecedor elétrico, uma coisa fina e puída com uma espécie de padronagem turca, e jogou por cima da massa sangrenta que tinha sido Muriel. Quando ela estava escondida de sua visão, ele se sentiu como se o fim do mundo tivesse chegado. Conseguiu voltar a respirar. Mas, ali parado, segurando-se nas costas da cadeira onde Muriel sempre ficava sentada, ele ficou se perguntando como era possível aos homens cometer assassinato e depois não morrerem ou ficarem loucos, e sim prosseguir com a vida, fugir sem deixar pistas, negar, esquecer. Fez essa pergunta a si mesmo e em seguida já estava fazendo exatamente isso, desligando o aquecedor elétrico, fechando a porta e subindo a escada.

No espelho emoldurado no quarto de Muriel, deu uma olhada em seu reflexo e soltou um grito involuntário. Ele sabia que tinha sangue nas mãos e tinha a intenção de lavá-las imediatamente, mas por isso não esperava. A visão de si mesmo o amedrontou. Estava respingado e encharcado de sangue como se tivesse enfiado os braços e o rosto em uma bacia cheia do líquido, como algum açougueiro que nadasse naquilo. A jaqueta acolchoada de algodão estava escura de sangue, a camisa, vermelha por causa dele, e uma mancha escura grande se espalhava pela parte da frente de seu jeans como se fosse de uma ferida de seu próprio corpo. Era tão horrível que ele começou a tirar a roupa ali mesmo, sentindo um pânico que o fez rasgar o tecido e arrancar botões em sua pressa. O sangue tinha penetrado em sua pele, ralo, claro e manchado como o suco que sai de carne mal passada. Percorreu o corredor até o banheiro cambaleando, com ânsia de vômito e soluçando.

Lavar-se seria ineficiente; só um banho de imersão completo daria conta do recado. Encheu a banheira e ficou ajoelhado no chão com a cabeça pressionada contra o verniz frio enquanto a água corria. Fosse qual fosse o mecanismo usado por Muriel para esquentar a água naquela casa, ela o mantinha em temperatura baixa, e foi um banho morno que ele tomou, tremendo enquanto se ensaboava. Ao enxugar o corpo com uma toalha fina e pegajosa, ele pensou em roupas, tinha que encontrar roupas para vestir.

A pilha manchada de sangue no quarto o deixou enjoado de novo. Era como se um segundo corpo estivesse estirado ali. Começou a abrir gavetas; só encontrava roupas de baixo de mulher, corseletes cor-de-rosa, com as laterais elásticas esgarçadas, meias-calças de algodão marrom e de seda cor da pele, calcinhas de malha grossa, praticamente calçolas, em rosa e branco, anáguas com alças largas e decote acentuado arredondado. Sua própria nudez era algo terrível e muito estranho para si mesmo, desajeitado, vergonhoso, uma fonte de acanhamento. Nu, ele se movia e caminhava com gestos desajeitados, e percebeu que quase nunca na vida tinha ficado nu durante mais do que um ou dois instantes, com exceção das horas passadas com Clare. Pensar nela fez com que ele fechasse os olhos e se agarrasse à beirada dura da cômoda.

Na penteadeira de Muriel, não havia roupa de baixo masculina, mas na gaveta de cima havia uma caixa de jóias. Victor deixou a gaveta aberta e a caixa de jóias aberta. Entrou no quarto onde tinha achado a maior parte do dinheiro. A cômoda daquele quarto guardava a roupa de baixo de Sydney, o que sobrara dela, na terceira gaveta. Victor vestiu uma cueca branca de algodão de velho, amarelada com o tempo, fedendo a cânfora, uma camiseta de baixo Aertex e um par de meias azul-marinho fosco debruadas de marrom. A última gaveta ainda estava cheia de dinheiro, na maioria notas de uma libra. Ele as pegou. No quarto seguinte, esvaziou mais uma gaveta de notas de cinco libras. De volta ao quarto de Muriel, abriu o guarda-roupa e esvaziou todas as bolsas. Continham centenas de libras.

Victor se vestiu com um terno de Sydney, de tweed marrom-claro, e uma camisa de algodão cor de creme que encontrou pendurada em um cabide, ainda com a etiqueta de preço. Devia ser muito antiga e, no entanto, nunca tinha sido usada. Sydney pagara duas libras, nove xelins, onze centavos e três farthings por ela. Vestido, Victor se sentia melhor, sentia-se limpo e são e como se fosse possível dar prosseguimento à vida, qualquer tipo de vida. Na caixa de jóias de Muriel, o anel com o domo de diamantes estava por cima de uma pilha de correntes de ouro e de colares de contas de vidro. Colocou-o no bolso e devolveu a caixa à gaveta. O dinheiro ele enfiou nos bolsos, até ficarem abarrotados. O cachorro que guardava as camisolas, com suas vísceras de náilon cor-de-rosa saindo para fora, observava-o com seus olhos de vidro mortos.

Por que não pegar todo o dinheiro que havia na casa? Era melhor pegar tudo agora. Do armário onde tinha encontrado a pistola, pegou uma bolsa pequena de couro marrom do tipo que o pai costumava chamar de pasta executiva e enfiou o dinheiro lá dentro. Examinou todos os quartos, o dormitório número quatro também, aquele em que nunca tinha entrado, e encontrou notas por todos os lados, em uma sacola plástica de compras sob um travesseiro, duas de dez embaixo do pé de um abajur, um maço de notas de cinco na cesta dos apetrechos da lareira, enfiado embaixo de um abanador de papel prateado coberto de fuligem. Havia quase dinheiro demais para caber na pasta, ele fechou as fivelas com dificuldade.

A casa havia ficado escura, mais escura do que o tom crepuscular que assumia durante o dia. Victor tinha se esquecido da hora, mas achou que já estava de noite. Olhou para o relógio e viu que ainda não eram nem três horas. Todo aquele terremoto ocorrera em menos de uma hora.

Caía uma chuva torrencial, uma chuva densa e brilhante, que parecia desabar em hastes de vidro. Victor desceu a escada, reparando, ao chegar à parte de baixo, como tinha deixado pegadas ensangüentadas no tapete do hall, pegadas que iam se apagando e tornando-se indistintas ao subirem a escada. A chuva limparia seus sapatos, limparia o couro claro daqueles respingos escuros.

O cabideiro da entrada estava coberto com casacos empilhados uns sobre os outros. Tinha sido assim desde que ele era capaz de se lembrar. Misturados aos casacos e escorados por eles, havia alguns guarda-chuvas. Ao tirar o casaco que estava por cima de todos os outros, Victor fez com que aquela montoeira toda desabasse e se afundasse em uma pilha no chão. Ali do meio ele tirou uma capa de chuva masculina, certamente pertencente a Sydney, deixada ali ao ser tirada mais de uma década antes. Era um *trenchcoat*, preto e lustroso, de alguma espécie de plástico ou material emborrachado, e Victor a escolheu por ter aparência totalmente à prova d'água. Vestiu-a e fechou o cinto. Estava um pouco comprida para ele mas, fora isso, servia bem.

Lembrou-se da chave, mas não de onde a tinha deixado. Entre suas roupas? Ali com o corpo? Devolvê-la para baixo da tartaruga seria, em todo caso, uma tarefa impossível. Ele também se lembrou da arma. Com os olhos fechados, abriu a porta da sala e, ao abri-los, percebeu que, contrariamente às leis da natureza e à experiência, ele esperava ver Muriel sentada em sua cadeira com a tesoura na mão e o aquecedor elétrico ligado. Da maneira como as coisas estavam, o tapete escondia a pior parte, não havia respingos de sangue nas paredes. Ele se esgueirou pelo tapete, passando pela ponte dentária e a xícara de chá, pegou a pistola pelo cano, entre o indicador e o polegar esticados, cheio de nojo. Estava pegajoso de sangue, que ia coagulando. De certo modo, aquela foi a pior parte de todas: voltar a fechar a porta, levar a arma até a cozinha e lavá-la sob o jato frio, observando o sangue coagulado rodopiar na água e ficar preso no ralo, pensando de modo inevitável que ele também era formado daquelas coisas.

"De quem é este sangue?" Meu mesmo.

Não era sua intenção lembrar-se daquelas palavras. Ele as afastou para longe, secou a pistola com o pano de prato pegajoso de Muriel e a enfiou no bolso direito da capa de chuva. A chuva formava uma parede de vidro além da varanda. Victor saiu, abriu o guarda-chuva e fechou a porta atrás de si. O carro da vizinha Jenny estava estacionado na frente da casa dela, e não estava quando ele tinha chegado. Victor se lembrou de uma coisa, que era sábado e que Jenny e o marido iam fazer compras aos sábados. Eles sem dúvida estavam no mercado quando ele chegou e tinham voltado enquanto ele estava... no andar de cima. Deviam ter trazido coisas para Muriel e, assim que a chuva parasse, iriam até lá em busca da chave.

Era provável que já o tivessem visto. Jenny lhe dissera que não deixava passar nada do que acontecia na rua. Parado ao portão, no sopé da encosta de pedra, Victor compreendeu que era tarde demais para tentar cobrir seus rastros. Assim que qualquer pessoa entrasse naquela casa, já saberia quem era o assassino de Muriel. Ele se sentia calmo, preso a um destino irrevogável. A única coisa que podia fazer era adiar a descoberta do corpo.

Ele subiu um lance de escadas, passando por escarpas, vigas e pedras similares, puxou uma vareta de sino, só que o movimento desta vez resultou em um toque parecido com o que um relógio faz a cada meia hora. Jenny apareceu à porta. Ele enxergou aquele ar de Clare novamente, uma Clare degradada e desbotada, e teve a sensação de algo saindo de seu corpo, deixando-o oco.

– Olá, Vic. Por um instante, não o reconheci. Está elegante. Todo arrumadinho.

Roupa de missa misturada com de reunião...

– Ela pediu para eu pegar as coisas que você trouxe para ela.

O tempo de encontrar a habilidade de se expressar chegara ao fim. Tinha voltado a ser desarticulado, praticamente mudo.

– Ela só pediu chá e um rocambole, Vic. Quer entrar um minuto? Tudo bem se estiver com pressa. – Ela desapareceu por alguns segundos e voltou com dois sacos de papel. – Pronto, aqui está, mas não tem problema nenhum de eu passar lá mais tarde para deixar.

Ele viu que ela estava olhando para os sapatos dele, cinza com manchas escuras grandes do sangue molhado.

– Ela não está muito bem. Não quer ser incomodada.

– Certo. Eu capto logo indiretas. Pode ir então, Vic. A gente se vê.

Como ela podia estar olhando, ele levou os dois sacos de papel até os fundos da casa. E os deixou no parapeito da janela da cozinha, à mercê da chuva. Amanhã ou no dia seguinte, pensou, a vizinha Jenny encontraria o corpo de Muriel. Caminhou até sua casa, carregando a pasta cheia de dinheiro, e só quando estava quase lá ele se perguntou *por que* diabos estava voltando para a casa da sra. Griffiths.

Da esquina da Tolleshunt Avenue, ele viu a viatura de polícia. Victor ainda estava calmo e sabia muito bem que ninguém podia saber do assassinato de Muriel por enquanto. A polícia estava à procura dele por outro motivo, o motivo de sempre. Ainda estavam fazendo perguntas a respeito do Raposa Vermelha, ou então a mulher da floresta de Epping tinha dado queixa. Ele hesitou e, enquanto esperava, dois homens, um deles o inspetor-detetive que ele tinha apelidado de Jaqueta de Couro, saíram da casa da sra. Griffiths e entraram no carro. Mesmo depois disso ele ficou achando que o carro não partiria, mas partiu finalmente, formando um jato de água na sarjeta alagada.

Eles iriam voltar, é claro, e muito em breve. Apavorou-se com a idéia de encontrar a sra. Griffiths ou o homem que reclamava das noites conturbadas dele. Mas não havia ninguém lá. Victor subiu a escada e entrou em seu quarto. Lá, trocou de sapato, sem se preocupar com o par cinza que deixou para trás, que poderia ser depois encontrado pela polícia. Abriu a pasta de Sydney e colocou lá dentro a única coisa que era importante levar consigo: a fotografia de Clare.

Não, tinha mais uma coisa: a cadeira de rodas.

Victor dobrou a manta marrom e colocou-a em cima do assento. Bateu a porta atrás de si, depois de olhar pela última vez a figura formada pelas marcas de cigarro na mesinha de bambu, o linóleo de ravióli e os tapetes verdes, o aparelho de televisão em que tinha gasto quase todo o dinheiro dos pais. Desceu os degraus da escada arrastando a cadeira. Do lado de fora, na frente da porta, sentou-se na cadeira e cobriu os joelhos com a manta. A chuva tinha afinado, transformando-se em uma garoa. Victor foi impulsionando a cadeira pela calçada, na direção da Twyford Avenue, pelo pavimento molhado e cheio de poças, sob as árvores de folhagem pesada verde-escura das quais pingavam gotas d'água mais densas do que as da chuva. A pasta com o dinheiro e a fotografia de Clare estava sobre seus joelhos, por baixo da manta.

Bem quando ele chegou à esquina, o carro de polícia voltou, diminuiu a velocidade, passou por ele. Não era Victor Jenner, mas um deficiente em uma cadeira de rodas. A mais ou menos um quilômetro e meio da casa da sra. Griffiths, quando já não tinha mais forças para impulsionar a cadeira de rodas, ele desceu dela e reparou em algo que nunca tinha lhe ocorrido. A cadeira era dobrável e, quando um táxi apareceu, ele a levou consigo no banco de trás.

17.

Victor ficou deitado na cama de seu quarto de hotel, que ficava em Leytonstone, mais ou menos no meio do caminho entre Acton e Theydon Bois. O taxista se recusara a levá-lo mais longe, e Victor estava cansado demais para pensar em carros alugados ou trens de metrô. Enquanto ele estivera na prisão, o turismo em Londres tinha crescido muito e hotéis como o dele tinham aberto por todos os subúrbios próximos e afastados do centro, casas grandes convertidas que em sua maior parte cobravam diárias bem mais baixas do que as dos hotéis na cidade. Não que o preço fizesse muita diferença para Victor. Ele carregava consigo milhares de libras em sua maleta; quantas ele não sabia, estava cansado demais para contar. Mas era dinheiro suficiente, mais do que suficiente, para encontrar um lugar para ele e Clare morarem, para abrir um negócio ou para ir para o exterior, se ela assim preferisse.

Havia um telefone naquele quarto dos fundos do andar térreo, mas não adiantava nada telefonar para ela. David com toda a certeza atenderia. Seria muito melhor deixar para o dia seguinte, quando ele iria lá com o dinheiro e a arma. Ainda era bem cedo da noite, mas ele tinha tirado o terno de Sydney e estava lá deitado com a cueca antiga esquisita de Sydney, imaginando se devia se vestir novamente e sair para comer, mas cada vez que pensava em comida, ele se lembrava do sangue coagulado que lavara da Beretta e a náusea lhe subia à garganta.

Seus três bens decoravam o quarto: a pistola, a cadeira de rodas, a pasta cheia de dinheiro. A gerência lhe fornecera um armário embutido. Um balcão embutido com espelho, cama e aparelho de televisão. Victor ficou deitado assistindo à televisão. O noticiário passou e, duas ou três horas depois, passou de novo. Mas não havia nenhuma notícia sobre Muriel nem haveria até que a vizinha Jenny entrasse lá, o que talvez só fosse acontecer no sábado da semana seguinte, ele pensou. Ele virou para o lado e caiu no sono.

O telefone de David desaparecera de sua mente, e o único registro existente ele tinha rabiscado na parte de baixo da escada da sra. Griffiths. O auxílio à lista o forneceu, e Victor telefonou para o número por volta das dez da manhã, decidido a colocar o fone no gancho se David atendesse. Anotou o número na parte de dentro da pasta. Provavelmente tinham saído para um passeio. O dia estava bonito, as nuvens e a chuva de sábado se dispersaram, o céu estava limpo e o sol brilhava. Victor olhou através da janela para os jardins dos subúrbios antigos de Londres, para a grama aparada sem ervas daninhas, as pereiras, um muro de tijolos amarelos. Ele não podia levar Clare para lá.

Uma das feridas em seu peito tinha ficado de uma cor arroxeada, e a área ao redor estava inchada. Provavelmente havia um pouco de vidro lá dentro, mas doía demais tentar esprêmê-lo para fora. Se ele ficasse com sangue envenenado, a culpa seria de David, ele pensou, e em sua cabeça viu David se inclinando para frente, sentado naquela cadeira, cortando-o com um caco de vidro. Mas ele não precisava se preocupar com isso, porque Clare cuidaria da ferida assim que estivessem juntos. Ele pediu o telefone do hotel Post House em Epping para o auxílio à lista, telefonou e reservou um quarto de casal para aquela noite.

Os trens do metrô eram bem menos freqüentes aos domingos, e ele esperou vinte minutos na plataforma em Leytonstone, segurando a cadeira de rodas fechada, carregando a pasta executiva, com a capa de chuva pendurada no ombro esquerdo, porque estava quente demais para vesti-la. No gramado comunitário de Theydon, crianças brincavam com bolas, adultos passeavam com cachorros. Ele ficou procurando David e Clare, pensando que podiam estar passeando com Sally, mas então se lembrou de que Sally ainda não podia sair porque não tinha recebido as vacinas de cinomose.

Victor ia empurrando a cadeira. Era pesada demais para carregar. Colocou a pasta, a manta marrom e a capa de chuva no assento. Apesar de o dia estar quente, todas as janelas de Sans Souci estavam fechadas. Ele olhou através das vidraças, olhou através da janela lateral da garagem e viu que o Land Rover não estava lá. Na parte de trás da casa, as portas envidraçadas estavam fechadas, e o guarda-sol azul e branco, enrolado. Ele reparou em outra coisa. Aquilo o aborreceu de maneira desproporcional, no entanto não havia razão para se aborrecer com algo que a mãe certa vez lhe dissera ser completamente normal para esta época do ano, o final de junho. Não havia flores no jardim, as flores de primavera acabaram e as rosas foram cortadas, as de verão e as rosas temporãs ainda não tinham florescido e o jardim estava todo verde, só verde.

Victor bateu nas janelas envidraçadas para fazer a cadela latir, mas não saiu som algum lá de dentro. Então, tinham-na levado consigo para o lugar onde estavam. Ele resolveu voltar para Leytonstone e esperar lá, voltar de novo à noite. A cadeira de rodas era uma amolação, mas ele não podia deixá-la no meio da rua. Em uma banca de revistas, comprou dois jornais de domingo e leu-os no metrô. Em um bar de Leytonstone, comeu sanduíches de almoço, tomou uma taça de vinho e mais outra, com o intuito de dormir a tarde inteira. A idéia de ficar levemente bêbado lhe agradou, e ele tomou dois uísques duplos em um bar mais para frente, na High Road, um lugar onde a expansão urbana e talvez uma ameaça de alargamento de pista fizeram fechar lojas e escritórios e onde casas abandonadas estavam com as janelas fechadas com tábuas pregadas. Havia algo de desolador naquele lugar em um dia quente e abafado como aquele, pouca gente na rua mas muito trânsito e um fedor de fumaça de escapamento. Bem longe, à distância, talvez lá na floresta de Epping, trovões rugiam.

A mistura de álcool subiu-lhe à cabeça, fazendo com que ele tivesse uma sensação de descuido. Passou por uma mulher em uma cadeira de rodas, com o marido idoso empurrando-a, de modo que ele se sentou em sua própria cadeira, cobriu os joelhos com a manta e começou a impulsionar as rodas. As pessoas saíam da frente, lançavam-lhe olhares de solidariedade, acanhamento, culpa e medo, ficavam com um orgulho envergonhado ao ajudá-lo a atravessar ruas. Como estava confuso e com a cabeça leve por causa das bebidas, nem lhe ocorreu imaginar (até estar lá dentro) o que as pessoas do hotel Fillebrook iriam pensar do homem que saiu do quarto andando naquela manhã e que voltou à tarde aleijado. Mas eram funcionários diferentes trabalhando. A moça na recepção reagiu, é claro, não com surpresa nem raiva, mas sim abrindo ainda mais um par de portas de vidro que já estavam abertas e correndo na frente dele para destrancar a porta de seu quarto, como se ele tivesse perdido a capacidade de usar as mãos também, além das pernas.

Ele se deitou na cama e dormiu para fazer passar o efeito da bebida e acordou com uma dor de cabeça daquelas que parecem dar pontadas na parte de dentro do crânio. Antes de ir para a cama, devia ter ligado a televisão, porque estava ligada agora e mostrava uma congregação de pessoas devotas e com aparência sincera cantando hinos religiosos. Trocou de canal para o London Weekend, pegou o que parecia ser uma série de detetive e abaixou o volume ao máximo. Ao discar o número de Theydon Bois, pensou que o melhor seria pedir ao hotel o telefone da empresa de táxi particular mais próxima e então pedir para que o levassem até lá para buscar Clare. Atenderam o telefone, e foi David quem disse alô. Claro que ele não pensaria que era Victor, porque pela primeira vez não estava ligando de um telefone público.

– Gostaria de falar com Clare Conway, por favor – Victor fez um sotaque mais agudo e mais refinado do que o seu próprio, e David, apesar de desconfiado, pareceu decepcionado. – Aqui é Michael.

– Michael de quê?

– Faraday – disse Victor.

Ouviu um silêncio. Pensou que estava dando certo e então ouviu um sussurro, e a voz de Clare disse:

– Meu Deus!

Victor sentiu o canto da boca começar a tremer com o movimento involuntário. Clare pegou o telefone e sua voz estava estranha, tinha um tremor.

– Victor, onde você está? Por favor, diga para nós onde está.

Nós? Ele não disse nada. Seus olhos tinham se voltado para a televisão silenciosa em cuja tela aparecia a casa de Muriel, uma Tudor bem firme, como uma fortaleza, em cima de suas pedras, mas não era uma fortaleza, não era inviolável, estava com a porta da frente aberta. Ele afastou o fone lentamente da boca; enquanto seu braço ia caindo, a voz de Clare não parava de repetir o seu nome.

– Victor, Victor...

A imagem na tela tinha sido substituída por outra, por sua própria fotografia, a que ele dera a Clare.

A traição dela o deixara estupefato. Durante muito tempo, ele ficou impossibilitado de se mover. Só conseguiu devolver o fone ao gancho, mas não foi capaz de aumentar o volume da televisão. O que mais ela poderia lhe dizer, de todo modo, além dos fatos de que o corpo de Muriel tinha sido encontrado e que a polícia estava atrás dele? Clare devia ter dado a foto à polícia. Sem dúvida David a convencera a fazer isso, mas, mesmo assim... Ele teria morrido antes de entregar a dela, Victor pensou. Então era lá que ela e David tinham passado o dia todo, com a polícia de Acton, porque o corpo de Muriel devia ter sido encontrado ou na noite anterior ou naquela manhã.

Será que poderiam localizar sua ligação? Victor não sabia, apesar de ter uma vaga idéia de que ligações de telefones particulares não podiam ser localizadas. Será que um telefone de hotel era particular? Vestiu a capa de chuva, sentou-se na cadeira, cobriu os joelhos com a manta e colocou a pasta por cima da manta. No bolso direito da capa, a Beretta pesava e fazia volume. Não funcionaria, mas servia de conforto para ele.

Algo lhe dizia que aquela seria sua última chance de dar um telefonema em muito tempo. Discou o número de Theydon Bois, certo de que eles atenderiam, ciente de que estavam ansiosos para falar com ele. Era David mais uma vez.

– Você sabe quem é.

– Victor, por favor, escute o que eu tenho a dizer...

– *Você* é quem tem que me escutar. Tenho uma arma e é de verdade. É melhor você acreditar. É uma Beretta e é de verdade. Faça com que todo mundo acredite, se não quiser que mais alguém tenha o mesmo destino que você.

Bateu o telefone com toda a força. A foto que ele dera de presente a Clare (a lembrança daquela oferenda o fazia se contorcer de dor) era excelente para que o reconhecessem. Veio-lhe à mente de repente uma imagem da moça da recepção assistindo ao noticiário das seis e meia da London Weekend em algum escritório dos fundos, vendo aquele rosto e então enxergando-o mais uma vez no saguão. A cadeira de rodas o protegia, é claro, de um modo sutil, a cadeira de rodas até transformava seu rosto. Saiu do quarto. O corredor estava vazio. Sem fazer idéia de para onde ir, Victor desceu o único degrau com a cadeira de rodas, saiu para a calçada e, virando-se na direção oposta da do metrô, da passagem por baixo dos trilhos e de High Road, impulsionou-se até um labirinto de ruas vitorianas que o levariam a nenhum lugar que ele conhecesse.

Depois de um tempo, chegou à floresta. Mal sabia que a floresta de Epping chegava até ali e compreendeu que estava olhando para sua ponta mais ao sul, era uma floresta urbana com pouco capim e nenhuma flor, o solo era marrom e bem pisado. Começou a impulsionar a cadeira de rodas ao longo de Whipps Cross Road na direção oeste. Um carro de polícia passou por ele bem devagar. Victor então se lembrou de que tinha se registrado no hotel Fillebrook com seu próprio nome e compreendeu que não iria demorar muito, talvez fosse uma questão de minutos, para que a gerência percebesse quem tinha sido seu hóspede da noite anterior. Ele precisava sair do bairro, pensar para onde ir e o que fazer. O dinheiro daria conta de tudo. Com dinheiro, era possível fazer qualquer coisa, ir a qualquer lugar.

Taxistas que tivessem passado o dia todo na rua não teriam assistido ao noticiário. Victor estava com medo de se levantar da cadeira de rodas em um lugar tão aberto quanto aquele. Seria um ato suspeito, chamaria atenção para si. Ele virou em uma rua lateral, saiu da cadeira e a dobrou, arrastou-a atrás de si em Whipps Cross Road e chamou um táxi. O motorista olhou para ele com indiferença, sem interesse. Pareceu decepcionado com o fato de Victor querer ir para Finchley, não para o centro de Londres.

Se ele mostrasse sinais de que sabia ou desconfiava, Victor pensou, se falasse de maneira suspeita naquele rádio-telefone dele, ele pressionaria o cano da pistola contra suas costas e o obrigaria a levá-lo para algum local deserto no interior. Mas nada desse tipo aconteceu. A noite tinha ficado lúgubre e cinzenta, abafada e fechada. Um relâmpago piscou nas nuvens pesadas no horizonte em um lugar que Victor pensou ser Muswell Hill. Aquela ponta aguda que se erguia era a torre de St. James, Muswell Hill. Ele iria para lá. Ninguém acharia que ele iria para lá.

A tempestade começou tarde naquela noite. No hotel que Victor encontrara na Archduke Avenue, Muswell Hill, não havia aparelho de televisão nos quartos nem telefone. Mas tinha quartos vagos de andar térreo em um anexo na parte de trás. Victor se registrou como David Swift. Os funcionários foram solícitos, prestativos, abriram portas para ele, correram na frente para se assegurar de que a porta do quarto era larga o suficiente para que a cadeira de rodas passasse.

Todos os lugares ali, até os quartos do térreo, davam vista panorâmica para Londres. Ele ficou sentado na cadeira de rodas observando a tempestade abrir seu caminho à força pelo céu de planícies e montanhas feitas de nuvens. Ele não comia desde a hora do almoço, mas não queria comer. Uma sensação de mal-estar tinha começado a tomar conta dele no táxi e ainda estava lá, não a náusea que ele sentia com tanta freqüência em momentos de estresse, mas uma certa tontura. Algo assemelhado a uma febre. Talvez fosse só porque ele tinha bebido demais no almoço. Também sabia que seu coração batia rápido. Antes de ir para a cama, apalpou o bolso da capa de chuva para se assegurar de que a arma estava lá, mas devia ter colocado a mão no bolso esquerdo, porque ali não havia nada além de um pacote de balas de menta meio vazio. A arma estava mesmo no outro bolso.

Victor dormiu e sonhou com David. David estava bem e voltara a caminhar, tinha retomado seu trabalho na polícia e estava encarregado de pegar o assassino de Muriel. Ele não suspeitava de Victor, aliás, queria discutir todos os aspectos da questão com Victor, examinar todos os detalhes. O caso tinha que ser concluído no dia seguinte, porque David se casaria amanhã. A noiva dele entrou na sala com seu vestido de casamento, mas quando ergueu o véu não era Clare, e sim Rosemary Stanley. Victor acordou com uma sensação dolorida no pescoço e no maxilar. Devia ser o jeito como ele tinha se deitado naquele colchão duro com travesseiro de látex. Havia algo de ridículo, pensou, no fato de um homem sonhar com casamentos. Só mulheres sonhavam com casamentos. Adormeceu de novo, mas foi um sono muito agitado, e acordou às sete.

A dor no rosto e no pescoço continuava lá. Provavelmente estava relacionada àquela coréia de que ele estava sofrendo, apesar de não haver nenhum músculo se movimentando naquela manhã. O coração dele continuava disparado. Ele se vestiu com a mesma cueca e a mesma camisa, porque não tinha outras, mas resolveu sair para comprar roupas novas assim que as lojas abrissem. Chovera a noite toda, e o dia estava pesado e úmido, com aparência fria.

Ele não estava com vontade de comer e achou que aquele seria, de todo modo, um processo doloroso, da maneira como estava seu maxilar. Victor, movimentando-se lentamente em sua cadeira de rodas, levou um exemplar do jornal *Daily Telegraph* para o quarto.

O assassinato tinha ganhado a primeira página. Havia uma fotografia de Muriel de como Victor se lembrava dela de quando era adolescente, da época de seu casamento, uma Muriel sorridente de rosto redondo, com maquiagem pesada e brincos de pérola nas orelhas. Jupp encontrou o corpo. Havia um relato do que ele tinha dito, como, por exemplo, que iria se casar com Muriel, que era dedicado a ela. No sábado à noite, ele esteve na casa dela; para vê-la, claro, mas principalmente para pegar uma coisa que esquecera lá da última vez. Ele tinha a chave da casa e chegou mais ou menos às oito da noite. A primeira coisa que viu foi uma pegada de sangue no piso do hall de entrada, só que, obviamente, não sabia que era sangue.

Victor ficou imaginando o que Jupp teria esquecido lá e por que o *Telegraph* não dizia o que era. Certamente teria sido mais normal dizer "Esqueci o meu guarda-chuva lá" ou "Esqueci o meu cachecol". Talvez fosse um guarda-chuva, aquele que Victor levara consigo e abandonara na casa da sra. Griffiths.

Com os joelhos cobertos, carregando a pasta consigo porque tinha medo de deixá-la para trás, Victor manobrou a cadeira de rodas por Muswell Hill em busca de roupa de baixo, meias e uma ou duas camisas. Os vendedores eram atenciosos, educados, um agiu com certo acanhamento. Ele comprou as roupas que desejava, mas a compra não lhe trouxe nem um pouco do prazer que sentira quando gastara dinheiro com sua jaqueta cinza, seu terno e aqueles sapatos cinzas. Sua cabeça latejava, e ele se sentia como que afastado da realidade, de algum modo fora de alcance, sem poder se agarrar à vida. Até o fato de saber que Clare nunca mais seria dele, que ele não voltaria a vê-la, trouxe-lhe uma tristeza resignada, não dor. Talvez aquilo fosse insanidade, talvez fosse isso, a loucura que diziam ser causada pelos anos na prisão finalmente se abatia sobre ele.

Na faixa de pedestres de Fortis Road, na frente do cinema, ele ficou esperando o sinal abrir com quatro ou cinco pessoas. Então uma coisa terrível aconteceu. Vindo na direção dele, do outro lado, assim que os carros pararam, ele avistou um homem e uma mulher de braços dados, e o homem era Kevin, o genro de Jupp.

Ele olhou para Victor, então fixou seus olhos nele. Victor não tinha escolha ali no meio da rua além de se aproximar dele. Os dois se cruzaram, olho no olho, mas não havia sinal de reconhecimento no rosto de Kevin. Ele pensou que Victor era Victor, mas depois mudou de idéia. A cadeira de rodas servira de disfarce, tinha impedido que fosse descoberto, salvaria sua vida. Kevin nem olhou para trás. Disse alguma coisa para a mulher que Victor imaginou ser a filha de Jupp, e os dois entraram em uma loja. Victor então se lembrou de que Kevin tinha lhe dito que morava em Muswell Hill.

Estar na cadeira de rodas fazia com que ele fosse invisível, ou melhor, transformava-o em outra pessoa. Ele compreendeu que, pelo bem de sua segurança, deveria se ater a ela, tornar-se um deficiente, como David.

18.

De volta ao quarto, Victor contou o dinheiro. Havia um pouco mais de cinco mil libras. Ele tinha acertado ao calcular que Muriel guardava milhares de libras em casa; provavelmente havia originalmente umas sete mil. Ele não sabia ao certo qual era a soma exata que carregava consigo, porque parecia ter perdido sua capacidade de concentração. Aquilo que o acometia não podia ser ainda a meia garrafa de vinho e os dois uísques da hora do almoço do dia anterior. Se fosse possível pegar uma gripe em julho, devia estar gripado, porque ele se sentia quente e com calafrios alternadamente. Guardou o dinheiro novamente na pasta executiva, mas ajeitou a fotografia de Clare na mesinha ao lado da cama.

Ele não comia há quase um dia e, no entanto, estava sem apetite. Ele tremia, mas se sentia cheio de esperança, até mesmo animado. O dinheiro duraria um bom tempo, desde que ele saísse desses hotéis e encontrasse um quarto de aluguel. Teria de ser um quarto térreo, é claro, e o emprego que conseguisse teria que ser adequado a um homem com limitações físicas, mas havia programas especiais para esse tipo de gente, ele tinha lido. Conseguir emprego como deficiente físico podia ser *mais fácil*, a vida nesta cadeira de rodas como David Swift poderia ser, de maneira geral, mais fácil e mais feliz.

Victor não ousou tomar banho. Seria complicado e perigoso demais tentar fazer a cadeira de rodas passar pelo corredor, descer os degraus e entrar no banheiro. Em vez disso, ele se lavou em pé na pia. O ferimento no peito estava com uma aparência feia e inflamada, as beiradas estavam abertas, irregulares e retorcidas. Ele sabia que devia ter levado pontos, mas agora era tarde demais.

Não havia espelho na parede em cima da pia, o único espelho ficava dentro da porta do armário de roupas, de modo que vestiu a roupa de baixo e a camisa nova antes de começar a se barbear.

Quando abriu o armário e olhou no espelho, ficou chocado. Não tinha sido só por causa da cadeira de rodas que Kevin não o reconhecera. Seu rosto estava mudado. Havia um ar cadavérico, uma rigidez ali; os olhos pareciam saltar do crânio. Não havia como sua pele ficar realmente pálida, mas estava lívida, esverdeada, com uma cor de doença e morte. Não era para menos, depois de tudo por que tinha passado, disse a si mesmo, não era surpresa alguma.

O jornal vespertino já devia estar nas bancas àquela hora. Era meio-dia. Apesar de estar quente, Victor tremia de frio e vestiu a capa de chuva. Disse a si mesmo que, além de parecer deficiente, ele tinha que se imaginar na *pele* de um homem deficiente, resignando-se ao confinamento da cadeira de rodas, não se permitindo nenhuma possibilidade de separação dela. Aquilo tinha que se tornar tanto parte de seu ser móvel quanto seus sapatos o eram.

O medo de voltar a encontrar Kevin fez com que ele virasse a cadeira de rodas na outra direção, para o lado do bosque de Highgate. Ele deparou com algumas lojas, sendo que uma delas era um restaurante onde pensou em almoçar. Na banca de jornal ao lado, comprou o *Standard*, *What Car?* e *Here's Health*, esta última sobre saúde, porque pensou que seu estado podia ter relação a não se alimentar bem e a revista poderia lhe dizer o que precisava comer. Manobrou a cadeira de rodas um pouco para dentro do bosque e ficou lá lendo o *Standard*. Dizia que a polícia estava muito ansiosa para falar com Victor Michael Jenner, sobrinho de Muriel Faraday, que deixara seu endereço de residência na Tolleshunt Avenue, em Acton, e passara a noite seguinte ao assassinato em um hotel em Leytonstone, no código postal E11. Victor se lembrou de ter se registrado lá como Michael Faraday, o que agora considerava uma atitude descuidada. No entanto, aqui ele estava bem seguro, protegido pela cadeira de rodas. Uma longa descrição dele se seguia, tão longa que continuava em uma página interna, mas Victor nem se deu ao trabalho de virar a página. As letras dançavam e formavam desenhos ondulados em preto e branco, em forma de "V" e de parábola. As mãos dele pareciam fracas demais para fazer o esforço de segurar o jornal, que escorregou de seu colo. Victor observou as páginas caírem no chão, seguidas pelas revistas, e deixou tudo lá, sem forças para recolhê-las. Esta área do bosque, apesar de empoeirada e cheia de moscas, o fez pensar na floresta em Theydon, onde ele atacara a moça havia tanto tempo, onde David e Clare o tinham levado, onde ele tentara estuprar a mulher que estava lá maquiando o rosto e que, ao quebrar o espelho embaixo de si no monte de folhas, naquela terra quebradiça, fibrosa e cheia de esporos, tinha causado aquele ferimento nele... Ou será que foi David que fizera aquilo no jardim? Ou Clare, com um caco da jarra de água quebrada? Ou ele próprio? Victor não conseguia se lembrar. Seus olhos se fecharam. Ele viu à sua frente imagens febris, cortinas que esvoaçavam até o teto na frente de janelas quebradas, o rosto da mãe e o de Muriel, misturando-se, separando-se, um trem rugindo para fora de um túnel escuro, e achou que estava sentindo cheiro de madressilva. Um pavão empalhado se empoleirava em um sofá, e a voz da mãe dele entoava a música *Mr. Sandman*, pedindo que lhe trouxesse um sonho...

Ele acordou e forçou-se a se movimentar, apesar de estar fraco e desorientado. Comer seria impossível. O restaurantezinho se chamava Terrarium, e ele via lá dentro um grande aquário de vidro verde que provavelmente continha trutas que os clientes escolhiam para que fossem pegas e cozidas para eles. Aquela parecia a Victor uma perspectiva estranha e distante, um costume de outro mundo. Exausto e bem devagar, ele retornou ao hotel. Não ficava a mais do que duzentos ou trezentos metros, mas pareciam dois quilômetros e, às vezes, ele tinha a ilusão de estar avançando para trás, como acontece em um daqueles sonhos frustrantes, do tipo em que tudo impede que você vá aonde deseja e consiga alcançar o que almeja.

A televisão ficava em uma espécie de sala de estar, só tinha uma senhora de idade assistindo. Por um instante, ele achou que era a velha do trem, a que brincava de guarda e carregava um porquinho-da-índia, porque estava vestida do mesmo jeito e usava o mesmo gorro de lã. Mas, quando olhou de novo, sua visão pareceu se desanuviar e percebeu que tinha cometido um grande erro, que ela era até elegante, com cabelo branco bonito e vestido azul. Ele estava manobrando a cadeira de rodas na direção da porta aberta quando uma voz de mulher chamou:

– Sr. Swift!

Que estranho haver um Swift de verdade hospedado ali, pensou.

– Com licença, sr. Swift.

A recepcionista estava falando quase na orelha dele. Devia achar que ele era surdo ou louco.

– Encontramos isto no chão do seu quarto.

Era um anel de diamantes. Ele ia negar que era dele mas, ao olhar para o domo de diamantes, pareceu enxergar a mão de Muriel se formar em torno dele, enfiando o dedo enrugado com a unha suja nele. Por acaso uma vez ele não pensara que aquilo devia enfeitar uma mão jovem e bonita?

– Obrigado – ele disse através das mandíbulas duras. Estava começando a ficar difícil abrir a boca.

Quando estava contando o dinheiro, devia ter tirado o anel da pasta executiva com as notas. Ficou lá parado um instante, olhando para a televisão sem enxergar nada, a cabeça latejando de dor. Tinha tomado consciência de uma espécie de espasmo no peito, apesar de ser bem distante da ferida em si. Talvez ele devesse se deitar, tentar dormir. Um rapaz tinha tomado o lugar da moça na recepção enquanto Victor estava na sala de TV. Ele achou que o rapaz olhava para ele com atenção e curiosidade demasiadas.

– Está tudo bem, sr. Swift?

Aquele era o tipo de pergunta que um funcionário de hotel faria a um hóspede deficiente, e Victor chegou à conclusão de que estava imaginando coisas. Assentiu com a cabeça e foi para seu quarto. A ferida continuava igual, nervosa, infeccionada, inchada. Devia estar com sangue envenenado, de modo que o que contara a David não estava assim tão errado. Isso seria a causa do coração disparado e da febre. A testa dele parecia queimar, e havia suor em seu rosto. Ficou imaginando qual seria sua temperatura, muito alta sem dúvida, 39 ou quarenta, a mesma de quando ele teve escarlatina e a mãe colocou a mão em sua testa, assim. Ele ficou deitado na cama e tentou se concentrar em planos futuros, ignorando o coração que palpitava. Se ele se mudasse para longe de Londres e usasse metade do dinheiro para comprar um carro, depois que a poeira baixasse, ele poderia sair da cadeira de rodas e estabelecer a empresa de táxi. Seria possível, ainda agora, que Clare fosse se juntar a ele? Se pelo menos ele pudesse se encontrar com ela, se pelo menos pudesse *explicar*... A fotografia dela parecia ter ficado muito grande, seu rosto parecia flutuar para fora dela com aquele sorriso misterioso, aquele olhar fixo em um ponto muito além dele.

Ele não estava bem, é claro, por isso as ilusões, as imaginações, as quase alucinações. Talvez aquilo se devesse à má nutrição. Ele leu um artigo na revista *Here's Health* sobre aditivos nocivos nos alimentos e outro sobre deficiências minerais nas dietas contemporâneas. Sem entender muita coisa, confuso com suas próprias sensações físicas nunca antes experimentadas, ele caiu no sono.

O céu estava ficando escuro com nuvens de tempestade antes de ele se deitar na cama e, quando acordou, estava chovendo. Victor olhou para o anel de Muriel, que tinha colocado na mesinha de cabeceira, ao lado da fotografia de Clare. Seria bem melhor dar aquele anel a Clare, no lugar do pequeno com as mãos dadas, mas ele não via como poderia dar aquilo a ela, no momento não conseguia nem pensar em como poderia abordá-la. O pouco de luz que havia no quarto era captado pelo cone de diamantes que brilhava, vinte diamantes e um sozinho, grande, no meio, Victor contou. Não havia nada no *Standard* sobre um anel sumido (ou, aliás, sobre qualquer coisa que teria sumido da casa de Muriel), de modo que podia ser bem seguro vendê-lo. Que sorte ele teria se por acaso valesse muito, milhares e milhares, digamos.

Victor sentia o corpo todo duro, não só mais o rosto. Já devia estar esperando aquilo, pensou, como resultado de ficar o tempo todo sentado na cadeira de rodas e de exercitar músculos dos braços que até então não eram muito utilizados. Com o tempo ele se acostumaria, ele se adaptaria. Provavelmente não melhorava as coisas o fato de ele não ter comido nada. Precisava se alimentar. Ele precisava se forçar a comer, mesmo que não estivesse com muita vontade.

A temperatura tinha caído, e estava frio para uma noite de julho. Victor vestiu a capa de chuva, pensando pela primeira vez no que tinha dado em Sydney para comprar e usar uma peça de roupa tão improvável. Era de plástico, aparentemente, não de couro, com superfície áspera e irregular por cima do tecido preto brilhante, e sem dúvida absolutamente à prova d'água. Sydney com certeza não passava de um metro e setenta e cinco e aquilo devia chegar-lhe quase às canelas. Victor saiu do quarto e achou que estava muito difícil impulsionar a cadeira de rodas, que parecia pesada. Tinha gente que disputava corridas naquelas coisas, ele viu na televisão... Como conseguiam? Os braços dele pareciam moídos.

A moça da recepção estava de volta ao serviço. Na sala de TV, a senhora e um casal de turistas alemães, um homem e uma mulher, assistiam à previsão do tempo que se seguia ao noticiário das seis. Frentes frias se aproximando do Atlântico, uma depressão profunda a oeste da Irlanda, mais chuva por vir. Entre o balcão da recepção e a porta de entrada havia um círculo de cadeiras de palha com uma mesa de vidro no meio, coberta de jornais. Um homem que Victor não tinha visto antes estava sentado em uma das cadeiras, lendo o guia de ruas de Londres, ou pelo menos dando uma olhada nele. Ele ergueu os olhos com indiferença quando a cadeira de rodas passou.

Sob as árvores que pingavam, Victor avançou por Muswell Hill Road até o restaurantezinho chamado Terrarium. Tinha sido uma camareira, ele supôs, que encontrara o anel de Muriel no chão do quarto dele. Que outras partes de seus bens tinham sido examinadas, investigadas? Será que ela, por exemplo, encontrou a pistola? Estava no bolso da capa de chuva, naquela hora pendurada dentro do armário de roupas. Victor colocou a mão no bolso direito e apalpou a arma que estava ali. Manipulava as rodas impulsionando os aros cromados de maneira ritmada quando chegou à conclusão de que era melhor transferir dinheiro da pasta executiva para os bolsos antes de entrar no restaurante, para não arriscar chamar atenção para si com todos aqueles montes de notas enquanto estivesse sentado à mesa.

A porta tinha o tamanho exato para permitir a passagem da cadeira de rodas. Uma garçonete afastou móveis para que ele pudesse chegar até uma mesa. Victor apalpou o bolso esquerdo do casaco onde tinha colocado duas notas de dez libras e sua mão encontrou o pacote de balas de menta pela metade. Imediatamente percebeu de quem era aquele casaco. Não pertencera a Sydney, mas sim a Jupp. Este era o item que Jupp tinha deixado na casa de Muriel e que voltara para pegar na noite de sábado, esquecera-o em ocasião anterior porque estava chovendo quando ele chegara e não mais quando fora embora. O jornal não especificara sua natureza porque a capa de chuva tinha uma aparência muito peculiar, porque acharam que o assassino de Muriel a usaria e poderia ser identificado por meio dela.

Victor começou a suar, e seu corpo foi acometido de câimbras, como se estivesse em uma espécie de sonho imobilizador. Por sorte, só havia ele e duas moças examinando o cardápio no restaurante. Seu instinto foi tirar a capa de chuva, mas teria muita dificuldade de fazer isso ali, sentado na cadeira. Victor perguntou à garçonete onde ficava o banheiro masculino. Depois daquela porta, pelo corredor, só havia dois degraus baixos. O cheiro de comida o estava deixando enjoado, ele sabia que seria incapaz de comer qualquer coisa. Precisava tirar a capa de chuva, escondê-la, ir embora. Quando começou a movimentar a cadeira novamente, sentiu uma coisa terrível acontecer com seu rosto, as mandíbulas se trancando, as sobrancelhas se erguendo em um franzido acentuado da testa.

No banheiro masculino, ele teve dificuldade para se levantar da cadeira, tirou a capa de chuva e tentou enrolá-la. Transferiu a pistola e as notas para o bolso do paletó e deixou a capa de chuva jogada no chão. O espelho em cima da pia mostrava seu rosto franzido e seus dentes expostos em uma careta feroz. Estou ficando louco, pensou. Por que estou com esta aparência? Enquanto tentava fazer o rosto relaxar, os músculos rijos do pescoço relaxarem, seu corpo entrou em uma convulsão violenta sem dar aviso. Suas costas se arquearam como se fossem se partir ao meio, os braços e as pernas dispararam em todas as direções. Victor ofegou de dor e tentou se agarrar à beirada da pia. As peças que o medo e o choque são capazes de pregar na gente são terríveis.

Tremendo e tenso, sentindo calafrios, ele se sentou mais uma vez na cadeira de rodas quando a porta se abriu e o homem que estava sentado no saguão do hotel, lendo o guia de ruas de Londres, entrou. Ele fez um sinal com a cabeça para Victor e deu boa-noite. Victor tentou retribuir o cumprimento, mas não conseguiu falar. De volta ao corredor, deslocando-se na direção da porta que conduzia ao salão de jantar, ficou imaginando se devia tentar consultar um médico. Se marcasse uma consulta particular, não haveria necessidade de cartões médicos nem de números de Seguro Nacional. Com o apoio de pé da cadeira de rodas ele empurrou a porta para abrir e entrou no restaurante pela primeira vez por aquele ângulo. Na frente dele, em uma mesa que separava os clientes do balcão do caixa, ficava o aquário de vidro verde, iluminado por trás por lâmpadas tubulares fortes, enfeitado com frondes delicadas e algas compridas, lotado de criaturas verdes reptilianas com carapaça nas costas.

Fechou os olhos. Respirou fundo e com muito barulho.

– São tartarugas aquáticas – ouviu a garçonete dizer.

O tom era gentil, uma informação simpática dada a um deficiente, que pela expressão em seu rosto também sofria de sérias limitações mentais. Vamos mostrar ao coitado do homem os nossos animais, nosso terrário...

Ele apertou os punhos em volta dos aros de metal. Ela estava empurrando a cadeira para mais perto do aquário para lhe mostrar. Victor não tinha mais controle. Levantou-se cambaleante e saiu da cadeira, ouviu pessoas assustadas engolindo em seco, uma das moças do canto soltou um gritinho. A garçonete olhava para ele boquiaberta, com olhos arregalados, as mãos ainda na cadeira. Ele agarrou a pasta executiva com a mão esquerda. A porta do corredor se abriu, e o homem que estivera no saguão do hotel entrou, parou, absorveu tudo e compreendeu como apenas um policial enviado para lá para isso poderia compreender. Perguntou:

– Victor Jenner?

Victor sacou a pistola e apontou para a garçonete. Ela soltou um grito de lamúria. Era uma moça morena pequena, talvez indiana, ou parte indiana, com pele cor de oliva e olhos pretos com olheiras. O policial deu um passo para o lado, para o meio das mesas, com olhos atentos, tenso.

Victor disse:

– Esta arma é de verdade. É melhor acreditar em mim

Foi o que ele tentou dizer. Algo diferente saiu, algum resmungo entrecortado, algum balbucio desajeitado e gaguejado que era a única coisa que sua mandíbula trancada deixava escapar. Mas o que ele dizia não fazia diferença. A arma falava por ele, a arma bastava. Atrás dele, atrás daquele aquário verde pavoroso, cheio de criaturas, ele sabia que tinha mais gente chegando, gente parada, dava para ouvir a respiração das pessoas. As duas moças tinham ido para debaixo da mesa, esconderam-se atrás da barra da toalha.

– Abaixe a arma, Jenner. Isto não vai ser nada bom para você.

Como ele sabia que não era possível, que tudo bem ele fazer a ameaça desta vez, Victor disse:

– Vou acertá-la na coluna. – As palavras saíram como uma série de tremores entrecortados. Ele virou a moça usando a mão esquerda rija, enfiou o cano da Beretta nas costas magras dela, em sua jovem coluna saltada na pele. – Saia pela porta – ele disse e, como ela não entendeu, começou a empurrá-la com a arma pela passagem para o corredor. Não ia ter como, de jeito nenhum, ele passar por aquele aquário nem se sua vida dependesse daquilo.

Nenhuma das outras pessoas se movia. Estavam acreditando na arma. A garçonete chorava de medo, lágrimas escorriam por suas bochechas. Ela cambaleou até a porta, soluçando porque tentava sem sucesso abri-la.

– Puxe, puxe! – uma mulher berrou.

A mãe dela? Sua patroa? Victor puxou a porta por conta própria, virou-se para trás porque achou ter pressentido o policial se mover. Todos estavam imóveis como estátuas, a mulher que tinha berrado chorava, um homem a abraçava. Victor cutucou a moça para que passasse pela porta, fechou-a atrás de si e virou a chave. Disse para a moça:

– Preciso de um médico, preciso me consultar com um médico – mas só Deus sabe que som saiu, não foi isso, não foi o que ele disse.

Ela avançou tropeçando, com as mãos erguidas, como uma refém de filme, de um filme antigo, chutou outra porta que se abriu para um aposento cheio de cadeiras de metal e bandejas. Havia um caminho dali para um pátio dos fundos, passando por portas envidraçadas, com trancas fechadas em cima e em baixo e, além do pátio onde a chuva caía, uma cerca de madeira cinzenta, troncos de árvores e caminhos sombrios no meio do bosque. Victor disse para a moça:

— Abra essas portas, janelas, sei lá qual é o nome disso. Abra.

Ele a virou de frente para si, apontando a arma. E ela engoliu em seco, apavorada

— Ande. Não me escutou?

— Eu não entendo, não sei o que está dizendo!

— Não se mexa.

Ele começou a ouvir um barulho, pés pisando com força, a casa balançando, o som de alguém correndo de encontro a uma porta, usando ombros fortes nela. Com a arma, ele fez um sinal para que ela escorasse a porta com uma pilha de cadeiras. Ela se encolheu toda e não fez nada. Com a arma sempre apontada para ela, Victor se ajoelhou para abrir a tranca de baixo da porta envidraçada. Um espasmo muscular, imprevisto, fez seu corpo convulsionar, jogando seus braços para os lados e fazendo suas costas se arquearem. Ele gritou por entre os dentes cerrados que não tinha como abrir, tentou se levantar e caiu no chão, seus próprios músculos lutando contra ele.

Suas costas pulavam, saltavam, dobravam-se e se agitavam pelo chão, mas ele não largou a arma até que o espasmo mais poderoso que jamais sentira a arrancou de sua mão e ela saiu voando pelos ares em um arco, encontrou o vidro da porta, quebrou-o e foi parar do outro lado. Victor esticou a mão e agarrou o ar vazio. A moça se arrastou na direção dele, sussurrando. As costas dele se arqueavam, chicoteavam, pareciam uma mola; os braços e as pernas dançavam. A moça estava ajoelhada ao lado dele perguntando qual era o problema, o que estava acontecendo com ele, o que ela podia fazer, e as lágrimas que ainda rolavam em seu rosto escorreram em cima da face dele, retorcida e agitada.

A porta se abriu bem quando a série de espasmos cessou, e o policial que entrou parou por cima dele, olhando com uma espécie de horror disfarçado para o homem no chão cujos músculos lutavam para matá-lo.

19.

A tartaruga se deslocava pelo caminho do jardim em ritmo constante, medido e invariavelmente lento; estava deixando a sombra onde tinha passado a tarde, perto das azaléias. Tinha visto ou cheirado ou sentido de outro modo a pequena pilha de folhas de alface colocada para que ela as saboreasse no degrau de pedra mais baixo. A cadelinha observava, mas a essa altura já estava acostumada. Bater a pata na carapaça para ver a cabeça, os membros e a cauda desaparecerem já não a divertia mais. Do ponto de vista dela, não fazia diferença se fosse uma pedra móvel. Com vigor renovado, ela se dedicou a seu osso.

David Fleetwood esticou a mão pela lateral da cadeira de rodas e fez um carinho na cabeça da cadela. Ele e Clare estavam acumulando um belo zoológico: primeiro Sally, depois essa tartaruga que tinha aparecido do nada uns dois dias antes, e agora um vizinho lhe oferecia um gatinho. Mas Clare estabelecera um limite ali. Os mosquitinhos o incomodavam, e ele acendeu um cigarro para mantê-los longe tanto quanto por qualquer outro motivo. A noite estava muito quente, o ar já ia assumindo aquele tom de azul-escuro do crepúsculo do alto verão. Uma mariposa branca grande tinha estendido suas asas e se acomodara na parede da casa, esperando as luzes do lado de fora se acenderem, esperando para ser queimada no mata-insetos elétrico.

Clare saiu de casa pela porta envidraçada. Ele achou que ela parecia pálida e muito cansada, mas não dava para ver direito com aquela luz. Ela trazia um copo na mão com o que parecia ser uísque caubói. Ela bebia demais, não tanto assim, mas mais do que devia. Alguém tinha lhe dito aquilo outro dia, mas ela não quis dizer quem.

– Quer um?

Ele sacudiu a cabeça, apontou para o copo de cerveja meio vazio.

– Você vai telefonar para o hospital? – ele perguntou.

– Já telefonei.

O rosto dela dizia tudo. Ela se sentou à mesa bem perto dele e pegou sua mão. Ele não olhou para ela. Ficou observando a tartaruga mordiscar suas folhas de alface.

— Victor morreu hoje à tarde — Clare disse. — Por volta das três horas, foi o que disseram. Se tivesse passado de hoje, poderia haver alguma esperança. Parece que pessoas com tétano às vezes sobrevivem se passarem dos quatro primeiros dias.

David perguntou com uma certa violência:

— Como diabos ele foi pegar tétano? — acendeu outro cigarro com a bituca do primeiro. — Aquela bobagem de eu tê-lo cortado com um caco de vidro. Nunca encostei nele.

— Eu sei. É um mistério. Talvez tenha sido alguma coisa que aconteceu naquela noite depois que ele saiu daqui. Ele lhe disse que tinha tido uma noite terrível e que era sorte estar vivo, seja lá o que quis dizer. Se ele se cortou de algum modo... Disseram que a terra por aqui é cheia de tétano. Fiz uma pesquisa sobre tétano em um livro sobre bacilos do hospital. O veneno em si é um dos mais mortíferos que se conhece. É excretado pelas células da bactéria e carregado pela corrente sangüínea até a coluna vertebral...

David estremeceu.

— Pare com isto.

— É uma certa ironia, não? Se preferir colocar assim.

— Prefiro não colocar. Foi um simples acidente. Tudo foi um acidente, Clare. Victor ter atirado em mim, ter visto minha foto no jornal, pegar o metrô para Epping e ver onde eu morava, vir aqui naquela noite quando eu estava fora...

Ela lançou um olhar de súplica para ele, mas estava escuro demais para enxergar seus olhos.

— Foram todos acidentes. Até onde sabemos, ele ter matado a senhora de idade foi um acidente... Ou pelo menos começou assim. Não há resposta para isso, não há padrão. Se eu repassei a coisa uma vez, repassei mil vezes: o que aconteceu naquela casa na Solent Gardens. Até pensei em levar Victor para fazer uma reconstituição daquilo comigo, para nós dois tentarmos recriar a situação com uma disposição similar de aposentos e outros atores...

Ele a observou com toda a atenção, tentando captar sua reação. O rosto dela estava sem expressão, pensativo, triste, um pouco solto e vago por causa do uísque que ela tinha bebido. Ela segurava a mão dele entre as suas.

– Estou falando sério. Queria que fosse uma catarse para ele e também para mim. Achei que, se nos reuníssemos com Bridges talvez, seja lá onde ele estiver agora, e se tentássemos achar Rosemary Stanley, e se mobiliássemos o lugar como era, até com os mesmos quadros nas paredes...

– Os quadros nas paredes?

– Ah, sim. Era uma casa bem mobiliada, era bonita. Sabe que eu perguntei: de quem é este sangue? Porque na hora eu não sabia que era meu. Pensei, que pena manchar este tapete cor de creme claro, que desperdício. Havia quadrinhos pela parede por toda a lateral da escada e nas paredes do patamar. Na maior parte passarinhos e animais, reproduções de gravuras e quadros famosos. As *Mãos em Oração* de Dürer e aquele da lebre com as prímulas, e Audubon e Edward Lear.

– Achei que ele escrevesse poemas engraçados.

– Também fazia litografias de animais em cativeiro. Tinha um morcego dele, eu me lembro, e a tartaruga – David deu uma olhada na tartaruga que retornava lentamente para o abrigo embaixo das azaléias. – Essa estava bem no meio, com as mãos em oração em cima. Quando eu caí, meus olhos se fixaram naquelas mãos em oração. Eu tinha uma idéia extravagante de reconstituir tudo aquilo, só queria esperar até eu achar que podia... confiar em Victor. E esse momento nunca chegou – com delicadeza, David desenlaçou as mãos dos dois. – Acenda as luzes, pode ser, Clare?

Ela se levantou, entrou na sala de jantar e acendeu as luzes, uma na ponta da varanda, uma na parede da casa, entre as folhas da madressilva. A mariposa saiu esvoaçando da parede e foi até a luz para queimar suas asas delicadas, brancas e leves.

Coleção L&PM POCKET (LANÇAMENTOS MAIS RECENTES)

634(8). **Testemunha da acusação** – Agatha Christie
635. **Um elefante no caos** – Millôr Fernandes
636. **Guia de leitura (100 autores que você precisa ler)** – Organização de Léa Masina
637. **Pistoleiros também mandam flores** – David Coimbra
638. **O prazer das palavras** – vol. 1 – Cláudio Moreno
639. **O prazer das palavras** – vol. 2 – Cláudio Moreno
640. **Novíssimo testamento: com Deus e o diabo, a dupla da criação** – Iotti
641. **Literatura Brasileira: modos de usar** – Luís Augusto Fischer
642. **Dicionário de Porto-Alegrês** – Luís A. Fischer
643. **Clô Dias & Noites** – Sérgio Jockymann
644. **Memorial de Isla Negra** – Pablo Neruda
645. **Um homem extraordinário e outras histórias** – Tchékhov
646. **Ana sem terra** – Alcy Cheuiche
647. **Adultérios** – Woody Allen
648. **Para sempre ou nunca mais** – R. Chandler
649. **Nosso homem em Havana** – Graham Greene
650. **Dicionário Caldas Aulete de Bolso**
651. **Snoopy: Posso fazer uma pergunta, professora? (5)** – Charles Schulz
652(10). **Luís XVI** – Bernard Vincent
653. **O mercador de Veneza** – Shakespeare
654. **Cancioneiro** – Fernando Pessoa
655. **Non-Stop** – Martha Medeiros
656. **Carpinteiros, levantem bem alto a cumeeira & Seymour, uma apresentação** – J.D. Salinger
657. **Ensaios céticos** – Bertrand Russell
658. **O melhor de Hagar 5** – Dik e Chris Browne
659. **Primeiro amor** – Ivan Turguêniev
660. **A trégua** – Mario Benedetti
661. **Um parque de diversões da cabeça** – Lawrence Ferlinghetti
662. **Aprendendo a viver** – Sêneca
663. **Garfield, um gato em apuros (9)** – Jim Davis
664. **Dilbert 1** – Scott Adams
665. **Dicionário de dificuldades** – Domingos Paschoal Cegalla
666. **A imaginação** – Jean-Paul Sartre
667. **O ladrão e os cães** – Naguib Mahfuz
668. **Gramática do português contemporâneo** – Celso Cunha
669. **A volta do parafuso** seguido de **Daisy Miller** – Henry James
670. **Notas do subsolo** – Dostoiévski
671. **Abobrinhas da Brasilônia** – Glauco
672. **Geraldão (3)** – Glauco
673. **Piadas para sempre (3)** – Visconde da Casa Verde
674. **Duas viagens ao Brasil** – Hans Staden
675. **Bandeira de bolso** – Manuel Bandeira
676. **A arte da guerra** – Maquiavel
677. **Além do bem e do mal** – Nietzsche
678. **O coronel Chabert** seguido de **A mulher abandonada** – Balzac
679. **O sorriso de marfim** – Ross Macdonald
680. **100 receitas de pescados** – Sílvio Lancellotti
681. **O juiz e seu carrasco** – Friedrich Dürrenmatt
682. **Noites brancas** – Dostoiévski
683. **Quadras ao gosto popular** – Fernando Pessoa
684. **Romanceiro da Inconfidência** – Cecília Meireles
685. **Kaos** – Millôr Fernandes
686. **A pele de onagro** – Balzac
687. **As ligações perigosas** – Choderlos de Laclos
688. **Dicionário de matemática** – Luiz Fernandes Cardoso
689. **Os Lusíadas** – Luís Vaz de Camões
690(11). **Átila** – Éric Deschodt
691. **Um jeito tranquilo de matar** – Chester Himes
692. **A felicidade conjugal** seguido de **O diabo** – Tolstói
693. **Viagem de um naturalista ao redor do mundo** – vol. 1 – Charles Darwin
694. **Viagem de um naturalista ao redor do mundo** – vol. 2 – Charles Darwin
695. **Memórias da casa dos mortos** – Dostoiévski
696. **A Celestina** – Fernando de Rojas
697. **Snoopy: Como você é azarado, Charlie Brown! (6)** – Charles Schulz
698. **Dez (quase) amores** – Claudia Tajes
699(9). **Poirot sempre espera** – Agatha Christie
700. **Cecília de bolso** – Cecília Meireles
701. **Apologia de Sócrates** precedido de **Êutifron** e seguido de **Críton** – Platão
702. **Wood & Stock** – Angeli
703. **Striptiras (3)** – Laerte
704. **Discurso sobre a origem e os fundamentos da desigualdade entre os homens** – Rousseau
705. **Os duelistas** – Joseph Conrad
706. **Dilbert (2)** – Scott Adams
707. **Viver e escrever** (vol. 1) – Edla van Steen
708. **Viver e escrever** (vol. 2) – Edla van Steen
709. **Viver e escrever** (vol. 3) – Edla van Steen
710(10). **A teia da aranha** – Agatha Christie
711. **O banquete** – Platão
712. **Os belos e malditos** – F. Scott Fitzgerald
713. **Libelo contra a arte moderna** – Salvador Dalí
714. **Akropolis** – Valerio Massimo Manfredi
715. **Devoradores de mortos** – Michael Crichton
716. **Sob o sol da Toscana** – Frances Mayes
717. **Batom na cueca** – Nani
718. **Vida dura** – Claudia Tajes
719. **Carne trêmula** – Ruth Rendell
720. **Cris, a fera** – David Coimbra
721. **O anticristo** – Nietzsche
722. **Como um romance** – Daniel Pennac
723. **Emboscada no Forte Bragg** – Tom Wolfe
724. **Assédio sexual** – Michael Crichton
725. **O espírito do Zen** – Alan W. Watts
726. **Um bonde chamado desejo** – Tennessee Williams
727. **Como gostais** seguido de **Conto de inverno** – Shakespeare
728. **Tratado sobre a tolerância** – Voltaire
729. **Snoopy: Doces ou travessuras? (7)** – Charles Schulz
730. **Cardápios do Anonymus Gourmet** – J.A. Pinheiro Machado

731. **100 receitas com lata** – J.A. Pinheiro Machado
732. **Conhece o Mário?** vol.2 – Santiago
733. **Dilbert (3)** – Scott Adams
734. **História de um louco amor** *seguido de* **Passado amor** – Horacio Quiroga
735(11).**Sexo: muito prazer** – Laura Meyer da Silva
736(12).**Para entender o adolescente** – Dr. Ronald Pagnoncelli
737(13).**Desembarcando a tristeza** – Dr. Fernando Lucchese
738. **Poirot e o mistério da arca espanhola & outras histórias** – Agatha Christie
739. **A última legião** – Valerio Massimo Manfredi
740. **As virgens suicidas** – Jeffrey Eugenides
741. **Sol nascente** – Michael Crichton
742. **Duzentos ladrões** – Dalton Trevisan
743. **Os devaneios do caminhante solitário** – Rousseau
744. **Garfield, o rei da preguiça (10)** – Jim Davis
745. **Os magnatas** – Charles R. Morris
746. **Pulp** – Charles Bukowski
747. **Enquanto agonizo** – William Faulkner
748. **Aline: viciada em sexo (3)** – Adão Iturrusgarai
749. **A dama do cachorrinho** – Anton Tchékhov
750. **Tito Andrônico** – Shakespeare
751. **Antologia poética** – Anna Akhmátova
752. **O melhor de Hagar 6** – Dik e Chris Browne
753(12).**Michelangelo** – Nadine Sautel
754. **Dilbert (4)** – Scott Adams
755. **O jardim das cerejeiras** *seguido de* **Tio Vânia** – Tchékhov
756. **Geração Beat** – Claudio Willer
757. **Santos Dumont** – Alcy Cheuiche
758. **Budismo** – Claude B. Levenson
759. **Cleópatra** – Christian-Georges Schwentzel
760. **Revolução Francesa** – Frédéric Bluche, Stéphane Rials e Jean Tulard
761. **A crise de 1929** – Bernard Gazier
762. **Sigmund Freud** – Edson Sousa e Paulo Endo
763. **Império Romano** – Patrick Le Roux
764. **Cruzadas** – Cécile Morrisson
765. **O mistério do Trem Azul** – Agatha Christie
766. **Os escrúpulos de Maigret** – Simenon
767. **Maigret se diverte** – Simenon
768. **Senso comum** – Thomas Paine
769. **O parque dos dinossauros** – Michael Crichton
770. **Trilogia da paixão** – Goethe
771. **A simples arte de matar** (vol.1) – R. Chandler
772. **A simples arte de matar** (vol.2) – R. Chandler
773. **Snoopy: No mundo da lua! (8)** – Charles Schulz
774. **Os Quatro Grandes** – Agatha Christie
775. **Um brinde de cianureto** – Agatha Christie
776. **Súplicas atendidas** – Truman Capote
777. **Ainda restam aveleiras** – Simenon
778. **Maigret e o ladrão preguiçoso** – Simenon
779. **A viúva imortal** – Millôr Fernandes
780. **Cabala** – Roland Goetschel
781. **Capitalismo** – Claude Jessua
782. **Mitologia grega** – Pierre Grimal
783. **Economia: 100 palavras-chave** – Jean-Paul Betbèze
784. **Marxismo** – Henri Lefebvre
785. **Punição para a inocência** – Agatha Christie
786. **A extravagância do morto** – Agatha Christie
787(13).**Cézanne** – Bernard Fauconnier
788. **A identidade Bourne** – Robert Ludlum
789. **Da tranquilidade da alma** – Sêneca
790. **Um artista da fome** *seguido de* **Na colônia penal e outras histórias** – Kafka
791. **Histórias de fantasmas** – Charles Dickens
792. **A louca de Maigret** – Simenon
793. **O amigo de infância de Maigret** – Simenon
794. **O revólver de Maigret** – Simenon
795. **A fuga do sr. Monde** – Simenon
796. **O Uraguai** – Basílio da Gama
797. **A mão misteriosa** – Agatha Christie
798. **Testemunha ocular do crime** – Agatha Christie
799. **Crepúsculo dos ídolos** – Friedrich Nietzsche
800. **Maigret e o negociante de vinhos** – Simenon
801. **Maigret e o mendigo** – Simenon
802. **O grande golpe** – Dashiell Hammett
803. **Humor barra pesada** – Nani
804. **Vinho** – Jean-François Gautier
805. **Egito Antigo** – Sophie Desplancques
806(14).**Baudelaire** – Jean-Baptiste Baronian
807. **Caminho da sabedoria, caminho da paz** – Dalai Lama e Felizitas von Schönborn
808. **Senhor e servo e outras histórias** – Tolstói
809. **Os cadernos de Malte Laurids Brigge** – Rilke
810. **Dilbert (5)** – Scott Adams
811. **Big Sur** – Jack Kerouac
812. **Seguindo a correnteza** – Agatha Christie
813. **O álibi** – Sandra Brown
814. **Montanha-russa** – Martha Medeiros
815. **Coisas da vida** – Martha Medeiros
816. **A cantada infalível** *seguido de* **A mulher do centroavante** – David Coimbra
817. **Maigret e os crimes do cais** – Simenon
818. **Sinal vermelho** – Simenon
819. **Snoopy: Pausa para a soneca (9)** – Charles Schulz
820. **De pernas pro ar** – Eduardo Galeano
821. **Tragédias gregas** – Pascal Thiercy
822. **Existencialismo** – Jacques Colette
823. **Nietzsche** – Jean Granier
824. **Amar ou depender?** – Walter Riso
825. **Darmapada: a doutrina budista em versos**
826. **J'Accuse...!** – **a verdade em marcha** – Zola
827. **Os crimes ABC** – Agatha Christie
828. **Um gato entre os pombos** – Agatha Christie
829. **Maigret e o sumiço do sr. Charles** – Simenon
830. **Maigret e a morte do jogador** – Simenon
831. **Dicionário de teatro** – Luiz Paulo Vasconcellos
832. **Cartas extraviadas** – Martha Medeiros
833. **A longa viagem de prazer** – J. J. Morosoli
834. **Receitas fáceis** – J. A. Pinheiro Machado
835(14).**Mais fatos & mitos** – Dr. Fernando Lucchese
836(15).**Boa viagem!** – Dr. Fernando Lucchese
837. **Aline: Finalmente nua!!! (4)** – Adão Iturrusgarai
838. **Mônica tem uma novidade!** – Mauricio de Sousa
839. **Cebolinha em apuros!** – Mauricio de Sousa
840. **Sócios no crime** – Agatha Christie
841. **Bocas do tempo** – Eduardo Galeano
842. **Orgulho e preconceito** – Jane Austen
843. **Impressionismo** – Dominique Lobstein
844. **Escrita chinesa** – Viviane Alleton
845. **Paris: uma história** – Yvan Combeau
846(15).**Van Gogh** – David Haziot

847. **Maigret e o corpo sem cabeça** – Simenon
848. **Portal do destino** – Agatha Christie
849. **O futuro de uma ilusão** – Freud
850. **O mal-estar na cultura** – Freud
851. **Maigret e o matador** – Simenon
852. **Maigret e o fantasma** – Simenon
853. **Um crime adormecido** – Agatha Christie
854. **Satori em Paris** – Jack Kerouac
855. **Medo e delírio em Las Vegas** – Hunter Thompson
856. **Um negócio fracassado e outros contos de humor** – Tchékhov
857. **Mônica está de férias!** – Mauricio de Sousa
858. **De quem é esse coelho?** – Mauricio de Sousa
859. **O burgomestre de Furnes** – Simenon
860. **O mistério Sittaford** – Agatha Christie
861. **Manhã transfigurada** – Luiz Antonio de Assis Brasil
862. **Alexandre, o Grande** – Pierre Briant
863. **Jesus** – Charles Perrot
864. **Islã** – Paul Balta
865. **Guerra da Secessão** – Farid Ameur
866. **Um rio que vem da Grécia** – Cláudio Moreno
867. **Maigret e os colegas americanos** – Simenon
868. **Assassinato na casa do pastor** – Agatha Christie
869. **Manual do líder** – Napoleão Bonaparte
870(16). **Billie Holiday** – Sylvia Fol
871. **Bidu arrasando!** – Mauricio de Sousa
872. **Desventuras em família** – Mauricio de Sousa
873. **Liberty Bar** – Simenon
874. **E no final a morte** – Agatha Christie
875. **Guia prático do Português correto – vol. 4** – Cláudio Moreno
876. **Dilbert (6)** – Scott Adams
877(17). **Leonardo da Vinci** – Sophie Chauveau
878. **Bella Toscana** – Frances Mayes
879. **A arte da ficção** – David Lodge
880. **Striptiras (4)** – Laerte
881. **Skrotinhos** – Angeli
882. **Depois do funeral** – Agatha Christie
883. **Radicci 7** – Iotti
884. **Walden** – H. D. Thoreau
885. **Lincoln** – Allen C. Guelzo
886. **Primeira Guerra Mundial** – Michael Howard
887. **A linha de sombra** – Joseph Conrad
888. **O amor é um cão dos diabos** – Bukowski
889. **Maigret sai em viagem** – Simenon
890. **Despertar: uma vida de Buda** – Jack Kerouac
891(18). **Albert Einstein** – Laurent Seksik
892. **Hell's Angels** – Hunter Thompson
893. **Ausência na primavera** – Agatha Christie
894. **Dilbert (7)** – Scott Adams
895. **Ao sul de lugar nenhum** – Bukowski
896. **Maquiavel** – Quentin Skinner
897. **Sócrates** – C.C.W. Taylor
898. **A casa do canal** – Simenon
899. **O Natal de Poirot** – Agatha Christie
900. **As veias abertas da América Latina** – Eduardo Galeano
901. **Snoopy: Sempre alerta! (10)** – Charles Schulz
902. **Chico Bento: Plantando confusão** – Mauricio de Sousa
903. **Penadinho: Quem é morto sempre aparece** – Mauricio de Sousa
904. **A vida sexual da mulher feia** – Claudia Tajes
905. **100 segredos de liquidificador** – José Antonio Pinheiro Machado
906. **Sexo muito prazer 2** – Laura Meyer da Silva
907. **Os nascimentos** – Eduardo Galeano
908. **As caras e as máscaras** – Eduardo Galeano
909. **O século do vento** – Eduardo Galeano
910. **Poirot perde uma cliente** – Agatha Christie
911. **Cérebro** – Michael O'Shea
912. **O escaravelho de ouro e outras histórias** – Edgar Allan Poe
913. **Piadas para sempre (4)** – Visconde da Casa Verde
914. **100 receitas de massas light** – Helena Tonetto
915(19). **Oscar Wilde** – Daniel Salvatore Schiffer
916. **Uma breve história do mundo** – H. G. Wells
917. **A Casa do Penhasco** – Agatha Christie
918. **Maigret e o finado sr. Gallet** – Simenon
919. **John M. Keynes** – Bernard Gazier
920(20). **Virginia Woolf** – Alexandra Lemasson
921. **Peter e Wendy** *seguido de* **Peter Pan em Kensington Gardens** – J. M. Barrie
922. **Aline: numas de colegial (5)** – Adão Iturrusgarai
923. **Uma dose mortal** – Agatha Christie
924. **Os trabalhos de Hércules** – Agatha Christie
925. **Maigret na escola** – Simenon
926. **Kant** – Roger Scruton
927. **A inocência do Padre Brown** – G.K. Chesterton
928. **Casa Velha** – Machado de Assis
929. **Marcas de nascença** – Nancy Huston
930. **Aulete de bolso**
931. **Hora Zero** – Agatha Christie
932. **Morte na Mesopotâmia** – Agatha Christie
933. **Um crime na Holanda** – Simenon
934. **Nem te conto, João** – Dalton Trevisan
935. **As aventuras de Huckleberry Finn** – Mark Twain
936(21). **Marilyn Monroe** – Anne Plantagenet
937. **China moderna** – Rana Mitter
938. **Dinossauros** – David Norman
939. **Louca por homem** – Claudia Tajes
940. **Amores de alto risco** – Walter Riso
941. **Jogo de damas** – David Coimbra
942. **Filha é filha** – Agatha Christie
943. **M ou N?** – Agatha Christie
944. **Maigret se defende** – Simenon
945. **Bidu: diversão em dobro!** – Mauricio de Sousa
946. **Fogo** – Anaïs Nin
947. **Rum: diário de um jornalista bêbado** – Hunter Thompson
948. **Persuasão** – Jane Austen
949. **Lágrimas na chuva** – Sergio Faraco
950. **Mulheres** – Bukowski
951. **Um pressentimento funesto** – Agatha Christie
952. **Cartas na mesa** – Agatha Christie
953. **Maigret em Vichy** – Simenon
954. **O lobo do mar** – Jack London
955. **Os gatos** – Patricia Highsmith
956. **Jesus** – Christiane Rancé
957. **História da medicina** – William Bynum
958. **O morro dos ventos uivantes** – Emily Brontë
959. **A filosofia na era trágica dos gregos** – Nietzsche
960. **Os treze problemas** – Agatha Christie

UMA SÉRIE COM MUITA HISTÓRIA PRA CONTAR

Alexandre, o Grande, Pierre Briant | **Budismo**, Claude B. Levenson | **Cabala**, Roland Goetschel | **Capitalismo**, Claude Jessua | **Cérebro**, Michael O'Shea | **China moderna**, Rana Mitter | **Cleópatra**, Christian-Georges Schwentzel | **A crise de 1929**, Bernard Gazier | **Cruzadas**, Cécile Morrisson | **Dinossauros**, David Norman | **Economia: 100 palavras-chave**, Jean-Paul Betbèze | **Egito Antigo**, Sophie Desplancques | **Escrita chinesa**, Viviane Alleton | **Existencialismo**, Jacques Colette | **Geração Beat**, Claudio Willer | **Guerra da Secessão**, Farid Ameur | **História da medicina**, William Bynum | **Império Romano**, Patrick Le Roux | **Impressionismo**, Dominique Lobstein | **Islã**, Paul Balta | **Jesus**, Charles Perrot | **John M. Keynes**, Bernard Gazier | **Kant**, Roger Scruton | **Lincoln**, Allen C. Guelzo | **Maquiavel**, Quentin Skinner | **Marxismo**, Henri Lefebvre | **Mitologia grega**, Pierre Grimal | **Nietzsche**, Jean Granier | **Paris: uma história**, Yvan Combeau | **Primeira Guerra Mundial**, Michael Howard | **Revolução Francesa**, Frédéric Bluche, Stéphane Rials e Jean Tulard | **Santos Dumont**, Alcy Cheuiche | **Sigmund Freud**, Edson Sousa e Paulo Endo | **Sócrates**, Cristopher Taylor | **Tragédias gregas**, Pascal Thiercy | **Vinho**, Jean-François Gautier

L&PM POCKET ENCYCLOPAEDIA
Conhecimento na medida certa

IMPRESSÃO:

GRÁFICA EDITORA
Pallotti
IMAGEM DE QUALIDADE

Santa Maria - RS - Fone/Fax: (55) 3220.4500
www.pallotti.com.br